사대부가사의 갈등표출 연구

사대부가사의 갈등표출 연구

이승남 저

　가사문학은 인간에게 현실이라는 삶의 터가 있는 한 그 삶의 事象에 따라 모양과 색깔과 맛을 끊임없이 다양하게 변화시키면서 우리말 詩歌의 큰 흐름을 이어왔다. 대개의 경우 현실을 있는 그대로 빚어내고 돌려서 말하지 않는 생활 자체를 담은 글이기에, 작품의 행간을 엮어 놓은 언어들은 문학의 언어라기보다 일상어에 가깝다. 문학성의 결여에 대한 우려 속에 가사가 다른 시가 장르들에 비해 상대적으로 심미적 탐구의 영역에서 저만큼 멀어져 있는 것도 이 때문이라고 할 수 있겠다.

　그러나 조선전기 사대부가사는 이러한 우려에서 비교적 자유로워도 된다. 여기에는 유학의 이념을 현실 속에서 실현하고자 했던 당대 사대부들의 삶에 얽힌 정서가 다양한 목소리로 형상화되어 있다. 직접적으로 서술하고 교훈적 주장을 하는 교술이라는 그릇에 담기에는 넘치는 서정이 더욱 많고, 그러한 서정은 사대부 특유의 문학적 기재를 통하여 이들 작품에 녹아들어 있다. 이 글은 사대부가사의 이러한 서정적 형상화에 초점을 맞춘 것이다.

　조선조 사대부의 삶의 방식이자 이념적 실현태로서 宦路에의 나아감과 물러남은 이 시기 사대부가사에 있어서 매우 뚜렷한 흔적을 남기고 있는 당대의 현실적 삶의 문제로서, 대체로 강호라는 공간에서 그리고 연군이라는 외침으로 형상화되었다. 이 강호와 연군이라는 공통된 약호를 지닌 사대부가사는 시공이 다르고 사람이 다르듯이 유사한 어구에 의한 표현일지라도 작품에 따라 각기 다른 문학적 형상화의 방식을 지니고 있다. 따라서 사대부들의 출사와 퇴처에 얽힌 개인적 갈등의 정서를 반영하고 있는 이 강호와 연군은 그 개별적 구체성에 대한 보다 미시적 관점의 접근이 요구된다. 생각해보면, 나아감과 물러남은 우리네 삶의 문제이기도 하다. 조선시대 사대부들이 부심했던 나아감과 물러남에 얽힌 갈등의 표출과 의사전달의 방식을 살피면서 이것이 오늘에 사는 우리네의 言術과 그리 다르지 않음을 발견할 수도 있을 것이다.

가사는 시대 현실과 매우 밀착된 문학으로서 시기적으로나 계층적으로 그 장르적 성향이 다양하게 나타난다. 필자의 사대부가사에 대한 관심은 가사문학의 장르적 정체성에 대한 의문에서 출발했다. 가사의 장르성에 관한 논의의 중심에는 항상 사대부가사가 있었기에 이 사대부가사를 통해 가사를 하나의 문학으로 존재하게 하는 장르적 전형성을 조망함으로써 장차 가사문학이라는 큰 흐름의 줄기와 그 지류들에 대한 기나긴 탐구의 여정을 시작할 수 있을 것으로 보았다. 이 글의 후반부에서는 사대부가사의 서정을 교술의 측면과 함께 고려하는 한편 몇 가지 장르적 요소들의 기능과 효과에 주목하여 가사문학의 장르성에 대한 보다 구체적인 인식에 도달하고자 했다. 조선전기의 사대부가사가 장르적 전형으로서 갖는 문학적 자질이나 특성은 수많은 가사작품들에 구현된 다양하고 복합적인 장르성과 그 시대적 변화를 설명할 수 있는 잣대가 될 수도 있을 것이다.

　부록으로는 노계가사를 대상으로 한 최근의 연구 성과물 두 편을 실었다. 이는 갈등표출의 문학적 형상화에 대한 논의의 확장으로 가사문학의 시대적 변화의 모습을 반영하여 씌어진 것이다.

　이 책을 펴냄에 있어서 필자의 학문을 이끌어 주신 임기중 선생님의 자상하신 배려와 사랑을 잊을 수 없다. 그리고 항상 따뜻한 격려와 용기를 주신 김영배, 이종찬, 김태준, 홍기삼 선생님께 깊은 감사의 말씀을 올린다. 아울러 拙著를 출판하느라 애써 주신 도서출판 亦樂의 이대현 사장님과 편집진께도 감사의 마음을 전해 드린다.

2003년 10월

이 승 남

차 례

차 례

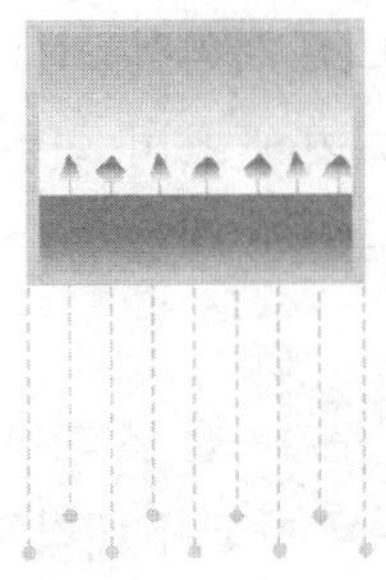

제1장 서론

1 사대부가사의 문학적 탐구를 위하여

문학이 인간의 삶을 다룬다는 지극히 평범한 인식 하에 한 편의 작품을 대할 때, 그 작품에 나타난 언어적 표현과 그것의 주체인 작가의 삶에 대한 태도에 주목하게 된다. 더구나 朝鮮時代 士大夫들의 문학작품을 대할 때는 그들의 언어적 표현이 儒學의 이념을 추구하는 사대부로서의 사회적·계층적 삶의 범주에서 결코 벗어날 수 없음을 간과할 수 없다. 이는 언어란 '사회적 상호작용이나 의사소통 속에서 생겨나는 구체적 산물'로서,[1] '이데올로기의 영역과는 결코 분리될 수 없는 것'[2]

---

1) 김욱동, 『대화적 상상력―바흐찐의 문학이론』, 문학과 지성사, 1988, p.54.
2) 위의 책, p.21.

이라는 인식에서이다. 그러므로 사회적 의사소통의 산물인 작품의 내적 구조와 그 언어적 표현은 거기에 스며 있는 사회적 언어의 주체인 작가의 의도와 관련하여 바라볼 때 비로소 그 적확한 이해의 틀을 마련할 수 있을 것이다.

본 연구는 조선전기 사대부가사를 사회적 의사 소통의 산물로 인식하고, 작가의 의도와 관련하여 작품의 내적 구조와 그 언어적 표현으로서의 문학적 형상화를 탐구하는 것을 목적으로 한다. 이를 위하여 작품이 생성된 역사적, 사회적 문맥의 관련상황 및 작가인 사대부가 작품을 창작한 심리적 상태 혹은 의도에 주목하여, 작품에 드러난 갈등의 표출과 그 장르적 구현의 양상을 살피고자 한다.

이러한 논의의 핵심은 작품에 나타난 언어를 통해서 작가의 의도를 읽어 내기 위한 것이 된다. 문학 작품의 언어 조직과 의미 내용은 애초부터 그 언어가 받아들여지는 상황을 고려하여 형성된 것으로, 순전히 일신상의 사사로운 성격을 띠는 진술들이라 할지라도 결코 전적으로 獨白的인 것이 아니라 오히려 적어도 어떤 상상의 증인이나 익명의 受信者의 존재를 가상하고 있다.[3] 그러므로 언어적 표현으로서의 작품은 그것의 주체인 작가가 누구와 말을 주고 받는 사회적 의사소통의 산물이다. 여기에서 '나'와 '너'라는 의사소통의 주체와 객체의 관계가 형성되고 모든 '나'는 어떤 하나의 '너'에 대해서는 객체가 되며, 관여하고 있는 자는 모두 어떤 상대와의 관계를 통해서 의미와 목적을 획득하게 된다.[4]

가사 작품에 사용된 언어들, 그리고 그 언어들로 이루어진 행간에는 의사소통의 주체인 작가가 객체인 독자 및 청자에게 영향을 미치려는 의도가 강하게 나타나 있다. 독자나 청자를 의식할 때 작품의 언어들과 작가의 의도 사이에는 일종의 어긋남이 존재한다. 사대부가사에서 이

---

3) Arnold.Hauser, 『예술의 사회학』, 최성만 · 이병진 역, 한길사, 1987. p.30.
4) 위의 책, 같은 곳.

어긋남은 근본적으로 유교적 이념을 추구하는 사대부의 의식이 이에 반하는 현실과의 만남에서 빚어내는 갈등의 결과라고 할 수 있다. 사대부가사는 직접적이건 간접적이건 사대부로서 작가가 지향하는 이념과 밀접하게 관련되어 있다. 그런 까닭에서인지 사대부가사의 갈등의 국면은 사대부 문학의 주제를 주로 유교적 이념을 추구하는 규범적인 속성을 지닌 것으로 이해하려는 경직된 인식의 그늘에 가려져 그에 대한 논의가 극히 부분적인 범위에서 단편적으로만 가능했는지도 모른다.

사대부가사는 같은 시대 사대부들의 詩歌인 樂章이나 景幾體歌와는 또 다른 성격을 지닌다. 악장이나 경기체가에서 갈등의 흔적을 찾기는 어렵다. 이것은 이들 장르가 보다 公的이며 집단의 이념을 구현하기 위해 창작되고 연행되었던 경우가 많았기 때문일 것이다. 사대부가사에 나타난 정서도 유교적 이념에 대한 지향과 관련이 없을 수가 없다. 그러나 사대부가사는 사대부들의 개인적 정서를 드러내는 私的인 문학으로서 이념을 구현하기 위한 것이라기보다는 이념으로 인한 개인의 갈등과 밀접한 관련이 있다고 본다. 개인의 이념적 지향이 현실의 벽에 부딪히거나 또 현실 지향이 이념에 반하는 것일 때 갈등은 존재하기 마련이었다.

그런데 사대부가사에는 작가의 갈등이 그리 뚜렷하게 작품의 표면으로 부각되어 있지는 않다. 즉, 작가의 갈등의 정서가 의도적으로 전환되어 표면적으로는 이념과의 조화를 내세우고 있는 경우가 많다. 이는 갈등의 이면에 이념과 현실간의 갈등을 조화롭게 극복하고자 하는 사대부들의 삶의 태도가 자리하고 있기 때문으로 이해할 수 있다. 곧 사대부가사는 '작가의 세계관을 일단 내면화하여 그 내적 감동을 진술하는'[5] 서정의 본질을 지닌 것으로서 이 서정으로서의 가사에 나타난 사대부로서의 작가의 정서는 이념의 추구와 그에 반하는 현실 세계와의

---

5) 김학성, 『국문학의 탐구』, 성대출판부, 1987, p.138.

대립에서 느끼는 자아의 갈등을 표출하여 이를 조화롭게 해소하려는 의도를 지닌 것이라 할 수 있다.

조선전기 사대부가사는 江湖歌辭, 紀行歌辭, 流配歌辭, 戀君歌辭, 隱逸歌辭, 自然歌辭, 敍景歌辭 등 다양한 명칭으로 존재하고 있으며 그 갈래의 소속도 논자의 분류 기준에 따라 각기 달리 나뉘어진다. 그런데 이들 가사들은 크게 보아 自然興趣와 戀君이라는 두 가지 정서가 그 주류를 형성하고 있다. 갈등표출의 양상을 탐구하기 위해서 본 연구는 이러한 다양한 명칭들을 지닌 이 시기의 작품들의 정서를 공통적으로 포괄하는 것으로 자연흥취와 연군이라는 두 가지의 정서에 주목하기로 한다. 조선전기 사대부가사들이 다양한 명칭과 내용으로 존재하지만 이 자연흥취와 연군은 조선시대 사대부의 정치적 사회적 삶의 방식으로서 벼슬살이에 얽힌 나아감과 물러남이라는 당대적 의미를 포괄적으로 드러낼 수 있는 요소가 된다. 대체로 자연흥취는 연군의 정서를, 또한 연군의 정서는 자연흥취를 동반하여 이 둘은 하나의 울타리 안에 존재하기도 하고, 또 그런 가운데 작품마다 자연흥취를 중심으로 한 가사가 있으며 연군의 정서를 중심으로 한 가사가 있기도 하다. 이 두 정서는 벼슬길의 나아감과 물러남에 얽힌 조선전기 사대부의 시대적 정서적 동질성을 함유하고 있는 공유소로 인식된다. 사대부가사의 문학적 구조와 의미는 자연흥취와 연군이라는 이 두 주류적 정서를 갈등의 표출로 인식하고 이를 그 정서의 이면에 숨어 있는 작가의 의도와 관련시킬 때 비로소 그 구체적 실상이 드러나게 될 것이다.

본 연구는 사대부가사에 나타난 정서적 갈등을 두 가지 측면에서 다루고자 한다. 하나는 작품에 존재하는 갈등이 어떠한 것이냐에 대한 것이고, 다른 하나는 사대부들이 가사를 통하여 이 갈등을 어떻게 표출했느냐에 대한 것이다. 인간의 갈등이 궁극적으로 자아와 세계와 대립에 근거하는 것이라면, 자아에 미치는 세계의 영향과 그 영향에 대한 자아의 대응 태도에 주목하는 것이 갈등의 실체를 밝히는 관건이 된다. 사대부들이 처한 시대적 현실과 그에 대한 그들의 대응 태도에 주목함으로써 조선전기 사대부들의 갈등을 탐구할 수 있을 것이다.

여기에서 조선전기라 함은 임진왜란 전까지의 시대를 말한다. 이 시기의 사대부 의식은 임진왜란이라는 혼돈의 시기와 그 혼돈의 터널을 통과한 시기의 의식과는 달리 인식된다. 조선초기 국가의 기틀을 다지는 시기로부터 임진왜란 전까지의 정치적 소용돌이 속에서, 사대부의 유학은 이념의 본질에 대한 추구와 이념의 사회적 실현이라는 二元的 구조를 띠고 있다.6) 이러한 이원적 구조에도 불구하고 이 시기의 사대부가사에 나타나는 작가의 의식은 주로 후자의 성향에 가까운 것이었다고 할 수 있다. 즉, 정신적 세계의 깊이를 파고드는 유학의 본질적 의미보다는 국가의 관리로서 유학의 이념을 사회적으로 실현하고자 하는 현실 지향적 성향과 더욱 밀접하게 관련되어 있다고 하겠다. 이 현실 지향적 성향은 좁게는 사대부들의 관로에의 진출과 관련되는데, 이념의 실현을 관로에의 진출로 이어갔던 사대부들이었기에 정치적 입신은 당위적이었고 이 시기의 그들의 가사 작품은 이러한 상황하에서 창작되었다. 그러므로 이 시기의 사대부가사에 표출되어 있는 정서는 직접적이든 간접적이든 거의 정치적 상황과 결부되어 있으며, 작품을 바라보는 관점은 바로 이와 같은 창작 상황에 대한 인식을 바탕으로 한다.

조선전기 사대부가사를 대상으로 선편을 잡은 연구들에서는 이 시기의 작품들이 위와 같은 상황하에서 사대부들의 정치적 갈등을 노래한 것이라는 한결같이 일치된 견해가 제시되었다. 그럼에도 불구하고 후속된 연구들에서 갈등의 문제는 부분적 요소로 인식되거나 주로 개별 작품에 한해서 다루어짐으로써, 사대부가사의 전반적인 문학적 특성을 드

---

6) 금장태, 『유교와 한국사상』, 성균관대출판부, 1980, pp.68~69.

러내는 요소로 부각되지 못하고 부분적이고 단편적인 요소의 하나로 인식되는 데 그쳤다.

본 연구는 사대부가사의 갈등의 문제를 개별 작품 단위의 논의를 벗어나 이 시기의 작품 전반을 대상으로 확대하여 논의할 필요가 있다는 인식 하에, 나름대로 다음의 세 가지 면에 연구의 의의를 둔다. 첫째, 사대부가사를 사회적·정치적 상황하의 갈등이라는 작가의 정서를 중심으로 논의함으로써, 주로 소재나 내용을 기준으로 하여 유형의 분류에 치우친 기존의 주제적 연구의 경직성에 보다 유연하고 구체적인 방법을 제시할 수 있다는 점, 둘째, 작품구조나 진술방식 등을 중심으로 이행해 온 연구의 성과를 수용하여 이를 갈등의 구조와 관련하여 논의함으로써 사대부가사의 문학성을 보다 선명하게 드러낼 수 있다는 점, 셋째, 가사 연구에서 끊임없이 이어진 장르적 연구들에서 제시된 가사의 장르적 특성에 관한 다양한 견해들에 천착하여 이를 갈등의 표출과 관련하여 논의함으로써, 사대부가사의 장르적 요소들이 구현하는 문학적 양상과 의미를 보다 구체적으로 드러낼 수 있다는 점 등이다.

요약해서 말하자면 본 연구는 유교적 이념의 실현이라는 정치적·사회적 상황 속에서 사대부들이 지녔던 정서적 갈등의 산물인 사대부가사를 대상으로, 거기에 표출된 갈등의 표출에 주목하여 이를 작가의 의도와 관련하여 구조적으로 설명하고, 작품에 내재한 장르적 요소를 중심으로 갈등의 정서가 작품에 구현된 양상을 살핌으로써, 사대부가사의 문학적 특성을 작가 심리학적이고 또한 표현 미학적 관점에서 보다 구체적으로 드러낸다는 데 그 의의가 있다.

2. 사대부가사의 제반 논의들

가사의 연구는 초기에 주로 사대부가사를 중심으로 장르론과 發生論 및 작가에 대한 傳記的 연구에서 출발하였다. 가사의 장르적 소속에 대한 고민으로부터 시작한 장르 논의는 진술방식에 대한 논의로 이어져 이를 작품을 통하여 보다 구체적으로 확장함으로써 가사의 장르적 특성을 구명하려 했다. 발생론은 가사의 효시작품론 및 형식론과 동궤를 이루면서 진행되어 장르론과 함께 가사의 장르적 성격과 위상을 구체화하는 데 이바지했다. 전기적 연구는 주로 개별 작품의 소개를 중심으로 이루어졌는데, 이는 작가에 대한 변증이나 작품의 형성 요인으로서의 배경 논의로 이어져 작품의 내용에 대한 다양한 문학적 연구의 토대를 마련하였다.

조선전기 사대부가사에 대한 본 연구의 관심은 이들 작품의 공통된 정서적 지향이 어떤 것이며 이러한 정서가 어떠한 구조로써 어떻게 표출되고 있느냐에 집중된다. 그러므로 선행 연구에 관한 검토는 조선전기의 사대부가사에 대한 연구들 중, 기존 논의의 명칭을 따라 江湖歌辭, 紀行歌辭 및 流配歌辭 등 각 유형을 종합적으로 검토한 연구를 대상으로[7] 주로 유형의 개념, 특성 및 작품의 구조와 관련하여 진행하기로 하겠다.[8]

---

7) 은일가사, 서경가사 혹은 자연가사라는 이름으로 불리는 가사들에 대한 연구는 강호가사나 기행가사의 연구와 관련하여, 연군가사로 불리는 것은 유배가사 연구와 관련하여 살피겠다.

8) 검토할 연구의 대상은 편의상 시기적으로 선편을 잡은 연구와 주로 80년대 이후에 이루어진 것을 중심으로 하였다. 강호나 자연의 의미에 관한 이른바 강호가도에 관한 연구는 제2장 2. 사대부의 出仕・退處와 出仕志向 의식, 제3장 1. 갈등의 구조적 성격과 그 의미에서 부분적으로 살필 것이며, 장르적 연구에 대해서는 제4장 1. 가사 장르론의 검토와 이해에서 언급하겠다. 개별 작품이나 작가를 중심으로 한 연구에 대해서는 해당논의의 각주에서 소개하는 것으로 대신한다.

먼저, 江湖歌辭의 연구에 대한 검토이다.

정재호는 강호가사의 개념, 특성과 구성, 강호가사에 나타난 재야 선비들의 강호생활의 의미 등을 살폈다.[9] 연구자는 선행 연구자들의 작품 내용별 분류를 고찰하고, 가사의 내용을 구성하는 소재[歌素]의 공통점을 근거로 하여, 廣義의 강호가사와는 다른 강호가사의 특성과 구성에 대해 논의했다. 여기서는 강호가사를 막연히 농어촌에 묻혀 있는 사람들의 생활을 노래한 것이 아니라 선비로서 장차 벼슬길에 나아갈 수 있는 사람들의 在野生活을 노래한 가사로 정의하고, 이들 강호가사가 序詞·展開·結詞의 구성을 지닌 것으로 보았다. 또한 강호가사의 주인공은 벼슬길에 나아가야 할 선비들이지만 강호에 머물러 은둔의 꿈과 현실에 대한 동경의 갈등 속에 헤매는 두 얼굴의 선비라고 하여 재야 선비들의 강호생활의 의미를 규정했다. 정재호의 이 연구는 가사의 하위 유형의 하나인 강호가사에 대한 최초의 본격적 논의로서, 강호가사의 개념을 보다 분명히 규정함으로써 이후의 이 유형의 가사를 대상으로 하는 연구의 초석이 되었다.

윤덕진은 강호가사의 '강호라는 상징적 어휘가 다만 은일의 조건이 되는 물리적 공간만이 아니라, 자연 또는 우주와 같은 무한하고 영원한 절대 조건에 대한 정서 반응이 이루어지는 심리적 공간을 가리키는 포괄적 용어'라고 규정하고, 江湖閑情이라는 정서 반응의 유형을 조선조 전기시에 걸쳐 나타나는 보편적인 양상으로 보아 강호가사 유형 성립의 경로를 보다 구체화하는 방안으로 강호가사 표현 체계의 특성을 살폈다.[10] 앞의 정재호의 연구에서는 17작품을 35개의 항목[歌素]으로 분석하여 강호가사의 소재와 구성에 있어서 공통점을 지적한 바 있는데,[11] 여기서는 강호가사의 범위를 보다 넓게 잡아 30편의 작품을 대

<hr>

9) 정재호, 강호가사소고, 『어문론집』, 제17집, 고려대, 1976.
10) 윤덕진, 강호가사연구, 연세대 박사학위논문, 1988.
11) 정재호, 앞의 논문.

상으로 15개 항목으로 나누고 이러한 소재와 구성의 공통점이 지닌 의미에 천착함으로써 논의를 더욱 구체화시켰다.[12] 강호가사의 導入과 展開部의 항목들이 궁극적으로 結詞의 내용을 지향하는 것으로 보고, 이 결사를 중심축으로 하여 도입과 전개부의 여러 항목을 나열하는 가운데 선비의 계층적 동일성을 확인하면서 강호가사의 시상 전개가 강호한정의 본질을 지닌 전형을 바탕으로 이루어진 것임을 밝혔다. 또한 이 논의에서는 작품들의 시상 전개를 분석하여 강호가사 전형의 틀을 발견하고자 했는데, 이 논의에서 지적한 바대로 작품의 시상 전개는 그 순서가 작품마다 상이하게 나타나, 그로 인해 단지 도입과 전개부의 여러 항목이 결사를 중심으로 나열되어 있을 뿐이어서 그 의미가 확실히 드러나지 못했다. 시상의 전개라는 것이 일반적으로 개별 단위의 순차적 진행임을 감안한다면, 개별 단계는 그 전체적인 구조와의 관련에서, 그리고 전후 단계끼리의 관련에서 그 존재의 의미가 부각되어야 할 필요가 있다.

임주탁은 강호가사의 작자층과 사회적·경제적 토대, 작품의 내면세계와 작자층의 사회적 성격과의 상관성, 그리고 강호가사의 역사적 전개 과정 등을 살폈다.[13] 특히 강호가사의 범위를 '자연과 세계에 인간적 의미를 부여한 일군의 가사작품군'으로 보아, 소재적 차원의 '향촌사회의 산수, 자연을 노래하는 가사'와, 양식적 범주로서의 '현실 정치나 부정적인 인간사회와는 대조적인 개념이자 조화로운 이상향인 강호에서의 생활을 구가하는 가사'를 포함하는 것으로 규정하는 한편, 강호를 '紅塵·塵世·人生世間'이라는 부정적인 현실과 대립적인 성격을 띠는 이상적인 세계로 인식하고 이러한 대립에서 주인공의 갈등이 비롯되고 있음을 주장했다. 그러나 강호가사의 범위를 넓게 잡았던 것과

---

12) 윤덕진, 앞의 논문, p.69 참조.
13) 임주탁, 강호가사의 내면세계와 역사적 전개과정, 『공군사관학교논문집』 31집, 1992.

는 달리, 논의에서는 素材的 次元의 강호가사를 다루지 않고 주로 樣式的 範疇의 가사만을 다룸으로써 강호가사에 대한 넓은 의미로서의 개념 정의가 구체적인 논의로 이어지지 않았다. 또 작품의 내면세계를 주로 작자층의 성격과 관련하여 현실과 이상의 대립으로 인한 갈등으로 파악했지만 이는 작품과의 관련을 통하여 구체화되지 못했다.

둘째, 紀行歌辭의 연구에 대한 검토이다.

최강현은 37편의 조선시대 기행가사를 대상으로 기행가사의 내용별 구조의 특질을, 起詞[출발], 承·本[노정], 轉·結[목적지], 結詞[回程]의 4단계로 파악했다. 기행가사의 범위를 이러한 4단계를 내포한 시간적, 공간적 과정에서 여행자가 보고, 듣고, 느끼고, 생각한 여행 경험을 담아 문학 작품화한 것으로 규정하면서, 結詞인 回程에 대한 언급이 없는 작품도 결격형이라 하여 이에 포함시켰다.14) 또한 기행가사의 유형을 여행자의 의지에 의한 기준과 행선지, 그리고 가사 분류의 전통적 방법을 절충·혼용한 기준에 의해, 觀遊歌辭, 流配歌辭, 使行歌辭의 세 가지로 분류하여 유형별로 개념·범위·내용을 고찰했다. 최강현의 연구는 가사의 하위 갈래로서 기행가사의 위치를 확고히 했다는 데 큰 의의를 지닌다. 그러나 기행가사에 대한 실증적 연구로서 거의 독보적인 업적에도 불구하고, 스스로 염려하였듯이 기행가사의 특질로서 주장한 4단의 구성이 일반적인 가사의 특질일 수도 있다는 점에서 작품 자체를 대상으로 한 보다 엄밀한 분석에 의한 구조적 특질의 도출이 필요하며, 또한 서로 이질적인 하위 유형의 분류 기준들이 절충·혼용된 데 따른 혼란의 극복이 과제로 남았다.

이태문은 기행가사의 존재 양상에 대해 논의하면서 그 속에 담겨진 사대부들의 이념적 표상과 문학적 외피를 빌어 펼쳐지고 있는 현실적 욕망을 살피고자 하였다.15) 기행가사에 대해 '가사의 관습적 틀을 빌어

---

14) 최강현, 한국기행문학 소고, 『월암박성의박사환력기념논총』, 1977.
15) 이태문, 조선조 기행가사의 갈래론적 접근－존재 양상과 대응 태도를 중심으로,

행해지는 일련의 자연공간에 대한 문학적 형상화'로 개념을 정의하고, '조선시대를 관류하는 유교 사대부의 교양적 수준과 심미적 안목을 결합시키는 구체적인 창작 작업에서 나온 것이면서도, 동시에 그들의 보편적 세계관에 결박되어 있는 관습적 보편성까지 보여주는 것'으로 그 성격을 규정했다. 연구자는 가사를 강호를 형상화한 가사와 이념을 형상화한 가사로 크게 나누었는데 기행가사를 유배, 은일, 풍속서경 등의 갈래와 함께 전자에 속하는 것으로 분류하고 있다. 그러나 기행가사의 하위 분류에서 관유와 사행으로 나누고 유배가사도 기행가사의 한 유형으로 다룰 수 있다고 하면서, 유배가사에 대하여 기행가사와 동일한 층위의 유형인 동시에 기행가사의 하위 유형으로 인식하는 분류상의 어색함을 보이고 있다. 또한 유배와 은일 가사를 강호를 형상화한 가사와 이념을 형상화한 가사에 함께 포함되는 것으로 파악하고서 이에 대한 적절한 설명이 이루어지지 않았고, 강호대상 가사[유배, 은일, 기행, 풍속, 서경]와 이념형상 가사[도덕, 규방, 은일, 유배]의 관계도를 제시하였지만 역시 이 관계도에 대한 구체적이고 명확한 해설이 결여되어 있다. 기행가사가 소속되어 있는 강호대상 가사를, 유희의 연장이나 유형적 놀이라는 성격으로 파악할 수 없다는 견해를 피력하거나, 기행가사의 존재 의의를 비일상적 강호의 세계에서 맛보는 정서적 해소와, 일상적 이념의 세계에서 경험하는 인식적 긴장을 동시적으로 획득하는 차원에서 찾고 있지만, 이는 기행가사만이 아닌 강호대상 가사에서 공통된 것이다. 연구자가 시도한 기행가사의 이러한 갈래론적 접근은, 강호대상 가사의 공통적 자질을 말하고 있을 뿐 기행가사가 지닌 다른 하위 갈래와의 변별적 자질을 명확하게 제시하지 않음으로써, 다양하면서도 공통된 성격을 지닌 가사작품군들을 대상으로 한 유형 분류가 지니는 근본적인 난점을 그대로 안고 있다. 이는 궁극적으로 기행가사를

『동양고전연구』 3, 1994.

강호대상 가사의 하위 갈래로 인식하는 한편, 기행가사의 변별적 자질을 오히려 강호대상가사의 공통적 자질에 국한하여 주목한 나머지 논의의 초점이 흐려진 결과로 보인다.

김용철은 최강현의 연구 이후에 전개된 기행가사 연구 중 최근의 연구를 중심으로 기행가사를 논의하는 방법을 검토하였다.[16] 연구자는 기행가사를 국내기행의 관유가사와 해외여행의 외유가사로 분류하였는데, 이는 기존의 기행가사 분류가 지닌 부분적인 난점을 해결하기 위한 것이었다. 유배가사를 기행가사의 하위 유형으로 따로 설정하지 않고 관유가사 속에 포함시키고, 표류 경험이 지배적인 요소로 된 작품을 외유가사라 하여 사행가사에 대신할 것을 제의했다.

셋째, 江湖歌辭와 紀行歌辭를 포괄하는 자연을 소재로 한 가사에 대한 연구를 살피겠다.

서준섭은 17세기 이전의 가사·시조들 중 '자연 속에서 유유자적하며 자연과의 교감을 노래한' 일련의 시가를 자연시가[강호가]라 이름하여, 이 작품들에 나타난 자연이 조선조 문인들의 유교적 가치를 顯示하거나 證示하는 것으로 보고, 자연시가가 지니는 일관된 미의식의 흐름으로서의 구조적 측면을 살폈다.[17] 자연을 노래하고 있는 대다수 가사 작품들이 樂山樂水 혹은 賞自然을 기본 골격으로, 冥想과 逍遙, 행복한 어부, 登高(혹은 林泉·江湖에의 진입), 술에 의한 도취, 안빈낙도 등 유사한 모티프를 지니고 있다고 보고, 자연가사를 세 가지의 유형으로 분류하여[18] 유형별로 이들 모티프들이 상호 결합하는 양상을 중심으로

---

16) 김용철, 기행가사 연구의 현황과 과제, 『한국가사문학연구』, 태학사, 1996.

17) 서준섭, 조선조 자연시가의 구조적 성격, 『백영정병욱선생 환갑기념논총 2』. 신구문화사, 1983.

18) ① 일정한 거처에 들어와 살며, 그 지역을 深訪하며 유유자적하게 살아가는 생활상을 동적으로 노래한 것, ② 일정한 樓亭을 중심으로 한 사계절의 경승과 그 가운데서의 유유자적한 생활상을 보다 정적으로 노래한 것, ③ 공인의 몸으로 수행한 일정한 지역에 대한 기행을 노래한 것 등으로 나누었다.

구조를 분석했다. 유형별 구조에 있어서는 단락 전개 방식이 다른 점이 있기는 하나 전체적인 짜임새는 공통된 것으로 보았다. 즉, 이들 자연가사가 處士的 처지와 公人의 처지라는 외적인 면에서 구분이 되지만, 심층구조에서는 외적인 여정에 대한 내적인 여정과, 그 과정을 통한 자기 발견의 劇化라는 공통된 구조를 지닌다고 했다. 앞에서 살핀 정재호의 연구가 소재를 중심으로 작품의 구성을 분석한 것이라면, 작품의 유형별 구조에 대한 이같은 이해는 그러한 소재가 전개된 의미에 무게를 둔 분석하는 나아간 것이라 할 수 있다. 그런데, 강호가사에 기행가사를 포함하여 자연가사라고 하고 이를 하위 유형별로 구조를 분석했는데 자연가사 전체의 구조적 특성에 주목한 나머지 유형적 변별성이 구체적으로 드러나지 않았다.

김기탁은 서경가사의 개념에 대하여, '강호자연을 소재로 한 가사, 친자연을 바탕으로 敍하되 情·景·事가 복합된 가사'라고 정의를 내리고, 결국 서경가사는 강호자연의 미를 노래하되 景을 위주로 하면서, 情·事와 함께 풍류적인 흥취가 따르는 친자연의 가사를 의미한다고 했다.[19] 그런데, 서경시가 景을 위주로 하는 것이라 하고서도, 景을 위주로 하지 않고 情을 위주로 하거나 景이 아닌 情·事의 관계로 이루어진 작품도 서경가사에 포함시켰다.[20] 이러한 분류는 敍景詩의 이론적 바탕을 '境界說'[21]에서 가져와 景의 의미를 情과 事를 포함하는 것으로 인식한 데서 출발한 것이다. 선행 연구자들의 가사의 내용 분류를 검토한 다음, 가사의 하위 갈래를 서정과 서사, 그리고 서정과 서사를

---

19) 김기탁, 서경가사연구, 영남대 박사학위논문, 1987.

20) 情을 주로 하여 物我一體의 경지를 추구할 때 '托物寓意'의 서경시가 되고, 景을 주로 하여 관조의 미를 추구하고 자연과 동화하고자 하는 의지가 情으로 지향할 때 '托物寓興'의 서경시가 되며, 情·事의 관계는 '托物寓意'와 '托物寓興'의 시로, 景·事의 관계는 '引物起興'의 시가 될 수 있다고 했다. 김기탁, 앞의 논문, pp.180~181.

21) 중국 淸代 왕국유(1877~1927)가 『人間詞華』에서 정립한 詩論. 위의 논문, pp.50~53 참조.

포함한 서경의 세 갈래로 설정했다.[22] 서경은 서정과 서사를 충분히 포괄할 수 있는 의미를 지닌다고 하여, '강호시가', '산수시가', '자연시가'를 모두 포괄하는 의미로 서경시가라는 용어를 사용했다고 하면서도,[23] 서정과 서사에 대한 서경시가의 변별적 특성을 들어 서경시의 개념 정의를 시도했는데, 서경이 서정과 서사를 포함하게 됨으로써 오히려 서정이나 서사에 대한 변별적 자질을 상실하는 결과를 낳았다.

강호가사와 기행가사 대한 논의들에서는 각 유형의 개념이 연구자들마다 나름대로 정의되어서 혼란스럽다. 기행가사가 어떠한 형식으로든 강호가사의 특성을 지니고 있다는 점에서 비롯된 이와 같은 혼란은, 강호가사의 개념의 범위를 보다 넓게 잡아 기행가사를 포함시키고도 실제로 기행가사가 아닌 소수의 작품만을 대상으로 논의하고 있는 데서도 드러난다. 또한 유배 가사를 강호가사에 포함시키기도 하고 제외시키기도 했다. 강호가사의 작품의 구조에 대한 논의들도 크게 보면, 정재호의 논의를 좀 더 구체화시켰을 뿐 새로운 방법을 제시하지는 못했다. 작품의 구성을 소재의 차원에서 그 전개 순서에 주목했을 뿐 각각의 전개 단계에 대한 의미의 부여가 미흡했다. 이는 소재나 모티프를 중심으로 작품의 구조를 드러내는 데에는 한계가 있음을 말해 주는 것이라 할 수 있다.

최상은은 자연을 대상으로 한 작품을 중심으로 조선전기 사대부가사의 미의식을 규명하였다.[24] 조선전기의 사대부 문학론에서는 載道 志向性이 강하고 실제 문학 창작이나 수용에 있어서는 唯美 志向性이 강하게 나타난다고 보았는데, 이 두 志向性을 대립적 관계가 아닌 상보적 관계로 파악하고, 사대부는 전자로써 사대부 신분으로서의 규범성과 도

---

22) "도남과 장덕순 교수가 주장한 시가(주관적 서정적 양식)과 문필(객관적 서사적 양식)을 그대로 수용하면서, 서정과 서사 요소를 포괄하는 서경적 양식을 추가하여 가사의 유형을 삼분하고자 한다." 위의 논문, p.5.
23) 위의 논문, pp.3~10 참조.
24) 최상은, 조선전기 사대부가사의 미의식, 성균관대 박사학위논문, 1992.

의성을, 후자로써 개인의 개성적 정서를 자유롭게 표현하고자 한 것이라고 했다. 또, 사대부들의 평론과 序·跋의 내용을 살펴서, 시조가 재도 지향적 미의식을, 가사가 유미 지향적 미의식을 지닌다고 보았는데, 이를 작품을 통해 검증하고 가사의 율격과 진술방식을 통해 유미 지향적 미의식을 살폈다. 이 연구는 조선전기 사대부가 창작한 자연을 대상으로 한 가사의 미의식에 대하여 기존의 재도적 관점에서 떠나 유미적 관점에서 새롭게 접근한 점에서 의의를 찾을 수 있다. 그런데 연구자는 재도 지향적 미의식과 유미 지향적 미의식이 궁극적으로 상보적이라고 하면서, 유미 지향성이란 사대부층이 유가이기 때문에 근본적으로 재도적 미의식을 완전히 탈피할 수는 없었음을 의미한다고 했는데, '재도적'·'유미적' 미의식과 '재도 지향적'·'유미 지향적' 미의식이란 용어의 개념이 이원적으로 설정된 까닭에 논리의 전개가 혼란스럽다. 예를 들어 가사의 유형 중 도학가사의 미의식을 재도적 미의식으로 보고 이중 <자경별곡>의 유미 지향적 성격을 입증하고자 했는데, 그렇다면 재도적 미의식을 지닌 도학가사인 <자경별곡>이 재도 지향적 미의식이 아니라 유미 지향적 미의식을 지녔다는 의미가 된다. <자경별곡>처럼 재도적 미의식의 바탕 위에 유미적 성격도 지니고 있는 것을 가리켜 유미 지향적이라고 할 수는 없을 것이다. 재도적 미의식과 유미적 미의식이라는 대립적 설정을 하고서, 다시 이들이 상보적인 성격을 지닌다는 점에 대하여 개별 작품을 대상으로 하여 논리를 전개시키는 데 있어서 무리가 따른 것으로 보인다.

조동일은 山水詩의 개념에 대해, '경치를 그려 흥취를 나타내고 산수의 본질에 관한 어떤 이치를 전한다.'[25]라고 정의하면서, 산수시의 경치·흥취·이치의 관계를 설명하고[26] 이에 따라 산수시의 분류 양상을

---

25) 조동일, 산수시의 경치·흥취·이치,『한국시가의 역사의식』, 문예출판사, 1993, p.138.
26) "모든 산수시에 경치는 반드시 있되, 흥취는 드러내지 않을 수도 있고 드러낼

설명했다. ①경치를 그리는 데 충실하고 홍취나 이치를 드러내지 않는 것, ②경치에다 홍취를 보태기만 하고 이치는 드러내지 않는 것, ③경치나 홍취도 만족하지 않고 이치를 드러내는 것 등의 셋으로 크게 나눈 다음, ①의 경우는 '서경시'라고 하나 우리의 산수시에는 이것이 존재하지 않는다고 했으며, ②는 '홍취 위주'로, ③은 '이치 위주'로 규정했다. 산수시의 개념을 경치, 홍취, 이치의 개념을 이용하여 서로의 관계를 따져 가면서 설명한 것이다. 연구자는 성리학을 사상의 근거로 하고 산수를 노래한 詩가 '道體'의 구현으로서의 이치를 제시하는 방식을 구체적으로 설명하였는데, 유가의 한시와 선승의 한시, 그리고 시조 가사 작품을 하나씩 들어 이 이론을 적용하고 검증함으로써, 산수시라고 불리는 일련의 가사 작품을 실제로 설명할 수 있는 이론을 구체적으로 제시한 의의가 크다. 여기에서 이치는 주제의 영역이고 경치는 대상을 서술한 것이며 홍취는 작가의 내면이 표출된 정서라고 할 수 있다. 그런데 연구자가 지적한 바에 따르면, 위의 ①의 경우처럼 이치나 홍취를 드러내지 않고 경치를 그리는 데만 충실한 작품은 없고, 산수시에서 홍취는 작품의 진술을 형성하는 중심 요소로 전체적으로 홍취에 대한 진술이 많으며, 홍취를 직접 드러내지 않은 작품도 이면에는 홍취를 실어 표현하고 있다. 이렇게 볼 때 산수시는 경치나 이치가 아닌 홍취가 작품의 중심 요소라고 할 수 있다. 경치를 중심으로 하여 객관적인 대상을 서술하거나 이치를 중심으로 교훈의 전달을 위주로 할 때는 교술이라 할 수 있지만, 산수시가 작가의 내면이 표출된 홍취를 중심으로 한다면 이는 서정에서 그 본질적 성격을 찾을 수 있다고 하겠다.

  마지막으로 流配歌辭 혹은 戀君歌辭 연구에 대한 검토이다.

수도 있으며, 이치 또한 드러내지 않을 수도 있고 드러낼 수도 있다. 홍취를 드러낼 때 경치 자체가 홍취를 내포할 수도 있고, 그렇지 않아 시인이 마음에 지닌 홍취를 보탤 수도 있다. 주제를 드러낼 때에도 경치와 홍취의 복합물이 그 자체로 주제를 암시하거나 상징할 수도 있고, 그렇지 않아 이치에 대한 언급을 별도로 직접 해야 할 수도 있다." 위의 책, p.140.

장덕순은 유배가사라는 용어를 처음 사용하여 가사의 하위 장르의 개념으로 인식했다.27) 귀양이란 歸鄕에서 유래한 말로 그것이 점점 형벌의 뜻을 가지게 되어 遠竄, 流配, 流刑이라 한 것으로 보고 유배의 체험 또는 그것을 소재로 한 작품을 유배가사라 하였으며, 유배문학의 공통적 특성을 自己潔白의 獨善과 君主에 대한 戀慕·忠誠으로 보았다. 이 논의는 유배문학의 개념을 최초로 언급한 것에 그 의의가 있다.

정익섭은 유배문학의 개념에 대해, 유배를 당한 사람이 謫所에서 직접 경험한 사실, 또는 가상하고 상상한 허구를 문예적으로 작품화한 직접적인 것과, 유배자가 아닌 제 3자가 유배를 제재로 유배의 정황을 예술적으로 그려낸 간접적인 것으로 세분화하여 이해했다.28) 松江이 유배자가 아님을 들어 유배가사에서 제외했지만 유배문학의 성격을 충군적, 연군적인 사상을 배경으로 하고 있는 것으로 보고, 美人이라는 용어의 개념과 연원을 토대로 君主와 戀人이라는 의미를 구분하여 이 중 군주의 의미를 지니는 가사를 고찰 대상으로 삼았는데, 이는 유배가사와 연군가사의 성격이 본질적으로 같은 것임을 암시한 것이라 할 수 있다.

위에서 장덕순과 정익섭의 연구는 유배가사의 내용을 유교적 이념의 범주에서 파악한 것이라 할 수 있다. 개별 작품의 문학적 성취에 대한 보다 구체적이고도 총체적인 이해에 도달하기 위해서는, 이러한 집단적 이념의 범주만이 아닌, 그러한 이념의 추구로 인한 갈등이라는 개인적 정서의 차원에서 바라볼 필요가 있다고 본다.

최오규는 유배가사를 창작심리학적 방법으로 분석했는데, 작가의 심리가 유배의 상황에서 자아의 방어기재로 작품에 투영된 면을 고찰했다.29) 유배라는 정치적 상황을 바탕으로 한 사대부층의 사상이나 이념

---

27) 장덕순, 유배가사시고, 『국문학통론』, 신구문화사, 1961, pp.360~384 참조.
28) 정익섭, 유배문학 소고―가사작품을 중심으로, 『무애 양주동박사화탄기념론문집』, 동국대, 1960.

에 경도되어 있던 기존의 유배가사의 연구에 새로운 방법론을 도입하여 작가 개인의 행동 동인으로서의 의식구조를 고찰한 점은 나름대로의 의의를 지녔다고 할 수 있지만, 심리학적 분석이 지닌 작품 해석의 자의성은 문제로 남았다.

김주곤은 작가의식의 소재나 방향을 중심으로 유배가사에 나타난 忠節意識을 戀君, 憂國, 盡忠 등으로 나누어 분석했다.[30] 이 논의는 忠의 대상을 고려하여 유배가사를 분류함으로써 작품의 내용을 좀 더 구체적으로 인식하는 데 기여했다. 그러나 유배가사의 내용을 충절의식으로만 파악했다는 점에서 단선적인 이해일 수밖에 없으며, 충절의식을 개별 작품의 전체가 아닌 해당 부분만을 추출하여 검증했다는 데 한계가 있다.

최상은은 유배를 포함하는 모든 형벌을 받은 상황에서 지은 작품, 형벌을 소재로 하고 형벌에 대한 작자의 의식이 나타나 있는 작품이면 모두 유배가사에 포함하여, 당쟁에서 패배한 사대부들의 고민과 회한이 담긴 작품군으로 개념 정의를 했다.[31] 유배가사의 작품구조에 대하여 주로 本詞를 중심으로 작품의 전개 방식을 살폈다. 삽화적 전개와 유기적 전개로 나누어 분석하였는데, 유배가사의 전개 방식을 삽화적 전개에 속하는 것으로 보고 이를 가사의 기본적인 성격으로 보는 등, 이 논의는 궁극적으로 가사를 서정이나 서사와는 다른 교술로 인식한다는 점에 바탕을 두고 있다. 이러한 인식 하에서 송강의 전·후 미인곡을 유기적 전개에 속하는 서정으로서 일종의 파격으로 파악했는데, 주지하

---

29) 최오규, 유배가사에 나타난 의미표상의 심층구조 분석, 『국제어문』 1, 국제대, 1979. 방어기재의 형태로, 도피, 합리화, 자기부정, 투사, 퇴행, 공격, 억압 등의 일곱 가지를 들었다.

30) 김주곤, 유배가사에 나타난 충절의식 양상, 『영남어문학』 16집, 영남어문학회, 1989.

31) 최상은, 유배가사의 작품구조와 현실인식, 한국정신문화연구원 한국학대학원 석사학위논문, 1983.

다시피 송강의 작품이 일반적으로 가사장르의 대표적 작품으로 인식되고 있음을 고려한다면 서정으로서의 송강의 가사를 파격으로 이해한 점은 납득하기 어렵다.

최규수는 유배가사 중 謫降 모티프를 지닌 작품군에 대하여 작품의 구조적 틀과 작품 형상화 방식, 적강 모티프 수용의 시적 효과 등을 살핌으로써 다른 유배가사들과의 변별적 특성에 주목하였다.[32] 특히 작품의 구조를 서술의 중점이 어디 있느냐에 따라 원인 제시 부분, 현실 상황 토로 부분, 문제 해결의 전망 제시 부분 등으로 나누었는데, 적강 모티프를 지닌 작품군의 구조가 지니는 이러한 특성은 적강 모티프를 지니지 않은 다른 유배 가사, 나아가서는 유배가 아닌 다른 유형의 가사에서도 발견되지 않는다는 보장이 없는 까닭에, 적강 모티프를 지녔다는 점을 제외하고는 뚜렷한 변별적 특성으로 보기 어렵다.

최상은은 戀君歌辭에 대해, 유배가사의 하위 갈래로서 연군의 정서가 두드러진 작품들만을 의미한다고 정의하고, 연군가사는 儒家의 이념을 조선 사회에 실현하고자 하는 시대적 사명감을 나타낸 작품이라기보다는, 정치적으로 불안한 시대에 유배당한 시인의 절망적 심정을 토로한 작품이라 하였다.[33] 또 연군가사가 귀거래의 상황은 아니지만 이념과 현실의 괴리에서 오는 고민을 노래했다고 봄으로써, 작품의 주제를 '충이라는 관념의 표백이 아닌' '개인적 갈등과 고민의 토로'로 이해했다. 그런데, 연구자가 지적했듯이 연군가사는 정철의 전·후 미인곡을 정점으로 하여 관습화되었고, 벼슬길이나 유배와는 관련 없는 연군가사가 창작되기도 했다는 점, 그리고 연군이라는 용어는 작품의 정서를 바탕으로 한 것이지 유배라는 정치적 상황과 필연적으로 관련될 필요가 없으며, 연군가사인 송강의 전·후 미인곡이 연구자에 따라서

---

32) 최규수, 적강 모티프 유배가사 작품에 나타난 표현방식의 특수성과 시적효과, 『이화어문논집』 13, 이화여대 한국어문학연구소, 1994.
33) 최상은, 연군가사의 짜임과 미의식, 『반교어문연구』 4, 1994.

유배가사에서 제외되기도 한다는 점 등으로 볼 때, 연군가사를 유배가사의 하위 갈래로 규정하는 데는 어려움이 따른다. 이러한 규정상의 어려움은 작품의 정서를 중심으로 논의를 전개하면서 정서를 중심으로 한 분류가 아닌 기존의 유형의 분류를 그대로 적용시키는 데서 오는 불가피한 결과라고 할 수 있다.

이상에서 사대부가사의 유형을 중심으로 한 연구들을 살펴본 결과, 이들 연구는 사대부가사의 여러 유형이 지니는 상호 변별적 특징의 구명과 더불어 사대부가사의 공통적인 성격과 다양한 실체를 드러내는 데 기여했다. 그러나 연구자들마다 유형별 개념과 그에 의한 대상 작품의 범위에 차이가 있어 해당 유형에 대하여 서로 다른 견해가 도출되기도 하였다. 강호가사, 기행가사, 유배가사, 서경가사, 자연가사, 연군가사 등의 용어가 다양하게 등장하는 것도 이에서 기인한 것이다. 또한 이들 연구들 중에는 개별 작품의 부분적 요소에만 주목하여 이를 취사선택함으로써, 개별 작품을 단위로 완결되어 추구되는 작품의 문학적 성취와 그 총체성을 훼손할 수 있는 위험을 안고 있는 논의들도 있었다.

강호가사, 기행가사, 유배가사 등의 조선전기 사대부가사는 본질적으로 사대부라는 계층의 전유물일 수밖에 없고 따라서 이 계층이 공통적으로 지니는 정서를 반영하고 있다. 이를 감안하여 일련의 작품들을 종합적으로 다루기 위한 방법으로서, 작품에 나타난 정서적 요소에 주목하여 이를 중심으로 논의를 전개할 필요가 있다는 인식에 도달하게 된다. 또한 사대부가사라는 하나의 작품군이 지니는 공통적인 문학적 특성에 대한 논의는 근본적으로, 이 작품군이 지니는 복합성과 다양성에 대한 탐구가 작품의 개별적인 완결성에 대한 엄밀하고 정확한 인식을 바탕으로 하거나, 그것과의 관련 하에서 이루어지는 것이 바람직하다고 본다.

3. 연구 대상과 방법

본 연구는 조선전기 사대부가사로서 自然興趣와 戀君이 主流的 情緒를 이루고 있는 작품들을 논의의 대상으로 삼는다. 사대부가사는 가사 장르의 전형성을 가장 농후하게 반영하고 있고, 이 전형성은 후기보다 전기의 작품에서 두드러진다. 그런 까닭에 가사의 장르적 연구나 사대부 문학으로서 가사의 연구에 있어서 조선전기의 사대부가사는 항상 그 중심 대상으로 인식되어 왔다.

여기에는 이른바 강호가사, 기행가사, 유배가사 등이 해당한다. 가사의 하위 갈래로서 이 시기의 강호가사, 기행가사, 유배가사 들은 그 성격상 상호간에 확연한 변별성을 지니는 것이 아니라, 서로가 각각 맞물리는 부분들이 존재한다. 즉, 강호이면서 기행이고, 강호이면서 유배이기도 하며, 기행이면서 유배이기도 한 작품들이 많다. 이러한 형편으로 인해 자연흥취와 연군이라는 이들 작품의 주류적 정서를 소재로 하는 연구는 이러한 하위 갈래들을 무리없이 포괄하여 논의할 수 있는 방법적인 유리함이 있다.

여기에서 조선전기란 시기적으로 임진왜란 전까지의 시기를 말한다.34) 대상 작품을 이렇게 한정하는 것은 가사가 임·병 양란을 거치

---

34) 가사의 시대구분에 관해서는 다음의 견해들을 참고했다.
조윤제(『한국문학사』, 동국문화사, 1963)
　　제1기: 가사의 發生과 그 發達―育成時代, 제2기: 가사의 小休―發展時代,
　　제3기: 가사의 普及―反省時代(여기에서 제1기는 임란 전까지이다.)
이병기(이병기·백철, 『국문학전사』, 신구문화사, 1957)
　　1. 가사체의 발생(고려말), 2. 가사문학의 발달(성종～임란 전), 3. 잡가의
　　융성(임란 후～근조후기),
정재호(『한국가사문학론』, 집문당, 1982)
　　제1기(발생기): 여말～1481(정극인 死), 제2기(발전기): 1482～1591(임란
　　전), 제3기(전란기): 1592～1689(송강가사발간전), 제4기(보편화기): 1690～

면서 장르적 변모를 겪게 되는 까닭이다.[35] 전기가사 중에도 <美人別曲>이나 <西湖別曲>과 같이 흥취를 노래한 작품이 있지만, 여기에는 오락으로서의 풍류의 정서가 보다 짙게 배여 있어 이를 갈등과 관련된 정서로 논의하기 힘들다. 또한 壬辰倭亂 전인 乙卯倭變 때의 전란가사인 <南征歌>와, <雇工歌>나 <雇工答主人歌>를 비롯한 임진왜란 이후의 교훈가사에서도 갈등은 발견되지만, 그러나 이 갈등은 이미 교술성의 확대로 인한 장르적 지향이 시작되어 후기가사로 이행하는 과정의 것으로 전기의 강호가사나 연군가사와는 그 성격이 달라져 있다. 전기의 강호가사나 연군가사의 갈등이 작가의 개인적 현실 상황에 대한 관심에서 출발한 것인데 비해, 이들 전란가사나 교훈가사의 갈등은 작가의 개인적 현실 상황보다는 사회적 현실 상황에 대한 관심에서 비롯된 것이다. 전자는 서정의 성격이, 후자는 교술적 성격이 상대적으로 짙다고 할 수 있다.

그러므로 후기와는 다른 전기 사대부가사의 전형적 특성에 보다 충실하게 접근하기 위해서, 대상 작품의 범위를 임진왜란 전의 시기로 한정하여, 갈등의 정서가 자연흥취와 연군을 통해 비교적 뚜렷하게 형상화된 작품을 택했다. 자연흥취가 중심을 이루는 작품에는 <賞春曲>, <俛仰亭歌>, <關西別曲>, <關東別曲>, <星山別曲> 등이, 연군이 중심을 이루는 작품에는 <萬憤歌>, <思美人曲>, <續美人曲> 등이 해당된다.[36]

　　　　1859(동학가사발간전), 제5기(개화기): 1860～1907(소년창간전), 제6기(쇠퇴기): 1908～현재
　　이상보(『한국가사문학의 연구』, 형설출판사, 1991)
　　　　전기 :고려말～임진왜란 전(16세기), 후기: 임진왜란 이후～갑오경장
　　유연석(가사문학의 역사적 연구, 조선대박사학위논문, 1989)
　　　　제1기: 가사의 발생기(고려말～성종), 제2기: 가사의 발전기(연산조～임진왜란 전), 제3기: 가사의 홍성기(임란 이후～경종조), 제4기: 가사의 전환기(영조조～갑오경장 전), 제5기: 가사의 쇠퇴기(갑오경장 이후)
35) 김학성, 가사의 장르 성격 재론, 『국문학의 탐구』, 성대출판부, 1987, p.130 참조.

사대부가사의 문학적 이해를 위한 본 연구는 컨텍스트로서의 작품의 배경에 대한 외연적 접근을 통해 그 기본적인 이해의 바탕을 마련한 다음, 서정의 구조로서 갈등의 구조와 유형을 살펴 이를 개별 작품의 검토를 통해 분석적으로 접근하는 한편, 장르적 관점을 통하여 보다 구체적으로 그 문학적 형상화의 양상을 탐구하고자 하는 것이다.

문학작품의 갈등은 현실의 문제와 밀접하게 관련된 것이기도 하지만 그에 대한 탐구는 어디까지나 작품 자체를 대상으로 하는 것이다. 이는 작품 외적 사실을 작품 자체와 격리시킨다는 의미보다는, 작품의 주변에 대한 인식을 바탕으로 하면서도 보다 구체적으로 작품의 언어적 진술에 접근하는 태도가 필요하다는 의미이다. 갈등의 배경적 원인에 대한 탐구는 작품 자체로 이어져 이를 중심으로 논의가 이루어지는 것이 바람직할 것이다. 그러므로 본 연구는 시대적 배경과 사대부층이라는 작가의 계층적 신분적 의식과 관련하여 갈등의 생성 요인을 살핀 다음, 작품상의 진술을 중심으로 갈등의 구조와 표출 양상을 구체화시키고자 한다. 이렇게 함으로써, 작품의 주변의 상황에 필요 이상으로 천착하여 작품의 문학성을 외면하게 되거나, 작가나 혹은 작품 창작의 관련 상황을 도외시하고 텍스트 자체의 언어적 혹은 구조적 요소에만 주목하여, 개별 작품 또는 사대부가사의 총체성의 발견과는 동떨어진 결과를 낳을 수도 있으리라는 우려를 불식시킬 수 있다.

본 연구의 궁극적인 목적은 사대부가사의 문학적 특성을 구체적으로 드러내기 위한 것으로, 이를 위하여 장별로 다음과 같은 내용으로 논의를 전개한다.

---

36) 인용한 이들 작품의 출전은 다음과 같다.
　　<상춘곡>―『不憂軒集』 卷2, <만분가>―『雜同散異』 44册, <면앙정가>―筆寫本, <관서별곡>―『岐峰集』 卷4, <성산별곡>・<관동별곡>・<사미인곡>・<속미인곡>―李選本 『松江歌辭』
　　작품의 解讀과 評說에 있어서는 『譯註解說 조선조의 가사』(임기중, 성문각, 1989.)를 주로 참고하였다.

제2장은 배경적 관점으로서 갈등의 생성 요인을 살피는 것이다. 먼저 사대부가사 갈등의 외연에 대한 논의로 조선전기의 정치적 상황 및 사대부들의 사회적 현실을 고찰한 다음, 갈등의 주체인 사대부가 지닌 의식과 행동의 속성에 대하여, 이 시기 사대부가사의 주제와 관련이 깊은 '歸去來'의 의미를 분석함으로써 '出仕'과 '退處'를 중심으로 한 사대부들의 의식과 행동의 지향점을 살핀다.

제3장에서는 구조적 관점을 중심으로 갈등의 표출과 문학적 형상화의 양상에 대해 살피고자 한다. 작품의 언어들이 서로 관련된 구조를 갈등의 표출로 이해할 때, 이 갈등의 표출로서의 진술에는 그 어떠한 형태로든 작가의 의도가 반영되어 있음을 파악할 수 있을 것이다. 이러한 논의의 전개를 위하여 기존의 연구 중 작품의 화자·청자의 유형과 역할 등을 중심으로 작품의 진술방식에 관심을 기울여 온 연구들의 성과를 유용하게 활용할 수 있다.

첫째, 갈등의 구조적 성격과 그 의미에 대한 논의이다. 조선전기 사대부가사의 주류적 정서인 자연홍취와 연군을 갈등의 정서로 보고, 이를 제2장의 배경적 검토에서 살핀 사대부들의 갈등의 요인과 관련하여, 이러한 갈등의 정서가 지니는 구조적 성격과 갈등표출을 위한 관련 요소들을 살핀다.

둘째, 갈등이 작품을 통해 표출되는 구조와 유형에 대해 검토하겠다. 갈등표출의 구조는 작가의 의도를 드러내는 동시에 그 정서적 방향을 암시하는 것이다. 작가의 내면에 존재하는 갈등의 대립적 양상이 작품을 통하여 표출되어 전개되는 구조는 작품마다 다양할 수가 있다. 이러한 구조와 양상을 유형별로 나누어 화자의 진술방식과 태도를 중심으로 작가의 의도와 관련하여 살피기로 한다. 가능한 한 작가의 전기적 사실을 포함한 작품의 보다 구체적인 주변 상황과의 관련은 배제하고 작품 자체의 언어적 표현을 대상으로 하여 논의를 전개함으로써, 작품의 문학성을 구조적으로 드러낼 수 있도록 하겠다. 이처럼 자연흥취와 연군이라는 사대부가사의 중심 정서가 형상화된 양상을 갈등의 표출과 해소라는 관점에서 살핌으로써, 이들 정서를 지닌 작품의 주제가 사대부적 이념의 추구라는 피상적 공통성에 의해 추단되는 기존의 이해의 틀을 벗어날 수 있을 것이다. 아울러 갈등의 표출과 해소라는 작가의 의도가 작품상에 구현된 문학적 구조를, 개별 작품별로 성취된 완결성에 주목하여 작품간의 변별적 특성을 드러냄으로써 작품별로 추구된 사대부가사의 다양한 형상화의 모습을 살필 수 있을 것이다.

셋째, 갈등해소의 모티프들을 살피도록 하겠다. 가사는 장르상의 규범을 확고히 견지하면서 창출된 것이 아니라, 그저 4음보의 일정한 율격적 규칙만을 가진 채 자유로이 가창·음영·완독함으로써 전수되어 온 관습적 장르로, 장르 인식상의 아무런 제한이 없이 자유롭게 창출될 수 있는 개방적 장르라고 할 수 있다.37) 가사는 이러한 관습적·개방적 성격으로 인해 서민층이나 부녀자층에게까지 그 작가층이 확대되었을 뿐 아니라, 시조나 한시 등 사대부의 또 다른 장르와의 교섭도 용이해 질 수 있었을 것이다. 그런 까닭에 사대부가사는 다른 문학의 장르들이 지닌 문학적 요소들을 동시에 공유하고 있는데, 이 논의에서는 그 중에서도 모티프의 기능에 주목하고자 한다. 사대부가사에는 이들 모티프를 통한 갈등해소의 다양한 방법이 동원되고 있다. 갈등해소를 위한 모티프로서 두드러진 것이 술, 꿈, 선계의 모티프라고 할 수 있다. 여기서는 작품 속에서 작가가 갈등해소하는 과정을 살피기 위해, 관습적·개방적 장르로서 가사가 지니는 문학적 요소인 이들 모티프의 기능을 탐구하는 것이 과제가 된다.

넷째, 갈등해소의 유형에 대한 고찰이다. 이는 언어적 진술 안에서 갈등의 방향이 어떻게 되었는가에 대한 것으로 작품 내에서의 해결 양

---

37) 김학성, 앞의 책, pp.142~143.

상에 관심을 두는 것이다. 이는 엄밀하게 보면 작품상의 결과일 뿐 실제로 작가의 갈등의 결과는 아니라고 할 수 있지만, 가사가 자아와 세계의 동일화를 작품을 통해 구현하는 서정의 본질 지닌다는 점을 염두에 둔다면, 이러한 작업을 통해 작가의 갈등 해결의 의도에 따른 정서의 궁극적 지향점을 발견할 수 있을 것이다. 주로 結詞 부분을 중심으로 작품상의 작가의 갈등의 해소 여부와 그 의미를 고찰하기로 한다.

제4장은 장르적 관점의 논의이다. 이는 사대부가사의 갈등표출이 장르적으로 구현된 양상을 살핌으로써 갈등표출의 장르적 의미를 짚어보고 작품의 문학성을 더욱 구체적으로 드러내기 위한 것이다. 본 연구의 장르적 관심을 역설적으로 말한다면, 가사의 장르 규정을 위한 것이 아니라 장르 규정으로부터 벗어나기 위한 노력의 하나이다.

먼저 지금까지의 가사 장르 규정들을 면밀히 검토하면서 장르 규정의 과정에서 드러난 문제점을 살핀 다음, 그 장르 규정의 견해들에서 언급된 내용을 중심으로 가사가 지닌 문학적 특성을 보다 구체적으로 구명하겠다.

다음으로 가사가 지닌 장르 요소들이 작품상에서 갈등을 표출하는 기능 양상에 대하여 탐색한다. 여기서의 주된 관심의 대상은 갈등의 표출에 관한 것으로, 이는 기본적으로 작품에 나타난 장르적 요소들을 서정의 관점에서 인식하는 것이다. 그러나 이 논의는 이러한 갈등의 표출이 단지 서정으로서만이 아니라 여러 장르적 요소들에 의해 다양하게 구현되고 있음을 드러내 보일 것이다. 작가가 정서를 단지 표출할 뿐 아니라 전달하여 공감을 얻으려는 의도가 작품에 구현된 것으로서, 진술방식, 율격과 시형, 우리말 노래의 가창, 대화체의 인물 설정 등 가사문학의 다양한 장르적 요소들이 갈등표출의 기능을 수행하는 양상을 고찰하기로 한다.

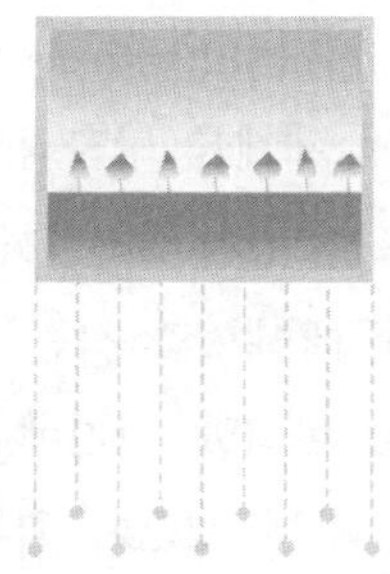

제 2 장   갈등의 생성 요인

1 조선전기 사대부의 정치적 사회적 현실

　갈등은 사회학적으로 '가치 또는 지위, 권력 및 희소 자원에 대한 요구간의 투쟁'[1]으로 정의되기도 한다. 갈등에 대한 이러한 사회학적 개념 정의와 관련하여 사대부가사에 나타난 갈등을 이해하기 위해서는 작품의 의사소통이 이루어진 구체적인 관련상황에 대한 관심이 필요하다. 즉, 사대부가사의 작품상에 언어화된 갈등을 온전히 이해하기 위해서는 역사적 배경을 고려해야 한다는 의미이다. 여기서는 갈등의 외적 요인으로서 조선전기의 정치적 상황과 사대부들의 사회적 현실에 대해 살

---

1) Lewis Coser, "Conflict:Social Aspect" in David L. Shills (ed), International Encyclopedia of the Social Science, Vol. Ⅲ, pp,232~236. 김종덕, 이조당쟁에 관한 사회학적 일 연구. 『한국학보』 24, 1981 가을, 일지사, p,166에서 재인용.

펴보기로 한다.

15세기에 강력한 중앙집권 체제를 구축하였던 조선왕조는 16세기 이후 중앙집권의 붕괴에 따르는 정치적·경제적·사회적의 변동이 일어나기 시작했다.[2] 본 연구가 대상으로 하는 사대부가사 작품의 배경인 成宗에서 宣朝 연간은 바로 이러한 시기에 속한다. 성종대는 조선 초기 압록강 두만강을 경계로 하는 영토가 확정되고 국가적 통치의 기본 조직과 이념이 확립되면서 유교적 학문이 꽃피기 시작하던 시기이기도 하지만, 이 시기로부터 사대부 관료들간의 정치적인 갈등이 발생되어 나아가 士林之禍 곧 士禍로 이어졌다. 이러한 정치적인 갈등은 소위 勳舊派와 士林派의 대립에서 빚어진 것이었다.

훈구파는 조선 초기의 지배 세력으로 이들은 막대한 경제적인 부를 소유하고 정치권력을 독점하였을 뿐 아니라 사회적으로 상당한 門閥意識을 지닌 世朝代 이래의 勳臣이었다.[3] 훈구파가 중앙 관계로 진출하여 정치적 세력을 키운 반면, 사림파는 지방에 근거지를 가지고 있는 讀書人群으로 중앙의 정계에 진출하기보다는 鄕村에서 留鄕所나 鄕廳을 통하여 영향력을 행사해 오다가[4] 15세기 후반기 이후 중앙의 훈구 세력과 맞선 在地兩班群이다.[5] 이들은 성종이 훈구세력의 일방적인 비대를 막기 위해 등용함으로써 중앙으로 진출하여, 주로 3司 계통에 자리를 차지하고 言論 文筆을 담당하다가 훈구세력과 대립하여 士禍가 발생하게 되었다.[6] 燕山君 4년(1498)의 戊午士禍, 10년(1504)의 甲子士禍, 中宗 14년(1519)의 己卯士禍, 明宗 원년(1545)의 乙巳士禍 등 네 차례의 사화에 의해 타격을 받으면서도 사림의 세력은 차츰 정치의 주도권을 잡아갔다.[7]

---

2) 한영우, 『조선전기 사회사상연구』, 지식산업사, 1989, p.16.
3) 정두희, 『조선초기 정치지배세력연구』, 일조각, 1983, p.3.
4) 이기백, 『한국사신론』, 1986, p.245.
5) 이성무, 『조선초기양반연구』, 일지사, 1995, p.17.
6) 위의 책, p.245.

士禍는 훈구파와 사림파의 갈등으로, 黨爭은 사림파 내부의 갈등으로 보아 온 것이 일반적인 견해이나, 사림파에 속하는 구체적인 인물들의 출신 성분과 경제적 배경을 살펴보면 훈구파와 별 차이가 없다.[8] 또한 이들은 현실을 도피하면서도 性理學으로 당시 모순된 국가 체제를 옹호한 官邊學者이기도 하였다.[9] 성종 이후 중종 초의 기묘사화가 일어나기까지 사림의 이론은 권력의 중앙집권화와 왕의 전제적 절대 권력을 정당화하려는 것이었고, 또 사화로 정권에서 도태되었던 이들은 선조 즉위(1567년) 이후 외척 및 보수세력의 잔존과 아울러 정권을 장악하게 된다.[10] 그러므로, 江湖歌道에 대하여, 사림이 훈구와 대립한 나머지 정치권력에 밀려나 사변화된 사실만을 들어 이해할 것이 아니라, 사림도 역시 정치적 권력을 지향하는 사대부 집단이었다는 점에 관련하여 주목할 필요가 있다. 그러므로 본 연구는 조선전기 사대부가사의 작가들을, 훈구와의 대립되는 사림이라기보다 근본적으로 出仕를 지향하는 인물들이라는 凡士大夫的 관점에서 인식하고자 한다.

이러한 역사적 배경 속에서의 조선전기 사대부가사의 갈등은 궁극적으로 그들이 처한 시대적 사회적 환경에서 그 원인을 발견할 수 있다. 조선전기 사대부가사는 15세기와 16세기를 배경으로 하고 있다. 이 시기는 오로지 사대부 문학의 전성기요 전형적인 시대로서[11] 한문학의 숭상 속에 국문학으로는 시조, 가사, 경기체가 등의 시가문학 중심의 시대였다.[12] 이 시기 사대부가사의 갈등의 배경으로서 사대부라는 작가층의 성격과 그들의 문학이 탄생한 사회적 현실을 살펴보기로 한다.

사대부는 본래 文班의 四品 이상을 大夫, 五品 이하를 士[郎官]라고

---

7) 이기백, 앞의 책, p.247.

8) 권인호, 『조선중기 사림파의 사회정치사상』, 한길사, 1995, p.21.

9) 위의 책, 같은 곳.

10) 위의 책, p.23.

11) 임형택, 이조전기의 사대부문학, 『한국문학사의 시각』, 창작과비평사, 1984, p.359.

12) 성호경, 16세기 국어시가의 연구, 서울대 박사학위논문, 1986, p.4.

한 데서 나온 명칭으로 특히 주자학을 지배사상으로 하는 고려말 이후의 文官官僚를 뜻한다.13) 조선시대의 정치체제는 일반적으로 중앙집권적 양반관료제로 규정되는데, 고려시대의 양반은 단순한 관제상의 문·무 구분의 합칭에 불과하지만 조선에서의 그것은 官人이 될 수 있는 자격을 가지는 하나의 신분층을 가리키는 것으로 의미가 달라졌다.14) 조선의 文·武 散階는 正一品부터 從九品까지 18資級으로 나누어 從四品이상을 大夫[文], 將軍[武]이라 한 데 대하여, 正五品이하를 郞[文], 校尉·副尉[武]라 하고, 문관 오품 이하는 士라 부르기도 하였는데, 이로 볼 때 사대부란 용어는 文官官僚를 지칭하는 용어라고 할 수 있다.15) 그러나 조선시대의 양반체제는 문관 위주이고 무관은 종속적 지위밖에 차지하지 못하고 있었기 때문에 사대부란 용어는 비단 문관관료만을 지칭하는데 국한되지 않고 양반관료 전체, 또는 양반신분 전체를 지칭하는 신분개념으로 쓰이기도 하였다.16)

하나의 계층으로서 사대부층은 고려 때 경제적으로 在地 中小地主的 기반을 가지면서 신분적으로는 향리의 지위에 있다가, 후·말기의 정치적 혼란이 거듭되는 가운데 중앙관인 또는 그에 준하는 자격을 획득하게 됨으로써 등장했는데, 학인[士]의 조건을 갖춘 관인[大夫]이 새로운 관인상의 전형으로 추구되어 사대부 세력이라 했다.17) 그들은 조선왕조를 건국하고 국가의 통치 이념과 체제를 구축한 사람들로서 '문학적인 교양을 지닌 문인학자요, 정치 행정을 담당하는 관인'18)이었다. 조선시대는 이러한 鄕村勢力[中小地主] 출신의 사대부들의 정권 성립

---

13) 이성무, 앞의 책 p.15. 세종실록 권 52, 세종 13년 5월 무진조 참조.
14) 이태진, 집권관료체제의 성립』, 한국사연구입문, 한국사연구회편, 지식산업사, 1987, p.245.
15) 이성무, 앞의 책, p.86.
16) 위의 책, 같은 곳.
17) 위의 책, 같은 곳.
18) 임형택, 앞의 책, p.359.

을 의미한다.

사대부가 될 수 있는 族屬을 士族이라 하는데,[19] 이들은 교육과 入仕의 권리를 향유하고 軍役을 비롯한 각종 의무를 회피하며 자기의 신분을 세습화함으로써 특권적인 지배계급을 형성하였다. 이들은 또한 천문·의약·지리·卜筮·譯學 등 기술직조차도 꺼려하여 이러한 기술직은 소위 중인 계층에 의해서 전담되다시피 했다.[20]

또한 사대부들의 주된 특권은 국가에서 제공하여 그들이 사족의 위치에 있는 한 세습할 수 있었던 토지에 대한 권리 이른바 科田에 있었다. 조선전기의 과전은 국왕·국가와 양반 계급 사이의 군신관계를 대전제로 제공된 것으로 정치적 봉건관계가 그 원리로서 자리하고 있었다.[21] 집권적 관료체제하의 군신관계에서 주축을 이루는 사대부는 이 과전을 받음으로써 군주에 대한 忠信을 약속하였고, 이 충신의 대가로 자신들의 가계의 存養을 보장받았으며 자손에게까지 傳受할 수 있었다. 관직 자체가 특정 사대부의 家에 의해 독점되고 일방적으로 세습될 수 있는 것이 아니므로 세습은 원리상 있을 수 없었지만 仕者의 世祿인 까닭에 관의 승인이라는 공적 확인을 얻어 사실상 세습은 이루어졌다.[22] 이러한 사대부들의 토지 사유는 고려말 이래 지속되어 온, 公田으로 설정된 토지 사유와 함께 더욱 인정되고 발전되어 '농장'으로 불리었다.[23] 이것이 조선전기 사대부문학의 강호가도의 배경이 되었던 것인데,[24] 사대부의 出仕과 退處는 이러한 사대부들의 토지 소유로 인한 경제적인 바탕을 배경으로 이루어진 것이라고 할 수 있다.[25]

---

19) 양반, 사대부, 사족, 사림 등의 개념에 관한 설명은 이성무, 앞의 책, pp.15~17 참조.
20) 한영우, 앞의 책, p.17.
21) 이경식, 『조선전기토지제도연구』, 일조각, 1995, p.296.
22) 위의 책, pp.151~153 참조.
23) 이기백, 앞의 책, pp.220~221.
24) 최진원, 강호가도의 연구, 『성대논문집』 8, 1963. pp.11~14 참조.
25) "사림들의 생활 기반은 단순히 서울에 있는 것이 아니라 지방의 농장에 있었다.

사대부의 이러한 경제적 바탕은 근본적으로 조선시대의 신분계층제도와 관련된다. 성리학은 15세기 말에서 16세기로 이어지는 사림파의 성장과 더불어 조선 사회의 정치적 이념으로 정착되었다.[26] 성리학은 원래 인간을 上下·尊卑·貴賤으로 구분하는 엄격한 신분계층제도를 옹호하였는데, 이 제도하에서는 계층들이 각각 자기 계층에 합당한 지위를 가지는 것을 名分이라 하여, 이같은 명분을 바르게 하여 계층제도를 확립하는 데서 가족·국가·세계의 질서가 세워진다고 보았다.[27] 성리학의 큰 특색의 하나는 명분론을 理 안에서 설명함으로써 그것으로 일관된 거대한 통일적 세계관을 구성한 데 있는데 즉, 君臣, 父子, 夫婦, 主奴, 君子와 小人, 그리고 華夷 관계와 같은 중세사회의 현실적인 인간 질서는 모두가 자신의 사회적 分, 名分에 따라 上命下服의 관계 속에서 조화를 이루어야 한다는 것이 성리학의 사회사상이었다.[28] 그러나 성리학에서의 이러한 계층관은 힘[力]이 아니라 德과 賢을 기초로 하여 계층을 나누며, 德과 賢의 후천적 변화에 따른 계층의 상하이동을 긍정한다.[29]

이러한 계층의 상하 이동은 관직을 획득함으로써 가능해지는데 관직을 획득하는 방법으로 科擧와 門蔭이 있었다. 과거는 법적으로 모든 사람에게 개방되어 있었지만, 사실상 과거 급제자의 대부분은 양반이 차지하였으며 良人 급제자는 소수에 불과하였다.[30] 과거는 사대부들에

그러므로 그들은 관직을 얻어 중앙으로 간다 하더라도 그들이 완전히 농장에서 철수하는 것이 아니었다. 거기에는 여전히 동족이 살고 있었다. 그리고 이 농장과 동족이 서원을 건립하고 향약을 운영해 가는 토대가 되었던 것이다." 이기백, 앞의 책, p.248.

26) 김태영, 성리학, 한국사연구회편, 『한국사연구입문』, 1987, 지식산업사, pp.280~281 참조.

27) 한영우, 앞의 책, pp.60~61.

28) 김태영, 앞의 글, p.280.

29) 한영우, 앞의 책, p.61.

30) 이성무, 앞의 책, pp.54~61 참조.

게 있어서 다른 신분계층이 지니지 못한 특권이었다. 과거는 계층의 상하 이동을 가능하게 할 뿐 아니라 사대부층 내의 신분 상승을 가져오는 중요한 계기를 마련해 주는 것이기도 했다. 과거는 관직으로 들어서는 최초의 관문이기도 했지만 이 과거를 통해서 관직을 지닌 사대부들이 그들의 신분을 상승시킬 수도 있었다.[31]

과거가 개인의 재능을 중시하는 관료제 사회의 속성을 구현하는 것이라면, 문음은 혈통을 중시하는 신분제 사회의 속성을 구현하는 것으로[32] 과거와 마찬가지로 사대부층이 신분적으로 지니는 하나의 특권이었다. 조선 초기의 門蔭子弟들은 과거를 거치지 않고 입사할 수 있는 길이 넓게 열려 있었고, 게다가 국가에 공을 세우거나 과거에 합격하면 기왕에 받은 官品에서 몇 등급씩 올려 받을 수 있기 때문에, 과거만을 통하는 경우보다는 훨씬 빨리 높은 官品으로 올라설 수 있었다.[33]

그러나 관직수가 제한되어 있었기 때문에 실제로 급제자들 모두가 관직을 부여받기는 어려운 실정이었으며, 점차 양반 인구가 증가되고 그들을 회유하기 위해 과거가 자주 실시되어 급제자의 수가 늘어감에 따라 分館에도 문벌이 작용하게 되었다.[34] 그리하여 관직은 사대부들에게 중요한 관심사일 수밖에 없었으며 그에 대한 수요와 공급의 불균형은 사대부들 사이에 대립과 반목을 일으키는 갈등의 원인이 되었다.

조선전기 三司를 중심으로 한 '制度言論'의 내용을 주제별로 볼 때, 이러한 사정은 보다 분명히 드러난다.[35] 중종대를 중심으로 論事·建議기관인 三司[사림]와 議政기관인 大臣[훈구·신흥 특권계층]간에 야

---

31) 한영우, 앞의 책, p.68. "본래부터 관품을 가졌던 문·무과급제자들은 과거시험 성적에 따라 1~4계를 加資해 주게 되어 있었다."
32) 이성무, 앞의 책, p.71.
33) 위의 책, pp.42~49 참조.
34) 위의 책, pp.68~71 참조.
35) 목정균, 조선전기 제도언론연구, 『민족문화연구총서』 13, 고대민족문화연구소, 1985, 참조.

기되었던 대립·상충의 내용을 諫爭, 彈劾, 時政, 人事 등으로 주제를 구분하여 볼 때, 이 네 가지 중 人事의 문제가 압도적인 비중을 차지하고 있는데,[36] 이 문제는 관직과 직접적인 관련을 지니는 것이다. 관직과 관련된 사대부들의 이같은 현실은 본 연구에서 집중적으로 조명하고자 하는 중심 과제인 조선전기 사대부가사 갈등의 중요한 배경적 요인으로 자리하고 있다.

2 사대부의 出仕 · 退處와 出仕志向 의식

작품상에 존재하는 언어는 역동적인 사회적 기호로서, 이념은 그 매체인 언어와 불가분의 관계를 맺고 있다.[37] 사대부가사에 나타난 언어적 진술을 유교적 이념의 추구로 인한 갈등의 산물로 볼 때, 여기에는 그러한 이념의 추구로 이상세계를 건설하고자 했던 사대부들의 삶의

---

36) 장황하지만 이에 관련된 사항을 인용하면 다음과 같다.
　"人事 언론은 주제에서 압도적인 비중을 차지하고 있을 뿐만 아니라 …… 조선 왕조는 人事를 政事로 인식하였다. 관료지배사회인 조선에 있어서 인사는 지배 계급의 정치·사회적인 이해뿐만 아니라 경제적 이해와 직결되기 때문에 합리적이고 엄정한 인사야말로 정치적 안정의 절대 조건이 되었다. 왕권은 물론, 여하한 형태의 특권에 의한 인사권의 독점도 결국은 정치·경제적 이익의 독점 현상으로 나타나 필연적으로 정치·사회적 모순 대립을 야기시킴은 물론 정치적 불안으로 연결되기 때문이다." 앞의 책, p.233.
　17세기 이후의 당쟁을 사회적인 갈등의 쟁점과의 관련에서 분석한 논의에서도, 갈등의 주된 쟁점이 정책이 아닌, 職務, 人品, 儀禮, 制裁, 人事 등 궁극적으로 관직 다툼의 방편으로 나타난 것으로 인식하고 있다. 이러한 견해는 그 근거로서 주로 李珥가 ≪憂星錄≫ <朋黨論>에서 말한 다음의 내용을 인용하고 있다. "夫利一而二人則 便成二黨, 利一四人則 便成四黨, 利不移而入益衆 其十朋八黨孚愈岐也" 김종덕, 앞의 논문 참조
37) 김욱동, 『대화적 상상력―바흐찐의 문학이론』, 문학과 지성사, 1988, pp.53~54.

방식과 태도가 투영되어 있다. 유교적 이념을 추구하는 사대부의 삶의 태도는 관직과 관련하여 '出'과 '處' 곧, 出仕와 退處라는 양식으로 나타나며, 그들의 삶도 이러한 틀 속에서 존재한다고 할 수 있다.

> 士君子가 이 세상을 살아감에 있어 하나의 세계는 出이요, 다른 하나의 세계는 處이다. 놓여진 처지가 같지 않으므로 그 좋아하는 바 또한 서로 같지 않다.[38]

사대부의 '출'과 '처'는 그 좋아하는 바가 놓여진 처지에 따라 다르다고 했다. 사대부는 놓여진 처지에 따라 出仕를 택할 수도 있고 退處를 택할 수도 있다는 말이다. 그러나 사대부의 처지는 자신의 뜻대로 이루어지는 것이 아닌 것이다.

> 선비의 兼善함은 진실로 그 뜻이다. 물러나서 스스로 지키는 것이 어찌 본심이겠는가? 때를 만나고 못 만나고 할 뿐이다.[39]

결국 사대부의 '출'과 '처'는 때를 만남과 못 만남을 따라서 이루어지는 것인데, 이 때를 만나고 만나지 못함은 사대부의 유교적 이념을 바탕으로 하는 명분에 달린 문제였다.

『論語』의 微子篇에서 공자는 때를 만나고 못 만남에 따른 '출'과 '처'의 태도에 대한 명분을 밝히고 있다. 여기에는 伯夷, 叔齊, 虞仲, 夷逸, 朱張, 柳下惠, 少連 등의 逸民[40]에 대한 이야기가 나오는데 이들을 다음의 셋으로 분류하여 평하고 있다.

---

38) 徐居正, 雙溪齋記, 『四佳集』II, 文集 卷二, 韓國文集叢刊11, 民族文化推進會, 1988. 士君子之生斯世也 一出一處 所居之地不同 則其所樂 亦與之不同矣.

39) 李珥, 東湖問答 論臣道, 『栗谷全書』I, 卷15, 雜著2, 韓國文集叢刊44, 民族文化推進會, 1989. 士之兼善 固其志也 退而自守 夫豈本心歟.

40) 일민의 '逸'은 遺逸[벼슬길에 빠져 있음]이요 '民者'는 지위가 없는 사람이다. 逸 遺逸民者無位之稱. 『論語』, 第18 微子篇 8章, 朱註.

① 그 뜻을 굽히지 않고 그 몸을 욕되게 하지 않았다.
② 뜻을 굽히고 몸을 욕되게 하였으나 말이 윤리에 맞으며 행실이 사
  려에 맞았다.
③ 숨어서 살면서 말을 함부로 하였으나 몸은 깨끗함에 맞았고 폐함
  (벼슬 하지 않음)은 권도에 맞았다.

①에는 伯夷, 叔齊가 해당된다. 이들은 孤竹君의 아들로 서로 왕위를 양보하다가 함께 덕망이 높은 周文王을 찾아갔으나 文王이 죽고 武王이 殷의 紂王을 멸하자 수양산으로 들어가 굶어 죽었다. 이들이 은거하여 굶어 죽은 것은 뜻을 굽히지 않았기 때문이며 어지러운 조정에서 벼슬하지 않음으로써 몸을 욕되게 하지 않았다고 했다.[41]

②에 해당하는 한 사람인 柳下惠는 士師[42]라는 벼슬을 하다가 세 번이나 쫓겨났는데, 어떤 사람이 "선생께선 떠나가 버릴 수가 없었던가요?" 하고 묻자, "곧은 도리로 사람을 섬기다 보면 어디를 간들 세 번은 쫓겨나지 않겠소? 도를 굽혀 사람을 섬긴다면 어찌 굳이 부모의 나라를 떠나겠는가?" 하고 대답하였다.[43] 또 한 사람인 少連은 居喪을 잘하여 3일을 게을리하지 않고, 3월을 懈怠하지 않았으며, 1년을 슬퍼하고, 3년을 근심하여 행실이 사리에 맞았다.[44] 이들은 때를 가리지 않고 벼슬을 하여 뜻을 굽히고 욕되게 했지만 언행을 도리에 맞게 했다는 것이다.

③에 해당하는 한 사람인 虞仲은 周 太王의 次子이자 太伯의 아우인 仲雍인데, 그는 형과 함께 荊蠻 땅으로 망명한 사람으로[45] 오나라에

---

41) 皇侃云 夷齊隱居餓死 是不降志也 不仕亂朝 是不辱身也.

42) 獄官.

43) 『論語』, 第18 微子篇 2章. 柳下惠爲士師 三黜 人曰 子未可以去乎 曰 直道而事人 焉
   往而不三黜 枉道而事人 何必去父母之邦.

44) 『論語』, 第18 微子篇 2章. 善居喪 三日不怠 三月不懈 朞悲哀 三年憂 則行之中慮 亦可
   見矣.

45) 景仁文化社編, 『中國人名大辭典』, 1974. 周太王次子 卽仲雍 與兄太伯俱適荊蠻.

살 적에 머리를 깎고 문신을 하고 벌거벗은 것으로 꾸밈을 삼았다.[46) 또 한사람 夷逸은 은거하여 벼슬을 하지 않고 세상을 가벼이 여겨 뜻을 함부로 늘어놓았다.[47) 이들이 은거하여 자기 혼자만을 선하게 한 것은 도의 깨끗함에 합당하고, 말을 함부로 하여 스스로 벼슬하지 않은 것은 도의 權道에 합당하다고 했다.[48)

그러나 공자 자신은 이들 逸民과는 달리 '可한 것도 없고 不可한 것도 없다'[49)고 했다. 이는 세상을 버리지도 안버리지도 않는 중용의 길을 걷고 있다는 뜻으로 볼 수 있다. 세상을 버림은 벼슬하지 않는 것이고 세상을 버리지 않음은 벼슬을 하는 것이다. 공자는 어느 한 쪽에 치우치지 않았다. 공자는 벼슬할 만하면 벼슬하고 그만둘 만하면 그만 두었으며, 오래 머무를 만하면 오래 머물었고, 속히 떠나야 하면 속히 떠났다.[50) 이는 성인은 때를 따라 일을 행하여 세상을 잊지 말 것이며, 도를 굽혀 가면서 남에게 따르지는 말아야 한다는 것이었다.

이처럼 '출'과 '처'에 대한 사대부의 행동 양식은 유교적 이념에 바탕을 둔 명분을 추구하는 것이었다고 할 수 있는데, 사대부가 때를 따라 일을 행하는 것은 세상을 잊지 말아야 하는 '출'의 명분이며, 남을 따르지 않는 것은 도를 굽히지 않아야 하는 '처'의 명분이었다.

『後漢書』의 逸民列傳에는 이러한 '출'과 '처'의 名分을 비교적 구체적으로 지적하고 있다.[51)

① 은거해서 뜻을 구함[52)(長沮, 桀溺의 경우)

---

46) 『論語』, 第18 微子篇 8章, 朱註. 仲雍居吳 斷髮文身 裸以爲飾.
47) 景仁文化社編, 앞의 책. 隱居不仕 輕世肆志.
48) 『論語』, 第18 微子編 8章, 朱註. 隱居獨善 合乎道之淸 放言自廢 合乎道之權.
49) 『論語』, 第18 微子篇 8章. 我則異於是 無可無不可.
50) 『論語』, 第18 微子篇 8章, 朱註. 孟子曰 孔子 可以仕則仕 可以止則止 可以久則久 可以速則速.
51) 『後漢書』, 卷83, 逸民列傳 第73.
52) 隱居以求其志.

② 회피하여 도(방식)을 보전함[53](薛方의 경우)
③ 자신을 고요히하여 조급함을 진정시킴.[54](逢萌의 경우)
④ 위험한 지경을 떠나서 안전을 도모함[55](四皓의 경우)
⑤ 세속에 때를 묻혀서 자신의 절개를 움직임[56](申徒狄, 鮑焦의 경우)
⑥ 흠을 내는 물건으로써 자신의 맑음을 물리침[57](梁鴻, 嚴光의 경우)

①의 '자신의 뜻을 구함', ②의 '자신의 도를 보전함', ③의 '자신을 고요히 지킴', ④의 '자신의 안전을 도모함' 등은 '處'의 명분을 말한 것이고, ⑤의 '자신의 절개를 움직임'과 ⑥의 '자신의 맑음을 물리침' 등은 '出'의 명분을 말한 것이다. 그런데, 여기서 '處'의 명분은 '出'하지 않는 데 대한 이유가 될 수도 있지만, '出'의 명분은 '出' 자체의 의미일 뿐 '處'하지 않는 데 대한 이유가 되지는 못한다. '出'과 '處'는 항상 '出'을 중심으로 인식할 수밖에 없는 것이다.

隱逸의 동기나 이유로서 '處'의 명분은 항상 '出'하지 않는 데 대한 이유로서 존재한다.

① 밭도랑에 있는 것을 달게 여기며 강과 바닷가에서 초췌하게 지내는 것을 보건대, 어찌 반드시 魚鳥와 친하고 숲속을 즐기고자 함이겠는가? 역시 성품이 이룬 결과일 따름이다.
② 한나라 왕실이 침침해져 왕망이 천자의 위를 찬탈하자 선비들이 의분을 안으로 쌓는 일이 심했다. 이 때 관면을 찢고 부수면서 서로 손을 이끌어 조정을 떠나간 사람이 헤아릴 수 없었다.
③ 그 후로 황제의 덕이 점차 쇠미해지자 조정이 간사하고 아첨하는 무리들로 가득차서, 처사들이 지조를 지켜 卿相들과 함께함을 부끄럽게 여기고 抗憤하여 돌아보지 않고 中行을 잃는 이가 많았다.[58]

---

53) 回避以全其道.
54) 靜己以鎭其躁.
55) 去危以圖其安.
56) 垢俗以動其槩.
57) 疵物以激其淸.
58) 『後漢書』, 卷83, 逸民列傳 第73.

위에서 나타나 있듯이 '처'의 명분은, ①에서는 자연을 즐기고자 하는 道樂에서가 아니라 儒者로서의 성품에서, ②, ③에서는 정치적·사회적 현실에서 찾아진다. 어쨌든 隱者나 逸民에게 있어서 이러한 '처'의 명분이란 결국 '출'할 수 없는 동기나 이유가 되는 것이다. 그러나 '출'의 명분을 '처'할 수 없음에서 찾는 경우는 없다. 이는 사대부들의 '출'과 '처'의 명분에 대한 인식이 '출'을 중심으로 이루어짐을 말한다. '출'이란 마땅히 사대부가 지향해야 할 행동 방식이기 때문이다.

공자도 역시 '출'과 '처'의 명분을 말하고 있는데, '출'을 중심으로 하여 '처'에 대하여 설명하는 방식이다. 『論語』에 나오는 성현의 '출'과 '처'에 관련된 이야기를 통해 살펴보자. 여기에는 세상을 피한 사람[隱者]과 공자와의 만남에 관한 이야기가 나오는데, '처'에 대한 공자의 견해가 '출'을 중심으로 전개된다.

① 초나라 광인인 接輿가 공자 앞을 지나며, "봉이여, 봉이여! 어찌 덕이 쇠하였는가? 지나간 것은 탓해도 소용없지만 앞일은 오히려 쫓아갈 수 있으니, 그만 둘지어다. 그만 둘지어다! 오늘날 政事에 종사하는 자들은 위험하다." 공자가 수레에서 내려 그와 더불어 이야기하려 했으나 빨리 걸어 피하므로 더불어 이야기하지 못하였다.

② 長沮와 桀溺이 함께 밭을 가는데 공자가 지나다 자로를 시켜 나루가 있는 곳이 어딘지를 묻게 하였다. 장저는 자로와 함께 있는 이가 공자임을 알고, "이 분은 나루를 알 것이오." 하였다. 다시 걸익에게 물으니 그는 자로가 공자의 제자임을 알고, "도도한 것이 천하가 모두 이러하니, 누구와 더불어 변역시키겠는가? 또 그대는 사람을 피하는 선비를 따르는 것보다는 세상을 피하는 선비를 따르는 것만 하겠는가?" 하고는 씨앗을 덮는 일을 그치지 않았다.

③ 子路가 공자를 수행하다 뒤에 쳐지게 되어 막대기에 대바구니를 달아 짊어지고 가는 丈人을 만나자 공자를 보았느냐고 물었는데, "사지를 부지런히 하지 않고, 오곡을 분별 못하니 누가 선생님이란 말이오?" 하면서 지팡이를 꽂아 놓고 김을 매었다. 자로가 손을 마주잡고 서 있으니, 자로를 머물러 자게 하고는 닭을 잡아 기

장밥을 지어 먹이고 그의 두 아들을 뵙게 하였다. 다음날 자로가 떠나와서 공자에게 말하니 공자는 "은자이다." 하고 자로로 하여금 돌아가 만나 보게 하였는데 도착해 보니 떠나가고 없었다.

①의 接輿는 초나라의 狂人으로 거짓 미친 체하며 세상을 피하였는데, 공자의 수레 앞을 지나면서 도가 있으면 나타나고 도가 없으면 숨는다는 鳳凰에 공자를 비유하여, 공자가 숨지 못함은 덕이 쇠했기 때문이라고 기롱한 것이다.[59] 공자는 수레에서 내려 그에게 出處의 뜻을 말해 주려 했지만 결국 접여는 스스로 옳다고 생각하여 공자를 피해 버렸다.[60]

②에서 長沮와 桀溺은 결국 공자가 정치에 참여함을 비난하고 있는데 이에 대하여 공자는 자신의 뜻을 깨닫지 못함을 안타까워하고 있다. 공자는, 사람을 끊고 세상을 피함을 깨끗한 것으로 여길 수 있느냐고 반문하면서, 천하가 만약 이미 편안하게 다스려졌다면 변역할 필요가 없지만 천하에 도가 없기 때문에 도로써 변역하려 할 뿐이라고 말하고 있다.[61]

③에서 丈人도 사지를 부지런히 하지도 않고 오곡을 분별하지도 못하는 공자의 현실 참여를 힐난하는 태도를 취하고 있다. 이에 공자는 子路를 시켜, 벼슬을 하는 것은 다섯 가지의 인륜 중에서 군신의 의를 행하는 것으로 이는 비록 도가 행하여지지 못할 것을 알면서도 폐할 수 없는 것으로 보고, 개인이 벼슬하지 않는 것은 비록 몸을 깨끗이 하여 인륜을 어지럽힌 것은 아니지만 의를 저버리는 것이라 하고 말하고 있다.[62]

위에서의 隱者의 隱逸의 태도는 '처'를, 이에 대한 공자의 현실 참여

---

59) 『論語』, 第18 微子篇 5章, 朱註.
60) 위의 책, 같은 곳.
61) 『論語』, 第18 微子篇 6章, 朱註.
62) 『論語』, 第18 微子篇 7章, 朱註.

의 태도는 '출'을 각각 가리킨다. '처'의 태도를 지닌 은자를 두고서도 '출'과 '처'의 명분에 대한 이야기는 '출'의 논리로써 설명되고 있다. 공자의 견해는 은일과 현실 참여라는 서로 대립되는 태도 중, '처'의 은일보다 '출'의 현실 참여 쪽에서 나온 것이다. 은자의 '처'의 명분에 대한 모든 기술은 그 어떤 경우도 공자의 '출'에 대한 명분을 초월하지 못하고, 오히려 그것을 강화하는 쪽으로 전개되고 있다. 공자는 유교라는 이데올로기 속에서의 사대부의 행동 방식인 '출'이나 '처'에 대하여 중용의 도로써 판단하고 있기는 하지만, 결과적으로는 유교적 사회 전체의 구조 속에서 사대부의 행동 방식이 '출'을 중심 축으로 하는 출사 지향의 바탕에서 이루어져야 하는 것임을 암시하고 있다.

이상에서 살핀 바대로, '출'과 '처'에 대한 사대부의 행동 양식의 토대를 이루는 명분이란, 조선전기 사대부들의 성리학적 세계관의 중심축을 이루는 것이었다. 성리학은 조선시대 사대부들의 이념적 기반을 이루는 것으로서 엄격한 신분계층제도를 옹호하였으며, 이에 따라 사회제도 또한 양반관료제를 근간으로 하였다.[63] 그러므로 사대부들의 성리학적 이념 추구는 이러한 제도 하에서 그 어떤 형태로든 그들 계층의 신분적 이익에 대한 추구를 수반하는 것일 수밖에 없었을 것이다. 즉, 조선시대 사대부의 이념의 추구는 현실적으로는 그들의 계층적 욕구와 밀접한 관련을 지니는 것이라 할 수 있다. 사대부들의 이상은 출사를 통하여 이념을 달성하는 것이었지만 그것은 어디까지나 개인과 가계를 위한 입신양명의 길이기도 했다.[64] 유교적 학문 연구를 출사를 통한

---

63) "성리학은 무엇보다도 조선왕조라는 역사 시기를 지배하고 따라서 그 지배질서의 영속화를 위하여 각 학파가 각기의 정통성을 주장하면서 재생산해 간 하나의 관념적인 이데올로기였다." 김태영, 앞의 글, p.282.

64) 이러한 사정은 조선초기의 대표적 사대부 학문 집단인 집현전학사들의 경우에서도 극명하게 드러난다. "집현전학사는 오늘날과 같은 의미의 직업적인 학자는 결코 아니었다. 당시의 지배계급 출신 지식인이 대개 그러하듯 이들도 정치적인 입신출세를 지향하는 존재였던 것이다." 정두희, 앞의 책, pp.125~126.

이념의 추구로 이어갔던 사대부들의 이상세계에의 갈망에는 입신양명 이란 욕망의 존재가 근원적으로 자리하고 있는 것이다.

유교는 현세를 도덕의 경지로 승화해 가도록 하는 現世主義로서 이는 정치를 통하여 이루어질 수 있는 것이었는데,65) 더욱이 조선시대는 문학이 정치와 불가분의 관련이 있었다.66) 조선시대 사대부들의 出仕와 退處에 관한 의식이 문학적으로 형상화되어 나타난 것이 歸去來라고 할 수 있다.

그런데, 조선전기 사대부가사의 정서적 배경으로 자리하는 귀거래에 대한 이해를 위해, 사림파의 성격을 훈구파와 대립되는 하나의 집단이 아닌 보다 범사대부적 관점에서 인식할 필요가 있다.67) 앞에서 살폈듯이, 사림파와 훈구파는 사화라는 정치적인 갈등의 영역을 벗어나 그들의 출신과 경제적 기반에서 본다면 별 차이가 없고, 사림파의 내부에도 훈구파와 그 주장을 같이하는 부류가 존재한다.68) 또한 사대부 문학은 在朝에서 이루어지지 않는 까닭에 士林文學이란 결국 '出仕之士'나 '不仕之士' 모두의 문학을 뜻하기도 한다.69)

사대부 문학에서 '귀거래의 사회적 원인성과 그 생활의 필연성'70)이 되는 土地는 군주에 대한 忠信의 대가로 주어진 것이었다. 그러므로 그들이 귀거래를 했을 때 그 귀거래의 바탕이 된 토지는 사대부적 정치 현실의 세계와 완전히 절연된 공간은 아니었다. 사대부는 出仕함으로써 성리학적 이념을 추구하기도 하지만 현실적 이익과 이념적 추구 사이에 괴리가 생겼을 때 '退'하여 이곳에 '處'하게 된다. 그러므로 사

---

65) 김충렬, 『고려유학사』, 고대출판부, 1984, p.124.
66) 이민홍, 『조선중기 시가의 이념과 미의식』, 성대출판부, 1993, p.13.
67) 이는 사림과 훈구라는 정치적인 구분까지를 무시한다는 의미가 아니라, 사대부 가사의 문학적 바탕을 염두에 둘 때 공통점을 지닌다는 의미이다.
68) 권인호, 앞의 책, p.21 참조.
69) 이민홍, 사림파문학연구, 『성대문학』 제19집, 1976, 4. 성균관대국문과, pp.4~5.
70) 최진원, 앞의 논문, p.14.

대부가 관직에서 물러나 鄕村의 토지로 돌아와 외친 귀거래의 문학에
서, 현실에서의 벗어남이 아닌 여전히 현실인 그 공간 속에서의 정치적
현실에 대한 갈등의 그림자를 발견하게 됨은 당연한 귀결이다. 그들은
鄕村의 토지로 退處했음에도 불구하고 정치적 현실을 완전히 떠난 것
이 아니었다.

> 歸去來 歸去來 흐들 물러간 이 긔 누고며
> 功名이 浮雲인 줄 사람마다 알것만은
> 世上에 꿈 씬 이 업쓴이 그를 슬허 ᄒ노라   <李鼎輔>

이 시조는 현실정치에 참여함으로써 유교적 이념을 실현해 갔던 당
대 사대부가 노래한 귀거래에 담긴 갈등의 의미를 단적으로 드러내고
있다. 그들의 귀거래 노래는 이 시조에서처럼 결국 功名을 浮雲으로
느끼지 못하는 까닭에서 나온 역설적인 것이며 이러한 사정은 모든 사
대부에게 공통된 것이었을 터이다.

사대부는 현실을 지향한다. 사대부가 정치적 현실을 떠나 자연으로
돌아가고자 외친 귀거래의 노래도 사실상 사대부의 이러한 현실 지향
태도의 연장선상에서 이해될 성질의 것이다. 사대부는 현실을 지향하며
현실 속에서 이념을 추구하는데 이는 出仕를 통해서이다. 현실 속에서 이
념을 추구할 수 없을 때 현실을 떠나게 된다. 단순히 보면 귀거래는 그
들의 이념에 대한 추구가 좌절된 공간으로서의 현실로부터의 떠남이다.

그러나 비록 현실의 상황이 이념의 추구에 반하는 것이긴 하지만 그
렇다고 그 현실에 대해 완전히 등을 돌릴 수는 없다. 사대부에게는 從
政이 최대의 실리요 영예이며 隱遁은 명분상의 가치일 뿐이었다.[71] 그
러므로 그들이 은둔했던 자연이란, 현실에서 불가능했던 이념의 추구가
그 현실과는 또 다른 방식으로 이루어질 수 있었던 이상향이었을 것이

---

71) 임형택, 앞의 책, p.390.

고, 이러한 이상향의 추구가 귀거래로 나타난 것이라고 할 수 있다. 그들이 지향했던 유교적 이상세계는, 현실 속에서는 정치에 참여함으로써 兼善의 방식으로, 현실에서 물러나 자연 속에서는 獨善의 방식으로 추구된다.

그러므로 그들이 돌아가고자 하는 이 자연은 현실과 괴리된 것이 아닌 현실의 연속으로서의 자연이며 현실에서 이루지 못한 이상향의 또 다른 모습이다. 결국 자연은 현실의 대립항으로서 존재하는 것이 아니다. 귀거래의 목적지이자 이상세계인 자연으로 돌아간다는 것은 현실에서 이념을 실현하는 것과 궤를 같이 하는 것이었을 터이다.

사대부의 귀거래의 노래들은 그들이 현실정치에서 물러나 자연에 처했을 때 부른 것이다. 자연 속에 있으면서도 진정으로 그 속에 동화되지 못하는 것, 이것이 귀거래를 노래한 의미이며 갈등의 요체이다. 자연에 있으면서도 자연에 동화되지 못하는 갈등의 근본 요인은 이상세계의 추구에 있으며, 자연 속의 의식은 아직 이상이 달성되지 못한 현실 속의 의식의 연장이라고 할 수 있다. 이렇게 볼 때 갈등의 두 대립항은 자연과 현실이 아니라 이념의 추구와 그 이념이 달성되지 못하고 있는 현실이다. 귀거래의 갈등은 이념과 현실의 대립을 근간으로 하고 있다.

귀거래의 노래에서 그들이 돌아가고자 하는 곳은 자연이다. 현실로부터 떠나 자연으로 돌아감은 노래의 피상적인 의미에 지나지 않는다. 그들의 귀거래는 정치적 현실을 떠난 의미로서의 자연으로 돌아감이 아니다. 이념이 성취되는 세계로서의 자연이 그들이 돌아갈 곳인 것이다. 사대부들의 귀거래 노래는 그들이 추구하는 유교적 이념이 달성되는 이상세계로서의 자연의 발견에 그 의미가 있다. 자연이란 물질이나 환경으로서의 山水의 세계가 아니라 그들의 이념이 성취되는 이상세계였을 것이다. 사대부는 그들이 추구하는 유교적 이상과 조화를 이루는 세계를 자연에서 발견하고자 한 것이다.

그들이 원하는 귀거래의 궁극적인 목적지로서의 자연은 그들의 이념의 종착지이며 현실적 욕망이 충족되는 세계이다. 동시에 이는 다시 정치적 현실의 세계로 나아가는 출발점이 된다. 그러나 이는 소망스런 추상의 공간일 뿐 그들이 속한 자연 속에는 아직 존재하지는 않는다. 그렇다면 그들이 속한 자연으로부터 다시 돌아갈 이상향은 결국 현실 속에서 찾아진다.

그러므로 사대부의 귀거래는 出仕에서 완전히 멀어질 수는 없다. 사대부가 귀거래를 외치며 돌아갈 이상향이란 역시 현실 속에 존재하기 때문이다. 현실을 떠나오며 외친 귀거래의 돌아갈 곳, 致仕의 목적지도 궁극적으로 이상을 실현하기 위한 곧 현실 속의 세계일 수밖에 없다. 떠나온 곳도 현실이며 다시 돌아갈 곳도 현실이다. 이렇듯 '出'과 '處'라는 갈등의 순환 고리 속에서, 出仕를 지향하는 사대부의 의식과 자연을 동경하는 逸民的 취향이 밀접하게 맞물려 귀거래의 의미를 형성한다. 이 귀거래는 이념의 추구와 그에 반하는 현실간의 갈등 속에서, 현실에 대한 불만족에서 오는 결핍의 감정이 현실의 변화를 희구하는 지향성으로 나타난 것이다. 떠나왔으면서 또 돌아가고자 하는, 자연이라 명명된 또 하나의 현실 속의 이상향의 추구 곧, 출사지향 의식이 귀거래의 바탕이 되고 있다.

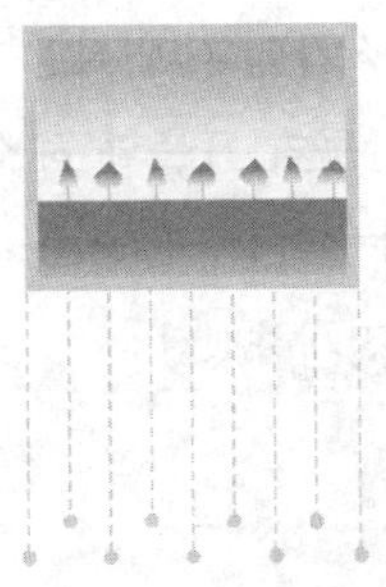

제3장 갈등표출의 문학적 형상화

1 갈등의 구조적 성격과 그 의미

사대부가사의 갈등은 서정으로서의 표출로 이해된다. 이 서정으로서의 갈등의 표출이란 서사나 극에서와는 달리 작품상에 갈등을 일으키는 요소간의 대립 과정이 구체적으로 전개되지 않는다는 의미이다. 즉, 갈등이 생성·발전되고 절정에 이르러 해소되어 결말에 이르는 구조가 작품의 전개상에 나타나지 않는다. 그러나 작품 정서의 바탕에는 갈등의 대립적 요소가 존재하며 이 대립적 요소 사이의 갈등은 작품상에서 표출과 해소를 위한 정서로 환치되어 나타난다. 갈등이 작가의 내면에 존재하는 한편 또 이와 관련하여 작품상에 다른 모습으로 드러나기도 하는 이러한 정황은, 사대부가사의 갈등이 이중구조를 띠고 있음을 뜻한다. 작품의 바탕에 깔린 작가의 내면적인 대립으로 한 갈등은 심층적 구조로, 작품상에 드러난 갈등의 표출과 해소를 위한 정서는 표층적 구조로 이해된다. 이 장에서는 갈등 구조에 대한 이러한 인식을 전제로 이에 대한 구체적 논의를 전개하겠다.

(1) 심층과 표층의 이중구조

가사는 시조와 함께 사대부들에게 있어서 私的인 문학이다.[1] 公的이기만 한 악장이나 공적인 것과 사적인 것을 공유하는 경기체가의 공적인 면이 '통치질서의 확립'이라든가 '태평성대의 구가'라는 내용을 지닌다고 한다면,[2] 사적인 문학은 그들의 개인적인 소망이나 고민이 그 내용이었을 것이다. 집권 사대부라 하더라도 공적인 문학에서 내세우는 것만으로는 그 소망이나 고민을 충분히 해소할 수 없어 개인적인 창작을 따로 필요로 했을 것이기 때문이다.[3]

가사는 공적인 문학처럼 이념적인 내용을 전면에 내세우지는 않으며 개인적인 정서를 내용으로 한다. 그러므로 악장이나 경기체가와 같은 공적인 문학과는 달리, 가사는 사적인 문학으로서 악장이나 경기체가보다는 상대적으로 작품상의 정서가 보다 자유스러울 수 있다. 바꾸어 말하면 사대부는 그들의 사사로운 정서를 가사라는 장르를 통해 비교적 자유스럽게 표출한 것이라고 하겠다.

그런데, 문학이란 것이 원래 원시종합예술의 '노래'에서 언어매체만 떼어 흘러나온 것으로 애당초 대중성을 띤 것이기도 하다.[4] 곧, 노래한

---

1) 조동일, 『한국문학통사』 2, 1983, p.282.
2) 위의 책, p.281.
3) 위의 책, pp.281~282.
4) 이종찬, 『한국의 선시(고려편)』, 이우출판사, 1985, p.14 참조. 이러한 견해를 보다

다는 것에는 작가의 효용론적, 功利的 계산이 작용한다.5) 그러므로 가
사를 통해 사사로운 정서를 노래함에 있어서도 모종의 공리적 목적이
개입됨으로써, 작가는 청자에게 개인의 의사를 전달하고자 하는 의도를
지니게 된다.

가사에서의 의사소통의 내용은 사적이긴 하지만 그 과정은 비밀스러
운 것이 아니고 공개적인 것이다. 가사를 통해 표출하고자 한 사대부들
의 사사로운 정서는 어차피 歌唱이나 吟詠이라는 연행 방식을 통해 공
개적으로 전달될 수밖에 없으며, 사대부들이 가사라는 장르를 선택하여
작품을 창작하는 순간 이러한 공개적 성격은 이미 그들의 문학 행위
속에 내재되어 있는 것이다. 내면을 공개적으로 전달하는 데 있어서는
어느 정도의 제약이 따르게 된다.

가사를 통해서 사대부들이 사사로운 정서의 내용을 공개적으로 전달
하는데 있어서는 그들 나름대로의 절제된 방식을 선택하게 마련이다.

> 松竹 鬱蔚裏예 風月主人 되여셔라
> 柴扉예 거러보고 亭子애 안자보니
> 逍遙 吟詠ᄒ야 山日이 寂寂ᄒᄃᆡ
> 閒中 眞味를 알니업시 호재로다
> 아츰에 採山ᄒ고 나조희 釣水ᄒ새

연장시켜 가사의 경우와 관련하여 본다면, 사대부가사는 (士)俗文學으로 평민층의
대중문학적 성격도 아울러 지닌다고 할 수 있다. 이 말은 작가층이 평민층이라는
뜻이 아니라, 한문문학인 아체문학의 담당자로서 지식층인 사대부가 가사를 지은
것은 그들 지식층만이 아닌 평민층도 염두에 두었기 때문일 것이고, 이 평민층은
이 사대부가사의 향수자 였을 수도 있다는 의미이다. 이러한 점은, 사대부의 가사
가 樂人들의 구전으로 후대에 기록되었고, 또 사대부가 노래를 지어 侍兒들에게
부르게 했다는 사실 등에서도 시사하는 바가 크다.

5) 임기중은 <설색궤가> · <구지가> · <해가> 등 우리나라 呪歌를 비롯하여 향가의
창작 내지 가창발상에는 공리적이고 실용적인 목적이 자리하고 있다고 했다. 임기중,
향가의 주술성, 『향가문학연구』, 화경고전문학연구회편, 일지사, 1993, pp.193～217
참조. 김대행은 사회등 가사를 대상으로 작가의 의도와 관련하여 노래 양식이 갖는
공리성 살폈다. 김대행, 『시가시학연구』, 이대출판부, 1991, pp.34～38 참조.

> 小童 아히ᄃ려 酒家에 술을믈어
> 얼운은 막대집고 아히는 술을메고
> 微吟 緩步ᄒ야 시냇ᄀ의 호자안자
> 明沙 조흔믈에 잔시어 부어들고
> 淸流롤 굽어보니 ᄯᅥ오ᄂ니 桃花ㅣ 로다
> 武陵이 갓갑도다 져미이 권거인고   <상춘곡>

  '봄날 하루 동안의 생활을 일기 쓰듯이 이것저것 다 늘어놓아 하루
의 생활을 일목요연하게 서술'[6]해 놓은 듯한 이 진술은 사대부적 서정
의 조리있는 은유로, 단순한 사실의 누적적 반복을 드러내는 기능에 머
무는 것이 아니라 그러한 은유의 중첩적 강조와 그 강조의 균형있는
분산의 구실을 하는 것이다.[7] 또한 이 진술은 아침·점심·저녁이라는
시간적 추이의 질서에 따라 감정적 도취의 균형있는 안배를 꾀함으로
써 사대부의 절도있는 서정을 효과적으로 드러내는 기능을 담당하는
것으로, 감정적 고조의 균형있는 조절과 그 확산이라 할 수 있으며 지
나친 격정을 기피하는 사대부 특유의 서정적 표출 방식으로 이해된다.[8]

  이 절제된 서정의 표출이란 단지 서정을 표출하는 선에서 그치는 것
이 아니라 누군가의 청자나 독자를 의식하는 진술로 이루어진다는 점
을 의미한다. 이 절제된 표현의 태도를 앞서 언급한 가사의 의사소통의
국면과 관련하여 자세히 살펴보자. 사대부가사에서 작가의 의사전달은
가창이나 혹은 음영이라는 연행 방식으로 인해 공개적일 수밖에 없다.
그의 의사를 전달하고 이에 대한 공감을 얻기 위해서 작가는 그의 정
서를 일방적으로 표현하는 것만이 아니라, 독자 혹은 청중의 정서와 만
나게 됨을 고려하지 않을 수 없는 것이다. 작품상에서는 아무리 은밀한
내면의 독백도 독자 혹은 정자와 만나게 되는 의사소통의 틀 안에서는

---

6) 조동일, 가사의 장르 규정, 『어문학』 21집, 한국어문학회, 1969.
7) 김학성, 『국문학의 탐구』, 성대출판부, p.128, 1987.
8) 위의 책, 같은 곳.

결국 공개적인 것일 수밖에 없다는 사실을 염두에 두는 것이다. 사대부 특유의 서정적 표출 방식은 그들이 처한 정치적·사회적 환경의 영향으로 인해 그 절제된 표현9)을 더욱 강화시키게 된다. 사대부가사에서 이 절제된 표현이란, 표현하고자 하는 내용이나 대상이 원래의 그것과는 다른 식으로 표현된다는 말로서, 작가의 내면 의식과 그것의 표현이 서로 다른 이중성을 띠고 있다는 의미이다. 곧, 사대부가사의 갈등 구조는 작품의 심층구조로서 작가의 의식 가운데 내면적 대립이 존재하고 표층구조로서 그 내면적 대립의 갈등이 작품상에 노정되어 표출되는 이중구조를 지니고 있다.

강호가사로 불리는 일련의 작품들을 통하여 유교적 이념을 현실에서 실현함으로써 이상세계를 추구했던 사대부들은, 그 이념을 현실에서 추구할 수 없었을 때 宦路에서 물러 나와 자연 속에 처하면서 이념과 현실간의 대립에서 오는 갈등을 노래했다. 사대부가사의 바탕에 존재하는 작가의 내면적 갈등의 구조는 이러한 현실과 이념간의 대립으로 이루어진다. 연군가사의 경우도 강호가사와 다르지 않다. 연군가사에는 작품의 전면에 부각된 군주에 대한 忠信의 이면에 현실적 출사를 지향하는 기대와 욕망이 꿈틀거리고 있다. 출사의 길로부터 멀어진 상황에서의 연군은 출사의 상황에서의 그것과는 다르다. 출사의 상황에서는 현실을 통해 이념을 추구할 수 있지만 퇴처의 상황에서는 이념의 추구가 현실과 대립되어 있다. 그러므로 연군가사도 이념과 현실의 대립이란 갈등 구조가 작품 정서의 바탕에 자리하고 있다.

그런데 원래 江湖歌道는 '조선이라는 배경 하에서의 黨爭下의 明哲保身이요, 致仕客의 閑寂에서 비롯된 것'10)으로, '進하면 조정의 관료

---

9) 절제된 표현이라고 할 때 절제란, 한시나 시조의 시형상의 압축과는 다른 의미이다. 압축된 시형을 통해서도 자유분방한 표현을 얼마든지 가능하기 때문이다. 그러므로 여기서의 절제는 표현 정서상의 태도에 관한 것이 된다.

10) 조윤제, 『한국문학사』, 동국문화사, 1963, pp.130~141 참조.

로서 佐君澤民의 치적을 올리고 退하면 강호의 처사로서 吟風弄月의 高致를 누리는 양면성'11)을 지닌 것이었다. 강호가사는 환로에서 물러났거나 환로에 들어서지 못한 仕宦 지망 선비들의 노래이면서, 그 실의를 벗어나 자신을 수양하고 나아가 현실에 만족을 얻으려 노력하는 갈등의 노래였다.12) 이것은 막연히 농부나 어부의 생활을 노래한 것이 아니라, 선비로서 장차 벼슬길에 나아갈 수 있는 사람들의 재야생활을 노래한 것이었다.13)

강호가도가 지닌 이러한 양면성이란 또한 사대부들의 행동방식과 그 행동방식을 결정하는 의식구조의 성격을 말해주는 것이다. 그런데 이러한 出仕와 退處의 양면성을 지닌 행동방식과 의식구조가 실은 출사를 지향하는 것이었음을 앞의 제2장에서 살핀 바 있다. 사대부는 퇴처했을 경우 현실과 이념의 대립으로 인한 갈등을 일으키기도 하지만 곧 이념과 현실간의 조화를 꾀하면서 출사를 추구하게 된다. 현실과 이념의 조화를 명분으로 삼아 출사의 길로 나아갔다가, 그 현실이 그들이 추구하는 이념에 대립되는 것일 때 환로에서 물러나 퇴처하게 되지만, 그들의 현실이 변화하여 이념의 추구가 가능하게 될 때 다시 출사의 길로 나아가게 되는 것이다. 곧, 사대부의 양면적 행동방식과 의식구조는 출사를 지향하는 순환적 양상를 띠게 된다. 이러한 출사 지향의 순환적 행동방식과 의식구조로 인해 근본적으로 사대부들은 이념의 추구와 그에 반하는 현실과의 갈등을 조화롭게 극복하고자 하는 정서적 지향을 지니고 있다고 할 수 있다.

이념과 현실간의 갈등을 조화롭게 수습하고자 하는 이러한 출사 지향의 순환적 행동방식과 의식구조는, 자아와 세계의 동일성을 추구하는 서정의 본질을 지닌 가사의 장르적 성격과도 밀접하게 관련된다. 앞서

---

11) 이우성, 고려말 이조초의 어부가, 『성대논문집』, 제9집, 1964.
12) 정재호, 강호가사소고, 『한국가사문학연구』, 집문당, pp.256~257.
13) 위의 책, p.259.

언급했듯이 사대부가사에는 이념과 그에 반하는 현실간의 대립이라는 작가의 내면적 갈등이 심층적으로 존재하지만, 표층적으로는 이 갈등을 표출하여 해소하고자 하는 정서로 환치되어 나타난다. 이는 궁극적으로 자아와 세계의 대립이 아니라 동일성을 추구하는 서정시의 정신[14]으로 말미암은 것이라 하겠다.

이와 같이 사대부들은 이념의 추구와 그에 반하는 현실간의 갈등을 가사를 통하여 표출 · 해소함으로써 조화롭게 수습하고자 했다고 할 수 있는데, 이러한 갈등의 표출과 해소를 담당하는 주류적 정서가 강호가사에서는 흥취로 연군가사에서는 연군으로 나타난다. 강호가사에서는 자연흥취가, 연군가사에서는 연군의 정서가 각각 작품의 주된 정서로 표출되어 있음은 주지의 사실이다.[15]

요약해서 말하면 사대부가사는 출사와 퇴처의 순환적 의식구조 속에서 출사를 지향하는 사대부 의식의 바탕이 자아와 세계의 조화를 추구하는 서정의 정신과 맞물려 나타난 것으로, 이념의 추구와 그에 반하는 현실간의 대립적 갈등구조가 작품의 심층적 구조로서 자리하고 있고, 작품의 표면상으로는 갈등을 표출하고 해소하는 정서인 흥취나 혹은 연군으로 환치되어 표층적 구조를 형성하는 이중구조를 띠고 있다고 할 수 있다.

(2) 갈등표출의 관련 요소들

사대부가사의 주류적 정서인 흥취와 연군은 작가가 처한 현실과 이

---

14) 이 동일성(identity)이란 자아와 세계의 일체감 · 결속감의 의미로 사용된다. 김준오, 『시론』, 삼지사, 1991, pp.355~366 참조.

15) 그러나 작품 속에 내재하는 출사 지향의 의식이 직접적으로 자연흥취나 연군의 옷을 입고 있다고 말할 수는 없다. 자연흥취나 연군의 바탕에 궁극적으로 사대부들의 출사지향의 의식이 자리하고 있다는 소박한 의미로서의 인식이다.

념으로 인한 갈등을 표출하여 이를 조화롭게 해소하고자 하는 작가의
의도와 관련된 것이다. 전자는 작품상에서 이념적 사고와 관련하여 이
와 교합함으로써, 후자는 부정적 현실인식과 관련하여 이와 교합함으로
써 작가의 내면적 갈등을 표출하는 구조를 띠게 된다. 이 때 이념적 사
고와 부정적 현실인식은 갈등의 원인적 요소이고, 흥취와 연군은 갈등
의 해소를 위한 요소라고 할 수 있는데, 사대부가사의 갈등표출의 구조
는 이 갈등의 원인적 요소와 해소를 위한 요소간의 관련구조가 된다.
흥취와 연군으로 항을 나누어 갈등표출의 관련 요소들이 지닌 구조적
의미를 구체적으로 살펴보기로 한다.

1) 자연흥취와 이념

性理學을 사상의 근거로 하고 山水를 노래한 시는 道體의 구현이라
고 할 理致를 제시하는 공통점이 있다.16) 곧, 사대부가 자연에 대한 감
상을 노래한 시에는 자연의 경치를 바라보고 느끼는 흥취와 함께 자연
의 理法에 대한 성찰이 담겨 있다. 도체의 구현으로서 사대부의 자연
감상 태도는 다음의 글에 단적으로 드러나 있다.

> 천지간의 모든 사물은 각기 理가 있다. …… 모두 道體가 깃들인 것
> 이며, 지극한 가르침이 아닌 것이 없다. 사람이 비록 조석으로 이것들
> 을 접하면서 그것들이 지닌 오묘한 이치를 파악하지 못한다면 차라리
> 못 보는 것과 무엇이 다르겠는가? 선비가 金剛에 가서 그저 風光만 보
> 고 山水[金剛]의 趣意를 깊이 터득하지 못한다면 백성이 日用하면서
> 모르는 것과 다를 바가 없다.17)

---

16) 조동일, 산수시의 경치 · 경치 · 이치, 『한국시가의 역사의식』, 문예출판사, 1993,
   p.139.

17) 李珥, 洪恥齋仁祐遊楓嶽錄跋, 『栗谷全書』I, 卷13, 跋, 韓國文集叢刊44, 民族文化推
   進會, 1989. 天壤之間 物各有理 …… 皆道體所寓 無非至教 而人雖朝夕寓目 不知厥理
   則與不見何異哉 士之遊金剛者 亦目見而已 不能探知山水之趣 則與百姓日用而不知者

위에서 栗谷은 금강산을 구경하러 가는 사람에게 자연의 겉모습[風光]만을 볼 것이 아니라 자연에서 道體[趣意]를 발견해야 한다면서 사대부의 자연 감상의 태도를 道學的 基準에 두고 있다.

그런데 자연을 감상하는 태도에 대하여 退溪는 약간 다른 반응을 보인다.

> 옛날에 산림을 즐긴 자를 보면 두 부류가 있다. 玄虛를 그리워하여 高尚을 섬겼던 자가 있고, 도의를 기뻐하고 심성을 길러서 즐겼던 자가 있다. 전자의 말을 따른다면, 潔身亂倫에 흘러서 심하면 새 짐승과 함께 무리를 지어도 그릇된다고 생각하지 않게 될까 봐 두렵고, 후자의 말을 따른다면 좋아하는 바는 糟粕뿐이고, 그 전할 수 없는 묘에 이르러서는 구하면 구할수록 얻지 못하니 어찌 즐거움이 있겠는가. 그러나 차라리 이것(후자)를 위해서 스스로 힘쓸지언정 저것(전자)를 위해서 스스로 속이지는 않겠다.[18]

퇴계는 자연에 대한 인식에 있어서 玄虛를 그리워하고 高尚을 섬겨 潔身亂倫에 흐르는 道家的 態度를 거부한다. 도의를 기뻐하고 심성을 기르는 道學的인 규범에서 자연을 감상할 것을 주장한 것이다. 그러나 퇴계의 이와 같은 도학적 규범에서의 자연 감상은, '후자[도학적 태도]를 따른다면 좋아하는 바는 糟粕뿐이고, 그 전할 수 없는 묘에 이르러서는 구하면 구할수록 얻을 수 없으니 어찌 즐거움이 있겠는가.'라고 하여 어려운 것임을 스스로 인정하고 있다. 퇴계는 스스로 속이면서까지 도가적 자연에 동화된 삶의 태도를 거부하면서도, 결국 '자연은 도의와 심성을 기르는 군자의 벗일 뿐이지 완전히 융합된 삶을 이루어야

無別矣.

18) 李滉, 陶山雜詠記, 『退溪集』I, 卷3, 韓國文集叢刊29, 民族文化推進會, 1989. 觀古之有樂於山林者 亦有二焉 有慕玄虛 事高尚而樂者 有悅道義 頤心性而樂者 由前之說 則恐或遊於潔身亂倫 而其甚則與鳥獸同群 不以爲非矣 由後之說 則所著者糟粕耳 至其不可傳之妙 則愈求而愈不得 於樂何有 雖然寧爲此而自勉 不爲彼而自誣矣.

할 대상은 아니'[19]라고 하면서 도학적 자연 감상의 태도에 대해 어려움을 토로하고 있다.

그의 이러한 도학적 자연 감상의 태도에 대한 어려움의 토로에는, 이러한 태도를 통해서는 흥취를 느끼기 어렵다는 인식이 근저에 있음을 다음에서 암시받을 수 있다.

> 그 속에 漁父歌가 雙花店 諸曲과 더불어 섞여 실려 있다. 그러나, 사람이 들으면 저것[쌍화점 제곡]에 있어서는 手舞足蹈하고 이것[어부가]에 있어서는 倦而思睡하니 웬 일인가?[20]

위는 <어부가>가 흥취를 불러일으키지 못함에 대한 안타까움이다. 그래서 그는 <도산십이곡>을 지어 '아이들로 하여금 아침, 저녁으로 익혀서 노래하게 하고 의자에 기대어 듣기도 하며, 또한 아이들로 하여금 스스로 노래하고 스스로 춤추며 뛰게 하고자'[21] 했을 것이다.

<한림별곡>류와 같은 것은 '矜豪放蕩'하고 '褻慢戲狎'하여 군자가 숭상할 바가 아니고, 또한 李鼈의 <六歌>가 <한림별곡>류보다 낫기는 하지만 '玩世不恭'의 뜻이 있고 '溫柔敦厚'의 實이 적어, 이에 <도산십이곡>을 지어 자연 감상의 흥취를 노래함으로써 鄙吝한 마음을 씻어 내어 感發하고 온화하게 되어 노래하는 자와 듣는 이가 모두 서로 유익하게 할 수 있다고 본 것이다.[22] 이는 궁극적으로, '당시 중심 문화를 이루고 있었던, 시로 이어지는 이미지 위주의 한시로는 청각적

---

19) 정대림, <성산별곡>과 사대부의 삶, 『한국고전시가작품론2』, 집문당, 1992, p.642.

20) 李滉, 書漁父歌後, 『退溪集』Ⅱ, 卷43. 韓國文集叢刊30, 民族文化推進會, 1989. 而此詞 與霜花店諸曲 混載其中 然人之聽之 於彼則手舞足蹈 於此則倦而思睡者 何哉.

21) 李滉, 陶山十二曲跋, 『退溪集』Ⅱ, 卷43, 韓國文集叢刊30, 民族文化推進會, 1989. 欲使 兒輩 朝夕習而歌之 憑几而聽之 亦令兒輩 自歌而自舞蹈之.

22) 李滉, 陶山十二曲跋, 『退溪集』Ⅱ, 卷43, 韓國文集叢刊30, 民族文化推進會, 1989. 翰林 別曲類 …… 而矜豪放蕩 兼以褻慢戲狎 尤非君子所宜尙 惟近世有李鼈六歌者 …… 亦惜 乎其有玩世不恭之意 而少溫柔敦厚之實也 …… 而作爲陶山六曲者二焉 …… 可以蕩滌鄙 吝 感發融通 而歌者與聽者 不能無交有益焉.

상상력으로 호소할 수 있는 음악성의 한계가 있었기 때문에, 이를 보완하기 위해 노래로 이어지는 可歌文學으로서의 효과'23)에 힘입은 흥취의 역할을 말해 주는 것이다.

<도산십이곡>이 지향하는 溫柔敦厚는 <한림별곡>류의 지나친 향락을 거부하며, 동시에 李鼈의 <六歌>의 玩世不恭 곧, 혼탁한 세상에 대한 풍자적이며 냉소적인 方外的 자세를 거부하는 것이다. 결국 <도산십이곡>을 지어 자연에 대한 흥취를 노래하는 가운데 현실의 걱정과 근심을 씻을 수 있는 溫柔敦厚의 實을 얻을 수 있다는 말인데, 이는 자연에 대한 인식이 현실에 대한 긍정적 관심을 수반하여야 함을 드러내 보인 것이다.

> 사대부 중에 나아가 당대에 쓰임을 얻지 못하여 자리를 버리고 閭巷에 처하는 자는 반드시 이름난 산과 아름다운 물이 있는 곳에서 池館과 園囿의 樂을 누리면서 한편으로 맑고 적막한 즐거움을 행하고 다른 한편으로 때를 근심하고 대궐을 그리워하는 정을 서술한다.24)

이처럼 사대부들의 자연 인식은 현실에 대한 관심과 더불어 존재한다. 자연은 사대부에게 있어서 현실과 분리되지 않은 연속적인 공간이며 자연 감상의 흥취 또한 현실 속 정서의 또 다른 모습이라고 할 수 있다. 그들에게 있어서 자연은 현실과 대립되는 것이 아니었다. 자연은 곧 그들의 생활의 터전이었기에 자연 속의 삶도 역시 현실 속 삶의 연장선상에 있었다. 자연은 생활과 동떨어진 공간이 아니라 생활의 연속으로서의 공간이었다. 그들의 자연 인식의 토대는 사실 그들이 신분상 소유한 토지라는 생활 터전에서 마련된 것이기도 했다. 조선조 사대부

---

23) 이종찬, 앞의 책, p.231~233.
24) 鄭澈, 水月亭記, 『松江集』 續集, 卷二 雜著, 韓國文集叢刊46, 民族文化推進會, 1989. 士大夫之進不得有爲於斯世 棄位而巷處者 必占名山麗水之濱 池館園囿之樂 一以爲淸閒 寂寞之娛 一以敍憂時戀闕之情.

들은 관로로 진출하여 유학의 이념을 현실에서 실현하다가, 정치현실이 그들의 뜻에 맞지 않을 때는 鄕村의 토지로 물러나 자연에 의탁하여 그들의 심회를 노래했다.

그러므로 자연에 처하고 있어도 항상 현실에의 관심은 존재한다. 출사의 길에서 물러나 자연에 처하게 된 사대부는, 오히려 현실에 대한 불만과 대립으로 인해 그 현실에 대한 관심은 증대된다. 그러기에 자연은 현실인식의 표상이 된다. 자연을 바라보는 태도는 현실인식에 바탕을 둔 것이며 이러한 불만과 대립이 심화될수록 자연의 의미가 깊고 다양해진다.

자연시를 단순한 서경으로 볼 수 없는 까닭이 여기에 있다. 자연을 소재로 한 시에는 경치를 서술하면서 흥취를 드러내고 있다. 사대부들의 자연 인식이 현실에 대한 관심의 표출이라고 한다면 자연을 소재로 한 사대부가사에 나타나는 자연 감상의 흥취 또한 현실적인 삶과 밀접한 관련이 있는 것임은 물론이다. 자연 감상의 흥취는 현실의 갈등이 표출되고 해소되는 과정에서 솟아 나오는 것으로 현실의 갈등을 벗어나고자 하는 정서의 표출인 것이다. 사대부가사의 흥취는 사대부의 현실에서의 갈등을 표출하고 해소하는 일탈과 자유로움의 정서라고 할 수 있다.[25]

사대부가 자연 속에서 이 자연을 소재로 삼아 지은 노래에서도 현실에 대한 관심은 존재하여, 출사 지향의 의식 속에서 찾게 되는 자연을 사대부들은 道體로서보다는 우선 현실의 갈등을 달래기 위한 풍류의 대상으로 인식하기 마련이었다. 결국 자연의 감상에 있어서 현실에 대한 조화를 강조하는 도학적 태도는 앞서 언급했듯이 그리 용이한 것이

---

25) 윤선도의 어부사시사에서의 자연흥취는, 16세기 말 이후의 강호가, 현실 정치의 혼탁함으로부터 떠나 자연의 아름다움과 넉넉한 삶을 누릴 수 있는 '심미적 충족·해방과 드높은 흥취의 공간'의 의미를 지니고 있음을 말해 주는 것이다. 김흥규, 어부사시사에서의 '흥'의 성격, 『한국고전시가작품론2』, 집문당, pp.558 참조.

아니었고, 사대부들은 먼저 흥취를 느끼기 마련이었다. '혼탁한 정치현
실'과 대립되는 '청정한 강호'의 자연을 발견하고자 했다.26)

　갈등의 표출로서의 자연흥취는 궁극적으로 이념의 추구로 인한 사대
부의 갈등을 해소시키기 위한 것이다. 바꾸어 말하면, 이념의 추구는
갈등의 원인이고 자연흥취는 이 갈등으로부터 벗어나게 하는 정서라고
할 수 있다. 따라서 작품상의 갈등의 표출은 각각 갈등의 원인과 해소
라는 의미를 지니는 두 요소가 서로 관계하면서 교합하는 과정으로 이
루어지게 된다. 이러한 과정에서 자연 감상의 흥취는 갈등의 원인적인
요소인 이념의 제약을 받게 된다. 이념을 추구하던 현실의 연장일 수밖
에 없는 자연 속에서, 갈등의 원인을 제공하는 이념 추구와 그 갈등을
해결하고자 하는 흥취 사이에는 긴장이 없을 수 없다. 이러한 이념과의
긴장 속에서 흥취는 자연 탐승의 과정에서 사대부들의 정서를 보다 자
유로운 상태로 표출할 수 있게 해 주는 것이었다. 그러고 보면 자연이
란 공간은 그들에게 감정의 자유로운 유출을 허용하여 사대부적 이념
의 굴레를 벗어나는 일탈의 즐거움을 누리게 하는 계기를 마련하고 있
으며, 이 자연 속의 흥취는 귀거래를 노래했던 사대부들의 현실적 갈등
을 드러내어 해소하는 기능을 지닌 것이라고 할 수 있다.

　그러나 사대부는 흥취 속에서도 질서와 조화를 추구하는 태도를 자
연으로부터 배운다. 이는 궁극적으로 이념의 추구로 인한 현실의 갈등

---

26) 김흥규, 강호자연과 정치현실,『세계의 문학』, 통권19호, 1981 봄, 민음사. 그러
　　나 자연을 대상으로 한 조선조의 시가가 모두 이러한 경향을 띠는 것은 아니다.
　　김흥규는 조윤제 이래 강호가도라는 汎稱 아래 한 묶음으로 불리어 온 시가를
　　보다 구체화된 역사적 맥락 안에서 재검토하여, 맹사성의 어부사시사와 이현보
　　의 어부가가 각기 그 세계관과 심미성에서 주목할 만한 차이를 가지며, 서로 다
　　른 현실감각 및 정치적 전망에 긴밀하게 연관되어 있음을 밝혔다. 여기서 맹사
　　성의 어부사시사에서는 강호자연을 대하는 심미적 감각과 정치적 현실에 대한
　　긍정적 인식 사이에 화해로운 관계를 지니는 반면, 이현보의 어부가에서는 강호
　　자연과 정치 현실이 공간적으로만이 아니라 심리적 도덕적으로 단절되어 있다고
　　보았다.

을 조화롭게 극복하고자 하는 사대부들의 '규범성'27)으로 말미암은 것이라고 할 수 있다. 흥취는 사대부들의 이념적 규범성에 대한 긴장을 누그러뜨리면서, 사대부들의 현실에 대한 갈등을 표출하고 해소시켜 궁극적으로 다시 규범성으로 회기할 수 있는 계기를 마련해 준다.

자유로운 감정의 유출로 인한 흥취는 사대부적 현실에서의 긴장과 갈등의 굴레로부터 벗어 나오는 기쁨을 제공하는 것이지만, 현실에 충실하고 조화로운 삶을 추구하는 사대부적 이념의 바탕은 여전히 존재하는 것이다. 그리하여 자연흥취는 결국 자연 가운데 도의를 즐기고 심성을 기르는 도학적인 '자연의 규범성'으로 나아가는 계기를 마련하게 된다. 자연 속에서의 흥취는 이념을 추구하는 현실의 갈등을 드러내고 해소함으로써, 자연의 규범성을 발견하여 도의를 쌓고 심성을 고양하는 방향으로 나아가게 된다.

2) 연군의 정서와 부정적 현실인식

연군이란 유교적 이념을 근간으로 하는 조선조의 君臣關係에서 臣下의 君主에 대한 덕목인 忠과 관련된다. 군신관계는 자연의 원리로 본다면 陰陽의 관계, 혹은 天과 四時, 天과 地의 관계에 비유되기도 한다.28) 君臣은 尊卑의 차별을 갖는 것이기 때문에 자연히 지배와 복종의 관계가 성립되지만, 일방적인 지배와 복종의 관계가 아닌 상호조화가 절대로 필요하다.29)

군자가 君을 섬김에 있어서는, 관직에 나아가서는 충성을 다할 것을 생각하고, 관직을 물러난 다음에는 군주의 허물을 補할 것을 생각

---

27) "(유학에서) 자연에 대한 서정은 자연에서 '도의를 기뻐하고 심성을 기르는 것'으로 규범화된다. …… 자연에서 도의를 기뻐하고 심성을 기르는 규범성을 …… 자연의 규범성이라 부르겠다." 최진원, 『국문학과 자연』, 성대출판부, 1977, p.59.
28) 한영우, 『조선전기사회사상연구』, 지식산업사, 1989, pp.68~69.
29) 위의 책, p.69 참조.

해야 한다. 또한 군주의 선한 일은 적극적으로 承順하여 더욱 선하게
만들고, 군주의 악한 일은 적극적으로 匡正하여 그 악을 침잠 해소시
키도록 노력해야 한다. …… 君臣이 서로 친하게 되고 화합하게 된다
함은 이를 일컫는 것이다.[30]

이러한 군과 신의 상호조화라는 관계를 통해 연군의 의미는 보다 구
체적으로 드러난다. 이 연군을 일방적인 신하의 忠이라는 관점에서가
아니라 君과 臣의 조화라는 관계에서 바라볼 필요가 있다. 연군은 臣의
윤리인 忠과 관련된 것이기도 하지만, 이를 군신의 상호조화라는 관계
에서 본다면 臣의 君에 대한 일방적인 忠으로만 인식할 수는 없다.
　사대부가사 중 '님'을 대상으로 한 일련의 작품들[31]에 대한 연구는,
이들 작품을 군주에 대한 '충'이라는 유교적 덕목을 중심으로 충신연주
지사로 파악하는 관점[32]에서 차츰 개인의 갈등과 고민을 표출한 것으
로 보는 관점[33]으로 옮아왔다. 여기서는 후자의 견해에 일단 동의하면

---

30) 위의 책, 같은 곳.
31) 가사의 하위갈래로서 군주를 대상으로 하는 내용이 나오는 사대부가사를 연군가
　사라고 할 때 이 용어의 개념과 범위에 대한 혼란이 문제가 될 수 있다. 이들을
　일괄적으로 연군가사라 하기에는 범위가 확실하지 않다. 유배가사를 연군가사로
　부르기도 하지만, 연군의 내용이 아닌 유배가사도 있으며, 배경적 사실이 유배
　와 관련 없는 연군가사도 있다. 이러한 사정은 강호가사나 기행가사의 경우에도
　마찬가지이다. 내용과의 관련, 배경과의 관련을 함께 아우를 수 있는 개념어가
　없는 한 이 용어를 엄격한 의미로 사용하는 것은 무리가 있다. 여기서의 연군이
　란 엄격하게 가사의 하위갈래로서의 개념으로서가 아니라, 연군의 정서라는 의
　미로 작품의 주된 내용이 연군으로 이루어진 작품만을 대상으로 하는 것이다.
32) '군신의 윤리 가운데서도 신하의 윤리가 근간이 되어 인륜교화라는 효용론적 입
　장을 띠고 있는 노래'. 김영수, 忠臣戀主之詞攷, 『연민이가원선생 七秩송수기념론
　총』, 1987.
　김혜숙, 유배가사를 통하여 살펴본 가사의 변모양상, 『관악어문론집』 제8집, 서
　울대 국문과, 1983.
　김주곤, 유배가사에 나타난 충절의식 양상, 『영남어문학』 제16집, 영남어문학회,
　1989.
33) 연군이란 '충이라는 관념의 표백이 아니라 개인적 갈등과 고민의 토로'. 최상은,
　'연군'가사의 짜임새와 미의식, 『반교어문연구』 4집, 1994.

서, 그러나 군주를 대상으로 하는 사대부들의 작품들이 모두 이 두 가지 입장 중 어느 하나에 전적으로 귀속될 수 없다고 본다. 전자의 경우에 속하는 작품들이 있고, 후자에 속하는 작품들이 각각 따로 존재할 수 있다. 같은 사대부의 작품이지만, 장르에 따라 관점을 달리하여 바라볼 필요가 있다. 곧, 공적인 입장에서 유교적 이념을 강하게 표방하는 악장이나 경기체가에서의 군주의 덕에 대한 찬양과 忠信[34]은 가사에서의 연군과 그 성격이 당연히 차이가 있다.

연군가사에는 개인으로서의 사대부의 군주에 대한 연모가 주된 정서로 드러나 있다. 연군의 정서는 연군가사가 아니라 할지라도 사대부가사에 거의 예외없이 등장한다. 사대부가사에서 연군은 사대부의 규범적이고 이념적인 정서를 반영하는 것임에는 틀림이 없다. 연군이란 피상적인 의미만으로는 사대부가사를 사대부의 규범적인 이념을 반영한 문학이라고 규정할 수도 있다. 그러나 주제를 연군이라 할 때, 작품의 배경이 지니는 성격과 함께 연군의 정서를 표출하는 작가의 의도가 그 주제의 보다 구체적인 성격을 가늠하는 잣대가 될 것이다. 따라서 본 논의에서는 사대부가사의 연군을 사대부의 현실에 대한 갈등에서 표출된 정서로 이해한다. 유교적 관념의 표백으로서의 충의 이면에는 현실에 대한 갈등이 숨어 있다고 보는 것이다.

조선전기 사대부가사의 배경으로 자리하는 歸去來나 流配는 바로 君과 臣의 상호조화가 무너진 상황이라고 할 수 있다. 그러므로 조선전기 사대부의 연군을 노래한 가사들이, 거의 이러한 君과 臣의 조화가 무너진 정치적 환경과 관련되어 있기 때문에, 그 주제를 유교적 이념으로서의 군주에 대한 일방적인 '忠'의 사상으로만 인식하는 것은 무리가 있으며, 이러한 유교적 이념으로서의 군주에 대한 '忠'과 함께 그 이면에 자리하고 있는 또 다른 정서의 존재에 주목할 필요가 있다. 君과 臣의

---

34) 이러한 작품은 '祖宗頌功德之詞'라고 할 수 있다. 김영수, 앞의 논문, p.21 참조.

상호조화가 무너진 상황은 신하에게 있어서 갈등의 상황이다. 갈등의 상황에서 나오는 연군의 정서는 신하의 일방적인 충과는 거리가 먼 것으로, 이는 귀거래나 유배라는 배경적 상황과의 관련하에 이른바 '강호 연군'의 정서로 인식해야 한다.

연군가사라고 일컬어지는 작품들에는 이 연군의 정서가 부정적 현실에 대한 토로와 混淆되어 있다. 군신간의 상호조화가 무너진 현실은 신하에게 있어서 부정적 현실이다. 연군은 이 상호조화가 무너진 부정적 현실에서 나온 것이다. 연군은 외면적으로는 충이라는 사대부의 이념적 정서를 표방하는 것이지만, 한편으로는 군신간의 상호조화가 무너진 상황에서 작가가 처한 부정적 현실과 관련하여 交合하면서 갈등의 정서를 드러내게 된다.

연군가사의 주제를 충이라는 유교적 이념으로 단순화시키지 못하는 까닭이 여기에 있다. 연군으로 점철된 작품을 보면, 연군의 정서를 통하여 자신의 현실에 대한 불만을 토로하고, 자신의 하소연을 정당화하는 가운데 갈등의 표출과 해소를 꾀하며, 나아가서 聖寵에의 기대를 드러내고 있음을 발견할 수 있다. 결국, 외면적으로 표방되는 충이라는 이념 지향의 연군의 정서는 안으로는 부정적 현실 인식과 관련하여 교합하면서, 그 부정적 현실을 더욱 효과적으로 드러내는 구실을 한다.

연군가사는 부정적 현실 속에서도 자신의 소망을 이루기 위하여 유교적 이념에 무장된 忠信을 표방하고 자신의 결백을 주장하기도 하지만, 운명적 체념 속에서 현실에 대한 불만을 토로하며 자신의 처지를 군주의 탓으로 전가시키는 유교적 이념에서의 이탈된 모습을 보이기도 한다. 연군의 정서는 갈등표출과 해소의 과정상 작가의 현실인식의 태도에 따라 작품마다 각기 상이한 양상을 띠게 된다.

2 갈등표출의 구조와 유형별 검토

사대부가사의 갈등표출은 앞서 언급한 대로, 작가의 내면에 자리한 현실과 이념이라는 두 요소간의 대립이, 작품상에서 강호가사의 경우에는 흥취와 이념적 사고, 연군가사의 경우에는 연군과 부정적 현실인식이라는 상호 관련 요소간의 교합으로 각각 환치되어 표출되는 이중구조를 지니고 있다. 여기에서 논의하고자 하는 갈등의 구조는 서정으로서의 갈등표출의 구조를 의미한다.

작가의 정서적 방향은 갈등표출의 관련 요소가 관계하면서 교합하는 과정에서 형성되고 또한 서정으로서의 갈등표출의 구조는 본질적으로 갈등의 해소와 조화를 지향한다는 점을 염두에 두고, 여기서는 작가의 정서가 갈등해소를 지향하면서 이루어지는 갈등표출의 과정에서 관련 요소들이 서로 교합하는 구조를 살펴보기로 하겠다. 갈등의 표출을 위해 자연흥취와 이념, 그리고 연군과 부정적 현실인식이라는 상호 관련 요소가 만나는 구조는 작품마다 다양하게 나타난다. 이들 갈등표출의 관련 요소가 만나는 구조는 다음의 네 가지 유형으로 정리할 수 있다.

첫째, 이들 관련 요소들은 갈등표출의 과정상 矛盾構造로 교합한다. 이 구조 속에서는 이 두 요소들이 작가의 정서상 궁극적으로 모순된 관계로 결합함으로써 갈등의 해소를 위하여 교합하는 과정에서 원만하게 교합하지 못한다. 이 교합은 결과적으로 두 요소 중 하나의 요소가 다른 하나의 요소를 극복하거나 회피함으로써 갈등의 해소를 꾀하기도 하고, 갈등의 해소로 나아가지 못하기도 한다.

둘째, 이들 관련 요소들은 서로 相補構造로 교합한다. 이 구조 속에서는 갈등이 표출될 때 두 요소가 서로 충돌함이 없이 하나의 요소가 다른 하나의 요소를 효과적으로 돕는 역할을 한다. 이들의 교합은 결국 하나의 요소가 다른 하나에 자연스럽게 동화되거나 서로 조화를 이룸으로써 갈등의 해소를 꾀하게 된다.

셋째, 이들 요소들은 竝行構造의 양상을 띤다. 이 구조 속에서는 갈드이 표출될 때 두 관련 요소가 교합하는 과정에서 서로 독자적으로 나란히 존재하면서 피상적으로 교합이 이루어질 뿐, 실제적으로 조화를 이루지 못한 채 작품의 정서를 형성해 나간다. 이들의 교합은 두 요소가 서로간에 일정한 거리를 두고 만나 그 거리를 좁히지 못한 채 불완전한 갈등의 해소를 꾀하게 된다.

넷째, 이들 관련 요소들은 內含構造로 교합한다. 이 구조는 두 관련 요소 중 하나가 이미 다른 하나에 친연성을 지닌 채 내재해 있다. 이 구조는 두 관련 요소의 교합이 작품의 전면에는 드러나지 않지만, 이미 두 요소 중 하나가 다른 하나를 조화롭게 포괄하는 방식으로 교합이 이루어진 채 갈등이 해소된 상태가 작품의 표면에 드러난 것이라고 할 수 있다.

사대부가사의 갈등 구조는 이상의 네 가지의 구조 유형으로 파악할 수 있는데, 이를 통해 작가의 갈등이 표출되고 해소되어 가는 과정을 살핌으로써 다양하게 형상화된 각 작품의 구조와 의미를 보다 선명하게 드러낼 수 있을 것이다. 이같은 갈등표출의 관련 요소가 교합하는 구조 유형에 따라 대상 작품을 분류하면 다음과 같다.

교합 구조	작 품
1. 矛盾構造	관서별곡 성산별곡 만분가
2. 相補構造	관동별곡 사미인곡 속미인곡
3. 竝行構造	상춘곡
4. 內含構造	면앙정가

(1) 矛盾構造

1) 이념적 긴장 속의 흥취 : 〈관서별곡〉

<관서별곡>에서는 이념적 도덕률과 흥취라는 두 가지의 관련 요소가 교합하는 가운데 화자의 내면 속에서 정서적 긴장을 유발시키면서 갈등을 표출시킨다. 이 작품에는 자연의 경치를 즐기는 흥취의 순간에 목민관으로서의 이념적인 긴장이 흐르고 있는데, 이러한 정서적 긴장 상태는 자연 탐승의 과정에서 일어나는 흥취가 순간 순간 뇌리를 스치는 목민관으로서의 사대부의 이념적 도덕률로 인하여 제한적으로 표출되기 때문이라고 할 수 있다.

<관서별곡>은 작품의 전편에 걸쳐서 이러한 흥취와 이념과의 긴장 관계가 자주 나타난다. 이러한 긴장 관계는 이념적 도덕률과 흥취라는 두 요소가 화자의 정서상 矛盾된 관계로 교합하는 가운데 갈등을 표출하고 있음을 의미한다. 궁극적으로 모순되어 있는 이 두 요소들은 갈등의 해소를 위하여 교합하는 과정에서 제각기 따로 교체되어 나타날 뿐, 서로 조화를 이루어 내지 못한다. 이들의 교합은 두 요소 중 자연흥취가 이념적 도덕률을 극복함으로써 갈등의 해소를 꾀하는 계기를 마련하게 된다.

> 碧蹄에 말가라 臨津에 비건너
> 天水院 도라드니 松京은 故國이라
> 滿月臺도 보기슬타

여정이 시작되는 가운데 고려의 수도인 개경을 바라보는 눈은, 조선의 신하로서 前朝인 고려의 존재에 대하여 지나치게 민감한 이념적인 편견에 사로잡혀 있다. 그곳의 滿月臺조차도 보기 싫다는 것은 고려에 대한 조선 사대부로서의 이념적 경직성을 드러낸 것이 아닐 수 없다.

그러나 이런 이념적 사고는 여정의 시작하는 서두부터 전개된 "關西
名勝地에 王命으로 보니실시/ 行裝을 다사리니 칼흔느 뿐이로다/ 延詔
門 니달아 모화고기 너머드니/ 歸心이 샌르거니 故鄕을 思念ᄒ랴"라는,
왕명을 받들어 임지로 떠나는 사대부로서의 자부심과 의무감에 바로 뒤이
어 연결된 관습적이고 순간적인 정서일 뿐, 여정이 계속 전개되면서 경
치를 감상하는 가운데, 곧 자연 감상의 홍취로 교체되어 옮아간다.

> 春風이 헌스ᄒ야 畵船을 빗기보니
> 綠衣紅裳 빗기안자 纖纖 玉手로 綠綺琴 니이며
> 晧齒 丹脣으로 菜蓮曲 브르니
> 太乙 眞人이 蓮葉舟 틱고 玉河水로 느리는닷
> 셜미라 王事 靡鹽혼돌 風景에 어이 ᄒ리
> 練光亭 도라드러 浮碧樓에 올나가니
> 綾羅島 芳草와 錦繡山 烟花는 봄비슬 자랑혼다

봄바람이 나부끼는 대동강에서 거문고를 타고 노래를 부르며 뱃놀이
를 하는 여인들의 풍경이 마치 신선의 뱃놀이와 같이 아름답다. 그런데
여기에 끼어든 "셜미라 王事 靡鹽혼돌 風景에 어이 ᄒ리"라고 하는
'王事 靡鹽'에 대한 느닷없는 걱정은 무엇인가? 임금을 위한 나랏일 생
각이 풍경을 감상하는 홍취의 와중에 불쑥 불거져 나온 것이다. 이념적
사고는 궁극적으로 화자의 내면에 자리하고 있다가 순간적으로 등장하
여 자연 탐승의 순간에 홍취와 모순된 관계로 교합하는 가운데 긴장감
을 유발하고 있다. 그러나 홍취를 멈칫하게 하는 이러한 이념적 사고는
여정의 이동에 따라 계속되는 홍취의 전개 속에서, 부벽루에 올라 능라
도와 금수산의 봄 경치를 감상하게 됨으로써 정서의 뒷면으로 잠깐 숨
게 된다.

> 梨園의 꼿피고 杜鵑花 못다진제
> 營中이 無事커늘 山水를 보랴ᄒ야

> 藥山 東臺에 술을실고 올나가니
> 眼底 雲天이 一望에 無際로다

약산 동대로 술을 싣고 올라 눈 아래 펼쳐진 일망무제의 '雲天'을 바라볼 수 있었던 산수 구경은 '營中이 無事'하기 때문이었다. 이 때의 '營中'이라는 이념적 공간에 대한 언급은 자신의 의무를 소홀히 하고 있지 않다는 목민관으로서의 자세를 드러낸 것으로, 목민관의 임무를 떠난 자신의 자연 탐승 행위에 대해 있을 지도 모르는 곱지 않은 시선을 염려한 탓에 나온 것이라 할 수 있다. 여기에서 영중이 무사하기 때문에 산수를 구경한다는, 인과관계로 맺어진 외면상의 의미와는 달리, '산수'라는 흥취의 공간 속에서, '영중'이라는 이념의 공간이 화자의 정서상 미묘한 긴장감을 불러일으키고 있음을 간파할 수 있다.

> 白頭山 니린물이 香爐峯 감도라
> 千里를 빗기흘너 臺 압프로 지너가니
> 盤回 屈曲ᄒ야 老龍이 꼬리치고
> 海門으로 드난듯 形勝도 ᄀ이 업다
> 風景인달 안니보랴

약산 동대에서 강의 흐름을 내려다보며 느끼는 흥취의 도중에 끼어든, '이러한 경치를 안 볼 수가 있겠는가?' 라는 멈칫거림도 같은 의미를 지닌다고 볼 수 있다. '빙빙 돌고 구비구비 감돌아 흐르는 물길은 늙은 용이 꼬리를 치는 것도 같고, 두 육지 사이에 있는 바다의 통로를 드나드는 듯'도 하다는 것은 '形勝'에 대한 흥취의 표출이다. 그러나 "形勝도 ᄀ이 업다"라는 흥취의 표출은 더 이상 확산되지 못하고 "風景인달 안니보랴"라는 소극적인 자연 감상의 태도에 가려지고 만다. 이러한 소극적인 자연 감상의 태도는, 앞에서와 마찬가지로 자연흥취의 정서 속에서도 화자가 이 흥취와 근본적으로 모순된 목민관으로서의 이념적 사고로 인한 긴장의 그늘에서 벗어나지 못하고 있음을 의미한다.

> 綽約 仙娥와 嬋姸 玉鬢이
> 雲錦 端粧ᄒ고 左右의 버려이셔
> 거믄고 伽倻 鳳笙 龍管을
> 부ᄅ거니 니애거니 ᄒᄂ 양은
> 周穆王 瑤臺上의 西王母 만나 白雲曲 브ᄅ난닷
> 西山에 히지고 東嶺의 달올아고
> 綠鬢 雲鬟이 半숨 嬌態ᄒ고 盞밧드ᄂ 양은
> 洛浦 仙女 陽臺에 니려와 楚王을 놀니ᄂ닷
> 이景도 됴커니와 遠慮ᆫ들 이즐쇼냐
> 甘棠 召伯과 細柳 將軍이
> 一時예 同行ᄒ야 江邊으로 巡下ᄒ니
> 煌煌 玉節과 偃蹇 龍旗ᄂ
> 長天을 빗기지나 碧山을 썰쳐간다

　여인들의 악기 연주와 노래를 들으며 그들과 함께 즐기는 취흥의 순간에도, '이 경치도 좋거니와 앞으로 다가올 일인들 잊겠는가, 잊을 수 없다'라는 목민관으로서의 이념적 긴장은 스며든다. 자연 탐승의 흥취가 도도해질 즈음에 화자는 이념적 정서로 자신의 흐트러짐을 애써 수습하고 있는 것이다. 이어서 강변으로 내려가는 여정에 대한 서술에서도, "甘棠 召伯과 細柳 將軍"이란 목민관의 엄격한 자세[35]를 환기시킴으로써 자연 탐승의 흥취를 추스리고 있다. 결국 "長天을 빗기지나 碧山을 썰쳐간다"는 활기찬 행보는 사실 자신의 흥취로 인한 것이기는 하지만, 그 주체가 "煌煌 玉節과 偃蹇 龍旗"라는 목민관의 이념적 상징

---

35) '甘棠 召伯'은 감당나무 밑에서 쉬었다는 召公을 말하는데, 소공이 촌락을 순행하며 백성들의 소원을 재판하되 폐를 끼치지 않으려고 작은 감당나무 밑에서 잤으므로 백성들이 그의 덕을 흠모하여 노래를 불렀다고 한다. '細柳 將軍'은 漢의 周亞夫로 여기서는 軍紀를 엄히 다스리는 명장을 말한다. 이들은 백성을 다스리는 목민관으로서의 자세를 잃지 않고 있음을 드러내기 위해 끌어온 인물이라 할 수 있다.

물36)로 대체되어 진술되고 있다.

이러한 정황은 자연흥취가 그와 모순된 관계로 교합하고 있던 이념적 사고를 자연스럽게 끌어들여, 이 모순된 관계에서 오는 긴장감을 극복하고 있음을 말해준다. 여기에서 화자의 정서는 이념적 사고의 경직성을 떨쳐버리고 갈등의 해소로 나아가는 계기를 마련하고 있다.

> 胡人 部落이 望風 投降ㅎ야
> 白頭山 나린물의 一陣도 업도다
> 長江이 天塹인달 地利로 혼쟈 ㅎ며
> 士馬 精强호들 人和 업시 ㅎ올소냐
> 時平 無事홈도 聖人之化로다
> 韶華도 슈이가고 山水도 閒暇홀제 아니놀고 어이홀리

마지막 행의 '젊은 시절이 쉬 지나가고 산수도 한가할 때 아니 놀고 어찌하겠는가?'라는 진술에서 자연흥취에 젖어들려는 정서적 상태를 읽을 수 있다. 그러나 이런 정서는, 험한 산세와 긴 강이 '천연적인 요새'임에도 거기에 있었던 胡人部落의 자취 없음에서, '군사와 병마가 아무리 강하다 해도' '聖人[임금]의 德化'가 없이는 불가능하다는, 신하로서의 군주에 대한 感恩의 진술을 끌어 낸 후에야 가능한 것이었다.

이처럼 흥취와 이념적 정서라는 모순된 두 요소는 긴장된 정서 속에서 서로 교체되어 나타나고 있다. 그러나 자연 감상의 흥취는 차츰 지금까지의 이념적 정서로 인한 제약으로부터 벗어나게 되고, 화자의 정서는 갈등의 해소를 꾀하는 과정으로 옮아간다. 감은이란, 사대부의 이념적 사고의 산물이긴 하지만 여기에서는 자연 감상의 흥취를 제한하는 요인이 아니라, 오히려 그것을 가능케 해 주는 것으로 전환되어 모순과 교체의 긴장된 관계를 허물어뜨리는 계기를 마련해 주고 있다.

뒤에 이어지는 자연흥취 중의 음주를 통한 객창감의 표출과, 뛰어난

---

36) '煌煌 玉節'은 빛나는 옥으로 된 神物, '偃蹇 龍旗'는 휘날리는 장군의 旗를 말한다.

경치를 읊어 군주에게 전하고자 하는 정성스러운 신하의 충정에 찬 다짐으로 그 객창감을 추스려 마무리하는 結詞 부분의 진술은, 갈등의 표출과 해소를 위한 자연흥취가 사대부의 이념적 정서와의 모순된 대립과 긴장의 관계를 벗어나 이념적 정서를 극복함으로써, 오히려 그것과 조화로운 결합을 꾀하는 관계로 전환되었음을 말해 주는 것이다.

2) 이념적 시름 속의 흥취 : 〈성산별곡〉

<성산별곡>은 序詞에서 '주인'의 산중생활과 息影亭의 운치를 읊은 다음 本詞에서 四季景物의 변화를 서술하고 結詞에서 독서와 풍류를 즐기며 시름을 잊고자 하는 내용으로 끝을 맺고 있다.

<성산별곡>의 자연흥취는 '적막한 강산에 묻혔어도 모든 시름을 잊을 만한 즐거움을 누리는'[37] 가운데 표출된다. 이념적 시름은 현실의 정치적 성취에 대한 것으로 이 이념적 정서와 자연흥취는 궁극적으로 모순된 관계로 교합한다.

서사에 등장하는 '손'의 진술은, <성산별곡>의 자연흥취의 표출이 이념적인 시름을 해소하기 위한 것임을 암시하고 있는데, 이를 통하여 이념적 정서와 자연흥취의 교합 구조를 보다 구체적으로 살펴볼 수 있다.

> 엇던 디날손이 星山의 머믈며셔
> 棲霞堂 息影亭 主人아 내말듯소
> 人生 世間의 됴흔일 하건마눈
> 엇디호 江山을 가디록 나이녀겨
> 寂寞 山中의 들고아니 나시눈고

<성산별곡>의 서두에는 이처럼 '손'과 '주인'이라는 인물의 등장으로 시작된다.[38] 이는 "'손'으로서의 실제적 자신과 '주인'이 되고자 하

---

37) 조동일, 『한국문학통사』 2, 지식산업사, 1983, p.310.

는 자신의 이중성을 허구적 인물의 설정으로 보여준 것"[39]이라 할 수 있다. 그러므로 주인을 향한 손의 진술은 주인의 은일의 태도를 역설적으로 고양하는 구실을 한다. '엇디훈'과 '아니 나시는고'라는 어투는 자연에 묻힌 주인의 처사적 태도를 은근히 힐책하는 분위기를 풍긴다. 그러나 이 힐책하는 어투는 주인의 진술을 보다 쉽게 이끌어 내기 위한 자극으로서, 처사적 태도를 지닌 주인의 자연흥취에 無慾이라는 도덕적 명분을 부여하기 위한 장치이다. '인생 세간'은 현실이라는 이념적 공간이며, '좋은 일'은 현실에서의 이념적 성취로써 가능한 것이다. 강산의 적막산중에 들고 아니 나시는 주인의 처사적 태도에 대한 손의 진술은, 이러한 현실에서의 이념적 성취에 뜻을 두지 않은 주인의 無慾을 드러내기 위함이다. 그러므로 "人生 世間의 됴흔일 하건마는～寂寞 山中의 들고아니 나시는"은, 주인이 처한 자연이라는 공간의 가치를 고양하기 위한 것이다.[40] 이러한 진술은 앞으로 이어질 주인의 자연흥취 표출이 인생 세간을 멀리하는 데에서 연유하며, 결국 자연흥취가 '인생 세간의 좋은 일'이라는 현실적 이념의 성취에 모순되는 것임을 의미한다.[41] 여기에서 이념적 정서와 자연흥취는 모순된 관계로 교합하고 있다.

화자의 진술태도는 이 두 요소가 교합하는 양상을 보다 구체적으로

---

38) <성산별곡>은 서술자와 그리고 손과 주인이라는 허구적 화자들의 공동 진술로써 구성된다. 진술의 주체에 대한 상이한 견해가 있지만, <성산별곡>을 포함한 송강 가사의 대화체에 등장하는 화자와 청자들은, 작자의 정서나 의도를 표출하고, 또한 독자와 공감하기 위한 장치로서, 이들의 진술은 곧 작자의 정서를 대변하는 것이라 할 수 있다. 김광조, 조선전기 가사의 장르적 성격 연구, 서울대 석사학위논문, 1987, p.72와, 조세형, 송강가사의 대화전개방식 연구, 서울대 석사학위논문, 1990. pp.5～6 참조.

39) 최상은, 조선전기 사대부가사의 미의식, 성균관대 박사학위논문, 1992, p.112.

40) "이는 역설적인 표현이다. …… 이것은 아마 이 공간을 더 높이려는 의도로 볼 수 있다." 김명준, 성산별곡 연구, 『한국가사문학연구』, 상산정재호박사화갑기념논총, 태학사, 1995, pp.243～244.

41) "'과객－주인'의 대립과 '선간－세간'의 대립". 조세형, 앞의 논문, p.56 참조.

보여주고 있다. 서술자가 자신의 목소리로 해도 될 것을 구태여 불특정의 '디날 손'의 말을 빌어서 주인의 자연흥취의 가치를 고양하는 이같은 간접적 진술에는, 작가가 이러한 진술의 책임을 회피하려는 의도가 농후하게 풍긴다. 여기에는 "작중 화자의 현실적 염원이 자연에서 은거하는 삶에 대한 동경보다 크게 느껴진다."[42] 그러므로 '인생 세간의 좋은 일'의 '좋은'은, 작가가 감추고자 하는 현실의 이념적 성취에 대한 시름의 역설적인 표현이라 할 수 있다.

이로써 결국 자연흥취는 인생 세간의 좋은 일이라는 이념적 성취에 대한 시름을 해소하기 위한 역할을 담당하게 된다. 다음의 진술태도를 살펴보자.

> 松根을 다시쓸고 竹床의 자리보아
> 져근덧 올라안자 엇던고 다시보니
> 天邊의 쩐는구름 瑞石을 집을사마
> 나는듯 드는양이 主人과 엇더혼고

瑞石臺를 집을 삼아 나고 드는 구름에 비유하여 주인의 풍류를 찬양하는 이와 같은 진술은, 마지막 행의 "主人과 엇더혼고"라는 되묻는 화법과 함께 은근한 자랑을 내비치고 있다. 그러나 이 주인의 풍류는, '소나무 밑을 다시 쓸고 대나무 평상에 자리를 차려서 잠깐 동안 올라앉아'서 '다시 본' 것이다. 즉, '주인'의 구름을 닮은 풍류에 대한 자랑은, 그 풍류를 '다시 본' 행위의 주체인 '손'이 '대나무 평상에 자리를 차려서' 경치를 바라보는, 자신의 풍류에 대한 진술로부터 이어지는 자랑이다. 손이 자신의 자랑을 주인의 풍류에 편승시키는 이와 같은 진술은 화자가 자신의 자랑을 간접적으로 하고 있음을 의미한다. 이 간접적인 자랑의 화법은 또 보인다.

---

42) 정대림, 앞의 논문, p.638.

> 鸕鷀巖 건너보며 紫微灘 겨틔두고
> 長松을 遮日사마 石逕의 안자ᄒᆞ니
> 人間 六月이 여긔ᄂᆞᆫ 三秋로다
> 淸江의 ᄯᅥᆺᄂᆞᆫ 올히 白沙의 올마안자
> 白鷗ᄅᆞᆯ 벗을삼고 ᄌᆞᆷ띌줄 모ᄅᆞ나니
> 無心코 閑暇ᄒᆞ미 主人과 엇더ᄒᆞ니

'노자암을 건너보며 자미탄을 옆에 두고 소나무 그늘 아래의 돌바닥 길에 앉아서' 바라본, 맑은 강의 오리가 흰 갈매기를 벗삼아 놀면서 잠을 깰 줄 모르는 잡념이 없는 한가한 자연 풍류를, '주인'에 비기면서 '주인'의 풍류를 자랑하고 있다. 이러한 간접적인 자랑은 결국 자연흥취가 시름 속에서 표출되고 있음을 의미한다.

이렇듯 자신의 풍류를 간접적으로 자랑하다가 남이 알게 될까 두렵다는 식으로 짐짓 걱정스럽다는 말을 한다.

> 앏여흘 ᄀᆞ리어러 獨木橋 빗겻ᄂᆞᄃᆡ
> 막대멘 늘근즁이 어ᄂᆡ뎔로 간닷말고
> 山翁의 이富貴ᄅᆞᆯ 눔ᄃᆞ려 헌ᄉᆞ마오
> 瓊瑤窟 銀世界ᄅᆞᆯ ᄎᆞᄌᆞ리 이실셰라

'산옹이 자연을 벗하며 즐기는 마음의 부귀를 남에게 소문내지 말라' 하며 자신의 풍류 세계인 '瓊瑤窟 銀世界'를 찾는 사람이 있을까 염려하고 있다. 이러한 진술도 실은 자신의 풍류를 적극적으로 드러내 보이지 못하는 데서 오는 역설이다. 이는 <관동별곡>의 자신감에 넘치는 흥취의 자랑과 대조적이다.

이상과 같은 간접적이고 소극적인 은근한 자랑의 태도는 자신의 풍류에 대한 자랑의 바탕에 깔린 정서의 색깔을 암시한다. 序詞에서 '손'의 말을 빌어 이념적 현실에 대한 시름을 은근히 드러내는 것에서 이미 그러한 정서를 예감케 한 바 있다. 결국 자연흥취가 자신의 것임에도 불구하고 '주인'의 것으로 찬양하고 있는 까닭은 이념적 현실의 시름 탓이다.

선뜻 '주인'의 풍류를 자신의 것으로 확실히 드러내지 못하고 손의 말을 빌어 찬양하거나 자신의 풍류를 주인의 풍류에 편승시켜 간접적으로 자랑하며, 게다가 소극적인 방법으로 자랑하는 등의 태도는 모두 이 이념적 현실에 대한 시름 속에서 나온 일관된 성질의 것이다. 그런 까닭에 자연 속의 풍류는 동적인 것이 아니라 정적인 묘사와 서술로 이어져 있다. 본사 부분의 이러한 패러디[43]는 자신의 풍류에 대한 변명의 의미를 지닌다.

그러므로 이러한 소극적 자랑 다음에 이어지는 것은 갈등이다.

> 山中의 벗이 업서 漢紀롤 빠하두고
> 萬古 人物을 거스리 헤여ᄒ니
> 聖賢도 만커니와 豪傑도 하도할샤
> 하놀 삼기실제 곳無心 홀가마눈
> 엇디훈 時運이 일락배락 ᄒ얏눈고
> 모롤일도 하거니와 애둘옴도 그지업다
> 箕山의 늘근고블 귀눈엇디 싯돗던고
> 박소리 핀계ᄒ고 조장이 ᄀ장놉다
> 人心이 눗ᄌ툐야 보도록 새롭거늘
> 世事눈 구롬이라 머흐도 머흘시고

만고 인물 중 성현과 호걸이 많기도 한데 "엇디훈 時運이 일락배락" 하여 모를 일도 많고 애달픔도 끝이 없다는 자신의 현실적 처지에 대한 갈등은 험한 세사 때문이다. 그러므로 중국 堯임금 때 왕의 자리를 마다하고 箕山에 숨어살았다는 隱士인 許由의 '操狀'을 상기하는 것은, 역설적으로 그만큼 이념적 현실에 대한 미련을 떨쳐버리지 못했음을

---

43) 조세형, 앞의 논문, p.62.

반중하는 것이다.44)

이러한 갈등의 해소는 음주라는 통로를 통해 시도된다.

> 엇그제 비존술이 어도록 니건느니
> 잡거니 밀거니 슬ㅋ장 거후로니
> ㅁ옴의 미친시름 져그나 ㅎ리느다
> 거믄고 시울언저 風入松 이야고야
> 손인동 主人인동 다니저 브려셔라
> 長空의 쩟ᄂ鶴이 이골의 眞仙이라
> 瑤臺 月下의 힝여 아니 만나신가
> 손이셔 主人드러 닐오디 그디런가 ㅎ노라

아직 채 익지도 않았을 엇그제 빚은 술을 마시는 데서 자연흥취는 비로소 시작된다. 이 취흥 속에서 비로소 자연스럽게, 자연 풍류를 소극적 자랑으로 일관되게 했던 정서의 본 바탕은 확실히 드러난다. "ㅁ옴의 미친시름 져그나 ㅎ리느다"라는 진술은 음주를 통해 자연흥취를 돋우어 낸 연후에 가능했던 갈등의 표출이다. 여기에서 자연흥취는 이념적 현실에 대한 시름을 해소하는 방향으로 나아가게 된다. 그러나 이러한 갈등의 해소는 이념적 현실을 극복하는 것이 아니라 그것을 회피함으로써 이루어지는 것이다. 이념적 현실에 대한 시름을 음주를 통하여 잊어버림으로써 비로소 풍류에 젖어들게 되고 갈등의 해소를 꾀하게 된다.

결국 현실적인 시름을 회피한 채 거문고에 줄을 얹어 風入松을 부르는 흥취의 절정에서 비로소 '주인'과 '손'이 하나가 되고, 장공에 떠 있는 학을 자신의 모습으로 환치시켜 신선의 경지에 돌입하게 되는 갈등의 해소를 맛보게 된다.

---

44) 정대림, 앞의 논문, p.639와 김명준, 앞의 논문, p.244 참조.

3) 연군과 현실적 체념의 거리 : 〈만분가〉

<만분가>는 연주지사로 알려져 있다. 연군의 정서가 작품의 전편에 두루 나타나 있다고 보는 것이다. <만분가>에는 옥황과 임이라는 두 인물이 등장한다. 옥황을 또 하나의 님이라고 한다면 <만분가>에서의 연군은 님과 옥황이라는 두 가지 대상을 전제하고 있는 셈이 된다.[45] <만분가>에서는 님이라는 현재의 군주와 옥황이라는 과거의 군주가 등장하고 연군의 정서가 주로 현재의 군주보다 과거의 군주에게로 향하고 있다는 점에 주목할 필요가 있다. 이처럼 연군대상이 이원화되고 있는 것은 화자가 처한 상황의 절박함을 의미한다. 현실의 군주에게 향하는 호소는 이미 불가능하게 되어 그 때문에 천상에 있는 과거의 군주에게 하소연하게 되는 것이다. 화자의 어조가 남성과 여성이 혼재되어 정서적 불안과 방황을 나타내고 있는 것도 이러한 정황에 기인한다.

이러한 정서적 불안과 방황으로 나타나는 갈등의 표출을 앞서 살핀 바 있는 이념과 현실이라는 두 대립적 요소와 관련하여 살펴보자. <만분가>는 절망과 체념이 주된 정서를 이루고 있는 작품이다. 이 절망과 체념은 연군이라는 이념적 정서와 불행을 벗어나고자 하는 소망과 기대를 충족시키지 못하는 현실에 대한 부정적 인식이 서로 모순된 관계로 교합하는 과정에서 나타난 것이다. 곧, 이 작품의 갈등표출은 연군의 정서와 현실적 체념이라는 두 요소의 모순된 교합으로 이루어지게 된다.[46]

여기에서 다시, 이 갈등의 정서 속에 내재하고 있는 옥황과 임이라는 두 대상에 대한 인식의 차이에 주목할 필요가 있다.

---

45) 여기에서 옥황을 이미 죽은 성종이라고 할 수 있다.

46) <만분가>의 시적 형상화의 특징에 대하여, 첫째 단락은 연군적 정서, 둘째 단락은 체념적인 발분적 정서, 셋째 단락은 이 두 정서의 결합 등으로 인식되기도 한다. 박일용, 만분가의 형상화 형태－연군적 정서와 발분적 정서의 교합 양상, 『한국고전시가 작품론2』, 집문당, 1992.

이몸이 녹아져도 玉皇上帝 處分이요
이몸이 싀여져도 玉皇上帝 處分이라
노가지고 싀어지여 魂魄조차 훗터지고
空山 髑髏ㄱ치 님자업시 구니다가
崑崙山 第一峯의 萬丈松이 되여이셔
ᄇ람비 쓰린소린 님의귀예 들니기나
輪回 萬劫ᄒ여 金剛山 鶴이되여
一萬 二千峯의 ᄆ음ㄱ 소사올나
ᄀ을돌 불근밤의 두어소린 슬피우러
님의긔의 들리기도 玉皇上帝 처분일다

위에서 옥황과 군주인 님 사이의 구별은 뚜렷하게 드러나고 있다. 옥황은 仙界의 존재로서 生과 死라는 운명의 끈을 쥐고 있는 절대자로 나타나 있다. "崑崙山 第一峯의 萬丈松이 되여이셔/ ᄇ람비 쓰린소린 님의귀예" 들리게 할 수 있고, 또 "金剛山 鶴이되여/ 一萬 二千峯의 ᄆ 음ㄱ 소사올나/ ᄀ을돌 불근밤의 두어소린 슬피우러/ 님의긔의 들리" 게도 할 수 있는 것은 오로지 옥황의 힘에 의해서이다. 이 옥황은 화자 의 의사를 님에게 전달 할 수 있게 하는 절대적인 힘을 지니고 있어서 그의 '슬픈 울음'을 님에게 들리게 할 수 있는 존재이다. 그런 까닭에 화자의 진술은 양적·질적인 면에서 님에 대한 것보다 옥황에 대한 진 술이 월등하다.

위의 문맥에 나타난 옥황이란 존재는 갈등의 주체인 화자와 갈등의 대상인 님 사이를 연결시키는 매개의 구실을 한다. 동시에 또한 옥황은 화자에게 절대적인 존재로서 화자의 연군 정서가 향하는 중심 대상으 로 나타나 있다. 그렇다면 이러한 하소연은 님이 아닌 옥황에게로 향한 것이 된다. 그러므로 여기에서는 님에 대한 진술이 유교적 이념으로서 의 忠으로 환원될 수 없는 성격을 지니고 있다. 그것은 <만분가>의 정서가 이처럼 님을 중심으로 이루어진 것이 아니라 옥황을 중심으로 이루어지고 있기 때문이다. 그런 까닭에 <만분가>의 정서는 군주에 대한 忠으로서의 연군이라는 단순한 시각에서 벗어나 옥황을 중심으로 전개되는 화자의 갈등표출과 해소라는 관점에서 파악해야 한다.

> 五色실 니음절너 님의옷슬 못ᄒ야도
> 바다ᄀ튼 님의恩을 秋毫나 갑프리라
> 白玉ᄀ튼 이내ᄆ음 님위ᄒ여 직희더니
> 長安 어제밤의 무서리 섯거치니
> 日暮 修竹의 翠袖도 冷薄홀샤
> 幽蘭을 것거쥐고 님겨신ᄃᆡ ᄇ라보니
> 弱水 ᄀ리진듸 구름 길이 머흐러라
> 다서근 돍긔얼굴 첫맛도 채몰나셔
> 憔悴ᄒ 이얼굴이 님그려 이러컨쟈

오색실의 이음이 짧아서 임의 옷을 못 만들지언정 님의 은혜만은 털 끝만큼이라도 갚겠다며 백옥 같은 마음을 간직하고 있는 화자는 어젯밤 내린 무서리를 맞은 탓에 님과 이별해 있다. "바다ᄀ튼 님의恩을 秋毫나 갑프리라/ 白玉ᄀ튼 이내ᄆ음 님위ᄒ여 직희더니"라는 연군의 표출은 "五色실 니음졀너 님의옷슬 못"하고, '어제밤 섯거친 무서리'를 맞은 자신의 가엾은 처지에 대한 토로를 위한 진술일 뿐이다.

님이 그리워 님 계신 곳을 바라보는 화자는 님에 대한 연군의 정서에 빠져 있는 것이 아니라 험한 구름 길을 사이에 두고 님을 그리며 얼굴만 파리해지고 있는 자신의 처지에 대한 절망감에 빠져 있다. 님에 대한 연군의 정서가 현실적 소망을 이룰 수 없다는 체념의 정서와 결코 가까워질 수 없는 거리를 두고 교합하는 가운데 갈등이 표출되고 있는 것이다. 이는 연군의 정서와 현실적 체념이라는 두 요소가 화자의 정서 속에서 궁극적으로 모순된 관계로 대립되어 있는 데에 그 원인을 찾을 수 있다. 이 때문에 이들은 서로 교합하는 과정에서 조화를 이루어 내지 못하고 오히려 정서적 거리감만 더할 뿐이다.

밀거니 혀거니 灩澦堆롤 겨요디나
萬里 鵬程을 멀리곰 견주더니
ㅂ람의 다브치여 黑龍江의 써러진듯
天地 ㄱ이업고 魚雁이 無情ㅎ니
玉ㄱ튼 面目을 그리다가 말년지고
梅花나 보내고져 驛路롤 ㅂ라보니
玉樑 明月을 녀보던 눗비친둣
陽春을 언제볼고 눈비롤 혼자마자
碧海 너븐ㄱ의 녁시조차 훗터지니
내의 긴소매롤 눌위ㅎ여 적시눈고
太上 칠위분이 玉眞君子 命이시니
天上 南樓의 笙笛을 울니시며
地下 北風의 死命을 벗기실가

위에서는 옥 같은 님의 얼굴을 그리워하고 매화를 님에게 보내려 하며 님 생각에 긴소매를 눈물로 적시는 등 연군의 정서가 다른 부분보다 더욱 구체적으로 드러나 있다. 그러나 "玉ㄱ튼 面目을 그리다가 말년지고"라는 님의 얼굴을 그리워하는 연군에 대한 진술은 바로 앞의 진술인 "天地 ㄱ이업고 魚雁이 無情ㅎ니"라는, 자신이 처한 상황의 암담함을 보다 심각하게 드러내는 진술에 더욱 무게를 실어주고 있을 뿐이다. 마찬가지로 "梅花나 보내고져 驛路롤 ㅂ라보니/ 玉樑 明月을 녀보던 눗비친둣"이라는 군주에 그리움의 표출도 "陽春을 언제볼고 눈비롤 혼자마자/ 碧海 너븐ㄱ의 녁시조차 훗터지니/ 내의 긴소매롤 눌위ㅎ여 적시눈고"라는 말로써 자신의 처량한 처지를 더욱 핍진하게 드러내는 밑바탕이 된다.

그런데 군주에게로 향하는 연모의 정을 담은 이러한 진술은 문맥상 화자의 불행한 처지를 드러내는 데 있어서 효과적인 구실을 하고 있지만, 님의 은총에 기대어 따뜻한 봄볕을 기대하고 死命을 벗기를 바라는 화자의 소망과 기대를 충족시키는 것과는 거리가 있다. 왜냐하면 이 연

군은 또 하나의 정서 곧, 궁극적으로 그 정서적 지향이 그것과 모순되
는 체념의 정서를 동반하고 있기 때문이다. 그러므로 연군의 정서가 깊
어지면 깊어질수록 그것은 현실적 소망의 실현 불가능에 대한 인식만
강화시킬 뿐이다. 연군 정서가 심화될수록 체념의 정서 또한 그만큼 심
화되는 것이다. 이는 연군의 정서와 체념의 정서가 결코 서로 조화될
수 없는 위치에서, 갈등을 표출하는 데 있어서 궁극적으로 대립되어 모
순된 관계를 형성하고 있음을 의미한다.

　이러한 정황은 군주에 대한 정서가 반드시 그리움과 연모의 긍정적
정서로 표출되지 않는 것에서도 증명된다.

　　　瘴海 陰雲의 白晝의 훗터디니
　　　湖南 어늬고디 鬼魅의 淵藪런디
　　　魑魅魍魎이 쓸커디 저즌ㄱ의
　　　白玉은 므스일로 靑蠅의 깃시되고
　　　北風의 혼자셔셔 ㄱ업시 우눈쯧을
　　　하눌ㄱ튼 우리님이 전혀아니 술피시니

　위에서는 군주에 대한 원망이 노골적으로 드러난다. "하눌ㄱ튼 우리
님이 전혀아니 술피시니"가 이것이다. '瘴海 陰雲', '鬼魅의 淵藪', '魑
魅魍魎'는 자신이 유배당한 謫所의 험난함을 말한 것이다. 이토록 험
한 땅에서 북풍을 맞으며 한없이 혼자 우는 뜻을 님이 전혀 살펴 주지
않는 데 대한 원망이다. 이 원망은 절망으로 이르는 前奏이다. 사대부
로서 군주에 대한 원망은 이념적 사고의 파탄이며, 이 이념적 사고의
파탄은 곧 謫所의 불행한 현실을 벗어나고자 하는 기대를 포기하게 됨
을 의미한다. 그래서 그러한 기대는 죽음을 인식하게 되는 절망으로 전
환되어 자신의 처지를 님의 은총이 아닌 운명에 맡기게 된다. 옥황은
현실의 군주가 아니라 죽음을 관장하는 절대자이다. 그러므로 옥황의
처분은 현실에서의 解配의 소망에 반하는 현실을 떠난 죽음을 통한 처

분인 것이다. 이 옥황에 대한 진술은 현실적 기대에 대한 체념이 운명적인 것임을 의미한다.

앞서 언급했듯이 <만분가>에서 화자의 정서상의 중심 대상 인물은 님이 아닌 옥황이다. 화자의 시선은 근본적으로 님이 아닌 옥황에게로 향해 있다.[47] 옥황이야말로 자신의 절망적 처지를 바꾸어 놓을 수 있는 절대자인 것이다. 반면 님은 단지 자신의 가엾은 처지를 드러내는 수단으로서 존재할 뿐이다. 이러한 양상은 화자의 절망적 현실에 대한 뚜렷한 인식을 드러낸 것이다. 그에게 현실적 해배의 기대는 있을 수 없고, 그의 앞에 기다리고 있는 것은 오직 죽음뿐임을 이미 절감하고 있는 것이다. 화자의 현실적인 소망은 오직 절망을 전제로 한 체념 속의 절규로 나타날 뿐이다. 앞서 살폈던 대목에 다시 주목해 보자.

이몸이 녹아져도 玉皇上帝 處分이요
이몸이 싀여져도 玉皇上帝 處分이라
노가지고 싀어지여 魂魄조차 훗터지고
空山 髑髏ㄱ치 님자업시 구니다가
崑崙山 第一峯의 萬丈松이 되여이셔
ᄇ람비 쁘린소리 님의귀예 들니기나
輪回 萬劫ᄒ여 金剛山 鶴이되여
一萬 二千峯의 ᄆ음ᄀ 소사올나
ᄀ을돌 불근밤의 두어소리 슬피우러
님의긔의 들리기도 玉皇上帝 처분일다

'이몸이 녹아져도, 이몸이 싀여져도, 玉皇上帝 處分에 맡기겠다'는 것은 운명적 체념의 정서이다. 군주인 님에게로 돌아갈 현실적인 희망은 존재하지 않는다. "녹아지고 싀어지"게 되는 것은 죽음을 가리킨다.

---

47) <만분가>에서 님이 등장하는 부분은 모두 6곳, 행수로 보면 전체 124행 가운데 38행이며, 보다 확실하게 이 님에 대한 연군의 정서를 나타내고 있는 부분은 4곳 32행에 불과하다.

옥황에게 거는 기대는 현실 속에서 님에게 돌아가고자 하는 것이 아닌 "녹아지고 싀여"진 후의 죽음을 통한 것이다. "崑崙山 第一峯의 萬丈 松이 되여이셔/ ᄇᄅᆷ비 쓰린소리 님의귀에 들니기" 바라고, "ᄀ을돌 불근밤의 두어소리 슬피우러/ 님의긔의 들리기" 바라는 연군의 정서는 이미 "玉皇上帝 處分일다"라는 자신의 운명적인 체념에 대한 진술로 인해 그 정서의 본질이 희석되어 버린다. 이제 연군의 정서와 운명적인 체념의 정서의 사이에는 서로 멀어질 수 있는 더 이상의 거리감조차도 존재하지 않는다.

　＜만분가＞의 연군의 정서는 화자의 불행한 현실을 드러내는 효과적 수단이었을 뿐, 궁극적으로 현실적 소망에 대한 실현 불가능이라는 운명적 체념의 정서와 모순되는 것이었으며, 이러한 모순된 관계의 연장 선상에서 그 운명적 체념에 압도되고 만다. 연군과 운명적 체념이라는 두 관련 요소가 이처럼 모순관계로 교합하는 가운데 화자의 갈등표출은 결국 그 갈등을 해소하는 방향으로 나아가지를 못한다.

（2）相補構造

1) 이념적 욕망 속의 흥취 : 〈관동별곡〉

　＜관동별곡＞에서 江湖意識은 이전이나 당대 문인들에 비해 보다 적 극적이고 구체적이며 발전적인 성격으로, 강호 자연에 대한 애착과 함 께 현실 정치에 대한 참여의 욕구를 숨김없이 드러내고 있다.[48] 이는 ＜관동별곡＞의 자연흥취가 이념적인 정서와 서로 相補的 관계에 있음 을 의미한다. ＜관동별곡＞에 대해서는, 현실참여에의 욕구에 대한 내

---

48) 조규익, 조선조 장가 가맥의 일단, 『한국가사문학연구』, 상산정재호박사환갑기념 논총, 1995, 태학사, pp.231～232.

용으로 인하여 작품의 전편을 사회 公人으로서의 의무 및 직무의 정신
이 관류하는 것49)으로 보고 載道的 관점50)으로 해석하기도 하지만, 그
와 반대로 재도적 미의식은 오히려 공허하게 나타나 있고 흥취를 중심
으로 唯美 志向的 의식이 강하게 나타나 있는 것으로 보기도 한다.51)
그러나 <관동별곡>은 현실 정치에의 참여로 나타나는 이념적 정서와
유미적 미의식인 흥취가, 처음부터 끝까지 일관되게 조화로운 관계를
유지하며 자연물을 매개로 하여 동시에 표출되고 있다. 즉, <관동별곡>은
자연흥취가 이념적 정서와 조화로운 관계를 형성하며 전개되고 있다.

  <관동별곡>의 자연흥취와 현실정치에의 욕망은 서로 모순·대립되
는 것이 아니라 오히려 하나의 정서가 다른 하나의 정서에 조화롭게
동반된 가운데 표출되고 있다. 처음부터 이 둘은 작가의 정서상 친연성
을 지니고 맺어지고 있으며, 하나의 정서가 표출될 때 다른 하나의 정
서가 그를 위한 효과적인 기능을 하는 배경으로 동반되어 표출됨으로
써 相補的인 관계를 형성한다.

  <관동별곡>의 서두에서는 현실 참여에의 욕구가 적극적으로 표출
된다.

> 江湖애 病이 깁퍼 竹林의 누엇더니
> 關東 八百里에 方面을 맛디시니
> 어와 聖恩이야 가디록 罔極ᄒ다

  江湖와 竹林은 隱逸의 공간이다. 그러나 이 은일의 공간은 화자에게
'깊은 병'을 줄 뿐이다. 그러므로 화자의 진술은 은일에 대하여는 거우

---

49) 김병국, 가면 혹은 진실─송강가사 관동별곡 평설, 『국어교육』 18─20 합병호,
    국어교육연구회, 1972.
50) 정대림, 관동별곡에 나타난 송강의 자연관, 『한국고전문학비평의 이해』, 태학사,
    1991.
51) 최상은, 앞의 논문, pp.65~71 참조.

한 행을 할애했을 뿐, 자신의 출사와 성은에의 감격으로 빠른 전환을
시도하여 노골적인 현실 참여에의 욕망을 표출한다.

>   延秋門 드리드라 慶會南門 브라보며
>   下直고 믈너나니 玉節이 알퓌 셧다
>   平丘驛 믈을 フ라 黑水로 도라드니
>   蟾江은 어듸메오 雉岳이 여긔로다
>   昭陽江 ᄂ린 믈이 어드러로 든단말고
>   孤臣去國에 白髮도 하도 할샤
>   東州 밤 계오 새와 北寬亭의 올나ᄒ니
>   三角山 第一峰이 ᄒ마면 뵈리로다
>   弓王 大闕 터희 烏鵲이 지지괴니
>   千古 興亡을 아는다 몰ᄋ는다
>   淮陽 녜 일홈이 마초아 フ톨시고
>   汲長孺 風采를 고텨 아니 볼 게이고

延秋門 → 平丘驛 → 黑水 → 蟾江·雉岳 → 北寬亭으로 치닫는 여정의
빠른 전환과 진행은, 화자의 정서가 아직은 자연흥취와는 거리가 있음
을 말한다. 흥취를 느끼지 않을 때의 사대부의 정서 표출은 관습적이고
이념적일 수밖에 없다. 이와 같은 여정의 빠른 전환과 진행은, "慶會南
門", "玉節", "昭陽江 ᄂ린 믈이 어드러로 든단말고", "三角山 第一峰"
등의 임금과 관련된 언급과 "孤臣去國에 白髮도 하도할샤"라는 出仕者
로서 나라에 대한 근심을 드러내는 진술 등이 지닌 이념적 정서의 무
게를 역설적으로 강조하는 것이 된다.[52]

昭陽江의 물줄기를 보니 임금이 계신 서울 생각, 나라에 대한 근심
으로 심사가 편치 못하다. 北寬亭에 오르니 서울의 三角山 꼭대기가

---

[52] <관서별곡>의 경우는 여정과 자연흥취가 이념적 정서와 분리되어 전개 되어감
    에 비해, <관동별곡>은 이 둘이 결합되어 있다는 점에서 그 전개방식의 차이
    가 있고, 이로 인하여 두 작품간의 문학적 성취에 대한 우열이 드러난다고 할
    수 있다.

보일 듯하다. 옛날 궁예가 세웠던 태봉국의 대궐터는 국가의 흥망성쇠를, 淮陽의 고을 이름은 한나라 무제 때 정치를 잘했다는 회양태수 汲長孺를 생각나게 한다. 소양강의 물줄기에서 임금과 나라에 대한 근심을 끌어내고 북관정에다 국가의 흥망성쇠와 善政의 각오를 곧바로 연관시킨 이와 같은 진술에는, 현실 정치에의 참여를 지향하는 화자의 이념적 정서가 자신감 있고 선명하게 표출되어 있다. 이러한 자신감에 찬 이념적 정서는 장차 이어지는 여정에서의 자연흥취의 표출을 위한 정서적 바탕으로서, 자연흥취와 서로 상보적 관계를 형성하는 계기를 마련하고 있다.

> 營中이 無事ㅎ고 時節이 三月인 제
> 花川 시내 길히 楓岳으로 버더 잇다
> 行裝을 다 썰티고 石逕의 막대 디퍼
> 百川洞 겨틔 두고 萬瀑洞 드러가니
> 銀ㄱ톤 무지게 玉ㄱ톤 龍의 초리
> 섯돌며 쏨는 소리 十里의 주자시니
> 들을 제논 우레러니 보니는 눈이로다

<관동별곡>의 本詞는 위에서처럼 花川 시내 길을 따라 금강산으로 들어가는 본격적인 자연 탐승으로 시작된다. '거추장스런 여장은 다 떨쳐 버리고 홀가분한 몸으로 돌길에 지팡이를 짚으며' 떠나는 자연 탐승은, "營中이 無事"하다는 목민관으로서의 안정된 이념적 정서를 바탕에 둔 것이다. 그러므로 '무지개와 용의 꼬리의 움직임과 같은 역동적인 찰나를 포착'[53]한, 萬瀑洞의 폭포수를 바라보는 생동감 넘치는 자연흥취는, 앞의 序詞에서의 현실 정치에의 참여에 대한 자신감이 가져온 이념적 정서의 안정이 그 배경에 자리함으로써 더욱 효과적으로 표출된 것이라고 할 수 있다. 이는 이념적 정서와 자연흥취가 서로 친연성

---

53) 이종묵, 관동별곡을 읽는 재미, 『한국고전시가작품론2』, 집문당, 1992, p.667.

을 지니며 상보적으로 결합하고 있음을 의미한다.

> 金剛臺 믠 우 層의 仙鶴이 삿기치니
> 春風 玉笛聲의 첫줌을 끼돗던디
> 縞衣 玄裳이 半空의 소소 쓰니
> 西湖 녯 主人을 반겨셔 넘노는 둣

　‘縞衣 玄裳’의 仙鶴은 ‘綠衣 紅裳’의 아름다운 여인의 자태를 연상케
한다. 이는 바로 화려한 관복을 입은 화자의 모습을 寓意한 것이라 할
수 있다. 현실정치 지향의 이념적 정서를 바탕에 둔 자연흥취는 金剛臺
맨 꼭대기에서 공중에 솟아 떠오르는 仙鶴을 바라보는 신선류의 풍류
에서도 읽을 수 있다. 이러한 仙界로의 진입은 갈등의 표출과 해소를
의미한다. 이 선학이 “반겨셔 넘노는” 대상인 “西湖 녯 主人”의 ‘녯’은
단순히 옛날 西湖의 주인인 林逋가 살았던 시절을 의미하는 것만이 아
니다. 이 ‘녯’은 이와 동시에 화자가 이제는 出仕의 길에 다시 등장한
자신의 ‘녯’ 시절을 상기하고 있음을 의미한다. 이는 자연흥취가 자신
의 불우했던 隱逸의 시절을 되새기는 갈등의 앙금을 드러나게 한 것이
다. 그러므로 西湖의 林逋라는 인물을 언급하고 그를 반겨 넘노는 仙
鶴을 등장시킨 것은, 出仕의 기쁨 속에서 자신의 仙趣를 자랑하면서도
한편으로는 현실의 정치에서 멀어졌던 과거의 처지에 대한 갈등의 흔
적을 드러낸 것이라 할 수 있다.
　자연흥취의 본격적인 전개는 이처럼 현실 정치에 대한 갈등의 표출
을 가능하게 하는 것이기는 하지만 이러한 갈등의 표출은 궁극적으로
이념적 정서의 안정 위에서 이와 서로 조화를 이루는 가운데 진행되는
것이다.

> 어와 造化翁이 헌스토 헌스홀샤
> 놀거든 쮜디 마나 셧거든 솟디 마나

芙蓉을 고잣는 둧 白玉을 믓것는 둧
東溟을 박츠는 둧 北極을 괴왓는 둧
놉흘시고 望高臺 외로올샤 穴望峰이
하늘의 추미러 므亽 일을 亽로리라
千萬劫 디나ᄃ록 구필 줄 모르는다
어와 너여이고 너 ᄀ튼니 ᄯ또 잇는가

望高臺와 穴望峰에 자신의 굽힐 줄 모르는 장한 기상을 부치고 있다. 이는 단순히 경치만을 서술한 것이 아니라 이념을 지향하는 정서의 절정을 望高臺와 穴望峰이라는 경물에 부쳐 경치와 더불어 홍취를 표출한 것이다. 여기서도 자연의 홍취와 이념적 정서는 서로 친연성을 지니고 교합하고 있다. 이러한 정황은 뒤이은 여정에서도 마찬가지로 계속된다.

開心臺 고텨 올나 衆香城 ᄇ라보며
萬二千峰을 歷歷히 혀여ᄒ니
峰마다 밋쳐 잇고 귯마다 서린 긔운
묽거든 조티 마나 조커든 묽디 마나
뎌 긔운 흐터내야 人傑을 믄돌고쟈

開心臺에 올라 衆香城을 바라보며 만이천봉을 헤아리는 가운데 느끼는 '봉마다 맺혀있고 끝마다 서린 기운' 속에, 장엄한 산수 자연에 대한 出仕者의 가슴 벅찬 홍취가 펼쳐지고 있다. 맑고도 깨끗한 산의 정기를 훑어내어 뛰어난 인물을 만들고자 하는 포부 속에 자연홍취와 사대부의 이념적 정서가 친연성을 지닌 채 조화롭게 결합하고 있다.

毗盧峰 上上頭의 올라보니 긔 뉘신고
東山 泰山이 어느야 놉돗던고
魯國 조븐 줄도 우리는 모르거든

> 넙거나 넙은 天下 엇찌ᄒ야 젹닷말고
> 어와 뎌 디위를 어이ᄒ면 알거이고
> 오르디 못 ᄒ거니 ᄂ려가미 고이 ᄒᆞᆯ가

毗盧峰 꼭대기를 바라보며 東山과 泰山을 떠올리는 화자의 정서는 자연의 경물이 단지 흥취의 대상으로서만 존재하는 것이 아님을 말해 준다. 눈앞의 비로봉 꼭대기는 흥취와 이념이 결합된 경물로서 인식되고 있다. 孔子가 東山에 올라 魯나라를 작다 하고 泰山에 올라 天下를 작다고 한 고사를 끌어와 공자의 위대한 경지를 감탄하며 다지는 이념적인 각오 속에서, 비로봉은 흥취를 배가시키는 매개가 되고 있다.

> 圓通골 ᄀᆞ눈길로 獅子峰을 츠자가니
> 그 알픠 너러바회 火龍쇠 되여셰라
> 千年老龍이 구비구비 서려 이셔
> 晝夜의 흘녀 내여 滄海예 니어시니
> 風雲을 언제 어더 三日雨를 디련ᄂ다
> 陰崖예 이온 플을 다 살와 내여스라

위에서는 火龍淵의 물을 밤낮으로 흘러 내어 푸른 바다에 이어가는, 그 물 속에 '구비구비 서려' 있는 老龍이, 風雲을 얻어 그 물줄기를 三日雨로 내리게 함으로써 "陰崖예 이온 플"을 다 살리어 내었으면 하는 소망을 말하고 있다. 三日雨는 농사를 풍족하게 하는 자연의 은총이며 낭떠러지에 시든 풀은 백성의 寓意이다. '火龍淵 → 龍 → 三日雨 → 陰崖의 풀'로 이어지는 연상의 과정을 통해 자연의 景物을 감상하는 가운데 목민관으로서 선정을 다짐하는 정서의 움직임이 뚜렷하게 포착된다. 이처럼 화룡소라는 이름에서 비를 내리는 용을 연상하는 자연흥취 속에도 사대부적 이념에 대한 각오가 조화롭게 동반되어 있다.

자연의 景物에 자신의 뜻을 부치는 이상과 같은 진술은 모두 자연흥취가 이념적 정서와 조화를 이루는 단계에 있음을 의미한다. 자신감 넘

치는 이념적 정서의 표출을 바탕으로 이루어지는 자연흥취는 작품의
전개 과정에서 차츰 이념적 정서를 효과적으로 끌어들여, 이와 친연성
을 지니고 조화를 이루면서 자연스럽게 동화시키고 있다. 그러므로 자
연흥취로 인한 갈등의 표출은 이념적 정서와의 조화로 이어져 갈등의
해소로 나아가게 됨은 당연한 귀결이다.

'夢中仙緣'과 '王化承宣'[54]의 내용으로 구성된 結詞 부분은, 이 두
부분을 이어가는 자연흥취가 이념적 정서와 교합하여 이를 조화롭게
동화시킴으로써 이루어지는 갈등해소의 과정을 구체적으로 보여준다.
이 부분은 꿈, 선계, 술 등의 갈등해소의 모티프[55]가 동시에 등장하여
결합함으로써 갈등의 해소로 나아가는 과정을 뚜렷하게 보여준다.

> 그디룰 내 모른랴 上界예 眞仙이라
> 黃庭經 一字룰 엇디 그룻 닐거 두고
> 人間의 내려 와서 우리룰 똘오는다
> 져근덧 가디 마오 이 술 훈 잔 머거 보오
> 北斗星 기우려 滄海水 부어 내여
> 저 먹고 날 머겨눌 서너 잔 거후로니
>   — <중략> —
> 이 술 가져다가 四海예 고로 눈화
> 億萬蒼生을 다 醉케 밍근 後의
> 그제야 고텨맛나 쏘 훈 잔 흐쟛고야

'黃庭經 一字를 잘못 읽어서 人間에 내려온' 자신의 본래의 모습을
상기하는 갈등의 표출은 이러한 모티프들의 결합으로 인한 자연흥취의
절정에서 이루어지는 것이다. '북두칠성을 기울여 술잔으로 삼고 푸른
바닷물을 술로 삼아 부어 내어' 주고받던, 신선과 대작하던 갈등해소의
술은 온 천하에 고루 나누어 세상의 모든 사람들을 다 취케 만들겠다

---

54) 이상보, 『한국가사문학의 연구』, 형설출판사, 1974, pp.273~274.
55) 이에 관해서는 제3장 3. 갈등해소의 모티프들에서 구체적으로 다루었다.

는 목민관으로서의 다짐의 술로 이어진다. 이러한 정황은 자연홍취의 정서가 이념적 정서를 조화롭게 수용하여 동화시킴으로서 갈등의 해소로 나아가게 됨을 의미하는 것이다.

> 기픠롤 모르거니 ᄀ인들 엇디 알리
> 明月이 千山萬落의 아니 비췬 ᄃ 업다

　넓고도 깊은 창해를 바라보는 자연홍취의 절정에서 화자의 정서는 聖王의 恩德이 온 세상에 널리 베풀어지는 사대부의 理想世界를 경험하게 된다. 사대부의 이념이 실현되는 이러한 理想世界와의 만남은, 자연홍취의 정서가 이념적 정서를 자연스럽게 끌어들여 효과적으로 동화시킴으로써 이루어 낸 현실 정치에 대한 갈등의 해소로 말미암은 것이다.

2) 부정적 현실 인식 속의 연군 : 〈사미인곡〉·〈속미인곡〉

　<사미인곡>의 本詞는 春夏秋冬의 四季로 나뉘어져서 연군의 정을 드러내고 있다. 이러한 구성은 이 4개의 단락이 내용상 뚜렷한 변별성을 띠는 것은 아니고 연군이라는 주제 의식이 패러디의 형식으로 각각 변형되어 나열된 것이다. <사미인곡>의 이와 같은 연군의 표출은 현실의 부정적 상황에 대한 好轉을 기대하는 방식으로 이루어진다.

　그러나 현실적인 기대를 표출하는 방식은 보다 교묘히 이루어지는데, 현실적인 기대를 직접적으로 드러내 보이지 않고 현실적인 불만을 연군의 정서에 실어 드러냄으로써 간접적으로 드러내 보이는 것이 그것이다. 이러한 정황에서 부정적 현실 인식은 연군의 정서와 相補的 관계를 지니고 서로 교합하게 된다. 즉, 부정적 현실 인식은 연군의 정서에 의하여 보다 효과적으로 표출됨으로써, 현실에 대한 기대를 보다 교묘히 드러낼 수 있게 된다.

> 東風이 건듯 부러 積雪을 헤텨 내니
> 窓밧긔 심근 梅花 두세 가지 피여셰라
> 又득 冷淡흔디 暗香은 므스 일고
> 黃昏의 둘이조차 벼마티 빗최니
> 늣기는 듯 반기는 듯 님이신가 아니신가
> 뎌 梅花 것거 내여 님 겨신디 보내오져
> 님이 너를 보고 엇더타 너기실고

　위는 <사미인곡> 本詞의 첫부분인 春詞에 해당하는 부분이다. 여기서 화자는 매화에 연군의 정서를 기탁하여 표출하고 있으나 동시에 자신의 가엾은 처지를 드러내는 치밀함을 보이고 있다. 매화는 가뜩이나 冷淡한 積雪 속에서 피어난 것이다. 이 積雪은 자신의 가엾은 처지를 둘러싸고 있는 현실의 부정적 상황에 대한 寓意이다. 이러한 상황하에서 매화를 꺾어 님에게 보내고자 하는 忠信은, "늣기는 듯 반기는 듯 님이신가 아니신가", "님이 너를 보고 엇더타 너기실고" 라는 조심스러운 연군의 표출로 나타난다.56) 불행한 현실에 대한 자기인식을 통하여 연군의 정서가 표출되는 것이 아직은 제한적이다.

> 꼿 디고 새닙 나니 綠陰이 질렷는디
> 羅幃 寂寞흐고 繡幕이 뷔여 잇다
> 芙蓉을 거더 노코 孔雀을 둘러 두니
> 又득 시름 한디 날을 엇디 기돗던고

　위의 夏詞에서는 불행한 현실 상황이 더욱 구체적으로 드러나 있다. 비단 포장은 더욱 적막하고 수놓은 장막만이 드리워져 있을 뿐 텅 비어 있는 현실의 결핍은 님이 곁에 없기 때문이다. 자신의 불행한 처지가 '꽃 지고 새 잎이 나니 녹음이 깔리는' 자연의 이치에 반하는 것이

---

56) <속미인곡>의 '이리야 교티야 어즈러이 흐돗썬디/ 반기시는 눗비치 네와 엇디 다른신고'에서도 자기반성과 함께 이와 같은 태도가 나타난다.

어서 그의 이러한 불만에 찬 진술은 더욱 타당성을 지닌다.

'연꽃 무늬의 방장을 걷어 놓고 공작으로 수놓은 병풍을 둘러두니' 는 연군의 표출이다. 이러한 연군의 표출은 '가뜩 시름이 많은데 날은 어찌 또한 지루하고 길던가'라는, 님의 은총을 기다리는 자신의 처지에 대한 솔직하고 과감한 토로를 가능하게 한다. 또한 이를 통해 자신이 지닌 시름이 자신의 개인적 안위와 욕망에 대한 것이 아니라 님을 위한 것임을 내세우며 그 시름에 대한 순수성을 획득하여, 앞으로 전개될 진술의 공감을 얻기 위한 바탕을 마련하고 있다. 그리고 나서 그는 보다 과감하고 자신감에 넘치는 자신의 忠信을 자랑하며 연군의 정을 본격적으로 드러내게 된다.

> 鴛鴦錦 버혀 노코 五色線 플텨내여
> 금자히 견화이서 님의 옷 지어내니
> 手品은 크니와 制度도 ᄀ줄시고
> 珊瑚樹 지게 우희 白玉函의 다마 두고
> 님의게 보내오려 님 겨신듸 ᄇ라보니
> 山인가 구름인가 머흐도 머흘시고
> 千里萬里 길히 뉘라서 츠자갈고
> 니거든 여러두고 날인가 반기실가

'원앙 무늬의 비단을 베어 놓고 오색실을 풀어내어 금으로 만든 자로 재어서 만든 님의 옷이 솜씨는 물론이고 격식도 갖추었다'는 말은 자화자찬이다. 이는 앞서 조심스럽게 표출되던 님에 대한 忠信의 정서가 노골적으로 드러난 것이다. 이렇듯 님을 향한 정성을 자신감 있게 노출하는 것은 곧, 珊瑚樹로 만든 지게 위에 님의 옷을 담은 白玉函을 얹어 두고 바라보는 연군의 정서로 옮겨져 표출된다. 그러나 이 연군의 정서는 멀리 계신 님이 산인지 구름인지도 모르는 험한 상황에 놓여 있다는 점을 밝히기 위한 과정이다. 이러한 님의 주변 상황이 자신이

솜씨 좋게 지은 옷을 받고서 님이 '나를 보신 듯이 반기실 수 있을까'
라는 의구심에 빠져들게 한다는 것이다. 님이 나를 반기시지 않는다면
그것은 나의 잘못이 아니라 님의 주변 상황 때문이라는 식의 자신의
결백에 대한 주장이 숨어있다.

> ᄒᆞᄅᆞ밤 서리김의 기러기 우러 녈 제
> 危樓에 혼자 올나 水晶簾을 거든마리
> 東山의 둘이 나고 北極의 별이 뵈니
> 님이신가 반기니 눈믈이 절로 난다
> 淸光을 픠워 내여 鳳凰樓의 븟티고져
> 樓 우히 거러 두고 八荒의 다 비최여
> 深山窮谷 졈 낫ᄀᆞ티 밍그쇼셔

　동산에 떠오른 밝은 달과 북쪽 하늘 끝의 별은 님의 모습이다. 님이
신가 하여 반기며 흘리는 눈물은 鳳凰樓의 님에게 '淸光'을 피워 부쳐
보내고자 하는 연군의 정서로 인한 것이긴 하지만, 이는 자신의 출사에
대한 '적극적인 의욕의 표현'[57]에 다름 아니다. 님이 '누각 위에 걸어
두고 온 세상을 다 비추어' 험한 세상을 낮같이 환하게 비추기를 원하
는 이 '淸光'은 사실상 자신이 피워 낸 것이다. 연군의 정서 속에 자신
의 소망을 실어 나타낸 것에 다름 아니다. 이러한 진술의 와중에도 역
시 '深山窮谷'이라는 자신의 불행한 현실 상황에 대한 언급은 잊지 않
고 있다. 자신의 불행한 현실 상황에 대한 정서는 冬詞 부분으로 이어
지면서 더욱 그 강도를 높여 표출된다.

> 乾坤이 閉塞ᄒᆞ야 白雪이 ᄒᆞᆫ비친 제
> 사름은 ᄏᆞ니와 놀새도 긋처 잇다
> 瀟湘 南畔도 치오미 이러커든
> 玉樓 高處야 더옥 닐러 므슴ᄒᆞ리

---

57) 이상보, 앞의 책, p.281.

하늘과 땅이 추위에 얼어 흰 눈으로 덮여 있는 세상은 사람은 물론이고 날짐승도 날아다니지 않는 적막한 곳이다. 이러한 자신의 현실 상황에 대한 절실한 토로는 '玉樓高處'의 임 계신 곳에 대한 걱정을 보탬으로써 그 과장성과 독단성의 위험을 제거한다. 현실의 불만에 대한 토로가 불러일으킬 수도 있는 자신에 대한 비난을 연군의 정서를 표출함으로써 미리 제거한 것이라 할 수 있다.

> 陽春을 부처 내여 님 겨신디 쏘이고져
> 茅簷 비췬 히롤 玉樓의 올리고져
> 紅裳을 니믜 츠고 翠袖를 半만 거더
> 日暮 脩竹의 헴가림도 하도 할샤
> 댜론 히 수이 디여 긴 밤을 고초 안자
> 靑燈 거론 겻틱 鈿箜篌 노하 두고
> 꿈의나 님을 보려 특 밧고 비겨시니
> 鴦衾도 츠도 츨샤 이밤은 언제 샐고

'따뜻한 봄 기운을 일으켜 임 계신 곳에 쐬고자' 하며, '초가집 처마에 비친 햇볕을 임 계신 곳에 올리고자' 하는 절절한 연군의 정은 그러나 그것만으로 그치지 않고, 여기서는 이러한 연군의 정을 읊는 자신의 처지에 대한 하소연이 뒤따르게 된다. "紅裳을 니믜 츠고 翠袖를 半만 거더/ 日暮 脩竹의 헴가림도 하도 할샤"가 그것이다. 또한 "댜론 히 수이 디여 긴 밤을 고초 안자/ 靑燈 거론 겻틱 鈿箜篌 노하 두고/ 꿈의나 님을 보려 특 밧고 비겨시니"라는 애절한 연군의 정서도 역시 "鴦衾도 츠도 츨샤 이밤은 언제 샐고" 하는 자신의 불행한 처지에 대한 하소연으로 귀결되고 있다.

<사미인곡>의 本詞 부분에는 연군의 정서가 결론적으로 표출되어 있긴 하지만 연군의 진술 속에다 자신의 불행한 현실을 실어서 드러내고 있다. 진술의 양적인 면을 고려하더라도 연군의 진술은 오히려 자신

의 불행한 처지에 대한 현실적 갈등을 드러내는 진술의 양을 넘어서지 않는다. 이러한 방식으로 표출되는 연군의 정서는 자신의 현실에 대한 불만이나 불행한 처지를 토로하는 진술이 안게 될 과장성이나, 그로 인하여 결과적으로 불러일으킬 수도 있는 독단성에 대한 비난을 미리 누그러뜨려 차단하기 위한 방어적 기재로서 작용한다. 이는 불행한 현실에 대한 인식과 연군의 정서가 상보적 관계로서 서로 조화를 이루는 가운데 결합하고 있음을 의미한다.

<속미인곡>은 <사미인곡>에 비해 그 평가가 더 높다.

> <속미인곡> 역시 송강이 지은 것으로, <사미인곡>의 미진한 말을 다시 편 것이니, 말이 더욱 교묘하고 뜻이 더욱 간절하여, 제갈공명의 <출사표>와 백중하다고 볼 수 있다.58)

> 예로부터 우리 나라의 참된 문장은 다만 이 세 편이다. 그러나 또한 이 세 편을 논한다면 <후미인곡>이 가장 높다. <관동별곡>과 <전미인곡>은 오히려 한자어를 빌어서 그 외면을 꾸몄을 뿐이다.59)

<속미인곡>은 造語가 더욱 工巧하고 뜻이 더욱 간절하며, 국문자로 표현되어 한문을 빌어 그 형상을 꾸몄을 뿐인 <사미인곡>보다 뛰어나다는 평이다. <사미인곡>의 독백체에 비해 <속미인곡>의 대화체는 더욱 극적인 입체감을 지니고 있다.60) 또한 <사미인곡>의 추상적·관념적·과장적이고 사치스런 표현에 비해, <속미인곡>은 소박하고 솔직한 현실적인 표현에 바탕을 두고 있다.61) 이러한 상대적인 우

---

58) 洪萬宗, 『旬五志』 下, 洪萬宗 全集 上, 太學社, 1980. 續美人曲 亦松江所製 復申前辭 未盡之辭 語益工而意益切 可與孔明兩出師表 伯仲看也.

59) 金萬重, 『西浦漫筆』 下, 西浦集, 通文館, 1971. 自古左海眞文章 只此三篇 然又就三篇而 論之 則後美人尤高 關東前美人 猶借文字語 以飾其色耳.

60) 이상보, 앞의 책, p.285.

61) 정재호, 『한국가사문학론』, 집문당, 1982, pp.82~84.

수성은 '<사미인곡>이 내용의 정연한 안배에 치중하였다면, <속미인곡>
은 詞中話者의 격정을 호소하는 데 주력하였'[62]던 때문이며, 이는 근본
적으로 <속미인곡>이 '前辭未盡之辭' 곧, <사미인곡>에서 다하지 못한
말을 끝까지 다하고자 한 작가의 진술 의도에 기인한다고 할 수 있다.

> 데 가는 뎌 각시 본 듯도 흔뎌이고
> 天上 白玉京을 엇디흐야 離別흐고
> 힌 다 뎌 져믄 날의 눌을 보라 가시는고
> 어와 네여이고 이 내 스셜 드러 보오
> 내 얼굴 이 거동이 님 괴얌즉 흔가마는
> 엇딘디 날 보시고 네로다 녀기실시
> 나도 님을 미더 군뜨디 젼혀 업서
> 이리야 교티야 어즈러이 흐둣쩐디
> 반기시는 눗비치 녜와 엇디 다르신고
> 누어 싱각흐고 니러 안자 혜여흐니
> 내 몸의 지은 죄 뫼ㄱ티 빠혀시니
> 하놀히라 원망흐며 사룸이라 허믈흐랴
> 셜워 플텨 혜니 造物의 타시로다

위의 '天上 白玉京'이라는 仙界의 공간에 대한 언급은 <사미인곡>에서
처럼 화자의 현실 인식을 관념적으로 이끄는 구실을 하지 않고 단지
님과 멀리 떨어져 있는 현실적인 자신의 처지를 밝히고자 하는 것으로, 다
른 작품들에서도 자주 나타나는 작가의 관습적인 자기인식으로 이해된다.

위에서는 화자가 지닌 갈등의 원인으로서 님의 부재라는 상황이 구
체적으로 설명되고 있다. 화자는 '님을 믿는 마음에 응석과 아양을 부
리며 귀찮게 굴었기 때문에' 님의 곁에서 추방된 것이다. 그러나 '내
몸의 지은 죄 산같이 쌓였으니 하늘이라 원망하며 사람이라 허물하랴'
라는 자기 반성과 후회는 '딴 뜻이 전혀 없어'와 '서러워 풀어내어 혜

---

62) 정재호, 위의 책, p.81.

아려 보니 조물의 탓이로다'라는 말에서 알 수 있듯이 자기 결백의 주
장을 전혀 배제한 것은 아니다. 단지 님을 믿는 마음에서 경거망동했을
뿐, 이는 조물의 탓인 것이다. 그런데 이 '조물의 탓'은 운명적인 체념
이 아닌 현실에 대한 구체적인 인식을 드러내는 말이다. 다음을 보자.

> 글란 싱각마오
> 미친 일이 이셔이다
> 님을 뫼셔 이셔 님의 일을 내 알거니
> 물フ툰 얼굴이 편호실 적 몃날일고
> 春寒苦熱을 엇디호야 디내시며
> 秋日冬天은 뉘라셔 뫼셨는고
> 粥무飯 朝夕뫼 녜와 フ티 셰시는가
> 기나 긴 밤의 줌은 엇디 자시는고

위에 나열된 '春寒苦熱', '秋日冬天', '粥무飯 朝夕뫼', '기나 긴 밤의
줌' 등은 白玉京의 仙界가 아닌 구체적인 현실 세계의 事象이다. 이러
한 구체적인 현실세계에 대한 인식은 겉으로는 님의 처지를 걱정하는
진술로 나타나지만, 여기에는 자신의 처지를 밝혀 결백을 넌지시 주장
하려는 저의가 바탕에 깔려 있다.

> 님다히 消息을 아므려나 아쟈호니
> 오늘도 거의로다 니일이나 사룸 올가
> 내 무움 둘 디 업다 어드러로 가쟛말고
> 잡거니 밀거니 놉픈 뫼희 올라가니
> 구룸은 크니와 안개는 므스 일고
> 山川이 어둡거니 日月을 엇디 보며
> 咫尺을 모르거든 千里를 브라보랴
> 출하리 믈フ의 가 빗길히나 보랴호니
> 브람이야 믈결이야 어둥졍 된뎌이고
> 샤공은 어디 가고 빈 비만 걸렷는고

> 江天의 혼자 셔셔 디는 히를 구버보니
> 님다히 消息이 더옥 아득호뎌이고

오늘 내일 하면서 님의 소식을 기다리는 마음을 둘 데 없어 높은 산에 올라간 화자는 '산천이 어두운데 일월을 어떻게 바라보며 지척을 분간 못하는데 먼 곳을 어떻게 바라볼 수 있으랴'라는 눈앞의 구체적 현실 상황을 인식하게 된다. 이러한 어두운 현실은 '구름'과 '안개'로 인한 것이다. 이 '구름'과 '안개'는 님과 화자 사이에 존재하는 거리감의 실질적인 원인이다. 이것은 '님께서 사랑함직 한, 딴 뜻이 전혀 없는 응석과 아양'을 곡해하여 님이 '반가워하는 낮빛'을 옛날과 다르도록 한, 현재 님의 주변에 존재하는 이들을 寓意한 것이다. 이것이 앞서 화자가 '조물의 탓'이라고 한 그 '조물'의 실체로서 제시된 것이라고 할 수 있다. '물가에 가서 님 소식이 오는 뱃길을 기다리려고 하는데 바람과 물결로 어수선하게 되었구나'에서의 '바람'과 '물결'도, 위의 '구름', '안개'와 마찬가지로 임과의 거리를 좁히고자 하는 화자의 소망을 방해하는 요인으로 역시 '조물'의 실체에 다름 아니다. 이러한 자연물의 寓意는 부정한 현실에 대한 작가의 심정을 기탁하는 방식이다.

이처럼 <속미인곡>에서의 연군의 정서는 부정한 현실을 보다 사실적인 방식에 의해 효과적으로 드러내면서 자신의 결백을 주장하는 방식으로 이루어지고 있다. 이 역시 갈등의 표출에 있어서 연군의 정서가 부정한 현실에 대한 인식과 相補的인 관계로 결합하고 있음을 의미한다.

(3) 竝行構造

● 이념적 명분에 가려진 흥취 : <상춘곡>

자연물을 소재로 한 사대부의 가사에서는 경치와 더불어 흥취가 표출되어 있다. <상춘곡>도 마찬가지로 경치 자체만을 서술한 것이 아니라 흥취가 경치를 매개로 하여 표출되어 있다. 객관적 대상을 충실하게 나열하고 서술하는 것은 사실의 전달로서 교술로 이해되기도 하고,[63] 物我一體라는 사대부적 경지를 추구하기 위한 것으로 지나친 격정을 피하고자 하는 사대부의 절도있는 서정으로 이해되기도 한다.[64] 이 상이한 견해들을 통해서 <상춘곡>의 흥취에 대한 진술태도가 단순한 것이 아님을 간파할 수 있다.[65]

<상춘곡>의 진술태도를 살펴보면 자연흥취가 사대부의 이익의 추구와 대립적 관계를 형성하는 명분으로서의 이념적 태도를 '풍월주인'으로서 '紅塵에 뭇친분네'에게 과시하기 위한 구실을 하다가, 사대부의 이념적 명분에 가려진 현실적 이익 추구의 긴장을 해소하는 구실을 하는 것으로 전환된다. 그러나 <상춘곡>의 중심 정서를 흥취라고 할 때 이념적 명분과 흥취는 갈등의 표출 과정에서 대립적 관계를 형성하게 된다.

흥취를 중심으로 하여 그에 대립되는 이념적 명분과의 교합 양상을 구체적으로 살펴보자.

紅塵에 뭇친분네 이내生涯 엇더호고
녯사롬 風流롤 미출가 못미출가
天地間 男子몸이 날만호이 하건마는
山林에 뭇쳐이셔 至樂을 모롤것가
數間 茅屋을 碧溪水 앏픠두고
松竹 鬱蔚裏예 風月主人 되여셔라

---

63) 조동일, 가사의 장르규정, 『어문학』 21집, 한국어문학회, 1969.

64) 김학성, 가사의 장르 성격 재론, 『국문학의 탐구』, 성대출판부, 1987.

65) <상춘곡>의 어휘가 명사가 많고 동사가 적다는 것은, <상춘곡>의 작자 정극인이 열정적인 시인이라기보다는 관념적이며 사유적인 시인임을 뜻한다. 하성래, 항춘곡의 문체 소고,-그 구조적 분석을 중심으로, 『한국언어문학』 제12집, 한국언어문학회, 1974, p.141.

여기에서 '紅塵'은 화자가 떠나온 속세의 현실적인 공간으로서 그에게 현실적 이익을 생각하게 하는 공간으로 인식되어 있다. 화자가 서 있는 이 자연의 공간은 화자에게 속세에서의 이익의 추구와 대립되는 이념적 명분의 공간이라고 할 수 있다. 사대부의 현실적 이익의 추구는 그들의 이념적 명분에 가려져 있게 마련이다.

그러므로 風月主人으로서의 山林에 묻혀 있는 至樂, 홍취에 대한 진술은 정서의 표출이라기보다는 단순한 전달의 태도를 띤다. 홍취의 표출이란 이념적 명분으로서만 가능한 것일 뿐이다. 이념적 명분의 과시는 홍취로 인해서만 가능하고 홍취는 이념적 명분을 위해서만 존재하지만 이들은 교합하는 과정에서 일정한 거리를 두고 완전히 교합하지 못한다. 이는 홍취가 이념적 명분과 並行關係에 있음을 의미한다.

> 엇그제 겨을지나 새봄이 도라오니
> 桃花 杏花는 夕陽裏예 퓌여잇고
> 綠楊 芳草는 細雨中에 프르도다
> 칼로 몰아낸가 붓으로 그려낸가
> 造化 神功이 物物마다 헌스룹다
> 수풀에 우는새는 春氣를 못내계워
> 소리마다 嬌態로다
> 物我 一體어니 興이익 다룰소냐

1행에서 3행까지는 겨울을 지난 새 봄의 경치를 서술한 것이고, 4행에서 7행까지는 이 경치에 대한 홍취를 드러낸 것이다. 수풀에 우는 새의 '春氣'와 '嬌態'는 다름 아닌 화자의 홍취이다. 그러나 이러한 홍취는 곧 과시로 이어진다. 8행의 '物我一體'라는 진술은 정서의 표출이라기보다 정서에 대한 서술이요 전달인 것이다. 이 물아일체라는 자연 홍취도 속세의 이익추구의 공간에 있는 사대부들에 대한 과시에서 비롯된 것으로 벼슬살이에 대한 無慾이라는 사대부의 이념적 명분을 내

세우기 위한 기재로서 작용한다. 홍취는 사대부의 이 무욕이라는 이념
적 명분으로 인하여 정서의 표출로서가 아니라 서술과 전달의 방식을
띤다. 홍취의 정서가 이념적 명분을 효과적으로 드러내기 위하여 보다
억제되어 표출되는 것이다.

　다음에서도 이념적 명분으로 인해 홍취가 억제되어 있는 상황이 단
적으로 드러나 있다.

　　　　柴扉예 거러보고 亭子애 안자보니
　　　　逍遙 吟詠ㅎ야 山日이 寂寂ㅎ디
　　　　閑中 眞味룰 알니업시 호재로다
　　　　이바 니웃드라 山水구경 가쟈스라
　　　　踏靑으란 오늘ㅎ고 浴沂란 來日ㅎ새
　　　　아촘에 採山ㅎ고 나조히 釣水ㅎ새

　사립 밖에 나가 거닐어도 보고 정자에 올라앉아도 보다가 천천히 거
닐며 시를 읊는다는 단순한 행위의 나열은, 물아일체의 정서를 표출하
는 것이 아니라 '물아일체의 정서임'을 단지 전달하면서 과시하는 것이
다. "이바 니웃드라 산수구경 가쟈스라"라는 말은 이러한 과시의 태도
를 단적으로 드러낸 것이다. 踏靑, 浴沂, 採山, 釣水 등의 나열은 사대
부의 이념적 정서를 명분으로 한 과시의 내용일 뿐이다. 이 또한 이념
적 정서를 명분으로 한 과시의 태도로 인해 진정한 자연홍취가 억제되
어 제대로 표출되지 못하고 있음을 말해 주는 것이다.

　그러나 작품의 후반부로 가면서 화자의 홍취는 음주라는 통로를 통
하여 이념적 명분의 배후에 도사리고 있던 자아의 의식을 자유롭게 드
러내는 방식으로 이념적 명분의 그늘에서 벗어나기를 시도한다.

　　　　ス괴여 닉은술을 葛巾으로 밧타노코
　　　　곳나모 가지것거 수노코 먹으리라

> 和風이 건듯부러 綠水를 건너오니
> 淸香은 잔에지고 落紅은 옷새진다

이념적 사고의 장막은 술로 인해 자연스럽게 걷히고 그에 가려져 있던 갈등이 드러나게 된다. '잔에 지는 淸香'은 상·하/내·외를 넘나드는 바람을 타고 비상하는 의미를 지니고 있는 반면 '옷에 지는 落紅'은 세속적인 육신 위로 떨어지는 하방의 의미를 지닌다.[66] 정신과 육체는 상·하로 분리되어 하늘과 땅의 방향으로 상승·하강을 하는 상극과 갈등을 일으킨 것이다.[67] 이는 앞서의 사대부의 이념적 명분을 위하여 억제되어 있던 자연흥취가 음주를 통하여 비로소 갈등의 표출이라는 구실을 하는 과정으로 전환되고 있음을 의미한다.

다음에서 자연흥취는 이념적 명분과의 거리를 분명하게 둠으로써 갈등의 표출을 시도하게 된다.

> 明沙 조흔믈에 잔시어 부어들고
> 淸流를 굽어보니 써오느니 桃花ㅣ로다
> 武陵이 갓갑도다 져미이 긘거인고
> 松間 細路에 杜鵑花를 부치들고
> 峯頭에 급히올나 구름소긔 안자보니
> 千村 萬落이 곳곳이 버러잇니
> 煙霞 日輝는 錦繡를 재폇는듯
> 엊그제 검은들이 봄빗도 有餘홀샤

자연흥취와 음주의 결합은 仙界로의 진입을 가져온다. 소나무 숲 오솔길을 따라 杜鵑花를 부여잡고 올라간 산봉우리의 구름 속은 武陵의 仙界이다. 거기에서 바라본 '千村萬落의 煙霞日輝가 錦繡를 활짝 펼친

---

66) 박병완, 상춘곡의 분석적 연구―문학공간의 함의를 중심으로, 『한국고전시가작품론2』. 집문당, 1992. p.602.
67) 위의 책, 같은 곳.

듯'한 넘치는 봄빛은 갈등의 해소를 가져온, 자신의 내면으로부터 표출되어 넘치는 자연흥취이다.

그러나 이러한 자연흥취는 다음에서 사대부의 이념적 명분에 가려져 있던 개인적인 욕망을 슬며시 드러내는 것으로 그 구실이 전환되어 표출된다.

> 功名도 날끠우고 富貴도 날끠우니
> 淸風 明月外에 엇던벗이 잇스올고
> 簞瓢 陋巷에 훗튼혜음 아니하니
> 아모타 百年行樂이 이만한둘 엇지하리

갈등의 해소를 꾀하는 자리에서 이념적 명분에 반하는 개인적이고도 현실적인 욕망에 대한 사대부의 갈등이 슬며시 고개를 내민다. 淸風明月을 벗하고 簞瓢陋巷의 생활을 하는 安貧樂道는 자연흥취에 실려있는 것이기는 하나, 이는 본질적으로 이념적 명분의 옷을 입고 있다. 흥취가 다시 이념적 명분의 그늘에 가려진 것이다. 그러나 이 자연흥취는 사라진 것이 아니라 가려져 있을 뿐이다. 내가 공명과 부귀를 꺼리는 것이 아니라 그것들이 나를 꺼림으로 인한 것이라는 운명적 자조와 변명이 뒤섞인 가운데 자연흥취는 이념적 명분의 뒤켠으로 숨게 되고, 공명과 부귀라는 현실적인 이익에 대한 미련이 머릿속을 맴돌고 있다. 마지막 행의 소극적 만족은 바로 그러한 미련이 가져온 해소되지 않은 채 남아 있는 갈등의 존재[68]를 의미한다. 자연 속의 공간도 역시 사대부의 현실적 공간의 연장일 수밖에 없는 것이다.

이러한 정황은 결국 이념적 명분이 자연흥취를 압도하여 조화롭게 동화시키지도 못하고, 자연흥취도 역시 이념적 명분을 극복하는 정서에까지 이르지는 못함을 의미한다. <상춘곡>의 흥취는 이처럼 이념적

---

68) 이에 대해 제3장 4. 갈등해소의 유형에서 구체적으로 살폈다.

명분에 의해 억제되고 제한적으로 표출되지만, 그렇다고 이념적 명분에 흡수·동화되거나 혹은 친연성을 지니며 조화를 이루지도 않는다. 흥취와 이념적 명분에 대한 과시는 개인적이고 현실적인 욕망에 대한 갈등의 표출을 위하여 서로 교합하는 과정에서 결국 일정한 거리를 좁히지 못한 채 작품의 정서를 형성하고 있다.

(4) 內含構造

● 이념적 현실을 초월한 흥취 : 〈면앙정가〉

<면앙정가>는 序詞 부분과 四季를 중심으로 자연흥취가 전개되는 本詞 부분에서 갈등의 흔적을 발견하기가 쉽지 않다. 따라서 <면앙정가>의 갈등표출의 구조는 結詞를 중심으로 살피기로 한다.

> 人間을 써나와도 내몸이 겨를업다
> 니것도 보려ᄒᆞ고 져것도 드르려코
> 브람도 혀려ᄒᆞ고 둘도 마즈려코

내 몸이 겨를이 없는 것은, 이것도 보려 하고 저것도 들으려 하며 바람도 쐬려 하고 달도 맞으려 하는 자연 속의 흥취 때문이다. 이 흥취는 '인간' 곧 사대부의 이념적 현실을 떠나 왔기 때문에 가능한 것이다.

> 쉴수이 업거든 길히나 젼ᄒᆞ리야
> 다만 ᄒᆞᆫ靑黎杖이 다뫼되여 가노미라

지팡이가 다 못쓰게 될 정도로 쉴 사이가 없는 자연 탐승의 여정은 이 아름다운 경치를 전할 틈마저 없다. 여기에는 <관서별곡>에서 자

연흥취의 순간을 틈틈이 사대부의 현실적 이념으로 추스려 군주에게로
좋은 소식을 전하고자 하고,[69] <관동별곡>에서 경치에 자신의 연군의
정을 호사스럽게 실어 군주에게로 보내고자 하는 것[70]과 같은 현실적
이념의 지향은 보이지 않는다. 이미 '인간'을 떠나 온 탓이다. 이러한
진술은 자연흥취 속에 이념적 갈등이 끼어 들 여지가 없음을 반증해
보이는 것이다.

> 술리 닉어거니 벗지라 업슬소냐
> 블니며 튀이며 혀이며 이아며
> 온가짓 소리로 醉興을 비야거니
> 근심이라 이시며 시룸이라 브터시랴
> 누으락 안즈락 구부락 져츠락
> 을프락 포람ㅎ락 노혜로 노거니
> 天地도 넙고넙고 日月도 혼가ㅎ다

　위에서 취흥을 가져온 음주는 갈등의 해소를 위한 것이 아니다. 이
음주는 갈등이 이미 해소된 가운데 자연 탐승의 과정에서 흥취를 돋구
는 구실을 한다. 그러므로 여기에는 이념적 현실에 대한 '근심'과 '시
룸'이 있을 수도 없고 붙을 수 없다. "누으락 안즈락 구부락 져츠락/
을프락 포람ㅎ락 노혜로 노거니" 하는 자연 속의 순수한 취흥의 절정
은 화자가 이념의 추구로 인한 갈등에서 이미 벗어난 상태를 의미한다.
또한 '천지도 넓고 세월도 한가하다'는 진술도 임금의 다스림이 지극하
여 세상이 태평하다는 식의 雅頌이 아닌, 이념의 추구를 벗어난 자연 속의
취흥이 가져온 정서적 안정의 반영이라 하겠다. 이념의 추구를 벗어났
다는 것은 이를 초월했다는 의미이다. 이념의 정서가 자연흥취 속에서
이미 조화롭게 균형을 이룬 상태로 포괄되어 內含構造를 이루고 있다.

---

69) '歸西ㅎ리 이시면 好音이ᄂ 보닉고져'
70) '眞珠館 竹西樓 五十川 ᄂ린 믈이/ 太白山 그림재롤 東海로 다마가니/ 출하리 漢
　　江의 木覓의 다히고져'

이처럼 <면앙정가>의 자연흥취는 화자의 정서가 이미 이념적 환경
을 떠나와 갈등이 끼어들 여지가 없는 자연 탐승의 바쁜 여정 속에 이
루어지는 것이다. 자연흥취가 이미 사대부의 이념적 지향을 초월한 가
운데 이루어지고 있다.

> 羲皇을 모을너니 니적이야 긔로괴야
> 神仙이 엇더턴지 이몸이야 긔로고야
> 江山風月 거눌리고 내百年을 다누리면
> 岳陽樓 上의 李太白이 사라오다
> 浩蕩 情懷야 이예서 더홀소냐
> 이몸이 이렁굼도 亦君恩이샷다.

화자는 자연흥취의 절정에서 太平盛世를 노래하며 仙界로 진입하여
이미 이념적 정서가 자연흥취 속에 조화롭게 균형을 이루어 내재한 상
태에서 자신의 흥취를 '君恩'으로 이어가고 있다. 그러므로 위의 '君恩'
에 대한 진술은 이념의 추구로 인한 관습적인 표현이 아니라, 이념적
정서를 이미 초월한 가운데 순수한 자연흥취의 절정에서 이상세계와
遭遇함으로써 나온 인간적 감동의 표출이라 할 수 있다.

3 갈등해소의 모티프들

어떻게 보면 反規範的이고 反社會的이라고 할 수 있는 사대부의 갈
등도, 그것이 가사라는 공개적인 의사전달의 성격을 지닌 장르를 통해
나타날 때는 그들의 이념적이고 규범적인 태도로 인해 보다 점잖은 태
도로 전환되어 표출되며, 그 갈등의 정서와는 달리 현실과 타협하거나

혹은 조화를 이루는 親社會的 진술을 택한다. 현실과 이념의 괴리로 인한 갈등이 작품의 진술상으로는 反社會的 색채를 탈색하게 되는 것이다.

이러한 과정에는 갈등의 해소를 위한 다양한 통로가 존재한다. 여기에서는 사대부가사 작품들에서 관습적으로 사용되어 갈등의 해소를 위한 통로의 역할을 하는 술, 선계, 꿈 등의 공통적인 모티프를 중심으로 이러한 모티프들이 갈등해소의 기능을 수행하는 과정과 의미에 대하여 살펴보기로 한다.

(1) 술

사대부가사의 어휘 중 의식주에 관련된 것으로 술이 가장 빈번하게 등장한다.[71] 술은 산수의 아름다움을 완상하는 가운데 흥취를 돋우는 촉매로서 유교적 이념을 바탕으로 한 사대부적 정서를 고양하는 기능을 하기도 하고, 갈등이 개입된 상황에서 화자의 정서를 갈등의 현실로부터 도피시켜 갈등을 잊게 하거나 갈등의 내용을 보다 진솔하고 구체적으로 드러내어 그 진폭을 완만하게 진정시키는 완화제의 기능을 하기도 한다.

그러나 산수 감상의 흥취가 근본적으로 보다 자유로운 정서의 遊泳을 가능하게 하여 마음 속에 숨어있던 갈등을 표출하고 이를 해소시키는 계기를 마련하는 것이라는 점에서, 이 흥취 속의 술이 수행하는 이러한 기능들은 서로 繼起的이고 因果的인 과정으로 연결되기도 한다.

---

71) 박삼찬, 조선전기 가사의 연구―사대부가사를 중심으로, 영남대 석사학위논문, 1984, p.49.

1) 정서의 고양과 과시

술은 흥취를 통하여 사대부적 정서를 한껏 고양시키는 과정에서 촉매로서의 의미를 지닌다.

> 踏靑으란 오늘ᄒ고 浴沂란 來日ᄒ새
> 아춤에 採山ᄒ고 나조힌 釣水ᄒ새
> ᄀ굿괴여 닉은술을 葛巾으로 밧타노코
> 곳나모 가지것거 수노코 먹으리라
> 和風이 건듯부러 綠水를 건너오니
> 淸香은 잔에지고 落紅은 옷새진다
> 樽中이 뷔엿거든 날ᄃ려 알외여라
> 小童 아희ᄃ려 酒家에 술을믈어
> 얼운은 막대집고 아희는 술을메고
> 微吟 緩步ᄒ야 시냇ᄀ의 호자안자
> 明沙 조ᄒᄒᄅ에 잔시어 부어들고
> 淸流를 굽어보니 써오ᄂ니 桃花] 로다
> 武陵이 갓갑도다 져미이 긘거인고   <상춘곡>

자연 탐승이 踏靑, 浴沂, 採山, 釣水 등 사대부의 安貧樂道라는 규범적 생활의 테두리 안에서 이루어지다가, 화자는 음주라는 통로를 통하여 숨겨져 있던 정서를 자유롭게 표출함으로써 갈등의 해소를 시도한다. 위의 앞부분에서 사대부적 정서를 高揚하던 음주의 행위는 산수 완상의 흥취가 절정에 이르는 순간 화자의 정서를 武陵의 仙界로 인도하게 된다. 이 곳은 현실의 세계가 아닌 선계이다. 仙界로의 진입은 술로 인해서 내면에 잠재해 있던 정서가 자유롭게 표출된 결과 갈등의 해소가 이루어지게 됨을 의미한다. 이러한 갈등의 해소는 結詞로 이어지면서 공명과 부귀를 멀리하고 淸風明月을 벗하며 살아가는 安貧樂道의 청렴한 사대부적 이념의 추구에 대한 자부심으로 연결된다.[72]

松根을 볘여 누어 픗줌을 얼픗 드니
쑴애 혼 사롬이 날드려 닐온 말이
그디롤 내 모르랴 上界예 眞仙이라
黃庭經 一字롤 엇디 그릇 닐거 두고
人間의 내려 와셔 우리롤 뚤오는다
져근덧 가디 마오 이 술 혼 잔 머거 보오
北斗星 기우려 滄海水 부어 내여
저 먹고 날 머겨놀 서너 잔 거후로니
和風이 習習호야 兩腋을 추혀드니
九萬里 長空애 져기면 놀리로다
이 술 가져다가 四海예 고로 눈화
億萬蒼生을 다 醉케 밍근 後의
그제야 고텨맛나 쏘 혼 잔 호쟛고야
말디쟈 鶴을 트고 九空의 올나가니
空中 玉簫 소리 어제런가 그제런가
나도 줌을 찌여 바다홀 구버보니
기픠롤 몸르거니 フ인들 엇디 알리
明月이 千山萬落의 아니 비쵠 디 업다   <관동별곡>

위는 홍취의 절정에서 牧民官으로서의 愛民의 정서가 배여 있는 대
목이다. 여기에서의 음주 행위는 홍취의 확산을 꾀함으로써 出仕者로서
의 得意를 과시하는 것으로 이어지고 있다. 출사자로서의 得意를 과시
하는 이 음주의 계기는, 꿈속에서 등장한 익명의 한 인물과의 만남, 그
와의 대화에서 마련되었다.73) 화자는 원래 하늘 나라의 참된 신선인데

---

72) <상춘곡>의 이러한 갈등해소는 일시적일 뿐 결사의 공명과 부귀를 멀리하고
    안빈낙도의 청렴을 자랑하는 정서의 표출 뒤에는 체념의 정서가 자리하고 있다.
    이에 대해서는 제3장 4. 갈등해소의 유형에서 구체적으로 다루었다.

73) 이 인물의 등장은 갈등을 표출하기 위한 기능을 한다. 이점에 관해서는 <성산별
    곡>의 경우를 예로 들어 제4장 2·(4) 대화체의 화자와 진술의 진실성에서 다
    루었다. 단지 실수로 황정경 한 글자를 잘못 읽어 추방당한 신선이라고 한 점은
    자신의 결백을 주장하기 위한 진술이다. 그러나 이러한 진술은 자신의 입이 아
    닌 다른 사람의 입을 빌어서 전달하고 있다. 이는 자신의 주장에 대한 청자의
    객관적인 공감을 획득하기 위한 장치이다.

黃庭經 한 글자를 어찌하여 잘못 읽어 선계로부터 인간세계로 추방된 유배자이다. 관찰사로서의 출사의 순간에도 꿈이라는 환상 세계를 통하여 宦路에서 추방되었던 과거의 사실을 떠올리고 있다. 출사와 치사, 유배가 숱하게 교차하는 험난한 세로를 걸었던 자신의 처지가 흥취가 절정에 이른 순간 뇌리를 스친 것이다.

이 익명의 한 인물이 따라주는 술은 선계에서 추방되어 지상에 내려온 신선에 대한 위로의 술이다. 이 술은 宦路에서 추방되었다가 이제 다시 관찰사로서의 출사의 길을 걷는 자신의 그동안의 갈등을 해소하는 의미를 지닌다. 그는 단지 실수로 황정경 한 글자를 잘못 읽어 추방되었을 뿐이다. 그러기에 이제 이러한 갈등의 해소로 말미암아 "이 술 가져다가 四海예 고로 논화/ 億萬蒼生을 다 醉케 밍근 後의/ 그제야 고텨맛나 또 흔 잔 흐쟛고야"라는 떳떳하고 자신감 넘치는 목민관으로서의 善政을 과시할 수 있게 된 것이다.

2) 긴장의 해소와 숨은 정서의 표출

술은 사대부의 이념적 사고로 인한 긴장을 해소하여 흥취를 누리게 하는 수단으로서의 의미를 지니기도 한다.

> 九龍쇼의 비를믹고 統軍亭의 올나가니
> 臺隍은 壯麗ᄒ야 枕夷夏 之交로다
> 帝鄕이 어듸미오 鳳凰城 갓갑도다
> 歸西ᄒ리 이시면 好音이ᄂ 보너고져
> 千盃에 大醉ᄒ야 舞袖를 썰치니
> 薄暮 寒天의 鼓笛聲이 지지괸다
> 天高 地廻ᄒ고 興盡 悲來ᄒ니 이ᄯ히 어듸미오
> 思親 客淚ᄂ 결로흘러 모로미라
> 西邊을 다보고 返旆 還營ᄒ니
> 丈夫 胸襟이 져그나 ᄒ리로다

> 셜미라 華表柱 千年鶴인들 날가타니 쏘보안난다
> 어늬제 形勝을 記錄ᄒ야 九重天의 스로료
> 未久 上達 天文ᄒ리라   <관서별곡>

　<관서별곡>의 음주는 자연의 경치를 探勝하는 가운데 틈틈이 이루어지고 있다. 자연의 아름다움에 몰입하는 중 흥취를 돋우는 구실을 하는 것이다. 위의 九龍淵에서 배를 내려 統軍亭에 올라 아름다운 경치를 감상하던 중의 '大醉'는 이미 앞서 나오는 몇 차례의 연희와 음주로 인한 결과이다. "舞袖를 썰치니/ 薄暮 寒天의 鼓笛聲이 지지괸다/ 天高地廻ᄒ고 興盡 悲來ᄒ니/ 이ᄯᆡ히 어듸미오"는 화자의 흥취가 절정에 이르렀음을 나타낸다.

　그리고 흥취의 절정을 지난 후에 문득 떠오른 슬픔은 카타르시스의 과정이다. "思親 客淚ᄂᆞᆫ 절로흘러 모로미라"에서의 어버이 생각은 이러한 흥취의 이면에 숨어 있던 갈등이 노출되어 이루어진 것이라고 볼 수 있다. 술로 인하여 왕명을 받아 백성을 다스리는 목민관으로서의 이념적 긴장이 해소되면서 갈등의 표출이 이루어지고, 이어서 어버이에 대한 그리움이라는 개인적, 현실적 정서가 그 자연스러운 모습을 드러내면서 갈등이 해소되는 국면으로 접어들게 된다.

　여기에서 술은 이념적 사고의 경직성에 얽매인 사대부로서의 화자가 인간성의 자유로운 분출을 꾀할 수 있도록 하여 신분과 이념의 경직된 틀 속에 깊이 감춰져 있었던 사적인 정서를 진솔하게 드러낼 수 있는 계기를 제공하고 있다. 이러한 갈등의 해소가 이루어진 다음 화자의 정서는 곧 이념적으로 추스려져 안정을 되찾게 되고, "어늬제 形勝을 記錄ᄒ야 九重天의 스로료/ 未久 上達 天文ᄒ리라"라는 군주에 대한 의무를 다시금 다짐하는 사대부적 정서로 回歸하게 된다.

(2) 꿈

꿈의 세계는 현실 세계와 엄연히 구별된 時空이다. 그러나 꿈은 현실과 단절된 세계가 아니라, 오히려 현실 세계에서의 불가능을 가능으로 이어주는 세계로서 존재하기도 한다. 불가능한 현실적 소망은 꿈을 통해 실현 가능한 모습으로 환치된다. 사대부가사에 나타나는 꿈에는 꿈을 꾸는 주체의 현실에 대한 적극적 의도가 반영되어 있다. 현실 세계의 소망스런 모습을 꿈을 통하여 비로소 이루어간다.

이러한 꿈은 작품 속에서 갈등을 해소하는 기능을 지닌다. 꿈을 통하여 현실적 이념의 굴레를 벗어나 보다 자유로운 세계를 맛보기도 하고, 자신의 처지를 각성하여 이상세계로 진입하는 계기를 마련하기도 한다. 그러나 꿈이란 어차피 깨는 것이 전제되어 있는 까닭에 이러한 소망스런 현실에 대한 가상적 경험은 일시적인 것으로 끝나기도 한다.

1) 자아 각성과 이상세계의 추구

꿈은 음주를 통한 흥취와 결합하여 본연의 자세를 추스리는 자기 각성의 계기를 제공하고, 현실적 사념을 벗어 던지고 이념과 현실이 조화를 이루는 이상세계로의 진입하는 통로가 되기도 한다.

> 流霞酒 ᄀ득 부어 둘ᄃ려 무른 말이
> 英雄은 어디 가며 四仙을 긔 뉘러니
> 아미나 맛나보아 녯 긔별 뭇쟈ᄒ니
> 仙山 東海예 갈 길히 머도 멀샤
> 松根을 볘여 누어 픗줌을 얼픗 드니
> 꿈애 ᄒᆞᆫ 사ᄅᆞᆷ이 날ᄃ려 닐온 말이
> 그디롤 내 모ᄅᆞ랴 上界예 眞仙이라
> 黃庭經 一字롤 엇디 그롯 닐거 두고
> 人間의 내려 와셔 우리롤 ᄯᅩ오ᄂᆞᆫ다   <관동별곡>

流霞酒를 가득 부어 달에게 영웅[李白]과 네 명의 신선[四仙]의 기별을 묻는 진술은 음주 중의 취흥에서 나온 것이다. 그러나 취흥의 즐거움 속에서 나온 영웅과 사선에의 동경은 꿈을 통해서 자신의 본래의 모습을 드러내는 것으로 이어진다. 화자는 꿈 속의 한 사람의 말을 빌어 자신이 본래 黃庭經 한 자를 그릇 읽은 잘못으로 인간으로 추방된 上界의 眞仙임을 밝힌다.

이는 단순한 소망 충족에의 환각이나 혹은 풍류의 멋으로 돌려버릴 것이 아니다.[74) <관동별곡>은 현실적 이념의 성취를 바탕으로 하여 자연흥취가 현실의 이념적 정서와 조화를 이루는 가운데 전개된다. 그러므로 위의 꿈은 음주 중의 취흥 속에서도 이념적 현실을 생각하고 자신의 본연의 자세를 추스리고자 하는 자기 각성의 의미를 지닌다. 황정경 한 자를 잘못 읽어 인간에 내려 왔다는 것은 취흥 속에서 뇌리를 스친 과거의 불행했던 현실에 대한 갈등의 원인을 제시한 것이라 할 수 있다. 곧, 꿈 속에서의 眞仙은 이념적 현실에서의 자기의 모습이며, 또한 이 꿈은 불행했던 과거를 떠올리며 이념적 현실에서 자기를 각성하는 통로로서의 의미를 지닌다.

> 져근덧 가디 마오 이 술 훈 잔 머거 보오
> 北斗星 기우려 滄海水 부어 내여
> 저 먹고 날 머겨늘 서너 잔 거후로니
> 和風이 習習호야 兩腋을 추혀드니
> 九萬里 長空애 져기면 놀리로다   <관동별곡>

신선이 北斗星을 기울여서 부어 내어 권하는 滄海水는 이념적 현실의 충족감이 가져다 준 자기 실현으로부터 나온 희열의 술이다. 이 자기 실현의 기쁨을 자랑하는 술은 자신 스스로가 따르는 것이 아니다.

---

74) 김병국, 앞의 논문, p.69.

객관적인 제3자, 그것도 仙人이 권함으로써 이러한 희열의 타당성과 당위성이 부여된다. 화자는 꿈속의 신선과의 대작을 통해 자신을 진정한 上界의 眞仙의 위치로 끌어올린다. 이 꿈 속 신선의 이미지는 '환몽자 자신이 내재하고 있는 바 모든 합리적 사고현상의 총화인 정신적 요인 즉, 靈的實體가 인격화된 이미지'75)로, 결국 화자는 이러한 꿈 속의 신선 이미지를 통해, '황정경 한 글자를 잘못 읽어 인간에 내려 온' 것이라는 현실적 자아각성을 하게 되고, 나아가 '九萬里 長空'이라는 '현실적 사념을 벗어 던지는 경지'를 경험하게 된다.

이 술 가져다가 四海예 고로 논화
億萬蒼生을 다 醉케 밍근 後의
그제야 고텨맛나 쏘 혼 잔 ᄒ쟛고야
말디쟈 鶴을 트고 九空의 올나가니
空中 玉簫 소리 어제런가 그제런가
나도 줌을 ᄭ여 바다ᄒ 구버보니
기픠롤 모르거니 ᄀ인들 엇디 알리
明月이 千山萬落의 아니 비췬 디 업다   <관동별곡>

술을 四海에 고루 나누어 만 백성을 다 취케 만들고자 하는 의지는, 단순히 현실적인 牧民官의 이념으로 인한 것은 이미 아니다. 이는 현실적 사념을 벗어 던진, 이념과 현실이 조화를 이룬 가운데 이루어지는 사대부적 이상세계로의 진입을 의미한다.76) 그러므로 꿈을 깨어 굽어 본 바다는 깊이도 알 수 없고 끝도 알 수 없다는 '제법 토의적 사변적 논리적 귀결로 몰아갈 듯'77) 하던 어투는, "明月이 千山萬落의 아니 비췬 디 업다"라는 식으로 '논리적 귀결이 아닌, 심상의 恣意的인 喚起에

---

75) 위의 논문, 같은 곳.
76) 이는 군주를 향한 충절이라기보다 군주의 덕화를 백성을 향해 널리 베풀겠다는 자신의 다짐 속에서 나온 것이라 할 수 있다.
77) 김병국, 앞의 논문, p.62.

놓아둠으로써, 향수자의 심리적 여운과 사변적 여백에 방치'78)한다. 이
러한 '심상의 자의적 환기'로 인해, 千山萬落을 비치는 밝은 달은 군주의
王化에서 화자 자신의 사대부적 이상실현의 매체로 전환되는 것이다.

2) 불가능의 전환, 그 시도와 실패

꿈은 현실의 불행을 일시적으로 전환시켜 불가능한 소망을 충족시키
고자 하는 것이기도 하다.

> 출하리 믈 ㄱ의 가 빈길히나 보랴ᄒ니
> ᄇ람이야 믈결이야 어둥졍 된뎌이고
> 샤공은 어디 가고 븬 비만 걸렷ᄂ고
> 江天의 혼자 셔셔 디ᄂ 히롤 구버보니
> 님다히 消息이 더옥 아득ᄒ뎌이고
> 茅簷 춘 자리의 밤듕만 도라오니
> 半壁靑燈은 눌 위ᄒ야 볼갓ᄂ고
> 오르며 ᄂ리며 헤쓰며 바자니니
> 져근덧 力盡ᄒ야 픗줌을 잠간 드니
> 精誠이 지극ᄒ야 꿈의 님을 보니
> 玉ㄱᄐᆫ 얼구리 半이나마 늘거셰라   <속미인곡>

<속미인곡>의 꿈은 위의 전반부에 전제된 현실 상황의 성격에서 이
미 갈등해소의 실패를 암시하고 있다. '바람과 물결로 어수선한 뱃길',
'사공이 없는 배', '해가 지는 江天', '더욱 아득한 님 소식' 등으로 이어
지는 일련의 절망적 분위기가 그것이다. 게다가 꿈을 꾸는 잠자리는 "茅
簷 춘 자리"이고, 그 꿈은 '오르고 내리며 헤매고 방황하다가' 힘이 다하
여 꾸게 되는 꿈이다. 그러므로 꿈에 본 님의 옥같이 곱던 얼굴은 반 넘
어 늙어 있다. 이러한 님은 화자를 절망적 상황에서 구출해 낼 수 없다.

---

78) 위의 논문, 같은 곳.

> ᄆᆞᆷ의 머근 말슴 슬ᄏᆞ장 ᄉᆞᆲ쟈 ᄒᆞ니
> 눈믈이 바라 나니 말슴인들 어이 ᄒᆞ며
> 정을 못 다ᄒᆞ야 목이조차 메여ᄒᆞ니
> 오뎐된 鷄聲의 ᄌᆞᆷ은 엇디 ᄭᆡ돗던고
> 어와 盧事로다 이 님이 어디 간고   <속미인곡>

꿈은 불행한 현실을 전환시켜 화자의 소망을 충족시키기는 계기를 제공하지만 꿈속의 소망 충족 역시 여의치 않다. 마음속에 맺힌 말을 실컷 아뢰려니 눈물이 나서 말을 할 수가 없고, 정회도 못다 풀어 목까지 메이는 순간 방정맞은 닭소리에 꿈을 깨고 만다. 꿈을 통한 불행한 현실의 일시적인 국면 전환이 실패로 돌아간 것이다.

<만분가>에 나타나는 꿈에 대한 진술도 역시 현실의 불행을 일시적으로 전환시켜 불가능한 소망을 충족시키고자 하는 것이다.

> 天上 白玉京 十二樓 어듸매오
> 五色雲 깁픈곳의 紫淸殿이 ᄀᆞ려시니
> 天門 九萬里를 ᄭᅮᆷ이라도 갈동말동
> ᄎᆞ라리 싀여지여 億萬번 變化ᄒᆞ여
> 南山 늣즌 봄의 杜鵑의 넉시되여
> 梨花 가디우희 밤낫즐 못울거든   <만분가>

화자가 가고자 하는 天上 白玉京, 紫淸殿, 天門 등은 님이 계신 곳이다. <만분가>의 꿈은 화자에게, 님이 계신 곳으로 가고자 하는 현실적 소망을 달성하기 위한 불행한 현실의 일시적인 전환으로 인식되고 있기는 하다. 그러나 '꿈이라도 갈동말동'이란 진술은 이미 이러한 소망이 이루어질 수 없는 것임을 전제하고 있다. 그러므로 이러한 꿈은 '차라리 죽어서 억만 번 변화되어, 두견의 넋이 되는' 절망적 상황으로 이어진다.

南柯의 디난꿈을 싱각거든 슬므어라
故國 松楸를 꿈의가 몬져보고
先人 丘墓를 띈後의 싱각ᄒ니
九回 肝腸이 굽의굽의 그쳐세라
瘴海 陰雲의 白晝의 훗터디니
湖南 어늬고디 鬼蜮의 淵藪런디
魍魅魍魎이 쓸커디 저즌ᄀ의
白玉은 므스일로 靑蠅의 깃시되고   <만분가>

꿈 속의 '故國 松楸'는 조상의 蔭德을 빌어 불행한 현실을 벗어나기 위한 소망을 의미한다. 그러나 바로 앞서 진술된 '南柯一夢'은 역시 이 꿈이 어차피 허망된 것임을 전제하고 있다. 꿈을 통한 불행한 현실의 일시적 전환은 구곡 간장을 굽이굽이 끊어지게 할 뿐이다. 그러므로 꿈이 깬 후의 정서는 더욱 비참한 현실—瘴海 陰雲, 鬼蜮의 淵藪, 魍魅魍魎—에 대한 하소로 이어지고 있다.

<속미인곡>과 <만분가>의 꿈은 불가능한 현실을 꿈을 통해 충족시키기 위한 작업이긴 하다. 그러나 꿈을 통하여 현실의 불행을 전환하고자 하는 시도는 그 꿈의 상황에 이미 실패가 전제되어 있는데, 이는 꿈이 오직 '환각을 통한 충족'[79]일 뿐이기 때문이라 할 수 있다.

(3) 仙界

사대부가사에 나타나는 仙界는 기본적으로 道家的인 사상을 바탕으로 하고 있으며,[80] 보다 구체적으로는 시대적인 현실에서 그 원인을

---

79) "꿈은, 프로이드에 의하면, 소망충족 즉 '어린 시절 과거에 연원하여' 무의식 속에 억압되었던, 매우 본능적인 소망이 '환각을 통해 충족'되는 작업이다." 김병국, 앞의 논문, p.68.
80) 김갑기, 『송강 정철 연구』, 이우출판사, 1985. pp.274~292.

찾을 수 있다. 즉, 선계 모티프는 정치적인 상황에서의 이상과 현실과의 괴리에서 그 원인이 찾아진다.[81] 이것은 부정적 현실로부터의 일시적이고 잠정적인 일탈로서 그 부정적 현실에 대한 불만의 표현이며 '구속으로부터의 탈각이자 자유에로의 지향'[82]이기도 하다. 이러한 仙的인 정서는 '현실도피의 은둔이라는 원인적인 성격으로만 언급할 성질의 것이 아닌 것'[83]은 물론이다. 현실에서의 갈등은 어쩔 수 없어 仙界라는 道家的 공간을 통하여 이에 대한 해소를 꾀하기도 했던 것이다.

여기에서는 사대부가사에 나타난 仙界 모티프를 사대부적 이상과 현실과의 괴리로 인한 갈등의 표출로 보고 이 모티프의 기능과 의미에 대해 살펴보기로 한다.

1) 불행한 현실에서의 탈출

仙界의 모티프는 화자를 불행한 현실로부터의 벗어나게 하는 것이지만 다음의 경우는 애당초 실현 불가능한 현실이 전제된 것이다.

> 天上 白玉京 十二樓 어듸매오
> 五色雲 깁픈곳의 紫淸殿이 ㄱ려시니
> 天門 九萬里를 꿈이라도 갈동말동
> 츠라리 싀여지여 億萬번 變化ᄒ여
> 南山 늦즌 봄의 杜鵑의 넉시되여
> 梨花 가디우희 밤낫즐 못울거든
> 三淸 洞裏의 졈은한널 구름되여

---

81) 이동환, 퇴계 시세계의 한 국면, 『퇴계학보』 제25집, 퇴계학연구원, 1980. p.74.

82) 위의 논문, 같은 곳.

83) 김열규는 자연시조의 흥취가 단순히 현실도피로 처리될 성질의 것이 아니라고 하면서 "자아와 자연 사이의 서정적 긴장을 용납하지 않으면서 한결 내면화되었을 때 더 한층 심화되어 인간 사이의 영적 공감의 경지에까지 다달았을 때에, …… 가장 단순하기는 하나 아울러 가장 본래적인 차원의 서정시로서의 모습을 지니게" 된다고 했다. 김열규, 한국시가의 서정의 몇 국면, 『동양학』 2. 단국대 동양학연구소, 1972. p.99.

> 브람의 흘리느라 紫微宮의 느라올라
> 玉皇 香案前의 咫尺의 나아안자
> 胸中의 싸힌말슴 쓸커시 스로리라   <만분가>

<만분가>의 서두 부분에서는 仙界로의 飛翔을 통해 불행한 현실로부터 탈출을 시도하면서 부정적 현실에 대한 갈등의 해소를 꾀하고 있다. 옥황이 계시는 곳은 천상의 선계이며 이 선계로의 비상이 화자의 현실적 갈등을 해소할 수 있는 유일한 수단인 것이다.

그러나 화자의 정서는 애당초 실현 불가능한 불행한 현실에 그 뿌리를 깊게 내리고 있다. 그가 가고자 하는 天上의 玉皇이 계신 곳은 구름 깊은 곳에 가려져 있는 것이다. 그러길래 꿈속에서도 '갈동말동'한 불가능의 장소이다. 白玉京, 紫淸殿, 三淸洞裏, 紫微宮 등으로 반복되어 나열되어 있는 갈등해소를 위한 공간은 화자의 처지로는 죽음이라는 통로를 통해서만 도달할 수 있는 절망적인 장소일 따름이다. 남산 늦은 봄의 두견의 넋과 해 저문 하늘의 구름은 이 죽음의 이미지를 품고 있다. 그러기에 죽음을 통해서라도 흉중의 쌓인 말을 전하고자 하는 의지는 기대와 희망이 아닌 절망 속의 절규로 나타나 있다. 결국 현실적인 갈등을 해소하기 위한 선계로의 비상은 불행한 현실을 탈출하고자 하는 것이었지만 이미 불가능에 대한 인식이 전제되어 있다.

2) 합리화

선계는 화자가 자연흥취를 누리기 위해 이념적 의무감에서 벗어나려는 자신을 합리화하는 기능을 하기도 한다.

> 春風이 헌스ㅎ야 畵船을 빗기보니
> 綠衣紅裳 빗기안자 纖纖 玉手로 綠綺琴 니이며
> 晧齒 丹脣으로 采蓮曲 브르니

太乙 眞人이 蓮葉舟 트고 玉河水로 ᄂᆞ리ᄂᆞᆫ듯
셜믜라 王事 靡鹽ᄒᆞ들 風景에 어이 ᄒᆞ리
　　－<중략>－
白頭山 ᄂᆞ린물이 香爐峯 감도라
千里를 빗기흘너 臺 압프로 지ᄂᆡ가니
盤回 屈曲ᄒᆞ야 老龍이 ᄭᅩ리치고 海門으로 드난듯
形勝도 ᄀᆞ이 업다 風景인달 안니보랴
綽約 仙娥와 嬋姸 玉鬢이
雲錦 端粧ᄒᆞ고 左右의 버려이셔
거믄고 伽倻 鳳笙 龍管을
부ᄅᆞ거니 니애거니 ᄒᆞᄂᆞᆫ 양은
周穆王 瑤臺上의 西王母 만나 白雲曲 브ᄅᆞ난듯
西山에 ᄒᆡ지고 東嶺의 달올아고
綠鬢雲鬟이 半含 嬌態ᄒᆞ고 盞밧드ᄂᆞᆫ 양은
洛浦 仙女 陽臺에 ᄂᆡ려와 楚王을 놀ᄂᆡᄂᆞᆫ닷
이景도 됴커니와 遠慮ㄴ들 이즐쇼냐　　　　　　　<관서별곡>

　　위에서 仙界는 "太乙 眞人이 蓮葉舟 트고 玉河水로 ᄂᆞ리ᄂᆞᆫ듯", "周穆王 瑤臺上의 西王母 만나 白雲曲 브ᄅᆞ난듯", "洛浦 仙女 陽臺에 ᄂᆡ려와 楚王을 놀ᄂᆡᄂᆞᆫ닷" 등 아름다운 경치에 대한 비유로 표현되어 있다. 이는 出仕者의 신분으로 승경을 감상하는 득의에 찬 자신감의 발로이기도 하지만, 이러한 흥취의 순간에 문득 문득 떠오르는 '셜믜라 王事 靡鹽ᄒᆞ들', '이景도 됴커니와 遠慮ㄴ들 이즐쇼냐'와 같은 목민관으로서의 소임에 대한 인식은 사대부의 이념적인 긴장으로 인한 갈등의 소산이다. 사대부의 이념적인 긴장은 아름다운 경치를 감상하는 가운데 이러한 취락의 기쁨을 순간 순간 멈칫하게 만드는 것이다.

　　그러나 눈앞에 펼쳐진 경치는 예사의 경치가 아니라 仙景이다. 눈앞에 펼쳐진 경치가 차마 그만 둘 수 없는 선경이라고 규정함으로써 목민관으로서의 소임을 잠시 동안 잊어버리려는 명분으로 삼아 자신을 합리화하고 있다.

이러한 합리화는 醉樂에 젖은 화자가 그 즐거움을 지속하고자 하는 가운데 목민관으로서 지니게 되는 이념적 긴장의 이완을 꾀함으로써 갈등을 해소하려는 의도적인 색채를 짙게 풍기고 있지만, 그만큼 이념적 의무감으로부터의 구속에서 결코 벗어날 수 없다는 아이러니를 지닌 것이기도 하다. 또한 여기에서 이러한 선경에의 비유는 몇몇 단편적인 고사를 인용하여 단지 사대부적 이념으로 인한 긴장을 완화시키는 정도에 그침으로써, 아름다운 경치에 대한 감흥의 자유로운 표출이 효과적으로 이루어지지 않고 있다.

3) 보상

仙界에서 느끼는 희열은 화자가 불행했던 과거를 보상하려는 의도를 지닌 것이기도 하다.

> 松根을 베여 누어 픗줌을 얼픗 드니
> 쑴애 혼 사롬이 날드려 닐온 말이
> 그디를 내 모르랴 上界예 眞仙이라
> 黃庭經 一字를 엇디 그릇 닐거 두고
> 人間의 내려 와서 우리를 쭐오는다
> 져근덧 가디 마오 이 술 혼 잔 머거 보오
> 北斗星 기우려 滄海水 부어 내여
> 저 먹고 날 머겨놀 서너 잔 거후로니
> 和風이 習習ᄒ야 兩腋을 추혀드니
> 九萬里 長空애 져기면 늘리로다
> 이 술 가져다가 四海예 고로 ᄂᆞ화
> 億萬蒼生을 다 醉케 밍근 後의
> 그제야 고텨맛나 또 혼 잔 ᄒ쟛고야   <관동별곡>

화자는 관찰사의 소임을 부여받고 임지로 향하면서 자연을 탐승하는 가운데 느끼는 흥취의 순간에도 출사와 치사, 유배가 숱하게 교차하는 험난한 世路를 걸었던 과거의 불행을 되새기고 있다. 불행했던 자신의 과거에 대한 반추는 출사의 순간에 이르러서도 그 시절의 갈등이 남아 있음을 의미한다. 이 때 꿈속에 등장한 仙界의 인물은 과거의 불행했던 자신에 대한 보상의 의미를 지닌다. 실수로 황정경 한 글자를 잘못 읽어 추방당한 죄없는 '上界의 眞仙'이라고 하면서 자신의 결백을 주장하고 있다. '上界의 眞仙'이기에 과거의 불행은 결코 자신의 잘못이 아니다.

이 仙界 모티프는 갈등해소의 과정에서 술 모티프와 결합하게 된다. 그는 眞仙이기에 북두성을 술잔 삼아 기울여서 푸른 바닷물을 술로 삼아 부어 내어 나누어 마시고, 높고도 먼 하늘을 날아갈 듯한 갈등해소의 벅참을 맛볼 수 있었던 것이다. 이러한 갈등의 해소는 술을 온 천하에 고루 나누어주어 만백성을 취케 한 다음 다시 만나 또 한잔하자고 하는, 목민관으로서의 득의에 찬 자신감 넘치는 희열을 가져다 주는 계기가 된다. 이처럼 '眞仙'이라는 존재에 대한 진술은 목민관으로서 만백성에게 善政을 베품으로써 불행했던 과거를 보상하고자 하는 작가의 의도와 관련된 지닌 것으로, 과거의 불행을 현재의 희열로 이어가는 갈등해소의 기능을 지닌다.

4) 자아의 회복

화자는 자신을 神仙의 존재로 격상시킴으로써 과거의 불행했던 자신으로부터 그 본래적인 모습을 되찾기도 한다.

> 百川洞 겨틱 두고 萬瀑洞 드러가니
> 銀ㄱ튼 무지게 玉ㄱ튼 龍의 초리
> 섯돌며 쑴는 소리 十里의 ᄌ자시니
> 들을 제는 우레러니 보니는 눈이로다
> 金剛臺 민 우 層의 仙鶴이 삿기치니
> 春風 玉笛聲의 첫줌을 끼돗던디
> 縞衣 玄裳이 半空의 소소 쓰니

西湖 녯 主人을 반겨셔 넘노는 둣   <관동별곡>

　<관서별곡>이 仙界의 모티프를 경치의 아름다움에 대한 단편적인
비유로 표현하는데 그친 반면, <관동별곡>은 자연의 홍취를 득의와
자랑 그리고 자신감의 표현으로 이어가는 수단으로 이용하고 있다.

　승경을 탐승하는 자신의 홍취를 宋나라 西湖 가에서 학과 매화를 사
랑하면서 지낸 隱士 林逋의 신선적 경지에 비유하고 있다. 은사의 생
활을 떠올리게 된 것은 화자가 강호은일의 생활을 동경한 때문은 아니
다. '녯 주인의 돌아옴'은 두 가지의 의미를 동시에 함축하고 있다. 옛
날의 불행했던 과거로부터의 회복이면서 다른 하나의 자신의 본래적인
모습을 신선으로 격상시키는 것이기도 하다.

　仙鶴이 西湖의 옛 주인을 반겨서 넘노는 것을 전자와 관련시키면,
옛날 불행한 과거에서 돌아와 지금 여기에 서 있는 자신을 仙鶴이 반
가워한다는 의미가 된다. 화자는 옛날 西湖에서 살던 林逋가 아닌 지
금 여기에 있는 물아일체의 인간이다. 그러므로 '옛날'은 불행했던 과
거에서 떠난, 과거와는 다른 자신의 처지를 구별해 주는 말이다. 후자
의 의미로 해석하면 仙鶴이 신선이었던 옛 주인인 자신을 반겨서 넘노
는 것이 된다. 이는 지금 이 자리에 서 있는 자신이 원래 신선이었음을
은연 중에 드러내는 것이다.

　이렇게 볼 때, 공중에 솟아 뜬 仙界의 鶴과 西湖 林處士의 신선적
경지는, 과거의 불행했던 자신의 모습으로부터 자아를 되찾고 이제 군
주의 부름을 받아 자연을 탐승하며 임지로 떠나는 현재의 자신을 신선
으로 격상시키는 자신감 속에서, 화자가 갈등해소의 계기를 스스로 마
련하고 있음을 의미한다.

4 갈등해소의 유형

사대부가사에서 작가는 현실과 이념의 대립으로 갈등을 표출함으로
써 그에 대한 조화로운 해결을 시도한다. 그러나 작품상에 나타난 갈등
은 그 해결이 제시될 수도 있고 그렇지 않을 수도 있다.[84] 후자의 경
우는 다시 갈등이 해소되지 않고 절정에서 머문 것과 갈등이 해소된
상황 속에서 여전히 그 갈등의 존재가 남아있는 것의 두 가지 경우로
나타난다. 갈등의 해소는 현실과 이념이 조화된 것, 해소되지 않은 경
우는 현실과 이념이 대립된 것, 해소 속의 갈등은 현실과 이념이 조화
속에서 다시 대립된 것 등으로 각각 그 의미를 부여할 수 있다. 갈등표
출의 결과 작품에 드러난 이와 같은 양상을 정리하면 다음과 같다.

  ① 갈등해소의 실패(갈등의 미해결) : 현실과 이념의 대립
  ② 갈등의 해소(갈등의 해결) : 현실과 이념의 조화
  ③ 갈등해소 속의 갈등(해결 속의 미해결) : 조화 속의 대립

위의 ①에는 <만분가>, <사미인곡>, <속미인곡>, ②에는 <면앙
정가>, <관동별곡>, <관서별곡>, <성산별곡>, ③에는 <상춘곡>이
각각 해당된다.

이러한 갈등의 결말이 지니는 의미에 대한 분석은 작품의 내용 전개
중 結詞부분을 살핌으로써 효과적인 고찰이 가능하다. 결사 부분은 작
가의 현실에 대한 인식으로서의 정서 표출의 태도를 결과적으로 드러
내는 부분이기 때문이다.[85] 그러므로 작품 내용 중 結詞 부분을 작가

---

84) 김대행, 『시조유형론』, 이대출판부, 1986, p.275.
85) 가사의 결사의 기능을 賦의 경우에 비추어 다음을 참고할 수 있다. "(賦는) ……
    冒頭에 위치한 序文에서 출발하여 餘情을 反歌에서 귀결하고 있다. 序에 의해서

의 정서표출의 태도와 관련시켜, 각각 현실과 이념의 대립, 조화, 그리고 조화 속의 대립 등의 세 가지 유형으로 나누어 그 의미를 살필 수 있다.

(1) 현실과 이념의 대립

<만분가>는 처음부터 끝까지 갈등의 해소가 이루어지지 않은 채 자신의 불행한 처지를 운명에 맡기고 있다. 結詞 부분에는 이러한 정서표출의 태도가 단적으로 드러나 있다.

        혼이 쌀희되고 눈물로 가디삼아
        님의집 창밧긔 외나모 梅花되여
        雪中의 혼자픠여 枕邊의 이위는듯

  님의 집 창 밖에 핀 매화는 님의 곁에 가고자 하는 의지의 표상이긴 하다. 그러나 이 매화는 눈 내리는 가운데 홀로 피어 님의 베갯머리에서 시드는 듯하다. 님의 은총을 기대하는 화자는 시드는 매화처럼 체념을 하게 된다.

        月中 疎影이 님의옷의 빗취어든
        어엿븐 이얼굴을 네로다 반기실가
        東風이 有情ᄒ여 暗香을 블어올려
        高潔혼 이내싱계 竹林의나 부치고져
        빈낙대 빗기들고 뷘비롤 혼자씌워
        白溝 건네저어 乾德宮의 가고지고

─────────────

  언어를 확립하여, 먼저 주제를 제출하고, 反歌에 의해서 일편을 다스려 문의 여세를 정돈한다. 생각컨대, ≪商頌≫ <那>의 최종장을 閔馬父는 反歌로 보고 있다." 劉勰, 『文心雕龍』, 최신호 역, 현암사, 1990, pp.34~35.

앞에서 님의 은총에 대해 체념하던 화자는 자신의 생애를 매화 향기에 실어 竹林으로 보내고자 한다. 竹林은 현실을 떠나는 方外的인 潔身亂倫의 공간이다. 방외의 공간, 사대부의 이념적 현실과 절연된 원망과 체념의 공간에서 그는 허무를 발견한다. '빈 낚싯대'와 '빈 배'의 '빈'은 허무의 상징이며 임이 계신 乾德宮은 이러한 허무 속에서 존재하는 공간일 뿐이다. 그러나 허무로 치닫던 화자의 정서는 다시 현실에 닥친 불행에 대한 인식으로 回歸한다.

> 그려도 흔ᄆ음은 魏闕의 둘녀이셔
> 니무든 누역속의 님향흔 꿈을끠여
> 一片 長安을 日下의 ᄇ라보고
> 외오굿겨 올히굿겨 이몸의 타실넌가
> 이몸이 전혀몰라
> 天道 漠漠ᄒ니 물을길이 전혀업다
> 伏羲氏 六十四卦 天地萬物 삼긴뜻을
> 周公을 꿈의뵈와 ᄌ시이 뭇줍고져

그래도 님에게로 향한 한 가닥 마음이 남아 꿈속에서 대궐을 향하고 있다. 님 향한 꿈을 깨어 자신의 가엾은 처지가 자신의 잘못으로 인한 것이 아닐까 하며 되씹어 보기도 한다. 자신의 처지를 하소할 대상도 없는 돌이킬 수 없는 처지이기에 하다 못해 자신에게로 잘못을 돌려보는 부질없는 노력이다. 그러나 분명 자신의 잘못은 아니기에 자연의 섭리를 묻고자 한다. 자연의 섭리대로라면 자신은 분명 잘못이 없다는 말이다.

> 하놀이 놉고놉하 말업시 놉흔뜻을
> 구룸우희 ᄂ는새야 네아니 아돗더냐
> 어와 이내가슴 山이되고 돌이되여
> 어듸어듸 사혀시며 비되고 믈이되여

어듸어듸 우러녤고
아모나 이내뜻 알니곳 이시면
百歲交遊 萬世相感 흐리라

구름 위로 나는 새에게 하늘이 말없이 높은 뜻을 묻는다. 하늘이 말없이 높은 뜻이란 자연의 이치를 의미한다. 이는 곧 자연의 이치대로라면 분명 자신의 잘못은 아니라는 주장이다. 그러나 이러한 자신의 결백에 대한 외침은 널리 퍼져 나가지 못한다. 맺힌 가슴은 산이 되고 돌이 되어 그 쌓일 곳도 없고, 비가 되고 물이 되어 울며 흘러 다닐 곳도 없다. 그래서 아무나 나의 결백을 알아 줄 사람만 있으면 영원토록 사귀고 영원토록 공감하겠다는 것이다.

이처럼 <만분가>의 結詞에서 화자는 자신의 결백을 알아주지 않는 현실에 대한 원망과 허무 속에서 방황하면서도 자신의 결백을 알아줄 대상을 찾는 강한 의지를 드러내고 있다. 결국 작품의 전편에서 흐르는 운명적인 정서는 완전한 체념에까지 이르지는 못한다. 화자의 현실에 대한 체념의 정서는 결말에 와서 자신의 결백을 다시금 주장하며 부정한 현실에 대한 강한 대립적 의지를 표명하는 것으로 돌변하고 있는데, 이는 화자의 갈등이 해소되지 못한 채 절정에 이르러 마감되고 있음을 의미한다.

<사미인곡>은 임금의 곁을 멀리 떠나온 작가가 연군의 정을 노래하되, 한 여인이 낭군을 이별하여 사모하는 처지에 실어 나타낸 작품으로, 그 구성은 4계절의 순환을 중심으로 한 本詞의 앞뒤로 序詞와 結詞가 위치한 3단 구성이다.86) <사미인곡>은 화자의 시선이 序詞·本詞·結詞로 이어지면서, 자신 → 님 → 자신으로 옮아가는 형식을 취하고 있다. 화자의 시선이 님이 아닌 자신에게 향하고 있는 序詞와 結詞

---

86) 4계의 순환을 중심으로 한 가사 작품들(<사미인곡>, <성산별곡>, <면앙정가>)은 모두 이러한 구성을 취하고 있다. 이상보, 앞의 책, p.277.

부분에는 本詞에 비해 상대적으로 갈등의 표출이 뚜렷하게 드러나고 있는데, 우선 序詞를 보면 마음에 맺힌 갈등의 원인이 분명하게 드러나고 있다.

> 平生애 願ᄒ요디 ᄒ디 녜쟈 ᄒ얏더니
> 늙거야 므스 일로 외오 두고 그리ᄂ고
> 엇그제 님을 뫼셔 廣寒殿의 올낫더니
> 그 더디 엇디ᄒ야 下界예 ᄂ려오니
> 올 저긔 비슨 머리 헛틀언디 삼년일쇠
> 臙脂粉 잇ᄂ마ᄂ 눌 위ᄒ야 고이 홀고
> ᄆ음의 미친 실음 疊疊이 ᄢ혀 이셔
> 짓ᄂ니 한숨이오 디ᄂ니 눈믈이라
> 人生은 有限ᄒ디 시름도 그지업다
> 無心ᄒ 歲月은 믈흐ᄅ 듯 ᄒᄂ고야
> 炎凉이 째를 아라 가ᄂ 듯 고텨 오니
> 듯거니 보거니 늣길 일도 하도 할샤

님이 처한 공간과 화자가 처한 공간은 각각 廣寒殿이라는 仙界와 下界로 나뉘어져 설정되어 있다. 화자는 仙界에서 추방당해 그곳에 계신 님을 그리는 여인이다. 천상계와 인간계로 이분된 공간 인식은 궁극적으로 화자가 님과의 사이에서 느끼는 현실적인 거리감으로 인한 심각한 갈등의 무게에 기인하는 것이다. 한평생 함께 살기를 원하였는데 늙어서야 무슨 일로 외따로 떨어져 그리워하는 처지가 되고 만 여성 화자인 나는, 님을 떠나 올 적에 빗은 머리가 흐트러진 지가 삼년이 되고, 연지분이 있어도 곱게 화장하여 보일 님이 존재하지 않는 것이다. 이러한 님의 부재는 여인의 마음에 맺혀 첩첩이 쌓인 근심 곧 갈등의 주된 원인이 되고 있다.

<사미인곡>의 序詞에서 표출된 님의 부재로 인한 근심은 춘사·하사·추사·동사로 이어지면서 연군의 정을 뿜어내게 되는 동기로 작용

한다. 本詞에서 화자의 시선은 님에게로 향한 채 자신의 절절한 애정을 반복적으로 쏟아내고 있다.[87] 그러나 結詞에 와서 화자의 시선은 다시 자신에게로 돌아온다.

> ᄒᆞᄅᆞ도 열두 째 ᄒᆞᆫ ᄃᆞᆯ도 셜흔 날
> 져근덧 싱각마라 이 시름 닛쟈 ᄒᆞ니
> ᄆᆞᄋᆞᆷ의 미쳐 이셔 骨髓의 쎄터시니
> 扁鵲이 열히 오다 이 병을 엇디ᄒᆞ리
> 어와 내 병이야 이 님의 타시로다
> 출하리 싀어디여 범나븨 되오리라
> 곳나모 가지마다 간ᄃᆡ죡죡 안니다가
> 향 므틴 눌애로 님의 오시 올므리라
> 님이야 날인줄 모ᄅᆞ셔도 내님 조ᄎᆞ려 ᄒᆞ노라

님을 그리는 시름이 뼛 속까지 사무쳐 扁鵲과 같은 名醫가 열명이 오더라도 고칠 수 없는 병이 되었다. 자신의 이 병을 님의 탓으로 돌릴 수 있게 된 것은 앞서서 님에 대한 구구절절한 애정의 표현이 있었기 때문이다. 자신을 생각하고 있을지도 모르는 님의 은총에 대한 한가닥의 믿음이 미련처럼 남아 부질없이 님을 탓해 보기도 하는 것이다.

'차라리 죽어서 범나비가 되리라'는 '시간도 공간도 초월하거나 되돌려 놓을 수 없다는 의식의 결과이며, 체념으로서 갈등을 해결하고자 하는 소극적인 해결방식'[88]일 뿐이다. 체념이란 '일체의 갈등에서 도피하는 방식'이기는 하지만, '기억에 남아 있는 한 그것은 갈등의 양상으로

---

87) 이와 같이 사미인의 정을 표출하기 위해 님에게로 시선을 지향하는 것은, 문자 그대로의 연군을 노래하는 것이 아닌, 자신의 불만이나 불행한 처지를 토로하는 진술이 안게 될 과장성이나, 그로 인하여 결과적으로 불러일으킬 수도 있는 독단성에 대한 비난을 미리 누그러뜨리기 위한 방어적 기재로서 작용한다. 이에 대해서는 제4장 2−4. 대화체의 화자와 진술의 진실성에서 보다 구체적으로 살폈다.
88) 김대행, 앞의 책, pp.278~279.

상존하'는 것이다.[89] 죽어서 범나비가 되어 꽃나무 가지마다 꽃향기를 날개에 묻혀 님의 옷에 옮으리라는 님을 좇는 의지의 표명은, "님이야 날인 줄 모르셔도"라는 말에 짙게 배인 나와 님 사이의 근본적인 거리 감에서 비롯되는 체념 속의 절규로서, 화자의 갈등이 절정에 이르렀음을 의미한다.

<속미인곡>의 갈등해소의 여부는 本詞의 일부분을 포함한 작품의 후반부를 중심으로 살펴 볼 수 있다.

> 茅簷 춘 자리의 밤등만 도라오니
> 半壁靑燈은 눌 위ᄒ야 볼갓는고
> 오르며 느리며 헤쓰며 바자니니
> 져근덧 力盡ᄒ야 픗줌을 잠간 드니
> 精誠이 지극ᄒ야 꿈의 님을 보니
> 玉ᄀ튼 얼구리 半이나마 늘거셰라
> ᄆᆞ음의 머근 말숨 슬ᄏ장 숣쟈 ᄒ니
> 눈믈이 바라 나니 말숨인들 어이 ᄒ며
> 정을 못 다ᄒ야 목이조차 메여ᄒ니
> 오뎐된 鷄聲의 줌은 엇디 ᄭᆡ돗던고

님의 소식이 궁금하여 산을 오르내리고 강가를 헤매던 화자는 잠깐 사이에 힘이 다하여 풋잠을 어렴풋이 들게 되고 꿈속에서 님을 만난다. 옥 같이 곱던 얼굴이 반 넘어 늙은 님의 얼굴을 보게 되어 마음에 품었던 그동안의 갈등을 풀기 위한 꿈속에서의 재회는 방정맞은 닭의 울음소리에 그 꿈을 깨게 됨으로써 허사가 된다. 눈물이 쏟아지고 목이 메어 정회를 못다 푼 채 꿈이 깨고 만 것은 화자의 갈등의 해소를 위한 시도가 실패로 돌아감을 의미한다.

> 어와 虛事로다 이 님이 어디 간고

---

89) 위의 책, 같은 곳.

> 결의 니러 안자 窓을 열고 ᄇ라보니
> 어엿븐 그림재 날조출 ᄲ뿐이로다
> 출하리 싀여디여 落月이나 되야이셔
> 님 겨신 窓 안히 번드시 비최리라
> 각시님 ᄃ ᄝ리야 크니와 구즌 비나 되쇼셔

모든 꿈이 그렇듯이 이는 깨는 것을 전제로 설정된 時空이다. 그러므로 이는 '꿈처럼 허망한 것임의 또 다른 표현'[90]이다. 창문을 열고 바라보니 가엾은 그림자가 서 있다. 꿈의 허망함은 위에서처럼 현실적으로 눈앞에 바라보는 자기의 그림자를 님으로 오인한 착각에서 배가된다. '차라리 죽어서 지는 달이나 되어 임 계신 창 안에 환하게 비치리라'는 진술은 님을 향한 의지의 표명이긴 하지만 그러한 의지의 허망함을 깨닫게 됨에서 나오는 절규이기도 하다. 그러므로 '달은커녕 궂은비나 되라'는 또 다른 화자의 비아냥은 주인공 화자의 허망한 심정을 더욱 비참하게 하는 동시에 갈등을 증폭시켜 절정으로 치닫게 하는 것이 된다.

(2) 현실과 이념의 조화

<면앙정가>의 結詞는 '物外閑情'과 '醉興自樂'으로 이루어져 있다.[91] 序詞의 면앙정의 위치와 眺望의 경치, 本詞의 春夏秋冬 四季의 景觀에 이어 이 結詞 부분은 주관적 감흥이 직접적으로 표출되는 부분이다.

---

90) 이문규, 속미인곡 소고, 『한국고전시가작품론2』, 집문당, p.662.
91) 이상보, 앞의 책, pp.112~120. 이상익은 <면앙정가>의 단락구분에 대한 몇 견
해들을 분석했는데, 이들을 살펴보면, 근본적인 큰 차이점은 발견되지 않는다.
이들을 종합 재정리한 이상익의 序詞·敍景·抒情의 3단 구분 중 마지막 서정 부분
이 결사에 해당하는 부분이라고 볼 수 있다. 이상익, 서경과 서정의 조화—면앙
정가의 구성과 표현, 『한국고전시가작품론2』, 집문당, 1992, pp.627~629 참조.

人間을 써나와도 내몸이 겨를업다
니것도 보려ᄒ고 져것도 드르려코
ᄇ람도 혀려ᄒ고 둘도 마즈려코
봄으런 언제줍고 고기란 언제낙고
柴扉란 뉘다드며 딘곳츠란 뉘쓸려뇨
아춤이 낫브거니 나조ᄒ라 슬흘소냐
오늘리 不足거니 내일리라 有餘ᄒ랴
이뫼ᄒ 안즈보고 져뫼ᄒ 거러보니
煩勞ᄒ 므음의 ᄇ릴일리 아조업다
쉴스이 업거든 길히나 젼ᄒ리야
다만 ᄒ 靑黎杖이 다뫼되여 가노미라

위는 物外閑情을 노래한 부분이다. 인간세상의 名利를 떠나 왔지만 그래도 틈이 없는 것은 자연의 勝景을 즐기느라 바빠서 그런 것이다. 아침에도 시간이 모자라는데 저녁이라 자연이 아름답지 아니하며, 오늘도 구경할 시간이 부족한데 내일이라고 넉넉할 것인가. '靑黎杖'이 다 못쓰게 되어 갈 정도로 쉴 사이도 없이 아름다운 경치를 구경하는 이 '겨를없음'의 바쁜 흥취의 속에 다른 생각이 젖어들 여지가 없다. 인간세상의 명리를 떠나와도 바쁜 것은 이미 그 名利를 버렸음을 뜻한다.

술리 닉어거니 벗지라 업슬소냐
블니며 ᄐ이며 혀이며 이아며
온가짓 소리로 醉興을 비야거니
근심이라 이시며 시롬이라 브터시랴
누으락 안즈락 구부락 져츠락
을프락 ᄑ람ᄒ락 노혜로 노거니
天地도 넙고넙고 日月도 ᄒ가ᄒ다
羲皇을 모을너니 니적이야 긔로괴야
神仙이 엇더턴지 이몸이야 긔로고야

벗과 더불어 술을 마시는 가운데 노래를 부르고 악기를 타며 온갖

소리로 취흥을 재촉하는 이 시절은 근심과 시름이 없는 羲皇시절이다. 이 때의 음주는 갈등해소를 위한 수단이 아니라 자연의 흥취와 함께 자기 도취로 빠져드는 향락의 통로이다. '누웠다 구부렸다 젖혔다가 시를 읊었다 휘파람을 불었다가' 하면서 방자할 정도로 거리낌없이 노는 모습은 취흥의 절정이다. 취흥의 절정에서 바라본 천지는 넓고도 넓어 태평성대가 바로 이 때임을 외친다. 아무런 근심과 시름이 없는 태평성대는 사대부의 이념적 현실에 대한 인식에서 출발한 것이 아닌 世俗의 名利를 떠나온 자연의 흥취 속에서 느끼는 자신만의 여유로움의 세계이다. 여기서 화자가 자신을 신선으로 느끼는 것은 세속의 근심과 시름을 던져버린 홀가분함과 자유로움 끝에 오는 만족감의 절정을 의미한다.

> 江山風月 거눌리고 내百年을 다누리면
> 岳陽樓 上의 李太白이 사라오다
> 浩蕩 情懷야 이예셔 더홀소냐
> 이몸이 이렁굼도 亦君恩이샷다

'江山風月의 자연흥취 속에서 백년을 다 누리면, 이러한 浩蕩한 情懷야말로 악양루 위의 李太白이 살아온들 이보다 더하지 못할 것'이라는 말은 흥취의 절정에서 터져 나오는 豪言이다. 이 더할 수 없는 만족감은 그러나 사대부의 자만이나 긍지로 이어지지는 않는다. '이몸이 이렁굼도 亦君恩이샷다'가 그것을 말해 준다. 화자는 자연흥취의 절정에서 자신의 즐거움이 군주의 은혜임을 역설한다. 이 '亦君恩'의 표명은 사대부의 현실적 이념 지향에서 나온 것이 아니라 흥취의 절정에서 자연히 넘쳐흐른 정감의 산물로서 '애군이요, 진실한 그의 더운 가슴이며, 아량의 표백'[92]이다. 또한 이러한 '亦君恩'의 정서는 개인의 현실적인 삶이 전형적인 사대부의 정치적 이념과 조화를 이루어 공존하는 가운데 형성된 것으로, 사대부적 이상세계의 참모습을 반영하는 것이기도

---

92) 이종건, 『면앙정 송순 연구』, 개문사, 1990, p.136.

하다.

<면앙정가>의 결말에서 자연흥취의 절정이 보여주고 있는 이러한 현실적인 삶과 이념의 조화는 앞서 보았듯이 현실 세계의 名利를 떠난 것에 기인하는 것이었다. 즉, 이는 세속의 갈등을 모두 떨쳐버린 후에야 가능했던 것으로 갈등의 완전한 해소를 의미하는 것이라고 할 수 있다.

<관서별곡>의 결사에서는 모든 여정이 끝난 귀로에서 '思親愛君'의 감회를 노래하고 있다.

> 帝鄉이 어듸미오 鳳凰城 갓갑도다
> 歸西ᄒ리 이시면 好音이ᄂ 보ᄂ고져
> 千盃에 大醉ᄒ야 舞袖를 썰치니
> 薄暮 寒天의 鼓笛聲이 지지괸다
> 天高 地廻ᄒ고 興盡 悲來ᄒ니 이ᄯ히 어듸미오
> 思親 客淚ᄂ 절로흘러 모로미라

귀로에서 帝鄉을 생각하고 신하로서 군주에게 좋은 길소식을 보내고 싶어하는 것은 자연 탐승의 가운데서도 잊지 않고 있었던 목민관으로서의 임무에 대한 이념적 다짐과 그 맥을 같이 한다. 많은 술을 마시고 크게 취하여 옷소매를 춤추듯이 휘저으니 해질 녘의 차가운 날씨에 북과 피리 소리가 시끄럽다. 그러나 흥겨운 취락의 끝은 슬픔이었다. 그 슬픔은 자신이 위치한 지역이 어버이가 있는 곳과 멀리 떨어져 있음에 연유하는 것이지만, 이는 帝鄉의 군주를 향한 이념 지향의 정서와 상반되는 것이기도 하다. 군주를 생각하며 좋은 소식을 전하고자 하는 목민관으로서의 이념적 다짐과, 멀리 타관으로 떠나온 자식으로서 어버이에 대한 개인의 현실적 그리움이 교차하며 대립되고 있다.

> 西邊을 다보고 返旆 還營ᄒ니

丈夫 胸襟이 저그 나ᄒᆞ리로다
셜미라 華表柱 千年鶴인들 날가타니 쏘보안난다
어늬제 形勝을 記錄ᄒᆞ야 九重天의 ᄉᆞ로료
未久 上達 天文ᄒᆞ리라

앞에서 어버이를 생각하며 눈물 흘렸던 화자는 西邊을 다 보고 깃발을 되돌려 감영 안으로 돌아와 '丈夫 胸襟'을 달랠 수 있었다. 어버이를 그리는 슬픔이 깃발을 날리며 감영으로 돌아오는 목민관으로서의 행차 속에서 씻은 듯이 사라진 것이다. 그리고 곧 "셜미라 華表柱 千年鶴인들 날가타니 쏘보안난다"라는 자부와 긍지로 가득차게 된다. 이러한 목민관으로서의 자부와 긍지는, 앞에서 군주에게 자신이 즐기던 흥취를 전하고 싶어하던 사대부의 이념적 태도와 맞닿아 있다. 이러한 <관서별곡>의 結詞는 군주를 생각하는 목민관으로서의 정서와 개인의 현실적 정서의 대립으로 인한 갈등이 사대부적 이념적 태도로 인하여 조화롭게 수습되어 해소되는 일면을 보여주는 것이라고 할 수 있다.

<관동별곡>의 결사는 '夢中仙緣'과 '王化承宣'의 두 부분으로 나누어진다.[93] 먼저 앞 부분을 살펴보기로 한다.

松根을 볘여 누어 픗줌을 얼풋 드니
꿈애 ᄒᆞᆫ 사ᄅᆞᆷ이 날ᄃᆞ려 닐온 말이
그ᄃᆡ를 내 모ᄅᆞ랴 上界예 眞仙이라
黃庭經 一字를 엇디 그릇 닐거 두고
人間의 내려 와셔 우리를 ᄯᆞ로ᄂᆞᆫ다
져근덧 가디 마오 이 술 ᄒᆞᆫ 잔 머거 보오
北斗星 기우려 滄海水 부어 내여
저 먹고 날 머겨늘 서너 잔 거후로니
和風이 習習ᄒᆞ야 兩腋을 추혀드니
九萬里 長空애 져기면 ᄂᆞᆯ리로다

93) 이상보, 앞의 책, pp.273~274 참조.

소나무 뿌리를 베고 누워 풋잠을 잠깐 든 사이 꿈속에서 신선을 만나 술을 함께 나누는 대목이다. 꿈과 신선, 그리고 술은 갈등해소의 모티프로서 <관동별곡>의 결사 부분은 이러한 세 가지의 모티프가 한데 결합하여 갈등의 해소로 나아가는 과정을 뚜렷하게 드러낸다. 화자의 갈등은 근본적으로 眞仙이 上界에서 인간으로 추방되어 내려온 것에 기인한다. 꿈이라는 통로를 통해서 신선과의 만남을 꾀함으로써 이러한 갈등의 원인이 제시된다. 꿈속에서의 신선과의 만남으로 인하여 "黃庭經 一字를 엇디 그릇 닐거 두고/ 人間의 내려"온 자신의 본래의 모습을 노출시킨다.

신선과의 만남을 위한 꿈속으로의 진입은 현실에서 멀어짐을 의미하지만, 그러나 이러한 현실로부터의 이탈을 통해 갈등의 해소로 이어가고자 하는 시도는 꿈만으로는 완전히 이루어지지 않는다. 이 때 술이 다시 등장한다. 이 술은 신선과의 대작으로 이루어지는 갈등해소의 모티프이다. 신선과의 대작을 통해 자신의 처지를 다시 上界 眞仙이라는 원래의 모습으로 되돌려 놓음으로써 갈등의 해소를 꾀하는 것이다.

이와 같이 갈등의 원인을 제시하여 그것을 해소시키는 계기가 되는 신선과의 만남은, 이 앞부분에서 진술된 望洋亭에서의 자연흥취[94]의 연장선상에서 이루어진 것이다. 이 술[95]은 신선을 만나기 위한 통로이다. "流霞酒 ᄀ득 부어 둘 ᄃ려 무른 말이/ 英雄은 어디 가며 四仙을 그 뉘러니/ 아미나 맛나보아 녯 긔별 뭇쟈ᄒ니/ 仙山 東海예 갈 길히 머도 멀샤"라는 진술은 동해의 月出을 바라보는 자연흥취 가운데 나온 것이다. 달에게 물어 영웅[李白]과 新羅의 四仙을 만나기 위한 '仙山 東海'로의 여정은 아직 멀기만 하다. 이러한 신선과의 만남을 위해 꿈

---

94) '天根을 못내 보와 望洋亭의 올은말이~바다 밧근 하ᄂᆞᆯ이니 하ᄂᆞᆯ 밧근 므서신고'
95) "송강의 자연은 仙과 酒로 수놓은 비단으로 자연과 어울리는 仙風에는 流霞酒가 제격이다." 안병태, 송강문학에 나타난 자연관, 『동악어문론집』 제6집, 동악어문학회, 1969, pp.121~122.

속으로 들어가게 된 것이다. '비록 黃庭經 一字의 誤讀이 번뇌의 고장 인간으로 流謫을 당하게 했다손 치더라도, 자연 속에서 한적하는 풍류마저 앗아가지는 못했고, 오히려 상계를 그리는 심정은 일층 자연에의 의지를 불러일으키게 하여, 홍겨우면 遊宴을 빌어 자연의 미화로 현실에 시달린 심사를 달래었던 것'[96]이다.

'북두칠성을 기울여 술잔으로 삼고 푸른 바닷물을 술로 삼아 부어 내어' 주고 받는 신선과 대작은 '화창한 봄바람이 산들산들 불어' 오는 자연의 홍취 속에서 '양 겨드랑이를 추켜들어 올리니, 높고도 먼 하늘을 조금만 더 하면 날아 갈 듯'한, 비로소 현실적 사념을 벗어 던지는 경지에 도달하게 된다.

> 이 술 가져다가 四海예 고로 눈화
> 億萬蒼生을 다 醉케 밍근 後의
> 그제야 고텨맛나 쏘 혼 잔 ᄒᆞᆺ고야
> 말디쟈 鶴을 ᄐᆞ고 九쏫의 올나가니
> 쏫中 玉簫 소리 어제런가 그제런가
> 나도 줌을 찌여 바다흘 구버보니
> 기픠롤 모르거니 ᄀᆞ인들 엇디 알리
> 明月이 千山萬落의 아니 비쵠 ᄃᆡ 업다

꿈과 신선 그리고 술을 매개로 한 일련의 갈등해소의 과정을 거친 후 화자는 사대부의 이념이 순수하게 실현되는 이상세계에 도달하여 '王化承宣'[97]의 기치를 높이 드세우게 된다. '이 술을 가져다가 四海에 고루 나누어 세상의 모든 사람들을 다 취케' 만들고자 하는 것은, 개인적이고 현실적인 사대부 세계의 출사의 욕망과는 다른 차원이다. 자연 홍취의 절정에서 맛보는 이와 같은 사대부의 이념적인 포부는 갈등이 배제된 이상세계의 추구이다. 앞에서 上界의 眞仙이 '북두성 기울여'

---

96) 위의 논문, p.112.
97) 이상보, 앞의 책, p.274.

화자에게 먹여 주던 '滄海水'는 眞仙과 화자만이 아니라 만백성들이 골고루 나누어 마셔야 하는 생명수였던 것이다.[98] 취선으로서 혼자만이 향락할 것을 지양하고 억만창생을 모두 화락하게 만들겠다는 것이다.[99]

꿈속에서의 이러한 목민관으로서의 태도는, '그 때에야 다시 만나 다시 한잔 하자꾸나'라는 신선을 향한 재회의 약속을 통해, 더욱 그 자각과 다짐의 순수성을 지니게 된다. 그러므로 깊이를 알 수 없고 끝도 알 수 없는 넓은 바다를 비추는 달빛은 군주를 향한 충절이라기보다 군주의 덕화를 백성을 향해 널리 베풀겠다는 자신의 다짐 속에서 나온 것이다.

결국 "明月이 千山萬落의 아니 비췬 디 업다"라는 '王化承宣'은, 자연의 흥취 속에서 꿈, 신선과의 만남, 본연의 모습을 회복하게 되는 신선과의 음주 등 일련의 갈등해소 과정을 거친 사대부적 이상세계와의 만남을 의미한다.

<성산별곡>의 結詞는 序詞의 金成遠의 산중생활과 息影亭의 운치, 本詞의 사계 경물의 변화에 이어, 독서를 즐기며 성현과 호걸의 흥망성쇠에 대한 감회를 서술하고 음주와 탄금으로 풍류에 젖어들어 시름을 잊고자 하는 내용으로 나아가고 있다.

> 山中의 벗이 업서 漢紀롤 빠하두고
> 萬古 人物을 거스리 헤여ᄒ니
> 聖賢도 만커니와 豪傑도 하도할샤
> 하늘 삼기실제 곳無心 홀가마는
> 엇디흔 時運이 일락배락 ᄒ얏는고
> 모롤일도 하거니와 애돌음도 그지업다
> 箕山의 늘근고블 귀는엇디 싯돗던고
> 박소리 핀계ᄒ고 조장이 ᄀ장놉다

---

98) 조규익, 조선조 장가 가맥의 일단, 『한국가사문학연구』, 상산정재호박사 화갑기념논총, 태학사, 1995. p.232.
99) 이상보, 앞의 책, p.274.

山中의 독서 행위는 성현과 호걸의 생애를 본받기 위함이 아닌 本詞로부터 계속된, 현실에 대한 갈등의 구체적 원인을 제시하는 수단이다. "엇디흔 時運"의 時運은 거센 세파에 어쩔 수 없이 무너진 자신의 처지에 대한 무기력을 드러낸 말이고, 이들의 "시운이 일락배락"한 것에 대한 "애둘옴"도 자신의 처지를 돌이켜보아 하는 말이다. 성현과 호걸의 길로 나아가고자 하였지만, 거센 세파가 몰아치는 이 길은 모를 일도 많고 애달픈 일도 한이 없었기에 좌절하고 만 것이다.

그러므로 중국 堯임금 시절의 隱士로서 천하를 다 주어도 받지 않았던 箕山의 許由는 자신의 처지에 대한 보상이며 갈등해소를 위해 끌어들인 인물이다. 名利를 멀리하고 은둔했던 인물인 許由를 언급하며 "박소리 핀계ㅎ고 조장이 ㄱ장놉다"고 그의 드높은 志操와 行狀높이 평가한 것은, 許由의 처지를 은근히 자신의 처지와 同一視함으로써 현실에 대한 갈등을 해소하고자 한 것이라 할 수 있다. 그러나 이러한 인물을 끌어들여 同一視하는 것으로 갈등은 끝나지 않았다.

> 人心이 놋ㄹ튼야 보도록 새롭거늘
> 世事는 구롬이라 머흐도 머흘시고
> 엇그제 비준술이 어도록 니건느니
> 잡거니 밀거니 슬ㅋ장 거후로니
> ㅁ음의 미친시름 져그나 ㅎ리느다
> 거믄고 시욹언저 風入松 이야고야
> 손인동 主人인동 다니저 부려셔라
> 長空의 썻는鶴이 이골의 眞仙이라
> 瑤臺 月下의 힝여 아니 만나신가
> 손이셔 主人드러 닐오디 그디건가 ㅎ노라

험난한 세상사의 맺힌 시름은 술이라야 비로소 풀 수 있다. 마음의 맺힌 시름의 무게와 깊이는 기울이는 술잔의 술이 아직 채 익지도 않은 엇그제 빚은 것이라는 점에서 가늠할 수 있다. 그러길래 잡거니 밀거니 하면서 실컷 마셔도 시름은 다소나마 나아질 뿐이었다. 그래서 거문고 소리에 맞추어 風入松을 부르며 主客一體의 취흥으로 빠져든다. 취흥 속에서 바라본 "長空의 떳는 鶴"은 눈 앞에 존재하는 사물이 아닌 화자의 내면에 잠재된 의식의 표출이다. 그 학이 눈에 들어온 순간 내가 학이 된 것이다. 그러므로 달 아래에서 만나고자 하는 진선은 나의 저 편에 있는 것이 아니라 바로 나인 것이다.

이처럼 <성산별곡>의 結詞는 기산의 허유라는 인물과의 同一視로부터 飮酒, 彈琴, 仙界로의 飛翔 등으로 이어지는, 현실의 시름을 벗어나는 일련의 행위로 구성되어 갈등이 해소되어 가는 과정을 점층적으로 뚜렷하게 드러내고 있다.

(3) 조화 속의 갈등

<상춘곡>의 갈등해소의 여부에 대한 고찰을 위해서는, 음주를 통하여 갈등의 해소를 꾀하는, 結詞의 바로 앞 부분에서부터 주목할 필요가 있다.

> 小童 아히ᄃ려 酒家에 술을믈어
> 얼운은 막대집고 아히는 술을메고
> 微吟 緩步ᄒ야 시냇ᄀ의 호자안자
> 明沙 조흔믈에 잔시어 부어들고
> 淸流롤 굽어보니 떠오ᄂ니 桃花ㅣ로다
> 武陵이 갓갑도다 져미이 긘거인고
> 松間 細路에 杜鵑花롤 부치들고
> 峯頭에 급히올나 구름소긔 안자보니
> 千村 萬落이 곳곳이 버러잇ᄂ
> 煙霞 日輝ᄂ 錦繡롤 재폇ᄂ듯
> 엇그제 검은들이 봄빗도 有餘ᄒ샤

위는 술과 仙界가 갈등해소의 모티프로 작용하고 있는 부분이다. 자연홍취로 인하여 숨어있던 정서가 차츰 자유롭게 드러나기 시작하다가 음주를 통하여 武陵의 仙界로 진입함으로써 갈등해소의 문턱에 접어든다. 소나무 사이로 난 좁은 길을 따라 두견화를 부여잡고 산봉우리 끝에 급히 올라 구름 속에 앉아 보니 '千村萬落'이 눈 아래 펼쳐져 있다. 이 '千村萬落'의 세계는 "煙霞 日輝"가 "錦繡롤 재폇논닷"한 봄빛이 넘쳐흐르는 곳으로 현실의 세계가 아닌 武陵桃源의 仙界를 말한다. 이러한 상황은 일단 갈등이 해소된 것을 의미한다.100)

이어서 <상춘곡>의 結詞에는 자연에 귀의함으로써 安貧樂道를 누리는 삶의 자세가 결론적으로 표출되어 있다.

> 功名도 날끠우고 富貴도 날끠우니
> 淸風 明月外에 엇던벗이 잇ᄉ올고
> 簞瓢 陋巷에 훗튼혜음 아니ᄒ니
> 아모타 百年行樂이 이만ᄒ둘 엇지ᄒ리

공명과 부귀가 나를 꺼려하니 淸風明月밖에 그 어떤 벗이 있을 수가 없다. '단표누항의 소박한 생활은 헛된 세속의 욕망이 스며들 틈이 없으니 어떻든 한 평생을 즐겁게 지내는 일이 이만하면 어떠냐' 라고 하며, 사대부의 안빈낙도의 생활에 대한 자부심을 표방하고 있다. 이러한 진술은 표면적으로 사대부의 자연홍취와 안빈낙도의 사실을 관습적이고 객관적으로 전달하고자 하는 태도를 취하는 것일 뿐이다.

그런데, 청풍명월만을 벗하고 단표와 누항의 생활을 꾀하는 안빈낙도는 곧, 훗튼 혜음을 아니한다는 無慾에 대한 자랑의 근거가 되고 있다. 無慾의 사실을 타인에게 자랑하고자 하는 것에서 오히려 화자의 갈등이 아직은 완전한 해소의 상황에 이르지 못했음이 간파된다. 이러한

---

100) 이에 대해서는 앞의 제3장 3. 갈등해소의 모티프들에서 살폈다.

이중적 태도에는 사대부적 이념의 실현을 위한 출사를 지향하는 의식이 은연중에 묻어나고 있다.

홍진에 묻힌 분네를 향하여 그들이 누리지 못하는 자연 속의 홍취와 단표누항의 안빈낙도 생활을 과시하는 것은, 내가 공명과 부귀를 꺼리는 것이 아니라 '공명과 부귀가 나를 꺼림'에서 나온 반작용이다. 공명과 부귀가 나를 꺼린다는 진술은 화자가 앞서의 음주에 이어 선계로 진입하게 됨으로써 일시적인 갈등의 해소를 맛본 후 비로소 지금껏 숨겨져 왔던 갈등의 원인을 표출한 것일 뿐이다.

결국 화자의 갈등은 사대부가 지향하는 출사를 통한 공명과 부귀의 추구에 그 근본적인 원인이 있다고 할 수 있다. 그러나 이 출사는 공명과 부귀가 나를 꺼려함으로써 이미 불가능이 전제되어 있다. 출사에 대한 지향은 내가 공명과 부귀를 꺼려함이 아니라 공명과 부귀가 나를 꺼려함이라는 운명적인 원인에 의하여 체념으로 이어진다.[101]

百年行樂의 安貧樂道에 대한 과시를, 出仕를 끊임없이 추구하는 사대부의 현실적인 욕망과 관련시킬 때 이러한 표면상 진술의 역설적인 의미에 주목할 필요가 있다. 마지락 행을 보자. '아모타 百年行樂이 이만호둘 엇지호리'라는 진술에서, '아모타'라는 감탄사는 '탄식을 함으로써 속에 맺힌 갈등을 쏟아냈다는 일차적 효용으로서, 해소는 했다 하더라도 작품 속의 갈등은 여전히 갈등인 채로 머물러 있'[102]음을 의미한다. 또한 '이만호둘 엇지호리'는 '이만하면 만족한다'는 의미이긴 하

---

101) 이는 궁극적으로 현실과의 조화를 꾀하는 사대부의 '절로 절로'라는 강호가도의 자연 이해방식에 기인하는 것이라고도 할 수 있다. "절로절로 된 영원한 자연 그대로를 즐기면서 자연간에서 절로 절로 자라난 몸을 그 자연 가운데 던져 자연과 더불어 절로절로 늙어 가리라 하는 것이 우리 민족의 자연관이요, 동시에 자연을 이해하는 방식이 되었다." 조윤제, 『국문학개설』, 1955, pp.400 ~415.

102) 김대행, 앞의 책, p.276. 이는 '어즈버'라는 시조의 감탄사에 대한 해석이지만, '아모타' 역시 이러한 감탄사와 같은 유형이라고 할 수 있다.

지만, '이만한들'은 그 만족의 깊이가 감소된 '작은 만족'일 뿐임을, '엇지ᄒ리'는 이러한 작은 만족으로 끝날 수밖에 없는 체념이라는 숨은 정서를 은연중에 드러내는 언술이라 할 수 있다.

<상춘곡>은 자연 탐승의 흥취 속에서 자유로운 정서의 움직임을 가져온 음주라는 통로를 통하여 仙界로 진입하는 일시적인 갈등의 해소를 맛보기도 하지만, 그것은 일련의 과정으로서의 의미만을 지닐 뿐 갈등의 완전한 해소를 의미하는 것은 아니었다. <상춘곡>은 갈등의 해소가 완전히 이루어지지 못한 채 체념의 냄새를 물씬 풍기는 자연흥취와 안빈낙도라는 사대부의 관습적인 '작은 만족'으로 결말을 맺는다.

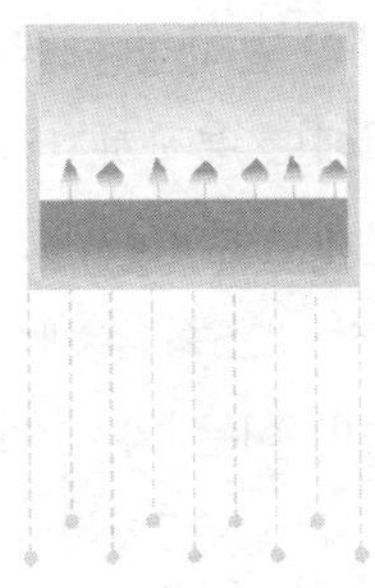

제 4 장 갈등표출의 장르적 구현

1 가사 장르론의 검토와 이해

(1) 장르론의 전개 양상

가사의 문학성에 대한 본격적이고 심층적인 연구는 장르적 관심으로 부터 출발한 것이었다고 할 수 있다. 가사의 장르성은 그에 대한 다양한 논의가 끊임없이 전개되어 왔던 만큼 가사의 문학적 연구에 있어서 핵심 과제였다. 가사의 장르규정은 매우 다양하다. 가사의 장르규정이 다양하다는 것은 가사의 장르적 복합성[1]을 의미하는 것이기는 하지만

---

1) 가사의 장르적 복합성에 대해서, 작품 내의 복합성(한 작품 안에 몇 가지의 성질 —서정, 서사, 희곡, 교술—이 혼재 하는 것)과 작품 간의 복합성(가사 전반을 볼

이 장르적 복합성이 곧 가사의 문학성을 의미하는 것이 아님은 명백하다. 그러므로 장르적 복합성에도 불구하고 가사를 하나의 장르로서 인식 가능하게 하는 가사 나름대로의 독특한 문학성, 가사 작품들이 공통분모로서 지니고 있는 문학적 요소의 존재에 시선을 집중하게 되는 것은 지극히 자연스러운 일이며, 이는 가사 장르규정의 혼란을 극복하는 하나의 바람직한 방향이 될 수 있을 것이다.

다양한 내용과 성격을 지닌 많은 작품들 사이에서 그 문학적 요소의 공통적 특성을 쉽게 추출하기 힘든 가사문학은, 장르규정에 있어서 많은 논의가 있어 왔고 아직도 그 장르성의 인식에 있어서 첨예한 대립이 존재하고 있음은 주지의 사실이다. 그러나 가사의 장르규정에 관한 그 어떠한 논의들도, 제각기 다양하고도 상반된 견해의 행간에는 가사의 문학적 특성에 관한 나름대로의 이해가 기본적으로 자리하고 있기 마련이다. 여기서는 그 장르규정에 대한 타당성의 여부를 떠나 단지 장르규정에 관한 각각의 견해들에서 가사의 문학적 특성으로 인식되고 있는 사항들에 주목하기로 한다. 이를 위해 다양하고도 대립적인 장르규정들 사이에서 드러나는, 장르규정상의 근거가 되거나 혹은 문제시되는 가사의 문학적 요소를 검토하기로 한다. 그렇게 함으로써 가사문학이 '다양한 문학적 특성을 지닌 복합적인 장르'라는 표현의 모호성에서 벗어날 수 있기를 기대한다.

지금까지 전개된 가사의 장르규정들을 편의상 다음과 같이 분류하여 논의를 진행시키고자 한다.

① 가사는 歌辭이다.
② 가사는 詩歌이다.
③ 가사는 詩歌와 隨筆의 두 가지로 나눌 수 있다.

때 작품에 따라 여러 가지의 장르적 특성이 각각 다른 것)으로 구분하여 설명한 논의가 있다. 윤석창, 『가사문학개론』, 깊은샘, 1991, p.78 참조.

④ 가사는 詩歌이고 또 隨筆이다.
⑤ 가사는 敎述장르류이다.
⑥ 가사는 抒情장르이다.
⑦ 가사는 中間·混合的 갈래이다.

①은 가사를 어느 다른 장르에도 속할 수 없는 독립적인 장르로 규정한 조윤제의 견해인데, 가사문학을 대상으로 한 장르적 연구의 본격적 시발점이 되는 것으로, 이후로 이 규정을 축으로 하여 다양한 장르규정이 전개되었다고 볼 수 있다.

조선의 가사문학은 시가, 문필의 양면성을 구유한 특수한 문학 형태인데, 그러한 양면성을 구유한 만큼 그 어느 것도 배격하지 않고 또 상함이 없이 동시에 포섭하여, 차라리 그 어느 것에도 전속되지 않은 가사문학이라고 하는 것을 하나 따로 확립하였으면 어떨가[2]

가사가 시가도 아니고 문필도 아닌 한국적인 독특한 장르라고 한 고민은 비록 전통적 2분법의 기초에서 출발한 것으로 가사의 문학적 특성을 구명하는 데 일단의 실마리를 제공한다. 여기에서는 내용과 형식이 서로 모순되는 요소를 지니고 있는 가사의 장르규정에 대한 어려움을 말하고 있다. 가사의 내용은 문필인 반면 그 형식은 시가라는 것이다.

그저 가사라 하니까 시가의 일종이라고 막연히 생각되어 왔을 뿐인데, 그러면 과연 가사는 단순히 시가의 일종이라 규정하여 버려 두어서 좋을 것인가 … <중략> … 우리 가사 문학도 조선 문학의 특수성을 잊어버리고 그냥 형식론에 끌리어 시니 혹은 가니 하고 규정하여 버릴 수는 없을 것 같다.[3]

---

2) 조윤제, 『한국시가의 연구』, 1948, 을유문화사, P.127.
3) 위의 책, pp.116~117.

가사가 내용적으로 시가라고 하기에는 부족한 그 무엇이 있다는 점에서 문제가 제기되었다. 아무런 장르적 성찰도 없이 그저 가사를 시가라고 한 기존 인식에 대한 이러한 각성은 가사가 지닌 산문성의 문제에 대한 고려에서 마련된 것으로, 가사의 장르규정에 있어서 문제의 근원이 가사가 형식적으로 운문이라는 점이 아니라 내용적으로 산문이라는 점에서 제기되고 있다.

> 가사를 시가로 규정하는 이유는 그것이 운문으로 되어 있다는 것 하나 밖에는 무엇 하나 뚜렷한 것이 없다는 것이다 … <중략> … 이들은 그 내용이 실로 각종 각색이어서 <관동별곡>과 같이 화려한 풍경을 설진한 것도 있고 … <중략> … 가사의 그 표현 묘사의 내용은 실로 다양 광범위하다. 그러면 이러한 내용의 가사를 단순히 그 형식이 운문으로 되어 있다 하여 시가로 간주하여 좋을 것인가 … 대개는 시가라고 하기보다 도리어 한문 문학에서 볼 수 있는 賦, 辭나 序, 記 등의 문필에 가까운 것이 아닌가 하는 생각이 듦을 금할 수 없다.[4]

결국 가사가 시가이냐의 물음에서 출발하여, 시가라고 할 수 없는 내용적인 면으로서의 문필적인[산문적인] 면이 더욱 농후하다고 한 가사의 장르적 성격에 대한 이와 같은 견해는, 가사 장르규정의 관심이 내용으로서의 산문적 특성에 더욱 치우쳐 있음을 말해준다.

②에 해당하는 것 중의 하나로 이태극의 견해가 있다.

> 문학의 장르 결정을 지을 때에 그 작품의 내용에 의거하는 것보다 그 형식에 치중하는 것임은 주지의 사실이다. 더욱이 시가 부문에서는 더욱 그렇다. 그러니 가사는 넓은 시가라는 부문에 속하는 가사라는 한 형태를 갖춘 장르임을 부인할 수 없는 바이다.[5]

---

4) 위의 책, pp.125~126.
5) 이태극, 가사 개념의 재고와 쟝르고, 『국어국문학』 27, 1964.

문학 작품의 형태에 의해 장르규정을 내린 이 견해는, 끝맺음이 시조 종장 형식을 지닌 정격가사와 시조 종장 형식이 아닌 대구체의 변격가사로 나누기도 한다.6) 그러나 형식에 의한 이러한 장르규정의 결과 가사를 시가에 포함시키고 있기는 하지만, 이같은 규정을 내리게 되는 과정에서 조윤제의 장르규정을 언급하면서 다음과 같이 말하고 있다.

> 물론 이 가사문학은 내용에서는 수필적이며, 산문성과 서사성을 띤 것이지만 형태상에서는 어디까지나 운문체이니 시가에 들 수 있는 것이며, 내용에서도 산문적 서사성이 있다 뿐이지 그 묘사 표현의 실제를 보면 시가적 감흥이 구비쳐 흐르고 있음을 깨달을 수 있는 것이다.7)

위의 견해를 살펴보면, 가사가 운문인 시가라는 규정을 내리기 위하여 오히려 가사의 산문성에 대한 처리가 선결되어야 하는 문제임이 드러난다. 내용상의 산문성을 고려하지 않고서는 장르규정이 불가능하여 형태적인 면에 치우쳐 장르규정을 할 수밖에 없었던 사정을 보여주고 있다. 이러한 사정은 이상보의 견해에서도 마찬가지이다.

> 歌辭는 '辭'보다 '歌'에 더 비중이 컸으니 작품제명으로 '歌·曲'을 많이 쓴 것으로 보아서도 알 수 있다. 이는 가사가 향가·長歌·시조와 함께 시가문학임을 단적으로 보여 주는 것이다. 따라서 가사를 '문필'이니, '수필'이니, '교술문학'이니 하여 시(Poem)로 보지 않고, 수필(Essay)로 다루려는 경향은 시정되어야 한다. 가사는 시가인 이상 엄연히 시이며, 그 내용이 산문적인 점에서는 산문시요, 서경적인 것은 서경시로서 서정시에 속한 것이다.8)

---

6) 위의 논문, pp.652~653 참조.
7) 위의 논문 p.652.
8) 이상보, 『한국가사문학의 연구』, 형설출판사, 1991, p.9.

가사를 시가로 보는 이 견해도 가사의 하위장르로 산문시를 언급함으로써 결국은 내용상의 산문적인 성격에 대한 고려를 소홀히 할 수가 없었던 사정을 보인다.

②에 해당하는 또 하나의 견해로서 박성의의 견해가 있다. <상춘곡>, <사미인곡>이 형식도 운문이고 내용도 또한 문필이 아닌 주정적·서정적인 것으로 시가의 형식과 내용을 구유하는 정통적인 가사이므로, 하나의 작품 속에 시가와 문필의 양면적인 성격이 있다는 조윤제의 개념 규정과 가사를 수필이라고 한 이능우의 개념 규정의 부족한 표현과 무리한 과단을 지적하고 있다.9)

> 운문이 시가의 형식임은 틀림 없으므로 운문으로 된 가사를 시가란 장르 속에 넣되, 다기적인 내용을 이대별하여 江湖閑情·相思戀情·怨恨·慨歎 등을 읊은 것과 같은 주관적 내용을 가진 가사를 서정적인 가사라 하고, 장편의 산문화한 가사를 문필적인 가사라 부르고자 한다.10)

가사가 운문이란 형식을 지닌 까닭에 일단 시가 장르에 속하는 것이라고 규정하고 있으면서도, '장편의 산문화한 가사'를 고려하여 시가로서의 가사 장르 속에 산문화된 문필적인 가사라는 하위 장르를 설정하는 모순이 드러난다.

이처럼 가사의 형식적인 면만으로 시가 장르라는 규정을 내린 이태극의 견해와, 가사의 명칭을 염두에 두고 시가라고 한 이상보의 견해, 가사를 일단 시가 장르에 속하는 것이라고 하면서도 하위 장르로서 문필적인 가사를 설정한 박성의의 견해 등은, 가사를 시가라는 장르에 귀속시키기는 했지만 결국 그 장르규정의 근저에 내용상의 산문적 특성을 가사의 중요한 문학적 특성으로 인식하고 있음이 드러나고 있다.

---

9) 박성의, 『한국가요문학론과 사』, 집문당, 1989(중판), p.390.
10) 위의 책, 같은 곳.

③에 해당하는 것으로는 장덕순의 견해를 들 수 있다.[11] 이는 가사를 '시가와 문필의 중간 형식'으로 보거나(조윤제), '수필'로 보려는[12] 두 가지의 입장을 고려한 후에 나온 것으로 가사의 장르적 복합성을 염두에 둔 논의라고 할 수 있다.

> 원체 우리의 가사문학이란 그 범위가 퍽으나 넓기 때문에 그것을 이대별하여 하나는 그야말로 정통적 시가라고 볼 수 있는 가사와, 다른 하나는 이 정통적 영역에서 벗어나서 발전해 간 산문화, 서사화한 가사로 보려는 것이다. 다시 말하면 하나는 시가로서의 가사요, 하나는 수필로서의 가사인 것이다 … <중략> … 주관적인 감정을 노래한 것은 시가로서의 가사요, 객관적 서사적인 사물을 서술한 것은 수필로서의 가사가 되는 것이다.[13]

이 견해는 하나의 작품이 시가와 문필의 양면을 동시에 지니는 것이 아니라, 각 작품별로 시가라고 볼 수 있는 가사와 수필이라고 볼 수 있는 가사의 두 가지로 분류할 수 있다는 것이다. 이는 가사를 특수한 한 장르로 규정하거나 어느 특정한 장르에 귀속시킨 기존의 논의들이 작

---

11) 이혜순도 장덕순의 견해를 따라 가사를 시가와 수필과 二大別하였는데, 음악과의 관계를 기준으로 1700년대까지의 가사는 시가, 1700년대 이후의 가사는 수필로 나누었다. 이혜순, 歌詞 歌辭論, 『국문학연구』, 제4집, 서울대국문학연구회, pp.71~72.

12) ① 고정옥: "실로 가사는 현대 소설이 인생의 서사시로 불리우는 것과 꼭 같은 의미에서 중세기의 산문문학인 것이다." "광의의 수필의 장르를 풍부하게 할려면, 앞서 내가 '중세기의 산문'이라고 한 가사를 수필 속에 집어넣어야 할 것이다." 우리어문학회 편, 『국문학개론』, 일성당서점, 1949, p.21~29.
② 이능우: 작품집의 타이틀이 "−歌辭" 혹은 "歌詞"로 되어 있다는 문제와 형식이 리듬을 지니고 있다는 점을 들어 시가 장르에 넣은 것은 극히 피상적인 것으로 보고, 가사는 그 라인(Verse line) 수가 무제한적 존재이므로 수필로 규정. 작품을 '수필적인 것'과 '기행'의 두부분으로 나누고 또 하위 장르로서 중세기적인 것(양반가사)과 말기중세기적인 것(내방가사, 평민가사)의 두 유형을 설정하고 있다. 이능우, 『입문을 위한 국문학개론』, 이문당, 1954. pp.117~119.

13) 장덕순, 『국문학통론』, 신구문화사, 1960, pp.181~182.

품의 실상보다는 그 분류에 지나치게 경도되어 있었던 것에 비해, 서구의 삼분법을 도입하여 가사의 문학적 특성을 비교적 깊이 있게 인식한 논의라고 할 수 있다. 그런데 이 견해에서 하나의 장르종인 가사를 서정과 서사라는 각기 서로 다른 장르류에 소속시키고 만 장르규정상의 어색함에는, 서구와 근본적으로 다른 우리의 문학적 토양에서 생성된 가사 문학의 장르 소속에 대한 고민이 잘 나타나 있다.

그럼에도 불구하고 이 견해는 조윤제 이후 연구자들이 잇달아 고민해 온 가사의 산문성의 처리 문제를 한 단계 더욱 선명하게 언표화한 장르규정으로 보인다. 이 견해에서 시가[서정]로서의 가사와 수필[서사]로서의 가사로 구별한 것은 결국 정통적인 시가의 영역에서 벗어난 '산문화, 서사화'된 가사가 있다는 점을 고려했기 때문인데, 이 역시 가사가 지닌 산문성에 대한 처리 문제가 그 분류상의 핵심으로 작용하고 있다고 할 수 있다.

④는 최강현의 견해로서 가사가 재래식 전통적 국문학 형태론(장르론)에 입각하면 시가문학에 포함되고, 일반적(서양식) 문학형태로 논한다면 수필문학에 포함되어야 한다는 것이다. 이 견해에서는 가사가 일반적인 문학형태로 볼 때 수필에 속하는 이유에 대한 설명으로서 '에세이'의 개념을 인용한 다음 아래와 같이 지적하고 있다.

> 수필이 '늘 산문으로' 되어 있다는 점에 대하여 가사는 외형은 율문이지만 내용면에서는 무한히 길어질 수 있다는 점에서 산문성이 있다고 보아 수필과는 상상한 유사점을 가지고 있다.[14]

이와 같은 견해는 시가와 수필이라는 양극 사이에서 줄곧 고심해 온 기존 견해를 염두에 둔 것으로, 이 역시 산문성이 가사 장르규정에 중요한 요인의 하나가 되고 있음을 말해 주는 것이다.

---

14) 최강현, 『가사문학론』, 새문사, 1986, p.15.

⑤는 조동일의 견해[15]로서 문학의 장르를 류개념과 종개념으로 나누는 한편 가사의 장르규정에서는 서사, 서정, 희곡의 장르류에다 교술이라는 장르류를 하나 더 설정하여 가사를 여기에 포함시키고, 장르종으로는 교술율문이라 규정하고 있다. 이 가사 장르규정은 공시적 규정과 대비적 규정, 그리고 통시적 규정으로 나누어져 이루어졌는데, 공시적 규정에서 가사는 있었던 일을 확장적 문체로, 일회적 평면적으로 서술해, 알려 주어서 주장하기에 희곡, 서정, 서사 중 그 어느 것에도 속하지 않는 교술장르류에 속하는 것이라고 했다.[16] 교술장르류를 새로이 설정하여 가사의 장르규정을 시도한 이 견해는 '확장적 문체'와 '일회적 평면적 서술', 그리고 '알려 주어서 주장'한다는 점이 그 규정상의 핵심이 되고 있는데, 이는 역시 가사가 운문이 아닌 산문이라는 문체적 특징을 지니고 있다는 점에 보다 주목하고 있는 것이라고도 할 수 있다.

다음은 위의 견해에 대한 반론의 성격을 지닌 ⑥의 김학성의 견해이다.

> 모든 가사가 서정 형식(lyric form)의 옷을 입고 있다고 보는 것은 관습적 장르로서의 가사의 장르 성격을 중시하고 판단한 견해다. 즉 가사는 서정의 관습에 의해 창출된 장르일 뿐 아니라. 가사를 창조하는 자의 세계관을 일단 내면화하여 그 '내적 감동'을 진술하는 표준 형식을 취하고 있기 때문이다.[17]

이 견해는 문학작품을 형식과 정신으로 구분한 Guerard의 개념틀[18]

---

15) 조동일, 가사의 장르규정, 『어문학』 21집, 한국어문학회, 1969. p.72.
16) 대비적 규정으로는, 가사와 같은 교술문학이 국문학에만 있는 것이 아니고, 어느 나라의 문학에도 두루 존재하는 것으로 보았고, 통시적 규정으로는 가사의 기원을 4음보 연속체의 교술율문으로서 교술민요에 두고, 구비문학인 교술 민요가 기록문학으로 발전한 것이 가사라고 주장했다.
17) 김학성, 『국문학의 탐구』, 성대출판부, 1987, p.138.
18) Guerard는 문학의 형식(form)으로는 서정, 서사, 희곡을, 정신(spirit)으로는 서정적, 서사적, 극적 정신을 설정함으로써 모두 9가지의 장르틀을 마련하고 있는데, 김학성은 여기에 교술적 정신을 첨가시켰다. 위의 책, pp.136~137 참조.

을 원용하여 서정형식으로 가사의 장르규정을 내리는 한편, 모든 가사를 교술적 서정, 서정적 서정, 서사적 서정의 세 가지 유형 중 어느 하나로 장르적 성격을 규정할 수 있음을 말하고 있다.[19] 가사의 장르규정에 있어서 형식과 정신이라는 이분된 개념을 사용하여, 서정의 장르—형식(form) 속에 서정적 정신(spirit)[순수 서정]만이 아니라, 교술적 정신과 서사적 정신이라는 항목을 함께 설정하고 있다. 이 교술이나 서사의 정신의 항목 설정은 가사가 운문이 아닌 산문으로서의 특성을 지니고 있음을 감안한 때문이라 할 수 있으며, 근본적으로 가사의 장르규정을 형식과 정신의 이분된 개념으로 전개했던 사정도 바로 가사가 지닌 이러한 산문성을 간과할 수 없었기 때문으로 보인다.

⑦의 김흥규의 견해에서는 서정적 갈래, 서사적 갈래, 희곡적 갈래, 교술적 갈래 중 어느 것에도 속하지 않는 중간·혼합적 갈래를 설정하여 가사를 이에 귀속시키고 있다.

> 4음보 연속체의 율문이라는 형태적 요건 이외에는 주제·소재·표현방식·규모·구성 등에 관한 특별한 제약이 없기 때문에 가사 작품들의 내용과 성격이 다채로운 것은 당연한 결과이다. 이로 인해 가사의 갈래 특징과 귀속성을 어떻게 파악할 것인가를 놓고 많은 논란이 거듭되었다 … <중략> … 여기에는 개별 작품들과 양식의 검증만으로 매듭지어질 수 없는 갈래이론상의 근본적 쟁점까지 얽혀 있다. 따라서 우리는 이 자리에서 장황한 논의를 피하고, 가사 작품들의 다양한 성향에 주목하여 그것을 여러 종류의 경험·사고 및 표현 욕구에 대하여 폭넓게 열려 있는 혼합갈래의 일종으로 파악하고자 한다.[20]

이 견해는 서정적 작품과 체험기술적 기행가사가 공존하고 서사적 작품과 이념적·교훈적 작품이 공존하는 가사를 어떤 하나의 범주 혹은 자질에 귀속시키기보다는 그 개방성을 인정하는 시각에서 파악하고

---

19) 위의 책 p.138.
20) 김흥규, 『한국문학의 이해』, 민음사, 1986. p.118.

있다. 여기에서 지적한 '유장한 감흥·생각을 읊조리고, 복잡한 경험을 서술한다든가 이념적 설득을 달성하는 데에는 단형시가 감당하지 못하는 요긴한 효용을 발휘'[21]하는 가사의 문학적 특성은 가사의 산문적 특성을 감안한 것이라 할 수 있다.[22]

지금까지 살핀 가사 장르규정들을 거칠게 일별하면, 詩와 文이라는 전통적 2분법에 의한 장르인식에서 출발하여 서정·서사·극의 서구적 3분법을 거쳐, 교술장르를 첨가한 4분법, 그리고 중간·혼합갈래의 5분법으로 옮아왔다고 볼 수 있다. 이는 곧 가사와 다른 장르와의 사이에 경계선을 긋거나 가사를 다른 장르에 포함시키는 편가르기 방식의 規範的인 규정의 단계로부터, 차츰 가사의 문학적 특성이나 본질을 보다 구체적으로 인식하여 그 장르성에 대한 논의의 폭과 깊이를 더한 記述的인 장르규정들로 전개되어 온 것이라고 할 수 있다. 이러한 장르론들은 나름대로의 방식으로 그 개별적인 작품과 유형들이 지닌 장르성의 구체적 면모에 대해 유효한 분석의 기준을 제시하고 있다.

가사 장르규정을 위한 이러한 노력과 그 성과에도 불구하고 앞에서 살핀 바대로 각 견해들 사이에는 서로 대립적이거나 상이한 인식이 뚜렷하게 드러나고 있는 것도 사실이다. 이것은 가사가 실로 방대한 개별 작품들로 존재하고 아직도 새로운 작품의 소개가 계속되고 있는 만큼, 이러한 수많은 작품들이 지니는 개별적 특수성을 온전하게 하나의 단일장르 속으로 수렴하기가 현실적으로 매우 어렵다는 것에서 그 근본적인 원인을 찾을 수 있다. 그럼에도 불구하고 가사는 나름대로 타 장

---

21) 위의 책, pp.118~119.
22) 이 외에도 가사를 서정적인 것(lyrisch), 서사적인 것(episch), 교시적인 것(didaktisch)의 복합으로 보기도 하고(주종연, 가사의 장르고2, 『국어국문학』, 62-63, 1973.) 송강의 가사인 <성산별곡>, <관동별곡>, <사미인곡>, <속미인곡>을 각각 주제적 양식, 서사적 양식, 서정적 양식, 극적 양식의 본질을 지니는 것으로 파악하는(김병국, 장르론적 관심과 가사의 문학성, 『현상과 인식』, 한국인문사회과학원, 1977 겨울.) 등 가사의 장르적 복합성에 주목한 견해들이 있다.

르와 구별되는 문학적 본질을 지닌 하나의 장르로 존재하고 있음을 간과할 수 없기에, 기왕의 장르론들 사이에 존재하는 가사의 문학성에 대한 인식의 편차를 좁히고, 가사문학 전체로서의 통일성 있는 일원적 질서를 모색하기 위한 보다 진전된 장르 논의들이 계속 전개되어야 할 필요가 있다.

(2) 가사의 장르성과 '교술'

문학의 장르란 문학장르들 사이의 경계선이 아니라 문학의 질서에 초점을 두는 것으로,[23] 장르 연구는 그 자체가 목적이 되어서는 안되며 오히려 개별 작품 및 문학 전체를 보다 충실하게 이해하는 수단이 되어야 한다.[24] 앞에서 살핀 여러 견해들을 통하여, 가사 장르규정상의 관심은 형식상 운문으로서의 가사가 아닌 내용상 산문으로서의 가사라는 점에 집중되었고, 가사가 지닌 이러한 문학적 요소는 대개의 장르규정의 전개에 있어서 공통된 문제점으로 인식되었으며, 이것이 곧 가사의 문학적 특성을 밝히는 중요한 단서가 될 수 있음을 살펴보았다. 여기서는 이 산문으로서의 가사가 지니는 문학적인 특성에 대하여, 교술이란 용어가 그에 대한 적절한 이해에 가장 근접할 수 있는 단서를 지닌 것으로 보고, 기존의 장르규정 중 교술의 개념을 중심으로 제시된 상반된 두 견해 곧, 앞에서 살핀 바 있는 ⑤와 ⑥의 견해에 주목해 보기로 한다.[25]

⑥의 서정장르로의 규정은 ⑤의 교술장르로의 규정에서 대상으로 삼

---

23) Paul Hernadi, BEYOND GENRE, 김준오 역, 『장르론』, 문장, 1983, p.218.
24) 위의 책, p.19.
25) 이 교술이란 의미에 대해, 장르규정의 문제를 떠나서 가사의 장르적 특성으로 인식하는 선에서 논의를 전개하기로 한다.

은 작품인 <상춘곡>을 예로 들어, 그에 대해 하나하나 반론을 제기하고
있다.

첫째, <상춘곡>에 보이는 사물이나 자연이 객관적 대상으로 존재하
는 事象이 아니라 자아의 미적 감각에 의해 선택되고 조직되어진 서정
적 형상물이고, 둘째, 평면적이고 확장적인 듯한 진술은 단순한 사실의
누적적 반복을 드러내는 기능에 머무는 것이 아니라, 지나친 격정을 기
피하는 사대부 특유의 서정적 표출 방식이며, 셋째, 서두 진술에서 사
대부의 풍류적인 서정을, 끝맺음에서 안빈자족의 도취적 감흥을 영발한
것으로 보아, 가사는 오로지 생활의 윤리적 타당성을 내세우거나 교훈
적인 주장만을 하기 위한 것이 아니라 생활 자체를 즐기고 만족스러워
하는 정서적 상황을 표출한 것으로 이해했다.26)

⑤에서 희곡이나 서정, 서사와의 변별성을 지적하여 가사를 교술 장
르로 규정한 데 반해27), ⑥은 교술문학(didactic literature)에 대해 교술의
형식(didactic form)이 아니라, 교술적 정신(didactic spirit)을 표현한 문학
작품을 의미하는 것으로 보고, 전자에서의 교술장르로의 규정에 문제를
제기하고 있다.28) 그러나 이 역시 교술적 면을 부정하는 것은 아니다.
즉, 가사 작품 가운데 교훈적인 주장을 강하게 내세우는 진술도 상당히
존재하며, 서정적 정신이 압도적인 작품에서도 그러한 진술이 혼효되어
있음을 인정하면서, 이를 '발화자의 감흥이 자아의 영역에 머물지 않고
향유자에게도 공명을 얻기 위한, 즉 서정적 공감대의 확대를 위한 장치
로서의 기능'으로 설명했다.29) 이러한 기능은 서정적 정신이 압도적인
작품에서도 발견된다고 함으로써 독자나 청자를 향한 작가의 의도를
중요시했다.

---

26) 위의 책, pp.127∼129 참조.
27) 조동일, 앞의 논문, pp.72∼73.
28) 김학성, 앞의 책, pp.135∼136.
29) 위의 책, p.129.

후자의 견해는 문학의 장르로서 가사를 교술로 규정하는 것에는 반대했지만 가사의 교술적 정신에 대해 주목했다. 가사의 장르적 복합성을 염두에 두고 원용한 Guerard의 개념틀을 재구성하여 추가한 것이 이 교술적 정신이었다고 볼 때, 가사의 장르규정상 언급되는 '교술'의 성격은 역시 가사의 문학적 특성을 인식하는 데 있어서 매우 중요한 단서임을 짐작하는 것은 어려운 일이 아니다.[30]

전자는 '敎述'을 알려주어서 주장한다는 뜻의 '敎'와, 어떤 사실이나 경험을 서술한다는 뜻의 '述'로 풀이하고 하면서,[31] 이 교술은 사실의 전달에 그치지 않고 사실의 전달을 통해서 또는 이에 덧붙여서 일정한 교훈적 주장을 하는 것[32]으로 보았고, 후자는 교술을 이론적 혹은 실제적인 지식을 설명하기 위하여, 혹은 매우 인상적이고도 설득력 있는 이상적 형식으로 도덕이나 종교 또는 철학적 명제나 교의(doctrine)를 가르치고자 하는 것으로 해석했다.[33]

이 두 견해는 가사를 교술장르와 서정장르로 각각 달리 규정한 것이긴 하지만, 양자가 다 가사가 서사, 서정, 희곡만으로는 정리될 수 없는 복합적인 성격 즉, 교술이라는 면을 지니고 있음에 주목했다.

이러한 교술성은 전자가 의미하는 '사실의 전달 또는 이와 결부된

---

30) 주종연은 문예 작품이 지니는 외적인 형태의 개념 설정의 모순을 지적하고, 내용적인 것에 의한 새로운 GATTUNG(류개념)의 정의가 필연적이라고 하면서, 가사문학의 장르는 류개념에 있어 서정적인 것(Lyrisch)과 서사적인 것(Episch)으로 양대분 되고, 종개념(ART)에 있어서는 수필로 보았다. 주종연, 가사의 장르고, 『교양과정부 논문집』 3집, 서울대, 1971, pp.83~93. 후에 그는 이 견해를 수정하여 서정적인 것과 서사적인 것에 교시적인 것을 첨가하여 가사문학을 삼대별 하였다. 가사의 장르고 Ⅱ, 『국어국문학』 62 - 63, 1973.) 이러한 사정도 이 교시성이 조·김의 교술성의 의미인 '알려주어서 주장'하거나, '가르치고자'한다는 점과 거리가 아주 멀지 않다고 본다면, 교술이나 교시의 의미가 가사의 문학적 특성으로서 진지한 고려의 대상이 되고 있음을 단적으로 보여주는 것이라 할 수 있다.
31) 조동일, 앞의 논문, p.73.
32) 위의 논문, p.69.
33) 김학성, 앞의 책, pp.116~117.

교훈적 주장의 전달'이라는 점과, 후자가 의미하는 '도덕이나 종교 또는 철학적 명제나 교의를 가르치고자' 한다는 점에 있어서는 공통적으로 작가만의 문제만이 아닌 독자나 청자의 존재를 염두에 두는 것이라고 하겠다. 이렇게 볼 때 가사의 문학적 특성으로서의 교술은 근본적으로 작가의 독자(청자)에 대한 전달과 공감의 의도와 직결되는 요소라는 점이 인식된다.

후자의 견해는 모든 가사가 서정적 관습에 의해 창출된 장르일 뿐 아니라, 가사를 창조하는 자의 세계관을 일단 내면화하여 그 '내적 감동'을 진술하는 표준 형식을 취하고 있기 때문[34]에 가사를 서정 형식으로 규정했지만, 그러나 이에서 그치지 않고 독자나 청자에게의 전달과 공감의 측면을 더욱 강조하는 방향으로 논의를 전개시키고 있다.

송강의 <사미인곡>을 예로 들어, 정철이라는 구체적인 작가가 선조임금이라는 구체적 독자에게 직접적으로, 그리고 절실하게 하소연하고 있다는 사실을 묵과할 수 없는 것이라고 하여, 온전한 서정양식이 아닌 의사서정양식으로 간주함으로써 서정적 양식에서의 독자(청자)의 존재를 중요시했다.[35] 이는, 절제된 감흥의 咏發은 시인 자신의 비밀스런 은밀한 목소리로써가 아니라, 반드시 수용자층과 공감적으로 나누어 가져야 한다는 시적 태도를 아울러 지니고 있는 사대부의 시학적 특수성을 감안한 것으로, 작품을 하나의 텍스트로만 이해하는 것이 아니라 그 텍스트의 창작과 수용자를 함께 염두에 두는 견해이다.[36] 이렇듯 가사를 서정적 양식으로 규정할 때에도 문학작품이 독자를 통해 '실현화'되어지는 점에 대한 고려가 필수적으로 수반된다고 본다면, 독자나 청자에 대한 전달과 공감의 의도는 가사의 문학적 특성으로서 그 뚜렷한 의의를 지닌다고 할 수 있다.

---

34) 위의 책, p.138.
35) 위의 책, p.146.
36) 위의 책, p.150.

전달과 공감은 문학의 보편적인 기능이자 효용이라고 할 수 있다. 문학의 한 장르로서 가사문학이 지닌 전달과 공감의 기능과 효용은 가사만이 지닌 문학적 특성이 아니다. 그러므로 이에 대한 탐구는 가사의 문학적 특성을 드러내는 데 별다른 의미를 지니는 것은 아니라고 할 수도 있다. 그러나 이 글은 작가의 의식이 작품을 통해 실현된 양태로서 작품에 내재하는 전달과 공감의 의미가, 다른 장르에 비해 상대적으로 가사에서 강렬하게 풍기고 있다는 점에 주목한다.

다시 말하면, 전달과 공감은 문학의 보편적인 기능과 효용이라고 할 수 있으나, 가사 장르는 다른 장르들보다 전달과 공감을 위한 작가의 의도가 작품의 창작에 있어서 더욱 중요한 동인으로 작용하고 있다고 보는 것이다. 이런 까닭에 가사에는 독자를 강하게 의식하는 의도적 전달과 공감이, 작품 전체의 구조나 원리로서 또한 중요한 문학적인 요소 내지는 본질로서 자리하고 있다고 할 수 있다.[37] 이것이 작가가 장르를 선택하는 동기일 수도 있고 작품을 통해 실현하고자 하는 주제의 성격을 결정하는 근본 요인일 수도 있다.[38]

가사는 현실의 생활에 밀착된 장르였다. 그러므로 가사의 장르성은 작품을 통해서 현실의 문제에 대응하고자 한 작가의 의도와 관련되어

---

37) 가사의 장르적 특성으로서 이 전달과 공감은, 가사가 어떤 의도나 목적을 지닌 작가들에 의해 창작되어졌다는, 현실적인 기능의 측면이 강한 장르라는 의미를 지니고 있다. <서왕가>나 <승원가> 등의 불교가사, 그리고 유배가사나 개화기의 가사, 연행가사를 포함한 기행가사, 내방가사와 같은 교훈가사 등에서는 뚜렷하게 이러한 면을 확인할 수가 있으며, 심지어 가장 서정적이라고 할 수 있는 송강의 가사에서도 정치적인 현실에서의 기능적인 면을 충분히 감지할 수 있다. 또한 가사가 불교의 화청에서 파생하였으며, 불교의 민중 포교 과정에서 생성된 장르로서, 후에 유교, 도교, 천주교, 천도교, 성덕교 포교에까지 가창되고 있는 한국의 대표적인 종교문학 장르라고 한 견해를 통해서도 가사의 이러한 현실적인 기능을 쉽게 인식할 수 있다. 임기중, 화청과 가사문학, 『고전시가의 실증적 연구』, 동국대출판부, 1992.
38) 기행가사의 창작동기도 하나 같이 남에게 자기의 여행 경험을 알려서 읽히고자 하는 것이다. 최강현, 『기행문학연구』, 일지사, 1982, p.37.

있으며, 그의 의사를 전달하기 위한 효과적인 말하기 방식이라는 점에서 찾아진다. 이런 의미에서 가사가 장르적 복합성과 다양성을 지닌다는 말은 곧, 그 현실의 문제가 지닌, 그리고 그에 대한 작가의 대응 태도에 내재된 복합성과 다양성을 반영하는 것이라고 할 수 있다.

2 장르 요소의 갈등표출 기능

가사는 관습적 개방적으로 형성되고 향유되어온 까닭에 어느 특정한 장르의 성격을 온전히 지니고 있는 것이 아니라, 이질적인 장르 요소들이 작품 가운데 혼효되어 있는 장르적 복합성을 띤다. 그러나 문학 작품에 존재하는 장르 요소들은 직접적이건 간접적이건 간에 그 장르를 선택한 작가의 의도와 밀접하게 관련된 것이라고 할 수 있다. 그러므로 이질적인 장르 요소들이라 할지라도 가사라는 특정 장르, 또는 해당 작품이 지향하는 문학적 본질을 위하여 봉사하는 것임을 염두에 둘 때 비로소 가사의 장르성에 대한 타당한 이해의 장이 마련될 것이다.

이 논의는 사대부가사의 작가인 조선전기 사대부의 장르 선택의 의도가 그들이 지닌 정서적 갈등을 표출하여, 독자나 혹은 청자에게 전달하고 공감을 얻으려 데 있었다는 전제 하에 출발한다. 그런 점에서 작가가 작품의 언어적 진술을 통해 갈등을 표출하여 이를 전달하고 공감을 얻고자 하는 의도를 수행하는 데 있어서는, 가사가 지닌 여러 장르적 요소들이 그 어떠한 형태로든 이러한 의도와 관련되어 있는 것임을 고려해야 할 것이다.

갈등은 정서적인 대립 상태를 말한다. 이 대립적인 상태의 정서적 상황은 매우 복잡한 것이며, 이러한 복잡한 정서적 상황을 용이하게 표출하고 전달하여 공감을 얻기 위한 기능과 관련된 몇 가지 장르 요소들을 추출하여 논의를 전개할 수 있을 것이다.

첫째, 陳述方式이다. 가사는 이것저것 羅列하고, 여러 가지를 반복 부연하는 확장적 문체로, 있는 그대로의 사실을 자세하게 나타내어 敍述[39]하는 진술방식을 지니고 있다.[40] 갈등의 전달과 공감을 위한 기능과 관련하여 당대 사대부들의 가사에 대한 장르적 인식을 담은 글들을 살피는 동시에, 가사의 이러한 진술방식이 마음에 품은 정서를 남김없이 드러내 보일 수 있는 기능을 지니고 있다는 점에 주목하기로 한다.

둘째, 律格과 詩型이다. 가사의 4음 4보격이라는 관습적인 율격과 이러한 율격의 규칙적인 반복과 연속으로서의 詩行은, 다른 시가 장르에 비해 훨씬 규칙적이고 단순한 형식이라고 할 수 있다. 또한 가사는 장형의 시가로서 이는 내용이 확대되어 문장이 길어지고 이것이 작품 전체로 확장된 것이라 할 수 있다. 가사의 이러한 4음 4보격의 율격과 장형의 시형이 전달과 공감을 위해 어떠한 기능을 수행하는가에 대해서 논의하겠다. 여기에서는 이러한 율격과 시형이 산문이 아닌 시가로서 가사가 담보하는 형태적인 제약을 벗어나 정서의 자유로운 표출이 이루어질 수 있는 구실을 한다는 점을 염두에 둘 것이다.

셋째, 우리말 노래의 歌唱에 대한 것이다. 가창을 함으로써 흥취를 일으키고 마음속에 있는 갈등을 표출하여 이를 해소시킬 수가 있다. 또한 가창은 우리말로 된 시가에서 비로소 용이했던 연행 방식이었다. 우리말로의 표현은 마음속에 있는 바를 漢詩文에 옮길 필요 없이 용이하

---

39) 가사의 서술이라는 진술방식의 특성은 교술(조동일, 앞의 논문)과 서사(이동영, 가사의 장르규정, 『어문학』 46, 한국언어문학회, 1985.)의 두 갈래로 인식되고 있다. 이동영은 <상춘곡>이 관찰자로서의 작가의 시점 이동과, 상황 설정의 변화에 따른 시간의 계기적 흐름 속에서, 객관적인 진술로 이루어진 서사적 양식으로 보았다.

40) 조동일, 앞의 논문, p.68.

게 드러내어 전달하는 기능을 지니고 있다. 우리말 노래를 곡조에 실어 가창함으로써 흥을 돋구고 비루한 마음을 씻어낼 수 있었던 효과에 대해서도 살피겠다.

넷째, 對話體의 인물 설정에 대한 것이다. 갈등의 전달과 공감이라는 면에서 가사의 대화체의 진술방식은 독자를 설득하기 위한 장치로서의 기능을 한다. 갈등을 전달하여 공감을 얻기 위해서는 작품의 진술이 眞實性을 확보해야 한다. 대화체에 등장하는 인물들은 작품 가운데서 그 어떠한 방식으로든 작가의 갈등을 전달하여 공감을 얻는데 있어서 진술상의 진실성을 획득하는 중요한 요소로서의 기능을 하고 있다는 점에 주목할 필요가 있다. 이 때의 진실성이란, 사실 혹은 진실처럼 보이게 하는 작가의 의도를 말하는 용어로 사용된다.[41] 이를 통하여 문맥상에 숨겨진 작가의 의도를 보다 구체적으로 고찰할 수 있다. 여기에서는 탐구하고자 하는 진실성은 작품상에 등장하는 인물 곧, 화자의 역할과 관련된 것이다. 작품 속의 화자의 선택은 외부세계에 대한 작가의 태도 표명이라고 할 수 있다.[42] 그러므로 화자와 관련된 진실성에 대한 탐구가 지니는 의의는, 화자가 이야기하는 진술의 내용에 대한 '사실' 여부를 밝히기보다는 독자나 혹은 청자에 대한 전달과 공감으로서의 진술의 진실성을 노린 작가의 의도를 보다 선명하게 파악할 수 있

---

41) 이 진실성을 토도로프는 逼眞性(verisimilitude)이란 용어로 다양하게 설명하고 있다. '사실과 일치되는' 어떠한 행동, 어떠한 태도는 그것이 현실에서 일어날 수 없을 것 같을 때, 핍진성이 결여되었다고 일컬어지는데, 이 때의 진실성은 소박한 의미로 작품 속에서 말해진 것과 현실[사실]과의 관계를 의미하며, 더 나아가서 작품 속에서 말해 진 것과 대부분 사람들이 현실이라고 믿는 것[여론]과의 관계, 그리고 특수한 텍스트와 '상식'이라고 불리는, 다른 일반화된 텍스트간의 관계, 하나의 장르와 다른 장르와의 관계를 의미하는 것으로까지 그 의미가 다양해진다. Tzvetan.Todorov, 『산문의 시학』, 신동욱 역, 문예출판사, 1992, pp.97~98 참조. 본 논의에서는 이 핍진성 대신에 진실성이란 용어를 사용하기로 한다. 토도로프의 또 다른 저서(구조시학, 곽광수역, 문학과 지성사, p.45.)에는 '진실성'으로 번역되어 있기도 하다.
42) 김준오, 『가면의 해석학』, 1985, 이우출판사, p.243.

는 계기를 제공한다는 데 있다.

이상과 같은 이러한 장르 요소들은 갈등의 전달과 공감을 얻기 위하여 각기 그 기능을 배타적으로 수행하는 것은 아니다. 가사가 지닌 장르적 복합성이란, 이러한 요소들이 개별적으로 존재하는 것이 아니라 서로 밀접한 관련을 맺으면서 작용하는 것을 의미한다. 이 논의는 여러 장르적 요소들이 지니는 개별적 특징과 기능을 갈등표출의 전달과 공감이라는 하나의 관점에 의해 살핌으로써 조선전기 사대부가사의 장르적 특질을 구명하는 데 기여하기 위한 것이다.

(1) 서술 · 나열의 진술방식과 '說盡'

가사가 '있었던 일을, 확장적 문체로, 일회적으로, 평면적으로 서술하여, 알려주어서 주장'한다고 할 때, 이 '확장적 문체'란 곧 '이것저것 나열하고, 여러 가지를 반복, 부연하는' 진술방식을 말한다.[43] 즉, 가사는 작가의 정서를 표출하는 주된 방법으로서 서술과 나열이라는 진술방식을 지니고 있다고 하겠다. 그런데 이러한 진술방식은 일반적으로 가사의 서사성을 설명하는 요소로 이해되고 있거나 혹은 교술적인 요소로 이해되고 있기도 한데,[44] 여기서는 장르 소속의 문제를 떠나, 이러한 진술방식이 근본적으로 작가의 진술 의도나 태도를 반영하는 것으로서, 작가가 갈등을 표출하여 이를 전달하고 공감을 얻기 위해서 어떠한 기능을 하는가에 주목하기로 한다.

다음에 언급된 사대부들의 가사 작품에 대한 短評들에서는 서술과 나열이라는 가사의 진술방식이, 궁극적으로 작품의 내용적 특성과 그와 관련된 진술태도를 말하는 것임을 알 수 있는데, 이러한 진술태도에 천

---

43) 조동일, 앞의 논문, p.68.
44) 앞의 주 39) 참조.

착함으로써 가사가 지니는 갈등표출의 기능을 추론해 낼 수 있다.[45]

    ① 關東別曲 松江鄭澈所製 而歷擧關東山水之美 說盡幽遐詭怪之觀 狀物
      之妙 造語之奇 信樂譜之絶調也[46]
    ② 偶得鄭松江關東別曲者而觀之 …… 縷縷數千言 '寫盡感憤激昂之懷'[47]
    ③ 續美人曲 亦松江所製 復申前詞未盡之辭 語益工而意益切 可與孔明出
      師表伯仲也[48]
    ④ 關西別曲 …… 歷遍江山之美 …… 關西佳麗 寫出於一詞[49]
    ⑤ 俛仰亭歌 則鋪敍山川田野幽夐曠潤之狀 亭臺蹊徑高低回曲之形 四時
      朝暮之景 無不備錄 雜以文字 極其'宛轉' 眞可觀而可聽也[50]
    ⑥ 俛仰亭歌 宋二相純所製 說盡山水之勝 鋪張遊賞之樂 胸中有浩然之趣[51]
    ⑦ 自萬曆癸未 至崇禎丁丑 節節忠悃 瀉出腔血 眞所謂痛哭之甚也[52]
    ⑧ 樂志歌 張王鋪舒 盖述'自放之意'[53]

    ①에서 '歷擧'는 일일이 들어 말하는 것이고, '說盡'은 빠짐없이 다 말하는 것이다. <관동별곡>이 '關東山水之美'라는 경치를 나열함으로써 '幽遐詭怪之觀'의 주관적 감상을 빠짐없이 다 말하고 있다고 했다.

---

45) 이러한 단평들을 통해 주로 가사의 진술방식에 대해 설명하면서, 가사의 진술방식을 '서술'이라고 규정하고, '남김없이 자유롭게 서술한다'는 가사의 진술방식이 규범을 지나치게 벗어나지 않는 범위 내에서 가능한 한 개인적 정서를 자유롭게 표현하고자 하는 장르로 본 견해가 있다. 최상은, 앞의 논문, pp.99~103 참조. 여기서는 이 견해를 참고하면서, 그러나 이러한 단평들은 진술방식만이 아니라 그와 함께 궁극적으로 진술태도를 말하고 있음에 주목하고자 한다.
46) 洪萬宗, 旬五志,『洪萬宗 全集』上, 太學社, 1980.
47) 曺友仁, 續關東別曲序,『頤齋詠言』. 金永萬, 曺友仁의 歌辭集 '頤齋詠言',『어문학』10집, 한국어문학회, 1963, p.96에서 재인용.
48) 홍만종, 앞의 책, p.93.
49) 위의 책, 같은 곳.
50) 沈守慶, 遺閑雜錄,『國譯大東野乘』Ⅲ 第13卷, 民族文化推進會, 1984. p.133.
51) 洪萬宗, 앞의 책, p.93.
52) 鄭勳, 憂喜國事歌 '水南放翁遺稿'. 이상보,『17세기 가사전집』, 교학연구사, 1987, p.36에서 재인용.
53) 李緖, 夢漢零稿, 丁益燮, 李緖의 樂志歌 考察(抄),『국어국문학』24호, 1961, p.626에서 재인용.

‘幽遐詭怪’는 객관적 대상 사물이 아닌 그것을 보는 사람의 감상을 표현한 것이며, ‘觀’도 경치 자체라기보다는 ‘본다’는 감상자의 입장을 아울러 지니고 있는 말이라 할 수 있다. 송강의 가사인 <관동별곡>을 높이 평가한 이 문구를 통해서 가사는 객관적 대상을 일일이 들어 말하는 나열이라는 진술방식과, 주관적 감상을 빠짐없이 드러내는 진술태도를 지니고 있다는 점을 간파할 수 있다.

②의 ‘寫盡’은 ‘寫’의 ‘베낀다, 묘사하다’라는 진술방식과, ‘盡’의 ‘다, 빠짐없이’라는 진술태도가 합쳐진 말이다. 그런데 ‘寫盡’의 대상은 ‘感憤激昂之懷’라는 주관적 감상의 내용이지 눈앞의 객관적인 사물이 아니다.54) 그러므로 ‘寫盡’은 묘사라는 진술방식을 통해 빠짐없이 말하는 진술하는 태도를 가리키는 것이라고 하겠다.

③에서는 <속미인곡>이 <사미인곡>의 ‘未盡之思’를 ‘復申’한 것이라고 밝히고 있다. 즉 <사미인곡>에서 ‘다 말하지 못한 생각’을 다시 ‘펴 낸’ 것이다. 이는 ‘다 말한다’는 ①의 ‘說盡’의 진술태도와 의미가 통한다.

④에서 ‘歷遍’의 ‘歷’은 나열이라는 진술방식을 의미하지만, ‘遍’은 ‘두루, 고루 미치다’의 의미로 ‘두루 혹은 고루’는 ‘처음부터 끝까지’ 혹은 ‘다’의 의미를 지니고 있어 ①의 ‘說盡’의 ‘盡’과 그 의미가 통한다. 즉, ‘歷遍’은 나열의 진술방식과 빠짐없이 기록했다는 진술태도를 함께 말한다. 뒤에 나오는 ‘寫出’은 묘사의 진술방식을 의미한다.

⑤에서 ‘鋪敍’는 ‘펴서 늘어놓다’라는 뜻이고, ‘無不備錄’은 ‘갖추지 않은 것이 없이 기록하다’의 의미이다. 문맥의 의미를 보면, ‘鋪敍’한 것을 ‘無不備錄’했다는 것으로, ‘鋪敍’라는 진술방식과 ‘無不備錄’했다는 진술태도를 말한 것이다.

---

54) 조동일의 ‘확장적 문체’, ‘서술적 문체’에서 확장적이고 서술적이라 함은 그 대상이 있는 그대로의 사실로서, <상춘곡>의 경우에는 ‘주관적인 감흥’이 아니라 ‘객관적인’ 사물이다.

⑥의 '說盡'은 ①의 그것과 같은 뜻으로 '빠짐없이 말하다'란 진술태도이고, '鋪張'은 '널리 편다'라는 의미로 ⑤의 '鋪敍'와 그 의미가 통하는 진술방식이다.

⑦의 '瀉出'은 '물을 쏟듯이 드러내다'라는 뜻으로 진술방식을 말하는 것이 아니라, '물을 쏟듯이'란 진술태도에 무게가 실려 있는 표현이며, 그 대상도 눈앞의 객관적 사물이 아니라 '腔血[몸 안에 담긴 피]'로 주관적 감상이다.

⑧의 '張王鋪舒'에서 '鋪舒'는 ⑤의 '鋪敍'와 같은 의미로 '펴서 늘어놓다'라는 서술의 진술방식을 의미하지만, '張王'의 '張'은 '넓히다 혹은 크게 하다', '王'은 '旺[旺盛]'의 뜻으로 곧 '張王'은 풍부한 내용의 성격을 말하는 것인데, 이도 역시 '說盡'의 '盡[빠짐없이]'이라는 의미의 진술태도와 관련이 있다. '述'은 서술이라는 진술방식을 의미한다.

| 번호 | 진술방식 | | | | 진술태도 | | |
| | 용어 | | 대상내용 | | 용어 | 대상내용 | |
	서술·나열	묘사	객관적 사물	주관적 감상		객관적 사물	주관적 감상
①	歷擧		○		說盡		○
②		寫		○	盡		○
③					復申－未盡之思		○
④	歷		○		遍	○	
		寫出	○				
⑤	鋪敍		○		無不備錄	○	
⑥	鋪張			○	說盡	○	
⑦					瀉出		○
⑧	鋪敍				張王		
	述			○			

위의 표는 이상의 논의를 크게 진술방식과 진술태도의 둘로 구분하

180 사대부가사의 갈등표출 연구

여 정리한 것이다. 사대부의 가사에 대한 단평들에서는 가사의 진술방식과 진술태도, 그리고 진술의 대상 내용을 두루 밝힌 것으로 보여지는데, 앞서 살핀 용어들의 기능을 '서술·나열'과 '묘사'로, 대상내용은 '객관적 사물'과 '주관적 감상'으로 각각 나누었다. 서술·나열이라는 진술방식에 대한 것은 ①, ④, ⑤, ⑥, ⑧에서 언급되어 있고, 묘사의 진술방식에 대한 것은 ②와 ④에 언급되어 있다. 가사의 진술방식이 묘사보다는 서술과 나열에 치중되어 있다는 의미가 된다. 그런데 서술·나열하는 진술방식의 대상 내용으로 객관적 사물과 주관적 감상이 함께 나타난다. 이는 가사가 단지 눈앞의 객관적인 사물만을 서술·나열하는 것이 아님을 의미하는 것이다.

그런데 진술태도에 대한 언급과 진술 대상의 내용에 대한 언급은 ①에서 ⑧까지 모두 나타나는 데 비해, 서술·나열이라는 진술방식은 묘사의 진술방식과 함께 부분적으로 언급되어 있다. 이 단평들은 진술방식에 대한 언급을 통해서 다양한 진술태도를 서술하고 있는데 歷擧, 歷(遍), 鋪敍, 鋪張, 鋪舒, 述 등 가사의 서술·나열이라는 진술방식이 곧, 說盡·寫盡·復申－未盡之思·(歷)遍·無不備錄·瀉出·張王 등의 진술태도를 지니고 있다는 말이다.

앞에서 살펴본 바와 같이 이 단평들에 나타난 說盡·寫盡·復申－未盡之思·(歷)遍·無不備錄·瀉出·張王 등의 용어들은 이들 중 하나인 '說盡'의 의미망 속에 포괄될 수 있다. 그러므로 이들 용어들은 진술방식이 서술·나열이든 혹은 묘사이든 간에, 그리고 그 대상 내용이 객관적 사물이든 주관적 감상이든 간에 모두 '說盡'의 '모두 진술함, 남김없이 진술함'이라는 진술태도를 지닌다고 할 수 있다.

그러므로 가사가 지닌 서술·나열이란 진술방식은 '빠짐없이 진술한' 說盡의 태도에서 그 기능적 의미를 찾을 수 있을 것이다. 가사의 서술·나열이란 진술방식과 說盡의 진술태도는 조선시대 사대부들이 長句의 가사를 짓게 한 데 큰 영향을 미친 것으로 보이는⁵⁵⁾ 賦의 경우에서도 마찬가지이다. 賦는 非詩非文의 형식으로 抒情을 하면서도 시와 다르고, 叙事와 說理를 하면서도 산문과 달라서56) 그 장르적 성격이 가사와 비슷하다.

賦를 설명하고 있는 아래의 글에서 가사의 진술방식이 수행하는 기능적 의미를 說盡의 태도와 관련하여 간접적으로 시사 받을 수 있다.

> 賦는 鋪다. …… 草木鳥獸나 種種雜多한 사물을 취급한 賦는 작자의 흥에 접촉되어 생겨난 감정이나 具象의 변화 과정에 있어서의 단면을 摘出한 것으로, 사물의 형체의 모습을 묘사하는 데는 표현에 周密性이 요망되며, 사물의 성격을 묘사하는 데는 논리적으로 세밀히 묘사하는 일이 긴요하다.57)

위의 '賦는 鋪다'라는 말은, 賦의 진술방식이 앞서 고찰한 가사의 歷擧, 歷(遍), 鋪叙, 鋪張, 鋪舒 등의 진술방식과 흡사한 것임을 말해 준다. 賦의 '작자의 흥에 접촉되어 생겨난 감정'과 '具象의 변화 과정'은 각각 앞서 살핀 가사의 진술의 대상 내용인 주관적 감상 및 객관적 사물과 같은 의미이다. 또 부는 가사의 진술방식과 흡사한 '鋪'의 방식으로써 사물의 형체에 대한 주밀성과 사물의 성격에 대한 세밀한 묘사를 할 수 있다. 이 부의 형식이 갖는 '사물의 형체에 대한 주밀성과 사물의 성격에 대한 세밀한 묘사'의 태도는 곧 앞서 논의한 가사의 '남김없이 진술한' 說盡의 태도와 동일한 것이다.

> 나의 정자를 읊은 시편은 적다 할 수 없지만, 長句로 경물을 서술한 것은 없어, 매양 이 곳에 올라 둘러볼 때 아쉽게 여겼다. 지금 홀

---

55) 이경선은 가사가 중국의 사부의 공통점에 주목하여 정철의 <후미인곡>이 蘇軾의 後赤壁賦의 모방은 아니지만 換骨奪胎라고 하여, 영향관계를 언급하였다. 이경선, 가사와 사부의 비교연구, 『가사문학연구』, 국어국문학회편, 정음문화사, 1986. pp.114~115.
56) 허세욱, 『중국고대문학사』, 법문사, 1987, p.107.
57) 劉勰, 『文心雕龍』, 최신호 역, 현암사, 1990, pp.33~35.

연 이것을 얻어, 아침 저녁으로 음영하는 사이에 이 깊은 회포를 펼
칠 수 있는 것이, 어찌 만금의 글귀에 값할 뿐이랴.58)

위는 白湖 林悌가 <俛仰亭賦>를 지어 보내자 이에 대한 답으로 써
보낸 <俛仰亭歌>의 작가 宋順의 글로서. 여기에는 賦의 기능이 설명
되고 있다. 賦의 진술방식인 '鋪'는 '깊은 회포를 풀 수 있는' 기능을
지니고 있음을 말하고 있는데,59) 이 '깊은 회포'는 갈등의 정서라고 할
수 있다. 이러한 賦의 '鋪'처럼 가사의 歷擧, 歷(遍), 鋪敍, 鋪張, 鋪舒
등의 진술방식인 서술·나열 역시 곧 '깊은 회포'인 갈등의 정서를 표
출하는 기능을 지니고 있는 것으로 說盡의 진술태도를 갖는 것이다.

이처럼 '남김없이 진술'하여 '깊은 회포를 풀 수 있는', 가사의 서
술·나열이란 진술방식이 지니는 說盡의 진술태도는 작가가 갈등을 표
출하는 진술방식이 수행하는 기능과 효과와 관련되는 것이기도 하다.
여기에서 說盡이란 용어는 앞서 살핀 바 있는 가사의 진술태도인 寫
盡·復申－未盡之思·(歷)遍·無不備錄·瀉出·張王 등의 용어들의 의
미를 포괄하는 것이며, 남김없이 진술하여 깊은 회포를 풀 수 있는 서
술·나열의 진술방식이 갖는 특성이자 효과를 의미하는 것임을 확인할
수 있다. 나아가서 이 說盡은 마음속에 남아 있는 갈등을 남김없이 드
러내 보여 그것을 전달하고 공감을 얻으려는 작가의 진술상의 의도와
관련된 것으로, 가사의 진술방식이 갖는 기능적 의미를 포괄하는 용어
로 인식된다. 사대부들은 그들의 갈등을 가사라는 장르를 통하여 내면
의 밖으로 드러낼 때, 서술·나열이란 진술방식과 그 갈등을 '남김없이

---

58) "吾亭賦詩 雖不爲不多 每以無長句叙景物 爲登臨欠事 今忽得之朝暮吟詠之間 暢此深懷
者 何啻萬金之錫乎", 宋純, 答林上舍子順, 『俛仰集』卷3, 韓國文集叢刊26, 民族文化
推進會, 1988.
59) 이 '깊은 회포를 풀 수 있었던 것'은 '장구로 경물을 서술한' 때문이라고 할 수
있는데, 이 '장구'의 시에 대한 송순의 언급은 그가 가사인 <면앙정가>를 창작
한 원인과 밀접한 관련이 있는 것으로 볼 수 있다. 이 점에 대해서는 앞서 장형
시가 지니는 갈등표출의 기능에서 이미 논의한 바 있다.

진술'하는 說盡의 태도를 문학적 형상화의 기재로 삼았다고 할 수 있다.

說盡의 '남김없이 진술한다'는 말은 '다 진술하지 못한 것을 진술한다'는 의미로서, 이러한 의미를 통해 서술·나열의 진술방식이 지닌 또 하나의 특성과 효과를 발견할 수 있다. '다 진술하지 못한 것'을 '남김없이 진술한다'는 것은 마음껏 진술함 즉, 진술의 자유로움을 의미한다. 가사와 같은 장르적 성격을 지닌 賦에 대한 또 다른 언급을 보자.

> 중국문학 중에서 가장 특별한 체재는 賦이다. 그것은 시와 산문의 경계선상에 있는 것으로 유창하고 분방하여 한 번 쏟아 내듯이 하는 것은 산문과 같으며, 다양한 변화 속에서 여전히 약간의 음률을 갖고 있는 것은 또한 시와 같다.[60]

가사처럼 '시와 산문의 경계선상에 있는' 賦는 '유창하고 분방하여 한 번 쏟아 내듯이 하는 것'이다. 이는 앞서 살펴본 說盡의 의미망 속에 포괄되는 용어인 '瀉出'의 진술태도에 다름 아니다. 서술·나열의 진술방식이 지닌 說盡의 기능적 의미는 진술상의 자유로움에서도 발견할 수 있는 것이다.

이 자유로움은 기존의 문학 양식에 대한 부자유스러움에 대한 반발, 혹은 일탈일 수도 있다.[61] 時調나 漢詩가 갖는 단형이라는 짧은 분량의 진술, 또는 그 定型의 양식으로 인한 경직성은 사대부들의 남김없이 진술하고자 하는 진술 욕구를 제한하는 부자유스러움의 원인일 수도 있었을 것이다. 그러한 장르들만으로는 사대부의 규범적인 집단 이데올로기에 반하거나, 혹은 일탈되는 인간 개인으로서의 자유로운 욕망의 추구로 인한 갈등의 표출이 부족했을 수도 있다. 가사의 서술·나열의

---

60) 劉若愚, 『中國詩學』, 이장우 역, 명문당, 1994. p.159.
61) 이는 가사가 지닌 산문적 특성과 밀접하게 관련된다. "시는 산문보다 일찍 나왔으며, 지금 사람들은 산문으로 쓰지만 옛사람들은 시로 썼다. 산문은 시로부터 해방되어 나온 것이다." 朱光潛, 『詩論』, 정상홍 역, 명문당, 1994. p.162.

진술방식이 갖는 說盡의 기능적 의미는, 다른 장르로 불가능했던 갈등
의 남김없는 표출이 가사라는 장르를 통해 자유롭게 이루어질 수 있었
다는 점에서도 찾아질 수 있다.

(2) 율격적 자율성과 長歌로서의 '說盡'

형식으로서의 율격은 내용을 담는 틀로서, 그것의 기능과 효과는 그
내용과 밀접하게 관련된다. 사대부가사가 정서의 표출을 내용으로 하여
독자나 청자에 대한 작가의 전달과 공감의 의도를 실현하는 것이라고
할 때, 율격의 기능과 효과는 이러한 작가의 의도와 관련하에 조망될
수 있다.

가사가 지닌 율격적 규칙성과 내용의 산문성 사이의 모순과 괴리는
초기의 가사 장르론에서부터 끊임없는 고민의 대상이 되어 왔다. 가사
의 장르규정에 대한 초기 연구자들의 노력은, 따지고 보면 율격적 규칙
성에 반한 산문적 내용의 존재에 대한 고민을 해결하기 위한 것이었다
고 할 수 있다. 詩라는 것이 곧 율격적 규칙성을 지닌 운문에 온전히
부합하는 개념을 지닌 것이 아니라는 사실을 전제한다면, 가사를 시로
서 인식하고 가사가 지닌 율격적 규칙성과 내용의 산문성을 서로 모순
되는 개념으로만 인식하는 한에는 아무런 해결책이 제시될 수 없음을
앞서 살핀 다양한 가사 장르론들은 말해주고 있다.

가사는 일반적으로 4·4조나 3·4조를 중심으로 한 4음보의 율격을
지닌다. 우리 시가의 자수율에 대한 논의는 2음보로서는 3·4 혹은
4·4조, 3음보로서는 3·3·4나 4·4·4로, 4음보로서는 3·4 혹은
4·4조의 연속으로 보는 것이 일반적이다. 주지하다시피 3·4나 4·4
의 자수율은 우리의 언어적 구조에 기인한 우리 시가의 전통적이고 일

반적인 자수율이다. 게다가 구송을 중심으로 한 국문소설이나 기타 국
문으로 된 다른 문장들 속에서도 이 3·4나 4·4의 자수율은 일반적으
로 발견된다. 또한 우리말의 구조상 2, 3, 4글자의 구성을 중심으로 해
석하면 들어맞지 않은 것이 없다. 그러므로 가사의 자수율인 3·4나
4·4가 다른 장르와 구별되는 가사만의 율격적 특성이 아님은 두 말할
필요가 없다.

가사는 4음보 연속체로 되어 있다고 보는 것이 일반적이다. 그런데
우리말의 구조상 2, 3, 4음보로 해석이 불가능한 것은 없으며, 4음보격
은 16세기 이래의 일반적인 시대적 집단적 양식으로 어느 시가도 이에
서 벗어나기 어려웠다.[62] 또 가사의 4음 4보격이라는 율격 장치는 모
든 시가의 모태라 할 수 있는 민요를 비롯하여 시조와 개화기 시가 및
현대시에 이르기까지 가장 흔하게 발견되는 율격 양식이다.[63] 가사가
우리 시가의 전통적이고 보편적인 율격 장치로 실현된다는 점은 그만
큼 친숙한 장르적 속성을 자체 내에 지니고 있다는 사실을 말해 준
다.[64] 또한 민요에서도 사용된 가장 보편적인 율격 장치로서 이러한 4
음 4보격은 사대부층뿐만이 아니라 서민층에게도 친숙한 율격 장치였
음을 쉽게 추정할 수 있다.[65] 이는 곧 가사 장르가 그 창출과 향유에
있어서 계층적 공감대를 무한히 확대할 수 있는 소인을 내포하고 있다
는 뜻이기도 하다.[66]

그런데 이 4음 4보격이라는 율격 장치의 '손쉬움과 낯익음'[67]은 사
대부들에게 어떤 의미를 지니는가? 사대부가 4음 4보격의 율격적 장치

---

62) 성호경, 16세기 국어시가의 연구, 서울대 박사학위논문, 1986. p.31.
63) 성기옥, 한국시가의 율격체계 연구, 『국문학연구』 48집, 서울대 국문학연구회,
    1980, p.98.
64) 김학성, 앞의 책, p.120.
65) 위의 책, p.121.
66) 위의 책, p.143.
67) 위의 책, 같은 곳.

를 선택하게 된 까닭은 무엇인가? 조선전기의 사대부가 4음보를 선택한 까닭에 대하여, 고려가요의 3음보가 안정감을 추구하는 그들의 유교적 취향과 호응되지 않았기 때문으로 보는 견해[68]는 재론의 여지가 있다. 남녀상열지사 등의 고려시대의 노래들이 조선시대 사대부들간에 유행했었다는 사실은,[69] 사대부들의 취향이 단순히 규범적이고 도덕적이거나 유교적인 것만을 의미하지는 않음을 말해 주는 것이기 때문이다. 조선시대 사대부에게 고려시대의 노래가 유행했었다면, 고려가요의 3음보격은 '조선시대 사대부들의 취향'이 아닌 것이 아니라, '유교적 취향'이 아님을 의미하는 것으로만 그 율격적 성격을 해석함이 타당하다.

　가사의 4음보도 이러한 관점에서 이해할 수 있다. 가사의 4음 4보격도 '유교적 취향'에 호응하는 것이 아니라, '조선시대 사대부의 취향'에 알맞은 또 하나의 형식으로 선택된 것이라고 볼 수 있다. 왜냐하면 앞서 언급한 바처럼 사대부들의 율격적 취향이 실상은 반드시 유교적 규범 안에서만 존재했던 것이 아니라, 개인적으로는 오히려 유교적인 규범을 벗어나서 존재하는 수가 많았던 것으로 이해되기 때문이다.

　그렇다면 우리 시가의 3음보나 4음보라는 율격 자체가 특정 계층의 이념이나 정서에 배타적으로 선택된 것으로 보기는 어렵다. 3음보나 4음보는 둘 다 우리말 호흡의 구조에서 오는 우리 시가의 일반적이고 공통적인 율격으로서 이것이 특정 계층의 전유물은 아닌 것이요, 또 고려시대의 노래나 가사에 각각 특수하게 나타나는 것도 아니라고 하겠다.

　그러므로 4음보라는 율격 자체가 엄밀한 의미에서 유교적이거나 사대부적일 수는 없다. 이 율격이 가사 장르를 선택한 사대부들의 그 어떠한 취향에 알맞은 형식이었을 따름이라는 지극히 일반적인 진술만이 확실한 가능성을 지닌 작은 근거일 뿐이다. 4음 4보격이 사대부의 유교적 취향에 부합하는 것이었다면, 4음 4보격이 더욱 기계적으로 실현

---

68) 성호경, 앞의 논문, p.17.
69) 최상은, 조선전기 사대부가사의 미의식, 성균관대 박사학위논문, 1992, p.32∼39.

되는 후기 서민가사로의 이행은 사대부의 유교적 취향의 강화라는 모
순된 결론에 도달하게 된다.

　4음보를 선택한 사대부들의 취향을 정서의 전달과 공감이라는 측면
에서 바라볼 필요가 있다. 가사가 지닌 4음보의 규칙적이고 단순한 반
복은 정서의 전달과 공감을 위한 작가의 의도를 제약하지 않는 율격적
자율성으로 인해 시행의 무제한 연속을 가능하게 해 주었고, 조선조 중·
후기 이후의 작품에서는 더욱 확대된 내용을 담을 수 있게 해 주었다
고 보는 것이 더욱 자연스럽다. 내용이 확대되어 시행이 장형화할수록
단순한 율격이 요구된다. 정서의 전달과 공감을 위한 자유스러움과 편
리함의 추구는 더욱 규칙적이고 단순한 율격의 선택을 요구하게 되는
데, 후기 가사의 기계적인 4음 4보격만으로의 정착은 이러한 점에 기
인하는 것이라 할 수 있다.

　그런데 초기 가사에서는 4음보만이 절대적인 율격이 아니었다. 초기
의 가사에서는 이 4음보의 규칙성에 반하는 片句 현상이 많이 보인다.
편구라는 개념은 가사가 4음보라는 것을 전제로 이것에 이탈된 시행을
가리키는 개념이다. 편구는 작품 그 자체의 의미 및 통사 구조상의 필
요에 의해 생겨나는 것으로, 정보전달의 역할 면에서는 나머지 문장보
다 문장의 초점이 덜 집중된다는 면을 보이지만, 화자의 정서·감정·
주의 면에서는 오히려 더 큰 강도를 지니는 것이다.[70] 편구는, 가사가
형식적인 면을 중시하면서도 내용적인 면도 함께 강조하기 때문에, 우
연적인 경우라기보다 필연적인 경우로서 어떤 특정의 내용 부분을 강
조하거나 선명하게 하기 위해서 사용되기도 하는 것이다.[71] 편구가 지
니는 이러한 내용적인 효과와 기능은 발생적인 측면에서 볼 때, 정서의
전달과 공감이라는 작가의 의도와 관련시킬 수 있다.

---

70) 성호경, 가사의 '편구' 현상에 대한 시론,『인문연구』제9집, 영남대 인문과학연
　　구소, 1987. pp.10～14.
71) 박삼찬, 가사의 미적 요소와 그 기능 연구, 영남대 박사학위논문, 1994. pp.23～25.

편구는 가사에서 4음보라는 율격적 규칙성을 깨뜨린다는 면에서 내용적인 효과로 이해할 수도 있다. 가사는 형식 혹은 율격적으로는 미적 질서를 추구하지만, 다른 한편으로 내용에 있어서 작가의 의도와 같은 뜻의 전달을 추구함으로써 그 기능적 의미를 지닌다고 할 수 있다.

편구는 후기보다 전기의 사대부가사의 작품에서 많이 나타나는데,[72] 이 시기는 가사가 전반적으로 4음보의 규칙적 반복으로 정착되기 이전이라고 할 수 있다. 편구는 정서의 전달과 공감이라는 측면에서 작가의 의도를 제약하지 않거나 규칙적인 율격에서 이탈된 것이라는 점에서, 이를 율격적 자율성이란 이름으로 그 의미를 부여할 수 있다. 즉, 편구는 고려가요의 연장체가 무너져 4음보 연속의 장형시인 가사로 이행하는 과정에서 율격적 자유스러움과 편리함을 추구한 것에 그 원인이 있는 것으로 보인다.[73]

편구의 이러한 의미는 또한 가사의 장형화와 그 맥을 같이하여 이해할 수 있다. 4음보의 규칙성에 반하는 편구현상이 연장체의 짧은 시형인 전대의 시가로부터 장형의 시형인 가사로의 이행에 그 원인이 있다고 한다면, 이것은 발생적으로 볼 때 짧은 시형으로 부족한 보다 깊은 정서를 전달하기 위한, 보다 자유롭고 편리한 긴 시형의 추구에 그 근본적인 원인이 있다고 할 수 있다.

편구는 정서를 전달하기 위해, 혹은 전달하다가 보니 그 내용이 확대되어 생겨난 자연스러운 결과로 해석할 수 있다. 다른 구들보다 늘어난 내용을 실어 이를 자연스럽게 전달하고 공감을 얻기 위한 작가의 의도로 인해, 4음보의 규칙적인 반복을 벗어난 현상이라고 할 수도 있는 것이다.

---

72) 성호경, 앞의 논문, p.118.
73) 성호경은 16세기 가사의 특징적 현상으로 편구현상에 대하여, 연의 형식이 붕괴되어 비연체의 시가를 형성하게 되는 과정에서 나타난, 단락의 구분을 암시하는 '경계지표'로서의 규칙일탈 현상으로 보았다. 위의 논문, p.117.

편구가 짧은 시행으로 부족한 보다 깊은 정서를 충분히, 보다 자유롭고 용이하게 전달하고 공감을 얻기 위한 율격적 자율성을 추구한 것이라면, 하나의 시행이 4음보로 구성되어 있는 것도, 시행의 연속으로 장형의 시형을 이루기 위한 또 하나의 율격적 용이성을 추구한 것에 그 원인이 있다고 할 수 있다. 즉, 가사의 한 시행을 이루는 4음보도 역시, 정서의 전달과 공감이라는 작가의 의도를 보다 효과적으로 수행하는 데 있어서 율격적 제약을 감소시킬 수 있는 율격적 자율성의 의미를 지니는 것이다.

가사가 지닌 4음보란 결국 행의 배열에서 기인한다. 가사의 행의 배열을 문장을 단위로 재구성하여 하나의 문장을 음보 단위로 분석해 보면 4음보, 6음보, 8음보, 12음보, 20음보 …… 로 구성되어 있어 주로 4음보를 단위로 장형화된다.

결국 4음보는 가사에서 하나의 시행을 구성하는 단위로, 시행의 연속으로 인한 장형의 시가를 이루는 데 있어서 기본 단위가 된다. 가사의 장형화는 4음보를 토대로 하여 용이하게 시행을 연속할 수 있었던 것이다. 3음보보다는 4음보가 더욱 반복이 용이한 율격이었다고 할 수 있다. 율격 자체의 보다 단순하고 규칙적인 반복은 그것이 지니는 자율성으로 인해 작가의 정서를 제한함이 없이 자유롭게 전달하고 공감을 얻을 수 있는 효과를 지니게 되는 것이다.

이는 율격을 수용하는 작가의 입장에서 본다면, 율격적 규칙을 엄격하게 준수한 것이라기보다, 자유롭고 확대된 내용으로서의 정서의 전달을 위한 형식으로서의 음악적 요소에 대한 배려를 극도로 규칙적이고 단순한 율격에 맡김으로써, 오히려 율격적 규칙의 준수에 따르는 어려움을 벗어나고자 하는 것이었다. 그러므로 가사의 4음보 연속이라는 율격의 성격은 균제되고 엄숙한 사대부의 계층적 의식을 반영한 것이 아니라, 사대부들이 그들의 이념적인 정서의 엄격한 틀을 벗어나고자 하는 율격적 자율성의 산물이라 할 수 있다. 3음보가 4음보로 이행하게 된 것이 정서의 자유롭고 편리한 전달을 위한 시행의 장형화에 그 원인을 찾을 수 있고, 4음보로 된 시행의 장형화가 내용의 확대에 따른 율격적 자율성의 확대를 의미한다고 할 때, 가사의 4음 4보격의 율격적 장치는 엄격한 형식이 아니라, 그 단순함으로 인해 보다 내용의 전달에 보다 자유롭고 용이한 형식이라 하겠다.

다시 말해서 이 율격적 규칙성은 엄격함이 아니라, 보다 많은 양의 내용을 실을 수 있는 율격적 자율성의 강화와 그로 말미암은 단순한 율격의 추구에 그 의미가 있다고 할 수 있다. 율격이라는 형식의 문제는 그 형식에 담기게 되는 내용과 조화를 이룸으로써 그 존재의 의미를 확실히 지니게 되는 것이다. 시조의 율격은 그 내용이 갖는 전체성의 조화에 알맞은 정형의 틀을 이루는 요소로서 존재의 의미를 지니는 것이고, 가사의 율격은 내용의 구체성과 개별성을 자유롭게 드러내는 형식으로써 존재하는 것이라 할 수 있다. 그러므로 가사는 4음보 4보격의 율격만이 아니라 내용의 구체성과 개별성 및 자유로움의 확대를 무제한 가능하게 한 '연속체'라는 형태에도 마찬가지로 그 율격적 의미의 중요성이 부여되어야 할 것이다.

이렇게 볼 가사의 4음보의 반복을 율격적 엄격함으로 이해할 수 없을 것이다. 엄격하다는 말을 율격과 관련시킬 때는 두 가지 의미로 이해될 수 있다. 하나는 율격 자체가 균제되고 엄격한 형식이라는 것과, 다른 하나는 율격적 규칙의 준수에 대한 엄격함 즉, 율격을 선택한 작가 의식의 엄격함이 그것이다. 그런데 가사를 두고 일반적으로 균제된 율격적 엄격함을 지녔다고 할 때, 이 말은 위의 두 가지 의미를 구분하지 않고, 4음보의 율격을 사대부 집단이 지니는 유학의 의식과 관련하여 사용한 것으로 보인다. 4음보의 율격적 형식을 유교적 규범을 바탕으로 하는 사대부의 의식과 관련시켜 이해한 것이라고 할 수 있다.

그러나, 사대부가사의 율격을 말할 때, 율격 자체만을 염두에 두고 말할 때에는 엄격함보다는 규칙성 혹은 단순성이란 단어가, 또한 그러한 율격을 선택한 수용자의 의식과 관련해서는 자율성이란 단어가 더욱 적절할 것이다. 전기 가사에서 후기 가사로 넘어가면서 내용의 확대로 인한 장형화에 4음보의 규칙이 더욱 철저하게 지켜지고 있는 것으로 볼 때, 이것은 내용의 확대에 추수된 율격적 용이함의 추구에 그 원인이 있다고 보는 것이 타당하다. 사대부가사보다 서민가사 및 내방가사에 4음보의 율격적 규칙성이 잘 지켜지고 있는 것을, 율격적 규칙성에 대한 엄격한 준수로 볼 수 없을 것이다. 그렇게 된다면, 작가의 의식과 관련할 때 사대부 작가보다 서민이나 부녀자들이 더욱 엄격한 의식을 지녔다고 할 수밖에 없게 된다. 후기의 장형의 가사에서 보이는 내용의 확대를 '엄격'하다고 할 수 없으며, 내용상의 다양화와 자유분방함의 확대를 엄격하다고 할 수 없기 때문이다. 그러므로 4음보의 반복과 연속은 율격의 엄격한 준수가 아니라, 다양화되고 확대된 내용에 따른 율격적 용이함의 추구를 그 원인으로 해석하는 것이 더욱 자연스럽다.

율격적 규칙성의 강화를 자율성이라는 의미로 이해하는 데 있어서, 규칙성과 자율성이란 용어 사이의 의미상 결합이 생소하게 느껴질 수 있다. 그러나 율격 그 자체가 지닌 형태적인 의미에서의 규칙성과 그러한 규칙적 율격을 수용한 작가의 의도와 관련된 자율성을 구별하여 인식할 필요가 있다. 율격 자체의 규칙성의 의미를 정서의 전달과 공감이라는 작가의 의도와 관련하여 이해할 때, 이는 엄격함이 아닌 자율성으로 해석하는 것이 더욱 타당할 것이다.

이렇게 볼 때 가사가 주는 율격적 안정감의 효과는 4음보가 엄격한 형식이기 때문이어서가 아니라, 그 규칙의 단순성으로 인해 보다 정서를 전달하고 공감을 얻는 데 있어서 보다 자유롭고 용이한 형식이기 때문에 가능한 것이라고 볼 수 있다.

가사가 지닌 율격적 자율성이 내용의 확대로 인한 문장의 길어짐에서 그 근본적인 원인을 찾을 수 있다면 이제 長型이라는 가사의 시형에 주목할 필요가 있다. 이 장형의 시형을 통하여 가사가 수행하는 갈등표출의 기능과 효과를 더욱 구체적으로 살피기 위해, 長歌라는 가사 장르를 가리키는 또 하나의 용어를 살피기로 한다.

歌辭든 歌詞든 공통적으로 명칭상 '歌' 즉, 음악과의 연관성을 지니고 있음을 고려한다면, 가사의 보다 분명한 장르적 성격은 短歌와 구별되는 이 長歌라는 용어의 기능과 효과에서 발견할 수 있다.[74]

단가와 장가는 가창의 면으로 볼 때 노랫말의 양적 변별성만이 게재되어 있었을 뿐 양자는 원래부터 같은 성격의 노래 장르였다.[75] 또한 가창의 면으로 볼 때 단가창과 장가창의 논리는 같은 양상으로 전개되지만, 상식적으로 이 短과 長은 노래 곡조의 길고 짧음이 아니라 노래말의 전체 길이가 길고 짧음을 의미하는 것으로, 단가와 장가란 각각 짧은 노래말과 긴 노래말이라는 뜻으로 이해할 수 있다. '가ㅅ'가 장가와 단가를 다 포함하므로 장가가 곧 가사가 아니라고 할 수 있지만, 본 연구에서 논의의 대상으로 삼는 가사라는 장르는 단가가 아닌 장가에 속하는 것으로 인식하고, 그 장르적 특징이 장가, 즉 긴 노랫말에 있다는 점에 주목한다.

작품의 창작 동인으로 본 장가 제작의 의미를 살피기 위해 앞서 제시한 바 있는 다음의 기록을 다시 보기로 한다.

　　나의 정자를 읊은 시편은 적다 할 수 없지만, 長句로 경물을 서술한 것은 없어, 매양 이 곳에 올라 둘러볼 때 아쉽게 여겼다. 지금 홀

---

74) 조규익은 당대 기록자들의 문헌에 나오는 '가ㅅ'에 대하여, 음악을 실연 및 전달의 수단으로 삼았던 '부르는 문학'이라 하여 한시의 '보아서 향수하는 문학'과 구별하고, 이를 장가[歌詞 혹은 歌辭]와 단가[時調]로 구분했다. 조규익, 단시조·장시조·가사의 일원적 질서 모색—가사 및 장·단가의 형성과 그 장르적 상관관계 규정을 중심으로, 『한국학보』 제62호, 일지사, 1991 참조.
75) 조규익, 『가곡창사의 국문학적 본질』, 집문당, 1994. pp.43~45. 단가는 그 근원이 진작 형식인 정과정으로부터 나왔으며, 가사인 서호별곡의 악절구조는 진작 형식의 변이형임을 밝힘으로써 이같은 견해를 주장하였다.

연 이것을 얻어, 아침 저녁으로 음영하는 사이에 이 깊은 회포를 펼
칠 수 있는 것이, 어찌 만금의 글귀에 값할 뿐이랴.[76]

위는 <俛仰亭歌>의 작가 宋純이 白湖 林悌가 <俛仰亭賦>를 지어
서 보낸 것에 대한 답신에 들어 있는 내용이다. 면앙정이라는 정자를
대상으로 해서 많은 작품이 지어졌다.[77] 그러나 송순은 '장구로 경물을
서술한 것'에 대한 아쉬움이 있었다. 송순이 임제의 賦에 대해 칭찬한
것은, 이것을 아침 저녁으로 음영하는 사이에 깊은 회포를 펼칠 수 있
었기 때문이며, 깊은 회포를 펼칠 수 있었던 것은 賦가 '장구로 경물을
서술한 것'이었기 때문이다. 송순이 장구의 가사인 <면앙정가>를 창
작한 원인도 이와 같은 사실에서 유추가 가능하다면, 그는 단형시로서
는 만족할 수 없는 깊은 회포를 장형의 가사인 <면앙정가>를 창작
음영함으로써 펼칠 수 있었다고 볼 수 있다. 깊은 회포를 펼친다는 것
은 마음속에 지닌 바를 다 드러내어 표출한다는 의미이다. 장가가 지니
는 이러한 기능은 역시 앞서 살핀 說盡 곧, '남김없이 진술함'에서 그
의미를 발견할 수 있으며, 이 說盡은 긴 노랫말 곧 장가인 가사를 선
택한 사대부들의 장르 선택의 의도와 불가분의 관계에 있다고 할 수
있다.

가사를 문장단위로 분석해 보면 장가로서 가사가 지니는 說盡의 기
능이 잘 드러난다. 모두 25개의 문장으로 이루어진 <상춘곡>은, 정서
에 대한 구체적인 서술을 요할 때에는 문장이 길어지고 있음을 보여주
고 있다. 전체적으로 8음보 이상인 문장은 모두 6개가 나오고, 가장 긴
문장은 20음보로까지 확대된다.[78]

---

76) "吾亭賦詩 雖不爲不多 每以無長句叙景物 爲登臨欠事 今忽得之朝暮吟詠之間 暢此深懷
    者 何啻萬金之錫乎", 宋純, 答林上舍子順, 『俛仰集』卷3, 韓國文集叢刊26, 民族文化
    推進會, 1988.
77) 임형택, 16세기 광・나지역의 사림층과 송순의 시세계, 『고전시가의 이념과 표
    상』, 임하 최진원박사 정년기념논총 간행위원회, 1991, p.420.

3행 : 天地間 男子몸이 날만흔이 하건마는/ 山林에 뭇쳐이셔 至樂을
     모룰것가(8음보)

4행 : 數間 茅屋을 碧溪水 앏픠두고/ 松竹 鬱蔚裏예 風月主人 되여셔라
     (8음보)

5행 : 엇그제 겨을지나 새봄이 도라오니/ 桃花 杏花는 夕陽裏예 퓌여
     잇고/ 綠楊 芳草는 細雨中에 프르도다(12음보)

11행 : 柴扉예 거러보고 亭子애 안자보니/ 逍遙 吟詠ᄒ야 山日이 寂寂ᄒ
     뎌/ 閒中 眞味룰 알니업시 호재로다(12음보)

15행 : ᄌ괴여 닉은술을 葛巾으로 밧타노코/ 곳나모 가지것거 수노코
     먹으리라(8음보)

16행 : 和風이 건듯부러 綠水룰 건너오니/ 淸香은 잔에지고 落紅은 옷
     새진다(8음보)

18행 : 小童 아히ᄃ려 酒家에 술을믈어/ 얼운은 막대집고 아히는 술을
     메고/ 微吟 緩步ᄒ야 시냇ᄀ의 호자안자/ 明沙 조흔믈에 잔시어
     부어들고/ 淸流룰 굽어보니 쩌오ᄂ니 桃花ㅣ로다(20음보)

21행 : 松間 細路에 杜鵑花룰 부치들고/ 峯頭에 급히올나 구름소긔 안
     자보니/ 千村 萬落이 곳곳이 버러잇니(12음보)

22행 : 煙霞 日輝는 錦繡룰 재폇는듯/ 엇그제 검은들이 봄빗도 有餘ᄒ
     샤(8음보)

23행 : 功名도 날끠우고 富貴도 날끠우니/ 淸風 明月外에 엇던벗이 잇
     ᄉ올고(8음보)

3행과 4행에서는 화자의 풍류를 나타냈는데 풍월주인으로서의 지락
을 구체적으로 서술하려다 보니, 5행에서는 자아의 정서를 유발하는 구
체적인 봄의 풍경을 구체적으로 표현하기 위하여, 11행은 적적한 가운
데의 '한중진미'를 즐기는 풍취의 깊은 맛을 나타내기 위하여 각각 문
장이 길어졌다. 15행과 16행은 술을 통한 흥취의 고조를, 18행은 이러한
흥취의 절정을 구체적으로 표현한 것이고, 22행과 23행은 흥취의 순간에
바라본 절경을 구체적으로 묘사하는 가운데 문장이 길어진 것이다.[79]

______

78) 이 분석은 최상은, 앞의 논문, pp.92~95 참조.

이처럼 문장 길이의 장형화는 눈앞에 펼쳐진 경치를 보고 느낀 깊은 회포를 다 드러내어 펼칠 수 있었던 데에 그 원인이 있다고 할 수 있다. 가사의 장형화는, 작가의 정서가 개별문장을 단위로 표출되면서 길어지고, 이 개별 문장의 작품 전체로 확장·부연되면서 작가의 정서를 說盡할 수 있었던 데서 자연스럽게 이루어진 결과라고 할 수 있다.

(3) 우리말 노래의 歌唱

송강가사의 전승은 가창과 우리말로의 기록이라는 두 갈래의 형태로 이루어졌다.

> 송강의 <관동별곡>, <전후미인가>는 우리나라의 이소인데 한문으로 표기할 수가 없고 오직 악인의 무리에 의해 입으로 전수하거나 국어 즉 우리나라 글로만 전해질 따름이다. 어떤 이가 <관동별곡>을 칠언시로 번역하였지만, 아름답게 될 수가 없었다.[80]

송강가사는 가창으로서도 전해지고, 국문으로 기록되어 전해지기도 한다. 여기에서 가창이라는 연행방식 및 이와 관련된 우리말 노래라는 언어표현의 양식은, 한시와는 다른 가사의 중요한 장르적 요소이자 특

---

79) 최상은은 이 문장의 길어짐이 감정의 움직임에 따라 나타나는 것으로 보아 작품을 두고 설명했는데, 15행·16행의 8보격과 22행·23행의 8보격에 대한 설명이 서로 모순된다. 앞에 것은 '문장이 길어지면서 고조되어 가는 흥취'로, 뒤에 것은 '문장의 유장함으로 인해 흥취가 약화'된 것으로 설명했다.(위의 논문, p.95.) 이러한 해석보다는 앞의 3행과 4행의 8보격, 그리고 5행의 12보격에 대하여, '구체적 서술'이나 '구체적 표현'으로 말미암아 문장이 길어진 것으로 설명하는 것이 더욱 타당성을 지닐 것이다.

80) "松江關東別曲 前後思美人曲 及我東之離騷 而其以 不可以文字寫之 故惟樂人輩口相授受 或傳以國書而人有以七言詩飜 關東曲而 不能佳", 金萬重, 西浦漫筆 下, 『西浦集』, 通文館, 1971.

성의 하나로 인식된다. 송강가사를 한시로 번역했을 때 아름다울 수 없는 것은 송강가사의 아름다움이 우리말로 된 가창이라는 점에 기인한다.

> ① (孔俯는) 술에 취하여 흥이 나면 어부사를 즐겨 노래하였는데, 그 소리가 淸亮하고 능히 천지에 가득차서, 마치 曾參이 商頌을 노래한 것과 같고, 사람의 가슴 속을 유연하게 하여 강호에 있는 듯한 느낌을 준다.[81]
>
> ② 그 중에 이 詞[어부가]는 쌍화점 제곡과 함께 섞여 있다. 그러나 사람이 들을 때, 저것은 手舞足蹈하고 이것은 倦而思睡하니 어쩐 일인가? 그 사람이 아니면 진실로 그 音을 알지 못하니 어찌 또한 그 樂을 알 수 있으리오.[82]

전자는 <어부사>를 가창했을 경우이고 후자는 '음을 알지 못하면 악을 알 수 없다'고 한 것으로 보아 <어부가>를 詠했을 경우이다. 퇴계의 '倦而思睡'는 <어부가>를 가창할 수 있는 樂을 몰라서, 가창하지 못했음에 그 이유가 있다. 퇴계가 말한 농암의 <어부가>는 <原어부>가 보다 더 한시 위주로 되어 있어서 歌의 의미는 크게 나타나지 않는다.[83] 가창할 경우에는 흥이 나고 가창하지 않고 詠할 경우에는 흥이 나지 않는다. 우리말 노래는 음영보다 가창에 의해서 더욱 쉽게 흥취를 일으키는 기능을 수행할 수 있었다고 할 수 있다.

> 또한 아이들로 하여금 스스로 노래하고 스스로 춤추며 뛰게 하고자 함이니, 행여 鄙吝한 마음을 씻어냄으로써 感發되고 融通하게 할 수 있다면, 노래하는 자와 듣는 자가 서로 유익하게 됨이 없지 않을

---

81) "往往興酣歌漁父詞 其聲淸亮 能滿天地 髣髴聞曾參之歌商頌 使人胸次悠然如在江湖", 權近, 漁村記, 『陽村集』 卷11, 韓國文集叢刊7, 民族文化推進會, 1990.

82) "而此詞與霜花店諸曲 混在其中 然人之廳之 於彼則手舞足蹈 於此則倦而思睡者 何載非其人 固不知其音 又焉知其樂乎", 李滉, 書漁父歌後, 『退溪集』II 卷43, 韓國文集叢刊30, 民族文化推進會, 1989.

83) 서승옥, 어부가 서문과 발문에 나타난 시가관, 『이화어문론집』 제8집, 이대한국어문학연구소, 1986, p.319.

것이다.[84]

여기에서 가창은 춤추며 뛸 수 있는 오락과, 감발 융통할 수 있는 성정의 함양이라는 의미를 지닌다. 춤추며 뛸 수 있고 마음을 씻어낸다는 것은 갈등의 해소와 관련된다. 이러한 가창이 지니는 갈등의 해소로서의 오락과 성정의 함양이라는 효과는 근본적으로 이 가창을 가능하게 하는 우리말로의 표현에 기인한다.

> 지금의 시는 옛날의 시와는 달라서 詠할 수는 있어도 歌할 수는 없다. 만약 歌하고자 할 경우에는 반드시 우리말로 엮은 것이라야 하는데 아마도 國俗音節의 불가피한 소이일 것이다.[85]

가창의 절조는 정서 내용과의 조화에 따라 맞추어지는 것이다. 그런데, 우리의 정서를 가창하기 위해서는 이를 온전히 드러낼 수 있는 우리말이 필요하다. 우리말로의 표현은 가창을 용이하게 하는 없어서는 안될 본질적이고 구조적인 조건이다. 가창과 삶의 체험의 자연스러운 표현은 우리말 시가가 漢詩에 비해 갖는 상대적으로 뛰어난 자질로서 이 둘은 불가분의 관계에 있다. "調와 詞의 불가분리성은 가곡이나 시조를 포함한 '부르고 듣는 문학'의 기본적 특성으로, 詞의 내용과 調의 성격이 어떤 관계로 연결되는가에 따라 미적 성격은 결정되기 마련이며, 양자 가운데 어느 것 한 가지만을 분석 대상으로 삼을 경우 노래의 총체적인 특성은 파악될 수 없"[86]기 때문이다.

그런데 가사는 노래하기 위한 문학만은 아니었다. "우리말 시가는 '노래하는 시' 또는 '노래하기 위한 시'가 아니라, '노래할 수 있는 시'

---

84) "亦令兒輩自歌而自舞蹈之 庶幾可以蕩滌鄙吝 感發融通 而歌者與廳者 不能無交有益焉", 李滉, 陶山十二曲跋, 『退溪集』Ⅱ 卷43, 韓國文集叢刊30, 民族文化推進會, 1989.

85) "然今之詩 異於古之詩 可詠而不可歌也. 如欲歌之 必綴以俚俗之語 盖國俗音節 所不得不然也", 李滉, 陶山十二曲跋, 『退溪集』Ⅱ 卷43, 韓國文集叢刊30, 民族文化推進會, 1989.

86) 조규익, 앞의 책, p.93.

로서의 성격을 지니고 있다."87) 퇴계의 '가하고자 할 경우에는 반드시 우리말로 엮은 것이라야 한다'는 말도, '우리말로 엮은 것은 반드시 가한다'의 의미는 아니다. 가창하기 위해서 우리말로 시가를 지어야 할 필요가 있었지만, 반드시 우리말 시가를 지어서 가창한 것은 아니다. 우리말 노래는 가창을 위해서 창작되기도 했고, 또는 창작된 후에 가창될 수 있었던 것이다. 가사를 비롯한 우리말 시가의 창작에는 근본적으로 가창이 전제된 것이 아니라는 의미이다.

어쨌든 우리말 시가의 창작은 그것이 우리말로 이루어져 있음으로 해서 가창의 가능성을 항상 내포하고 있다.

> 공(許橿)은 …… 서호기승작 이백운을 짓고 또 서호사 6결도 지었다. 봉래 양사군(양사언)이 이를 악부에 실었는데, 3강8엽을 총 33절로 하여 이를 서호별곡이라고 불렀다. 뒤에 공이 많이 깎아서 고치고 더 보태어 악부에 실은 것과 같지 않게 되었다.88)

현전하는 '악부에 실은 <서호별곡>을 깎아서 고치고 더 보태어 악부에 실은 것과는 다른 <서호별곡>'은, 가사 악곡의 존재를 직접적으로 시사하는 유일한 가사 작품이다. <서호사> 6결이 가창하기에 적합한 것이었는지는 아닌지는 확실치 않으나, 이를 토대로 3강 8엽을 총 33절로 한 <서호별곡>을 지어 가창할 수 있게 한 것이다. 그렇다면 우리말 노래인 <서호사>는 가창을 전제로 만들지 않았지만, 결과적으로 가창이 가능한 또 하나의 우리말 노래인 <서호별곡>의 모태가 되었음은 확실하다.

우리말은 표음문자로 소리가 곧 뜻을 전달하며, 일상어로서 정서의 내용을 표현하는 데 구체적이고 즉각적인 까닭에 가창에 적합한 언어

---

87) 성호경, 앞의 논문, p.82.
88) "公 …… 有西湖記勝作二百韻 又有西湖詞六闋 蓬萊楊使君載之樂府 爲三腔八葉 總三十
　　三節 謂之西湖別曲 後公多刪改增益 與樂府所載不同", 許穆, 西湖詞跋, 『先祖永言』.

인 것이다. 이는 모국어가 지니는 당위적인 효과요 기능이다. 가사의
가창은 우리말로 된 노래였기에 가능했는데 이 우리말로의 표현은 가
사의 문학적 우수성을 논하는 가장 근본적인 요소였다.

> 지금 우리 나라의 시문은 본디의 언어를 버리고 다른 나라의 언어
> 를 배워서 이루어진 것이다. 설령 아주 흡사하다고 하더라도 다만 그
> 것은 앵무새가 사람의 말을 지껄이는 것과 같을 뿐이다. 그러나 여항
> 의 나뭇꾼과 물긷는 아낙이 노래하며 서로 화창하는 것이 비록 속되
> 고 비루하다고 하지만, 그 참된 가치를 논한다고 할진대 진실로 다른
> 나라의 언어를 배워서 쓴 사대부들의 소위 시부라는 것과 같이 논할
> 바가 못된다.89)

西浦는 위에서 <관동별곡>을 비롯한 우리 시가의 우수성은 우리말
로의 표현에 있음을 말하고 있다. 송강의 가사 중 <속미인곡>을 가장
높이 평가하고, <관동별곡>과 <사미인곡>을 상대적으로 못하다고 한
것은, <속미인곡>이 <관동별곡>이나 <사미인곡>에 비해 한문 어귀
를 수식하지 않고 우리말로 표현했기 때문이었다.90) '한층 추상적이며
개념적인 한자어 보다 전달적인 효과가 구체적이며 지각적이고, 통속
성·대중성이 강하며 심미적 효용이 큰'91) 우리말 노래가 지닌 기능과
효과를 온전히 지녔던 탓이다.

가사에서의 우리말의 사용으로 인한 이러한 효과는, 근본적으로 정
서의 내용과 표현 수단의 상호 조화에 기인한 것으로 내면 표출의 자

---

89) "今我國詩文 捨其言而學他國之言 設令十分相似 只是鸚鵡之人言 而閭巷間 樵童汲婦
   咿啞而相和者 雖曰鄙俚 若論眞膺 則固不可與學士大夫所謂詩賦者 同一而論", 金萬重,
   西浦漫筆 下,『西浦集』, 通文館, 1971.
90) "然又就三篇而論之 則後美人尤高 關東前美人 猶借文字語 以飾其色耳", 金萬重, 西浦
   漫筆 下,『西浦集』, 通文館, 1971.
91) 이병기, 관서별곡·관동별곡·관동속별곡의 형태적 고찰,『국어문학』제17집,
   전북대, 1975. p.15. 이 논문에서는 <관동별곡>을 한문 번역과 대조시키면서,
   세련된 한글 구사의 대목에서 세 곳을 번역하지 못한 점을 지적했다.

유롭고 편리함을 추구하는 가사의 장르적 기능이 갖는 효과의 하나로 인식된다. 사대부들의 가사 작품 창작에 있어서 가장 근본적이고도 확실한 동인은 스스로의 정서와 사상을 자유로이 표기할 수 있는 국문자의 창제였을 것이다. 국문시인 악장의 제작을 훈민정음의 제정과 관련시켜 설명한 다음의 견해를 보자.

> 노래가 먼저냐, 한역이 먼저냐의 견해 …… 당시 처음으로 쓴 언문일치의 글이 그렇게 야무지게 꾸며질 수가 없었기 때문 …… 물론 당시는 당시의 상용어에 못지 않게 한문이 통용되던 시기지만, 제1장, 제2장, 125장은 졸연히 지어질 수 없는 명문이다. 더구나 훈민정음을 제정해서, 그 실용을 시험삼아 처음으로 사용한 글이 그렇게 단박에 증후할 수 없으며, 그렇게 고루 완벽하기가 어려움에서다. 따라서 <훈민정음서>와 같이 한문으로 꾸며서 번역 형식으로 만들어 훈민정음의 실용과 보급을 위해 앞에 놓았다고 본다. 이는 국한혼용의 산문체의 첫 시도인 <석보상절>도 먼저 <증수석가보>를 편찬한 뒤, 차례로 번역했음과 같은 경우라 하겠다. 따라서, 이 악장체와 산문체는 이른바 '언해체'의 본이 되었고, 이 실마리는 마침내는 '내간체'의 틀을 굳혔던 것이다. 물론 '가사체'는 악장체가의 격률을 이어받아 전통적인 리듬을 가창에 맞게 발전시켰다고 본다.92)

국문시인 <용비어천가>의 제작 경위를 설명하면서, 언문일치의 문장이 보다 완성된 단계로 발전하기까지 한문본의 언해가 있어야 했다는 견해를 피력하고 있다. 언문일치의 문체로 발전한 악장체에서 가사체로 발전했다는 것인데, 장르의 선행 문제는 일단 논외로 하고 여기에서 주목되는 바는 우리말 노래인 가사 창작의 계기를 궁극적으로 말과 글의 일치에서 찾고 있다는 점이다.93)

그렇다면 이러한 말과 글의 일치를 가져오는 우리말로의 표현은 어

---

92) 이병주, 『고전의 산책』, 민족문화문고간행회, 1985. p.163.
93) 전일환, 조선전기의 가사문학 연구—연원과 형성을 중심으로—, 전북대대학원박사학위논문, 1987. p.3.

떠한 효과를 지니는가에 주목해 보자. 앞의 서포의 말에서 '眞膺'[94]의 '膺'이란 '胸'의 뜻을 지닌다. 眞膺은 곧 진실로 마음속에 와 닿는다는 의미로 풀이할 수 있다. 곧 우리말 노래의 가치는 진실로 마음속에 와 닿는 것에 있다. 마음속에 와 닿는 것은 마음속의 것을 그대로 드러낸 것에 연유한다.

> 이른바 노래라는 것은 모두 이언으로써 짓고 가끔 한자를 섞어 썼다. 사대부로서 옛것을 좋아하는 자는 때로 그것을 짓는 것을 달가워하지 않는다. 그래서 여항의 남자와 여자의 손에서 이루어지는 것이 많으니 그 말이 천하고 속되다 하여 군자가 모두 취하지 않았다. 그러나 시경의 풍이라는 것은 진실로 요속의 항담인데, 당시에 그것을 들었던 자가 오늘날의 사람으로서 오늘날의 노래를 듣는 것과 어찌 같지 않겠는가. 다만 이비에서 나오는 대로 강조를 이루고, 그 말이 가슴 속에서 우러나오는 것은 안배를 용납하지 않으니 천진함이 그대로 드러나거니와 나무꾼과 농부의 노래들도 자연에서 나온 것이라, 사대부의 수식하고 퇴고하여 말은 옛말을 썼는데 천기는 다 깎아 없앤 시보다 도리어 낫다.
> 진실로 시를 잘 감상하는 자라면 자취에 구애받지 않고 자신의 뜻으로 노래의 의미를 받아들이니 사람으로 하여금 기쁘고 감동하게 하여 백성을 흥기시키고 아름다운 풍속을 이루게 하는 것은 예나 지금이나 다를 것이 없다.[95]

『詩經』의 風이 지닌 詩教의 효과는 곧 그것의 모태가 되었던 閭巷의 가요가 진실함을 그대로 드러낸 천진한 노래였던 것에 기인한다. 가슴 속에서 우러나오는 천진함이 그대로 드러나는 것이, 사람으로 하여금

---

94) 앞의 주 90) 참조.
95) "其所謂歌者 皆綴以俚言 而間雜文字 士大夫好古者 往往不屑爲之 而多成於愚夫愚婦之 手 則乃以其言之淺俗 而君子皆無取焉 雖然詩之所謂風者 固是謠俗之恒談 則當時之廳之 者 安知不如以今人以聽今人之歌耶 惟其信口成腔 而言出衷曲 不容安排 而天眞呈露 則 樵歌農謳 亦出於自然者 反復勝於士大夫之點竄敲推 言則古昔 而適足以斲喪其天機也 苟善觀者 不泥於迹 而以意逆志 則其使人歡欣感發 而要歸於作民成俗之義者 初無古今之 殊焉", 洪大容, 大東風謠序, 『韓國의 序跋』, 冽上苦戰研究會編, 바른글방, 1993. p.280.

기쁘고 감동하게 하여 아름다운 풍속을 이루게 한다는 이 말은, 바로 우리말 노래가 지니는 언어적 효과를 말해 주는 것이라 할 수 있다. 사대부에게 있어서 한시보다 더욱 우수한 우리말 노래의 효과는 마음에 있는 바를 수식하여 퇴고함이 없이 그대로 다 드러내 보이는 것에 그 원인이 있으며, 이도 역시 앞서 논의한 說盡의 기능과 관련되어 있다.

갈등의 전달과 해소는 마음속에 있는 바를 모두 드러내 보임으로써 가능하다. 정서를 굴절시키지 않고 마음속에 들어 있는 것을 그대로 드러내 보이기 위해서 우리말 노래는 필요했다. '말과 글이 일치된 우리말 노래는 어떠한 탄성이나 감정의 진솔한 표현도 가능'96)했기 때문이다.

> 시는 시경 이후에 날로 옛날과 멀어져서 …… 성정은 숨어 버리게 되었다. 우리 나라에 내려와서는 그 폐단이 더욱 심하여 오직 노래 한 길만이 풍인의 남긴 뜻에 차차 가까워져 정을 이끌고 인연을 펴내니, 俚語로 읊조리고 노래하는 사이에 유연히 사람을 감동시킨다. 민간의 노래 소리에 이르면 곡조는 비록 아름답고 세련되지 못하나 무릇 그 기뻐 즐기며 원망하고 탄식하고, 미쳐 날뛰며 거칠게 구는 모습과 태도는 각각 자연의 眞機에서 나온 것이다. 옛날 백성의 풍속을 살피는 자로 하여금 이를 채집하게 할새, 시로서가 아니라 노래로서 하였음을 나는 알고 있으니, 노래가 어찌 작다고 할 수 있는가97)

性情의 구현은 인간의 꾸밈없는 정서를 그대로 드러내는 것이 기본이다. 기뻐 즐기며, 원망하고 탄식하고, 미쳐 날뛰며 거칠게 구는 꾸밈없는 모습과 태도는 '인위적인 수식을 배제한 자연스러움'98) 곧, '眞機'에서 나오는 것이다. 그러므로 우리말 노래가 정을 이끌고 인연을 펴내

---

96) 전일환, 앞의 논문, p.67.
97) "詩自風雅以降 日與背駎 …… 而情性隱矣 下逮吾東 其弊滋甚 獨有歌謠一路 差近風人之遺旨 率情而發 緣以俚語 吟諷之間 油然感人 至於里巷謳歙之音 腔調雖不雅馴 凡其愉佚怨歎猖狂粗莽之情狀態色 各出於自然之眞機 使古觀民風者采之 吾知不于詩而于歌歌其可少乎哉", 磨嶽老蕉, 靑丘永言 後跋, 앞의 책, p.272.
98) 위의 책, p.271.

어 유연히 사람을 감동시키는 것은 꾸밈없이 다 드러내어 보이는 說盡으로 인한 효과이다.

> 우리 나라 사람이 지은 가곡은 우리말만 사용하고 사이사이에 한문을 섞어 언문책으로 세상에 전하고 있다. 대개 우리말을 사용한 것은 나라의 풍속으로서는 어쩔 수 없는 것이다. 비록 그 가곡이 중국의 악보와 나란히 비교할 수 없다 하더라도 또한 볼 만하거나 들을 만한 것도 있다. 중국에서 소위 歌라고 하는 것은 고악부와 신성이 관현에 올려진 것을 말한다. 우리 나라는 우리말로 나타내고 文語로서 협조하여 비록 중국과 다르다 해도 그 정경을 제대로 싣고 궁상의 음율이 서로 조화를 이루어 사람으로 하여금 영탄, 淫佚하게 되고 手舞足蹈하게 되는 것은 마찬가지이다.[99]

우리말로 노래를 창작한 것은 나라의 풍속을 나타내기 위한 불가피한 선택이었다. 우리의 풍속을 나타내기 위해서는 우리말이 절대적으로 필요했다. '정경을 제대로 싣고 궁상의 음율이 서로 조화를 이루'게 되는 우리말 노래는 사람으로 하여금 詠歎, 淫佚하고, 手舞足蹈하게 하기도 한다. 이것은 우리말 노래가 우리의 마음속에 있는 것을 그대로 다 드러내 보일 수 있었기 때문이다.

> 정송강은 속구를 잘 지었는데 그 중에서 <사미인곡>과 <권주가>는 淸壯을 갖추어서 가히 들을 만한 것이다. 다르게 논하는 자들은 그것이 邪하다고 배척하기도 하지만 문채와 풍류는 또한 부정할 길이 없다.[100]

---

99) "我東人所作歌曲 專用方言 間雜文字 率以諺書 傳行於世 蓋方言之用 在其國俗 不得不然也 其歌曲雖不能中國樂譜比並 亦有可觀而可聽者 中國之所謂歌 則古樂府曁新聲 被之管絃者俱是也 我國則發之藩音協以文語 此雖與中國異 而若其情境成載 宮商諧和 使人詠歎淫佚 手舞足蹈 則其歸也", 金天澤, 蔓橫淸類序, 『靑丘永言』, 時調資料叢書1, 韓國時調學會, 1987.

100) "鄭松江善作俗謳 其思美人曲及勸酒辭 俱淸壯可廳 異論者斥之爲邪 而文采風流亦不可掩", 許筠, 性叟詩話, 『許筠全書』, 李離和編, 影印本, 亞細亞文化社, 1980.

송강의 가사가 邪하다고 배척당하기도 한 것은 바로 마음속에 있는 바를 숨김없이 다 드러내었던 때문일 것이다. 그러므로 이러한 숨김없는 드러냄, 說盡의 효과를 지닌 우리말 노래의 창작에는 아무래도 일말의 두려움이 앞섰을 것이다.

> 돌이켜 생각하건대, 나의 종적이 약간 이 세속과 맞지 않는 점이 있으므로 만일 이러한 한사로 인하여 鬧端을 일으킬지도 알 수 없거니와, 또 이것이 능히 강조와 음절에 알맞을는지도 모르겠다.[101]

여기서 세속이란 세속의 노래, 우리말 노래를 가리킨다. <翰林別曲>의 矜豪放蕩, 褻慢戲狎과 李鼈 六歌의 玩世不恭을 멀리한 溫柔敦厚의 <陶山十二曲>을 지어 놓고도, 우리말로 노래인 <도산십이곡>의 창작이 자신의 종적과 달리 '세속'을 따르는 것을 염려한 것이다. 세속의 노래가 마음속에 있는 것을 그대로 드러내어 보이는 것이라고 한다면, 퇴계의 이와 같은 염려도 실은 우리말 노래가 지닌 이러한 '說盡'의 효과로 인한 것이었다고 할 수 있다.

이처럼 우리말 노래가 지니는 說盡의 효과는 한편으로는 사대부들이 꺼리는 것이기도 했지만 정서를 숨김없이 드러냄으로써 흥을 돋구고 비루한 마음을 씻어 낸다는 점에서 이것은 곧 갈등의 전달과 해소라는 차원으로 이해된다. 오락을 통하여 성정의 함양을 꾀할 수 있었던 우리말 노래의 가창에는 전달과 공감의 기능과 효과가 수반된다. 자신의 정서를 남김없이 진술하여 드러내고 전달하여 이를 공감케 함으로서 갈등을 해소하고 성정의 함양을 꾀할 수가 있었던 것이다.

---

101) "顧自以蹤跡頗乖 若此等閒事 或因以惹起鬧端 未可知也 又未信其可以入腔調 諧音節與未也", 李滉, 陶山十二曲跋, 『退溪集』Ⅱ 卷43, 韓國文集叢刊30, 民族文化推進會, 1989.

(4) 대화체의 인물 설정과 진술의 진실성

대화체는 화자와 청자가 작품 표면에 나타나 있든 나타나지 않고 숨어 있든, 둘 이상 다수의 화자 청자가 텍스트 내에 존재한다는 가정 하에서 화자와 청자 상호간에 대화가 교체되는 언술의 형태를 지니고 있으며, 작가로부터 객관화된 작중 인물 사이의 극적 재현을 실연하거나 실재적이며 일상생활에 밀착된 구체적인 사실의 연결을 통해 형상화함으로써 극적 혹은 서사적 요소를 획득하게 된다.[102] 이러한 대화체를 통해 작가는 '전달되는 정보 내용이나 화제에 대해 감정 표시 기능을 줄이고, 가장 객관적으로 서술하는 태도를 취함으로써'[103] 독자를 보다 용이하게 설득시키고자 한다. 즉, 이 대화체의 진술 속에는 작가의 진술상의 의도가 숨어 있다고 할 수 있다.[104]

조선전기 사대부가사는 작품에 따라 대화체의 진술이 삽입되어 있는 경우가 많은데 이 대화체를 작가의 갈등표출이라는 전략 안에서 이해

---

102) 김광조, 조선전기 가사의 장르적 성격 연구, 서울대 석사학위논문, 1987, pp.26~29 참조.

103) 위의 논문, p.27.

104) 참고로 조선전기 가사의 진술방식의 복합성에 대한 논의들을 제시한다. 김학성은 가사가 서정의 관습에 의해 창출된 장르일 뿐 아니라, 가사를 창조하는 자의 세계관을 일단 내면화하여 그 '내적 감동'을 진술하는 표준 형식을 취하고 있기 때문에, 모든 가사가 서정 형식(lyric form)의 옷을 입고 있다고 보아, 조선전기의 서정, 서사, 교술의 장르적 복합성이 근본적으로 서정 형식을 지향한다고 했다.(김학성, 앞의 책, pp.114~139.) 김광조는 조선전기 가사의 담화 유형을 분석하여, 조선전기 가사가 내적 독백의 함축적 청자에 의한 서정성을 기반으로 하면서 시적 대화체를 수용하거나, 현상적 청자를 설정하여 서사성·극성·교술성을 가미하고 있다고 보아, 그 지향하는 바를 서정성에 두기도 했다.(김광조, 앞의 논문.) 최상은은 또한 가사의 서술적 진술방식이 가사의 장르적 복합성—서정적·서사적·교술적·극적—을 가져오기도 하지만, 이러한 복합성은 서정을 효과적으로 드러내는 수단임을 밝혔다.(최상은, 앞의 논문, pp.99~118.) 이러한 일련의 논의들은 조선전기 가사를 서정 장르로 인식하는 한편, 서정적·서사적·극적·교술적 복합성이 근본적으로 서정을 위한 효과적인 수단이 됨을 의미하고 있다.

할 수 있다.105) 사대부가사의 대화체의 진술방식은 작가의 의도가 작품에 실현된 것으로, 이 대화체가 지닌 갈등표출의 기능 양상을 살핌으로써 작가의 진술상의 의도를 파악할 수가 있다.

사대부가사의 진술은 정서의 표출에 있어서 전달과 공감을 얻기 위한 작가의 의도와 관련되어 있다. 정서의 전달과 공감은 설득을 위한 것으로, 작가는 작품을 통하여 정서를 표출하기도 하지만 이러한 정서의 표출은 전달되고 공감을 얻게 됨으로써 독자를 설득하게 되는 것이다. 그러므로 대화체를 통해 갈등을 표출, 전달하고 공감을 얻으려는 작가의 의도는, 궁극적으로 자신의 진술에 대한 眞實性을 획득하는 데 있다고 할 수 있다.

사대부가사의 대화체가 '갈등과 해결을 통한 설득을 가능하도록'106) 한 작가의 의도를 지닌 것으로 볼 때 대화체의 진술방식을 통하여 작가가 갈등을 표출함에 있어서 진술의 진실성을 획득하게 되는 기능과 효과를 파악할 수 있다. 진술의 진실성을 염두에 두고 갈등표출의 기능 양상을 탐색하기 위해서는 작품에 등장하는 인물의 역할에 주목할 필요가 있다. 사대부가사의 대화체 속에 등장하는 인물은 일반적으로 劇的 요소로 인식되고 있는데, 여기서는 이러한 인물의 설정이 갈등을 표출하고 전달하여 공감을 얻기 위한 작가의 의도 하에 이루어진다는 점에 초점을 맞추어 살피기로 한다.

<속미인곡>이나 <성산별곡>에서는 개별 화자의 사설에 대한 구분이 모호하여 이에 대한 다양한 견해107)가 제시되고 있다. 이렇게 모호하게 화자가 설정된 상황은 개별 작품 속에서 작가가 취하는 진술태도와 관련하여 궁극적으로 '서정을 지향하는 가사의 장르적 특성'108)으로

---

105) 조세형, 송강가사의 대화전개방식 연구, 서울대 석사학위논문, 1990, pp.16~20.
106) 위의 논문, p.20.
107) 김사엽, 『송강가사』, 문호사, 1959, pp.100~113.
  정재호, 『한국가사문학론』, 집문당, 1984, pp.71~75.
  조세형, 앞의 논문, pp.26~37.

이해할 수 있다. 이들 작품에 등장하는 인물은 서사적 혹은 극적인 인물은 아니다. <속미인곡>의 경우 乙女에게 謫降仙이나 屈原과 상통하는 이미지는 있으나, 그에게서 謫降仙과 같은 仙界[白玉京]에의 동경 의지나 屈原과 같은 세속의 타협을 거부하는 결백 의지는 찾아 볼 수 없다.[109] 을녀는 단지 사랑하는 님으로부터 버림받은 여인으로서 오직 님과의 관계를 통해서만 그 존재 의의를 부여받을 수 있는, 작가의 정서를 대변하는 인물일 뿐이다.[110]

작중 인물들은 작가와 상이한 경험을 가진 인물들이 아니라 작가와 동일시할 수 있는 인물이며, 작가의 사상과 감정표현에 하나의 도구로서 이용될 뿐 줄거리 자체나 작중 인물 자체의 창조가 없는 것이다.[111] 화자의 개별적인 성격과 역할에 대한 엄격한 인식이 전제되지 않은 작가의 이러한 진술방식은, 작가의 정서를 표출하는 데 있어서 보다 용이하고 효과적인 기재로 도입된 것이다. 결국 대화체의 인물의 설정은 작가의 갈등을 표출하는 서정으로서의 진술에 바탕을 두고 있다.

그런데, 이러한 인물의 설정은 단지 서정을 표출하기 위한 것으로만 이해되지 않는다. 대화체의 진술방식에 설정된 인물은, 전달과 공감을 통한 설득이라는 작가의 의도 하에서, 갈등표출에 있어서 보다 구체적인 기능을 지닌다. 사대부가사의 대화체에 설정된 인물 중 중추적 인물은 작가의 갈등을 표출하는데 중심 역할을 한다. 여기에 전달과 공감을 통한 설득이라는 작가의 의도가 강화되어, 보조적 인물은 이러한 중추적 인물의 갈등표출을 보다 구체적으로 전개시키고 작가의 의사를 전달하여 공감을 얻음으로써 독자를 설득하기 위한 진실성을 획득하는 데 효과적으로 기여한다.

<hr>

108) 김학성, 『국문학의 탐구』, 성대출판부, 1987, pp.132~139.
109) 이문규, 속미인곡 소고, 『한국고전시가작품론2』, 백 영정병욱선생 10주기추모논
    문집간행위, 집문당, 1992. p.658.
110) 위의 논문, pp.659~660.
111) 김광조, 앞의 논문, pp.82~83.

그렇다면 중추적 인물의 갈등표출을 보다 구체적이고 효과적으로 돕기 위한 이러한 보조적 인물의 진술은, 앞서 살핀 '남김없이 진술하는' 說盡의 기능과도 관련된다. 중추적 인물은 작가의 정서를 대변하는 인물로서 그의 진술은 보조적 인물의 진술로 인해 진실성을 획득하게 된다. 그러한 진실성의 획득을 위한 보조적 인물의 진술은, 결국 그 진술을 통해 중추적 인물의 진술이 보다 용이하고 구체적으로 이루어지게 됨으로써, 작가의 갈등을 보다 효과적으로 '남김없이 드러내는' 說盡의 기능을 간접적으로 수행하게 된다. 여기서는 대화체의 진술방식이 작품 전개의 구조상에 뚜렷하게 드러나 있는 <속미인곡>과 <성산별곡>을 대상으로, 보조적 인물이 수행하는 眞實性의 획득 양상에 주목하여 가사의 진술방식이 갖는 說盡의 기능과 의미를 살펴보기로 한다.

<속미인곡>에 등장하는 두 여인이 대화를 주고받는 형식은 견해에 따라 다르지만 정재호는 '갑녀 → 을녀 → 갑녀 → 을녀 → 갑녀'의 순서로 전개된다고 보았다.[112] 그런데 여기에서 갑녀의 두 번째 사설은 다시 갑녀와 을녀의 것으로 나눌 수 있다.[113] "글란 싱각마오 미친 일이 이셔이다"에서 '글란 싱각마오'가 갑녀의 사설이라면 "미친 일이 이셔이다"의 주체는 뒤이어 나오는 "님을 뫼셔 이셔 님의 일을 내 알거니"의, 예전에 님을 뫼신 적이 있어 님의 일을 알고 있는 주체와 문맥상 동일인이이어야 한다. 작가의 정서를 대변하는 인물이 을녀이므로 작품의 주제의 구현을 위한 내용이라 할 수 있는 '미친 일'은 을녀의 것이어야 하기 때문이다. 이렇게 보아 <속미인곡>의 대화 전개의 형태를 내용과 함께 정리하면 다음과 같다.

　　갑녀 : 저 가는 저 각시 해 다 저문 날에 어디를 가시는고.
　　을녀 : 아 네로구나, 내 이야기를 들어보게. 님이 예쁘지도 않은 나를

---

112) 김사엽은 갑녀 → 을녀 → 갑녀의 형태로 보았다. 김사엽, 앞의 책, pp.100~113.
113) 임기중, 『조선조의 가사』, 성문각, 1989, p.98.

> 사랑하여 그만 내가 너무 버릇없이 굴다가 님에게 미움을 사
> 게 되었으니 그것은 조물의 탓일 것이다.
> 갑녀 : 그렇게는 생각하지 마십시오.
> 을녀 : 마음속에 맺힌 일이 있습니다. 나도 님을 뫼셔서 님의 사정을
> 　　　 잘 아나, 님은 지금 어떻게 기거하며 님에 대한 소식이 궁금하
> 　　　 고, 독수공방하는 내 신세도 처량하여, 차라리 낙월이나 되어
> 　　　 님의 방에 비추어 보고 싶다네.
> 갑녀 : 달도 좋지마는 궂은 비나 되십시오.114)

여기에서 주목하고자 하는 것은 갑녀라는 인물의 설정이다. 을녀가 푸념 어린 신세한탄을 늘어놓음으로써 작품의 정서적 분위기를 주도하는 역할을 하는 반면, 갑녀는 을녀에게 질문을 던져 그의 하소연을 유발해 내고 이를 종결짓는 보조적 역할을 하고 있다.115) 다시 말해서 을녀가 작품의 주제 구현을 위한 중추적 역할을 하고 있다면, 갑녀는 작품 전개와 종결을 위한 기능적 역할을 하고 있다.116)

갑녀의 첫 번째 사설은 이 작품의 주제 구현을 위하여 을녀의 하소연을 이끌어 내면서 을녀로 하여금 자기 심정을 토로할 수 있는 분위기를 조성한다.117) 이는 작가의 정서를 구체적으로 드러내는 기능을 한다. 또한 갑녀는 을녀가 평범한 아녀자가 아니라, 천상 백옥경에서 생활하던 고귀한 신분의 인물임을 은연중에 알려 준다.118) <속미인곡>은 중추적 인물인 을녀의 신분과 처지를 보조적 인물인 갑녀의 입으로 밝히고 있는 이와 같은 진술방식을 통해, 서정적 자아의 진술에 진실성을 부여하고자 한다. 을녀가 원래 천상 백옥경에서 살던 고귀한 신분임을 자신의 입으로 말하는 것보다는 상대방인 갑녀의 입을 통해 말하는 것이

---

114) 정재호의 내용 요약을 갑녀의 두 번째 사설만 갑녀와 을녀의 것으로 나눈 것이다.
115) 이문규, 앞의 논문, p.658.
116) 위의 논문, 같은 곳.
117) 정재호, 앞의 책, p.75.
118) 위의 책, p.76.

훨씬 진실에 가깝도록 느껴지게 하는 객관성의 획득이라는 효과가 있다.

'글란 싱각마오'라는 갑녀의 두 번째 사설은 표면상으로는 을녀와 상반된 입장의 취한다. 갑녀는 을녀의 하소연을 가로막는 듯한 태도를 취하면서, 그러나 오히려 을녀가 자신의 하고 싶은 말을 더욱 깊이 있게 전개함으로써 갈등을 남김없이 표출할 수 있는 계기를 제공한다. 동시에 을녀의 일방적인 하소를 일단 중단시켜, 그러한 일방적인 하소로 인해 야기되는 진술상의 독단성을 감소시키면서, 을녀의 이야기에 진실성을 부여하게 되는 효과를 유발하는 것이다.

"각시님 둘이야 크니와 구즌 비나 되쇼셔"라는 갑녀의 사설은, 작가가 이 작품을 통하여 표현하고자 하는 연군의 절정이다. 갑녀는 을녀가 '달도 비도 못되는 것을 속으로는 번연히 알면서, 겉으로는 달도 좋지만 궂은 비나 되라는 식의 반어법'[119]을 구사하고 있다. 낙월보다 궂은 비는 한층 더 처량하고 구슬픈 분위기를 조성한다.[120] 여기서 궂은 비의 의미는 달빛과의 대조에서 더욱 분명히 드러나게 된다.

> 궂은 비는 달빛보다도 더 침울한 분위기를 구성한다. 태양보다는 달빛이 음성적이라면, 비는 더욱 더 음성적이며 어두운 분위기를 나타낸다. 님에게서 버림받은 여인의 심정은 누구보다 더 침울할 수 있다. 그러한 심정을 달빛에 비유하는 것보다 비에 비유하는 것이 낫다.[121]

위의 견해를 참고로 '궂은'이라는 한정어가 지니는 의미에 주목할 필요가 있다. 밝은 달빛은 군주에게로 향하는 메시지가 희망과 기대를

---

119) 박성의는 이를 두고 반어법이라기보다, "달도 되려니와 그보다도 더 오래도록 굴어볼 수 있는 비가 되어 보라고 권하는 점층적"인 것으로 보았다. 박성의, 『송강·노계·고산의 시가문학』, 현암사, 1969, pp.66~67.
120) 서수생은 궂은 비가 낙월보다도 한층 더 애달프고 매섭게 느껴질 것이라고 하여 화자의 정서적 대상인 임에게 느껴지는 분위기로 해석하였다. 서수생, 『한국시가연구』, 형설출판사, 1970. p.296.
121) 정재호, 앞의 책, p.79.

지님을 의미한다. '궂은' 비는 희망과 기대가 아니다. 바로 앞 사설의 전개를 보자. 꿈에 임을 보았으나 꿈을 깨어 보니 가엾은 나의 그림자만 있을 뿐이다. '임과의 거리를 단축해 보려는 열망이 꿈처럼 허무한 것임'[122]을 깨닫는다. 그러므로 '궂은 비'는 체념과 절망이 전제된 인식 하에서 나온 것이다. 또한 '— 나 되소서'라는 어감이 주는 것은 비아냥이다. 이는 '— 나 되면 다행이다.'라는 의미이다. 갑녀가 을녀에게 궂은 비나 되라고 한 것은, 을녀의 기대와 희망에 대한 비아냥으로서 을녀의 심정을 더욱 비참하게 만드는 것이다. 갑녀는 보조적이긴 하지만 그 또한 작가의 갈등표출을 전개하는 인물임이 분명하다. 그러므로 이는 궁극적으로 작가가 자신에게로 향하는 하는 진술이다. 작가가 자신의 처지를 반어적으로 강조한 진술로서 자신과 군주의 사이에 놓인 절망적인 거리감을 드러낸 것이라 할 수 있다. 결국 갑녀의 사설이 전개된 순서대로 보면, 처음에는 을녀의 하소연을 유도하고 다음으로 을녀의 하소를 가로막으며 마지막으로 을녀에게 비아냥거리고 있다. 그러나 그로 인해 오히려 을녀는 자신의 하소를 더욱 구체적이고 깊이 있게 說盡할 수 있었다. 갑녀의 이와 같은 사설은 궁극적으로 을녀와 상대적인 입장에서 을녀를 자극하여 을녀의 가여운 처지를 더욱 돋보이게 하는 구실을 한다. 동시에 을녀가 하는 하소연의 과장성을 누그러뜨려 메시지 전달의 일방적인 독단성의 위험을 제거함으로써 진술의 진실성을 추구하는 기능을 지니는 것이다. 이러한 진술의 이면에는 자신에게로 돌아올 동정에 대한 작가의 은근하고 교묘한 기대가 숨어 있다.

다음으로 <성산별곡>의 경우를 보자. 일반적으로 <성산별곡>에는 주인과 객, 그리고 서술자라는 세 명의 화자가 설정되어 있다고 보고 있다. 그러나 각 화자들의 진술 담당 부분에 대해서는 매우 상이한 시각이 존재할 수 있다. 서두의 첫 행의 "엇던 디날 손이 星山의 머믈며

---

122) 이문규, 앞의 논문, p.662.

서"와, 결사의 마지막 행인 "손이셔 主人ᄃ려 닐오디 그디 긘가 ᄒ노라"에서만 서술자의 시점으로 진술되고 있는 것이 뚜렷하게 제시되어 있을 뿐, 이외의 손과 주인의 진술(혹은 손과 주인과 서술자의 진술)이 교체되어 나타나는 것으로 생각할 수도 있는 부분은 보는 사람의 시각에 따라 매우 달라질 수가 있다.

<성산별곡>은 피상적으로 대화체의 형식을 빌긴 하였으나 작품 전개의 대부분에서 진술을 담당하는 화자의 시점의 변화가 보이지 않고, 시종일관 '손'의 시점에서 진행된다고 할 수 있다. 위에 언급한 서두의 첫 행과 결사의 마지막 행을 제외한다면, <성산별곡>의 대부분의 대화체의 진술은 '손'의 자문 자답 형식으로 볼 수 있다.[123] 작품의 진술이 대부분 한 사람의 시점에 의해서 진행된다고 보는 이러한 추단은, <성산별곡>이 '시인인 송강이 독자인 우리에게 직접 공개적인 목소리로 서하당 및 식영정의 경개와 김성원의 풍류를 이야기하는'[124] 주제적 양식의 본질을 지닌 것으로 볼 때 더욱 가능한 것이다.

진술의 주체가 모호하게 설정된 이러한 국면은 특정 인물을 설정하고 거기에 개성을 부여하여 서사적 혹은 극적 효과를 노리고자 하는 작가의 의도를 반영하는 것이 아님은 분명하다. 이와 같은 진술 주체의 모호성은, '주인'과 '손'이란 인물이, 작가가 자신의 갈등에 대한 진술을 보다 객관화시켜 진술의 진실성을 획득하기 위해 단순히 끌어들여 이름을 붙인 것에 불과한 존재라는 점에서 그 원인을 찾을 수 있다.

<성산별곡>에 등장하는 '주인'과 '손'은 작품의 전개에 따라 각각 중추적 역할과 부수적 역할을 교대로 담당하고 있다.

---

123) 그러나 이러한 손의 자문 자답도 그 묻고 답하는 각각의 부분이 분명하게 드러나지 않는데. 이는 <상춘곡> 등의 대부분의 가사에서 보이는 현상적 청자로서 손의 존재가, <성산별곡>에서와 같이 대화체의 화자로 발전하는 과도기적 모습을 보여주는 것이라고 할 수 있다.

124) 김병국, 앞의 논문, p.34.

엇던 디날손이 星山의 머믈며셔
棲霞堂 息影亭 主人아 내말듯소
人生 世間의 됴흔일 하건마는
엇디호 江山을 가디록 나이녀겨
寂寞 山中의 들고아니 나시는고
松根을 다시쓸고 竹床의 자리보아
져근덧 올라안자 엇던고 다시보니
天邊의 쩐는구름 瑞石을 집을사마
나는듯 드는양이 主人과 엇더호고

위에서 대화의 전개 과정을 보면 '손'의 역할은 이중적이다. 앞부분 (제1행~5행)에서는 서술자의 진술을 통해 등장한 '손'이 '주인'의 풍류를 자랑하기 위해 주인을 향해 묻고 있는 데 비해, 이어지는 뒷부분(제6행~9행)에서 '손'은 '주인'의 풍류에 대한 자랑을 자신의 입으로 직접 말하고 있다. 즉, 손은 처음에는 부수적 인물로서 '주인'을 향해 묻다가 이어서 스스로 그에 대한 대답을 함으로써 중추적 인물로 변화하게 된다.

위의 앞부분에 나오는 서술자의 진술을 통해 등장한 부수적 인물인 '손'의 진술에서, 작가가 앞으로 전개될 진술의 진실성을 획득하고자 하는 의도를 읽을 수 있다. 인간 세상에 좋은 일을 마다하고, 적막 강산에 들어 바깥 세상을 멀리하는 '주인'의 태도에 대한 '손'의 물음 속에는 작가의 갈등이 존재한다. 1인칭 화자의 입으로 세상의 좋은 일에 대한 동경을 스스로 드러내는 진술을 하는 것이 아니라, '손'이라는 인물를 설정하여 그의 물음을 통해 넌지시 드러내고 있다. 작가는 '손'의 말을 빌어 자신의 속세에 대한 욕망을 감추는 동시에 바깥 세상을 멀리하고자 하는 주인의 태도에 진실성을 부여하고 이를 객관적으로 전달하고자 하는 것이다.

이어진 뒷부분에서 '손'은 스스로 '주인'의 풍류를 자랑하는 진술을 전개하고 있다. 앞부분의 주인이, 부수적 인물인 '손'이 자랑하는 대상으로서 중추적 인물로 설정되어 있는 데 비해, 뒷부분의 '주인'은 '전언의 대상이 아니라 시인의 일부로서 시인의 내면에 존재하는, 그리고 작품이라는 특수한 공간에 존재하는 현상적 청자'[125]로서, 작가가 자신의 갈등을 보다 용이하고 효과적으로 표출하기 위한 기능을 한다. 결국 이 현상적 청자로서의 '주인' 또한, '손'이라는 이름 속에 감추어진 작가가 그의 진술의 진실성을 추구하는 데 있어서 보조적인 역할을 하게 되는 것이다.

이 '주인'은 궁극적으로 작가가 '손'의 입을 빌어 자신의 갈등의 보다 효과적으로 표출하기 위해 설정한 인물이라 할 수 있다. 그러므로 뒷부분의 '주인'의 풍류에 대한 손의 자랑은, 근본적으로 '주인'의 풍류를 닮고 싶어하는 '손'의 갈등을 표출하는 것이 된다. 또한 '손'과 '주인'이라는 이러한 인물의 설정은 결국 작가의 목소리를 보다 다양한 통로를 빌어 드러내기 위한 것으로, 정서를 '남김없이 진술하는' 說盡의 기능과 관련된 것이라고 할 수 있다.

서두에서 부수적 인물로 등장한 '손'은, 자기의 물음에 스스로 답하면서 작가의 정서를 직접적으로 드러내는 작품의 중추적 인물이 되어 진술의 대부분을 담당하다가, 다음에 제시된 바처럼 결사의 마지막 행에서 다시 부수적 인물로 변화한다.

> 엇그제 비존술이 어도록 니건느니
> 잡거니 밀거니 슬크장 거후로니
> ㅁ옴의 믹친시룸 져그나 흐리느다
> 거믄고 시울언저 風入松 이야고야
> 손인동 主人인동 다니저 브려셔라
> 長空의 썻는鶴이 이골의 眞仙이라
> 瑤臺 月下의 힝여 아니 만나신가
> 손이셔 主人드러 닐오디 그디권가 흐노라

위의 제5행의 "손인동 主人인동 다니저 브려셔라"에서의 진술은 여전히 '손'의 진술로 보아도 무방하다. 즉, 음주를 통해 맺힌 시름을 조금이나마 풀고 난 후 거문고로 風入松을 한 가락 타면서, '손'은 자신의 처지가 손인지 주인인지 다 잊어버렸다고 하면서 주객일체의 경지를 말하고 있다. 이는 취락을 통하여 갈등을 해소시킨 가운데 '손'이 여태껏 자랑했던 '주인'의 풍류를 자신의 것으로 전환하는 계기를 마련했음을 의미한다.

그러다가 서두에서와 마찬가지로 서술자의 진술을 통해 '손'과 '주인'은 그 역할이 서로 교체된다. 마지막 행 "손이셔 主人드러 닐오디 그디건가 ᄒ노라"라는 서술자의 진술을 통해 '손'은 다시 부수적 인물로 변화한다. 이 '손'은 서두에서 '주인'의 풍류에 대한 진술을 시작하던 때와 마찬가지로 부수적인 역할을 하며, 여기서 '주인'은 주객일체라는 갈등해소의 경지에 다다른 작가의 정서적 담지자로 변화한다. 서술자가 등장시킨 '손'의 입을 통해 작가는 자신의 분신인 주인이 眞仙임을 진술하고 있다. 주인 자신의 입이 아닌 '손', 작가의 정서를 직접 드러내는 중추적 역할이 아닌 부수적 역할을 하는 '손'이란 인물의 입을 통해 眞仙임을 과시하는 이같은 진술 또한, 작가가 갈등을 표출하고 해소하는 정서적 상황을 전달하고 공감을 얻는 한편 진술상의 진실성을 획득함으로써 독자를 설득하기 위한 작가의 의도를 충실하게 반영하는 것이라 할 수 있다.

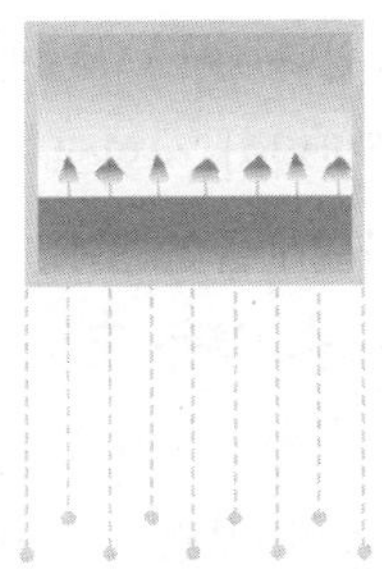

제5장 결론

　본 연구는 조선전기 사대부가사의 갈등 구조와 표출 양상에 대하여 사대부 갈등의 배경, 갈등표출의 구조와 유형 분석, 그 장르적 구현 등 크게 세 가지의 관점을 중심으로 살피고자 했다. 이는 조선전기 사대부 가사를 사회적 의사 소통의 산물로 인식하고, 그 사회적 언어의 주체인 작가의 의도와 관련하여 작품의 내적 구조와 그 언어적 표현으로서의 문학적 형상화를 탐구하고자 하는 것이었다. 이를 위해 이들 작품의 주류적 정서인 자연흥취와 연군을 사대부들의 '出仕'과 '退處'에 대한 갈등의 표출로 인식하고, 임진왜란 전까지의 작품을 대상으로 고찰하였다. 지금까지 논의한 것을 요약하여 제시하면 다음과 같다.

　제2장에서 배경적 고찰로서 갈등의 생성 요인을 외적인 것과 내적인 것으로 나누어 고찰했다.

　외적 요인으로 작품 창작의 배경이 되는 조선전기의 정치적 상황과 사대부의 사회적 현실을 살폈다. 이 시기에는 사대부 관료[훈구와 사림]들간의 정치적 갈등이 발생되어 사화로 이어졌는데, 중앙 권력을 중심으로 한 이러한 다툼이 사대부들의 出仕와 退處에 중요한 변수로 작용하게 되었다. 조선 시대의 사대부는 군주에 대한 忠臣의 대가로 국가에서 토지를 제공받았는데, 이것이 농장으로 발달하여 江湖歌道의 배경이 되었으며 사대부들의 出仕와 退處는 이를 토대로 해서 이루어졌다. 잦은 과거의 실시로 인해 급제자들이 증가한 반면 관직 수는 제한되어 있었다. 이러한 사정은 관직을 획득하여 신분 상승을 꾀하고자 하는 사대부들 사이에 대립과 반목을 일으키는 갈등의 원인이 되었다.

내적 요인으로 작품의 작가인 사대부의 출사지향 의식을 살폈다. 사대부의 出仕와 退處에 대한 행동 양식은 유교적 이념에 바탕을 둔 명분을 추구하는 것이었는데, 사대부가 때를 따라 일을 행하는 것은 세상을 잊지 말아야 하는 '出'의 명분이었고, 남을 따르지 않는 것은 도를 굽히지 않아야 하는 '處'의 명분이었다. 『論語』 微子篇과 『後漢書』의 逸民列傳에 나오는 隱者와 聖賢의 '출'과 '처'에 대한 공자의 태도는, 사대부의 '출'과 '처'에 대한 행동 방식이 '출'을 중심으로 하는 出仕 지향의 바탕에서 이루어지는 것임을 말해 주는 것이었다. 사대부들은 그들의 이념을 현실에서 실현함으로써 이상세계를 추구했는데 이는 사대부층의 현실적 이익과 관련된 것이기도 했다. 귀거래는 이러한 이념의 추구와 현실 상황과의 괴리가 갈등으로 표출된 것으로 이해된다. 유학의 학문 연구를 출사를 통한 이념의 추구로 이어갔던 사대부들의 이상세계에 대한 갈망에는, 입신양명이란 욕망의 존재가 근원적으로 자리하고 있었다. 그들의 歸去來는 출사를 지향하는 사대부의 욕망을 달성하기 위한 이념의 추구와, 이념이 달성되지 못하고 있는 현실의 대립으로 인한 갈등의 표출이었다.

제3장에서는 구조적 관점을 중심으로 작품에 나타난 갈등 구조와 그 유형, 갈등해소의 모티프 및 갈등표출의 결말 등 갈등표출의 문학적 형

상화의 양상에 대해 살폈다.

사대부가사의 갈등표출은 서사나 극에서와는 달리 갈등을 일으키는 요소간의 대립 과정이 작품에서 구체적으로 전개되지 않는 까닭에, 서정의 관점에서 바라볼 때 이에 대한 보다 적확한 해석과 이해가 가능하다. 사대부가사의 갈등은 이중구조를 띠고 있다. 작품의 바탕에 깔린 작가의 내면적인 대립은 작품의 深層的 構造로, 작품의 표면에 드러난 갈등표출과 해소를 위한 서정의 구조는 작품의 表層的 構造로 이해된다. 심층적 구조로서 현실과 이념간의 대립은 작품상에서는 갈등의 표출과 해소를 위한 정서로 환치되어 나타난다. 자연을 소재로 한 가사의 주된 정서인 興趣는 이념적 정서와의 교합을 통하여 작가의 갈등을 자유롭게 표출하게 해 주고, 군주를 대상으로 하는 가사의 주된 정서인 戀君은 외면적으로 忠이라는 이념적인 정서를 표방하고 있지만 안으로는 부정적 현실 인식과 교합하여 그 현실을 효과적으로 드러냄으로써 갈등을 표출하게 해 주었다. 즉, 작품상에서는 자연흥취가 이념적 정서와, 연군이 부정적 현실에 대한 정서와 교합하면서 갈등의 표출이 이루어진다.

이러한 갈등표출을 위하여 이들 요소가 교합하는 구조는 矛盾構造, 相補構造, 竝行構造, 內含構造 등 네 유형으로 정리된다. 모순구조에서는 이들 두 요소가 작가의 갈등표출을 위해 교합하는 과정에서 원만한 교합을 이루지 못한다. 결과적으로 두 요소 중 하나가 다른 하나를 극복하거나 회피함으로써 갈등의 해소를 꾀하기도 하고, 또 갈등의 해소를 이루지 못하기도 한다. 상보구조에서는 이들 두 요소가 서로 효과적으로 도와주는 기능을 하면서 갈등을 표출한다. 이 구조에서는 하나의 요소가 다른 하나에 동화되거나, 서로 조화를 이룸으로써 갈등의 해소를 꾀하게 된다. 병행구조에서는 이들 두 요소가 교합하는 과정에서 서로 독자적으로 나란히 존재한다. 이 들 요소들은 서로간의 일정한 거리를 좁히지 못한 채 교합함으로써 갈등의 해소가 완전하게 이루어지지 못한다. 내함구조에서는 둘 중 하나의 요소 속에 다른 하나의 요소가 조화롭게 내재해 있다. 이 구조에서는 하나의 요소가 다른 하나의 요소를 궁극적으로 초월함으로써, 갈등이 이미 해소되어 있는 상태를 보여준다.

모순구조에 속하는 작품은 <관서별곡>, <성산별곡>, <만분가>이다. <관서별곡>의 자연흥취는 목민관으로서의 이념적 정서의 제약이 드리우는 긴장의 그늘에서 벗어나지 못한다. 흥취와 이념적 정서라는 모순된 두 요소가 긴장 속에서 서로 교체되어 나타난다. 그러다가 자연흥취가 점차 이념적 정서로 인한 제약을 극복하면서 갈등의 해소를 꾀하게 된다. <성산별곡>의 자연흥취는 인생 세간을 멀리하는 것으로부터 연유하는데 이는 결국 현실적 이념의 정서와 모순된 관계로 교합함을 의미한다. 이러한 까닭에 자연흥취는 보다 간접적이고 소극적이다. 결국 간접적이고 소극적인 자연흥취 속에 이념적 현실에 대한 시름의 흔적이 드러나게 되고, 이를 회피하여 잊어버림으로써 갈등의 해소로 나아간다. <만분가>에서는 부정적 현실에 대한 절망·체념과 이 현실을 벗어나고자 하는 연군이 모순된 관계로 교합한다. 부정적 현실에 대한 절망과 체념 속에서도 화자는 연군을 표방한다. 그러나 연군의 정서는 부정적 현실에 대한 절망과 체념을 극복하는 것이 아니라, 그에 압도됨으로써 갈등의 해소로 나아가지 못한다. 상보구조에 속하는 작품은 <관동별곡>, <사미인곡>, <속미인곡>이다. <관동별곡>의 자연흥취는 현실 정치에의 욕망과 처음부터 상보적인 관계로 교합한다. 자연흥취는 자연물에다 연군의 정을 싣거나 자신의 현실적 처지를 寓意하는 등, 이념적 세계와 조화를 이루면서 전개된다. 자연흥취가 절정에 도달함으로써 과거의 갈등을 표출시키는 계기를 마련하고, 이어서 목민관으로서의 이념적 정서를 조화롭게 수용하여 동화시키는 가운데, 화자는 갈등이 해소된 희열의 기쁨을 노래하게 된다. <사미인곡>과 <속미인곡>은 <만분가>와는 달리 체념이 아닌 기대 속에서 연군의 정서가 표출된다. <사미인곡>에서는 부정적 현실 인식이 연군의 정서에 의하여 보다 효과적으로 표출됨으로써 현실에 대한 기대를 보다 교묘히 드러낸다. 현실적인 기대를 직접적으로 드러내 보이지 않고, 현실적인 불만을 연군의 정서에 실어 드러냄으로써 간접적으로 드러내 보인다. <속미인곡>에서의 연군의 정서는 보다 현실적이고 사실적인 표현을 통해 자신의 결백을 암시하면서 부정한 현실을 효과적으로 드러내는 가운데 표출된다. 이 역시 부정한 현실에 대한 인식이 연군의 정서와 상보적인 관계로 결합하고 있음을 의미한다. <사미인곡>과 <속미인곡>에서는 연군의 정서 속에 교묘히 현실의 불행하고 가엾은 처지를 실어 표현함으로써, 자신의 불행한 처지에 대한 토로가 불러올 지도 모르는 진술상의 과장성과 독단성에 대한 비난을 미리 누그러뜨려 차단하면서 갈등의 표출을 보다 효과적으로 수행하고 있다. 병행구조에 속하는 작품으로 <상춘곡>이 있다. <상춘곡>의 자연홍취는 이념적 명분에 의해 억제되고 제한적으로 표출되지만, 그렇다고 이념적 명분에 흡수·동화되거나 혹은 친연성을 지니며 조화를 이루지도 않는다. 홍취와 이념적 명분에 대한 과시는 현실적 이익 추구에 대한 갈등의 표출을 위하여 서로 교합하는 과정에서, 서로 독자적으로 나란히 존재하면서 작품의 정서를 형성해 나간다. 내함구조에 속하는 작품에는 <면앙정가>가 있다. <면앙정가>의 자연홍취 속에는 현실적 이념으로 인한 갈등의 흔적이 쉽게 발견되지 않는다. 이러한 자연홍취는 이념적 현실에 대한 조화로운 인식을 내면에 포괄한 가운데, 그것을 이미 초월하여 이루어진 것으로 이미 갈등이 해소된 상태를 의미한다.

작품들에서 공통적, 관습적으로 사용된 술, 선계, 꿈 등의 모티프는 갈등을 해소하는 기능을 한다. 술은 자연홍취가 전개됨에 따라 사대부적 정서를 고양시켜 이를 과시함으로써, 자유로운 정서를 표출하는 가운데 숨겨진 갈등을 노출시켜 이를 해소시키는 계기를 마련한다. 꿈은 사대부로서의 자기 각성을 통해 이상세계를 발견하게 하거나, 불행한 현실을 전환시켜 일시적으로 자신의 소망을 충족시키는 계기를 마련하여 갈등을 해소시키는 기능을 한다. 후자의 경우, 꿈이 깨는 순간 다시 불행한 현실로 되돌아오기도 한다. 仙界는 부정적 현실로부터의 일시적·잠정적인 일탈을 의미한다. 이것은 부정적 현실에 대한 불만의 토로를 가능하게 해 주며, 흥취의 순간에 일시적으로 현실적 규범의 한계를 넘어서 비상해 보고자 하는 욕구를 발산하게 해 주는 통로이기도 하다. 또한 선계는 자연흥취를 득의와 자랑, 그리고 자신감의 표현으로 이어가는 수단으로 이용되기도 한다.

작품에 나타난 갈등의 결말을 살핌으로써 갈등해소 여부를 추단할 수 있다. 작품 속에서 갈등은 해소된 경우도 있고 해소되지 않은 채로 남아 있는 경우도 있다. 후자의 경우는, 갈등이 해소되지 않고 절정에서 끝난 경우와, 갈등이 일시적으로 해소된 상황 속에서 여전히 그 갈등의 존재가 남아 있는 경우의 둘로 나누어진다. 갈등이 해소되지 않은 경우는 현실과 이념의 대립(<만분가>·<사미인곡>·<속미인곡>)으로, 갈등이 해소된 경우는 현실과 이념의 조화(<면앙정가>·<관서별곡>·<관동별곡>·<성산별곡>)로, 일시적 해소 속에 갈등이 남아 있는 경우는 조화 속의 대립(<상춘곡>)으로 각각 그 의미를 부여할 수 있다.

제4장은 장르적 관점의 논의로서, 사대부가사의 갈등표출이 장르적으로 구현된 양상을 살핌으로써 갈등표출의 장르적 의미와 그 문학적 구현의 양상을 더욱 구체적으로 드러내고자 했다.

먼저 가사 장르론의 전개 양상을 검토하여 장르규정상의 문제점을 살피고 가사의 장르규정에 등장하는 교술이라는 용어의 의미를 중심으로 가사가 정서를 단지 표출할 뿐 아니라 전달하여 공감을 얻으려는 특성을 지닌다는 점에 주목했다. 전달과 공감은 문학의 보편적인 기능과 효용이라고 할 수 있으나, 작가의 의식이 작품을 통해 실현된 양태로서 작품에 내재하는 전달과 공감의 의미는 다른 장르에 비해 상대적으로 가사 작품에서 강렬하게 풍기고 있다는 점을 염두에 두었다. 즉,

가사에서는 독자를 강하게 의식하는 의도적 전달과 공감이 작품 전체의 구조나 원리로서 또한 중요한 문학적인 요소 내지는 본질로서 자리하고 있다는 의미이다.

다음으로 가사의 문학적 특성으로서의 전달과 공감이란 작가의 의도가, 갈등표출에 구현된 양상을 살피고자 했다. 이를 위해 서술과 나열의 진술방식, 4음 4보격의 율격 및 장형의 시형, 우리말 노래의 가창, 대화체의 인물 설정 등 4가지 범주에서 그러한 장르적 요소들이 갈등표출을 구현하는 기능과 의미에 대해 살폈다.

조선 시대 사대부들의 가사 장르에 대한 비평에 등장하는, '說盡', '歷遍', '鋪敍', '無不備錄', '張王', '瀉盡', '瀉出' 등의 용어들은 '빠짐없이, 자세하게, 다' 진술했다는 점에서 일련의 공통적인 의미를 지닌다. 이는 정서의 전달과 공감에 있어서 說盡의 기능을 지닌 가사의 문학적 특성을 단적으로 드러내는 것이다. '빠짐없이, 자세하게, 다' 진술하는 說盡은 가사의 敍述과 羅列이라는 장르적 요소가 갈등의 전달과 공감을 구현하는 하나의 기능 양상이라 할 수 있다. 또한 가사의 서술과 나열이 지니는 說盡의 기능은 한시나 시조와 같은 동시대의 문학 양식의 정서 표출의 제약성에 대한 일탈의 의미도 지닌다. 한시나 시조로서 불가능했던 정서의 남김 없는 표출이 가사를 통해서 이루어질 수 있었을 것이다.

가사의 율격인 4음 4보격은 규범적인 것이 아니라, 오히려 이에서 일탈하는 개인의 자유로운 정서 표출을 容易하게 해 주는 편리한 장치였다. 4음보는 전통적이고 관습적인 율격을 사대부들이 차용한 것으로 사대부들만의 규범적 취향일 수는 없다. 사대부의 율격적 취향이 반드시 유교적 규범 안에서만 존재했던 것이 아니라 개인적으로는 오히려 유교적 규범을 벗어나서 존재하는 수도 많았던 것으로 보인다. 그러므로 이것은 내용의 확대에 따르는 율격적 자율성의 추구로 인한 것이라고 할 수 있다. 4음보는 행 단위로 배열하기에 손쉽고 편리한 율격으로서 내용의 확대를 용이하게 하는 기능을 지녔다. 내용이 확대된 장형의 시형은 문장의 길어짐이 작품 전체로 확장·부연되면서 자연스럽게 이루어졌고, 따라서 마음속의 깊은 회포를 충분히 다 드러내 보일 수 있는 說盡의 기능을 지닌 것이었다.

歌唱은 춤추며 뛰어 놀 수 있는 오락과, 鄙咨한 마음을 씻어냄으로써 感發 融通할 수 있는 성정의 함양이라는 의미를 지닌다. 이러한 갈등의 해소로서의 오락과 성정의 함양이라는 효과는 가사가 가창을 가능케 하는 우리말 노래의 표현이라는 점에 기인한다. 말과 글이 일치된 우리말 노래의 표현은 한시와는 달리 마음에 있는 바를 꾸미고 고침이 없이 그대로 다 드러낼 수 있게 했고, 이러한 說盡의 효과로 인해 갈등을 해소하고 성정의 함양을 꾀할 수 있었다.

사대부가사의 대화체에 등장하는 인물의 설정은 갈등을 표출하고 전달하여 공감을 얻기 위한 작가의 의도 하에 이루어진다. <속미인곡>의 경우, 중추적 인물인 을녀와 보조적 인물인 갑녀가 등장하는데 전자는 작가의 갈등을 직접적으로 표출하는 데 중심역할을 하지만 후자는 전자의 진술을 더욱 구체적으로 전개시켜 작가의 의도를 더욱 효과적으로 전달하는 한편, 일방적인 메시지 전달이 지니는 독단성의 위험을 제거하여 독자나 청자의 공감을 얻을 수 있는 진술상의 객관성과 진실성의 획득에 기여한다.

<성산별곡>의 경우는, '주인'과 '손'이 작품 전개에 따라 중추적 역할과 부수적 역할을 교대로 담당하지만 대부분 손의 시점에서 작품의 진술이 전개된다. 이러한 인물의 설정 역시 작가가 갈등의 정서를 전달하고 공감을 얻는 한편 진술상의 진실성을 획득하여 독자를 설득하기 위한 작가의 의도를 반영하는 것이다.

<부록>

蘆溪歌辭 꼼꼼히 읽기

<陋巷詞>의 갈등표출

1 머리말

유교의 이념이 국가통치의 근간으로 자리했던 조선시대에서 문학작품의 창작과 향유는, 그 이념을 추구하는 것이든 그것에서 벗어나고자 하는 것이든 다양한 내용과 형식으로 그 이념이 파생하는 영향의 범주 내에서 이루어졌다. 조선시대 유학자의 문학작품 속에서 이 유교적 이념은 현실과의 끊임없는 마찰에 의해서 그 실현을 위한 다양한 방향을 모색하고 여러 층위로 반영되었다.

가사문학은 역사적 사회적 현실에 민감하게 반응한 장르였다. 조선시대를 정치적 사회적으로 변화시킨 계기가 되었던 임진왜란은 가사문학에 있어서도 그 장르적 성향의 변모를 가져온 계기가 되었다. 체제의 안정기였던 전기의 가사들은 봉건 사대부층의 이념을 강력하게 표출하는 장르적 성향을 보이지만, 봉건사회의 구조적 모순이 드러나기 시작하는 17세기 이후의 후기 가사들은 작자층의 확대와 아울러 작품에 따라 교술성과 서사성, 그리고 서정성을 극대화하는 방향으로 전개되는 장르적 변모를 보임으로써[1] 당대적 현실의 다양한 국면을 가사의 형식에 담아내었다.

---

1) 김학성, 『국문학의 탐구』, 성균관대 출판부, 1982, p.141 및 pp.149~167 참조.

蘆溪 朴仁老가 살았던 시기는 전란으로 인해 유교적 이념의 동요가 시작되던 시기라고 할 수 있다. 역사적 사회적 현실에 민감하게 반응했던 장르인 가사 작품에 대한 이해는 당대의 현실 상황과 작가의 현실 인식에 대한 보다 주의 깊은 관심을 요구한다. 노계의 가사들은 대체로 그 내용, 정서, 사상의 측면에서 유교적 이념의 발로로 이해되기도 하지만, <陋巷詞>는 노계의 9편의 작품들 중에서도 작품의 진술과 정서적 지향에 있어서 다른 작품들에서 찾아 볼 수 없는 면모를 보인다. 그것은 현실에 대한 깊은 관심과 그에 대한 구체적 묘사에서 찾아진다. <누항사>의 이러한 국면을 통해 시대적 장르적 변화의 의미를 추적해 냄으로써, 이 작품이 가사문학사상 전기와 후기의 경계선상에 위치하여 후기 가사로의 장르적 변모의 단초를 보여주는 것으로 이해하기도 한다.[2]

<누항사>는 전기 사대부 가사에서 보이지 않던 구체적 현실에 대한 관심이 작품의 전면으로 부상하게 되는 양상을 보이는 한편, 그러나 작품의 전반을 흐르는 가난한 현실에 대한 슬픈 정서의 이면에는 여전히 전기 가사에서 보여 주는 유교적 이념에의 지향이 존재하고 있음을 부인할 수가 없다. 말하자면, <누항사>는 변화하는 현실상의 구체적 묘사와, 유교적 이념을 바탕으로 하는 중세적 가치 지향이 작품의 언어적 진술의 표리를 형성하는 두 개의 축이 된다.

<누항사>가 지닌 문학적 성취의 한 국면이라고 할 수 있는 현실에 대한 구체적인 묘사는 그 언어적 진술 가운데 유교적 이념의 지향과 괴리된 현실 세계에 대하여 중세적 가치를 지닌 유자로서의 개인적 갈등의 면모를 보다 농후하게 드러내고 있다.[3] 그리고 이러한 언어적 진

---

2) <누항사>의 연구사 검토는 김유경, 누항사에 나타난 사실주의의 양상, 『연세어문학』 24집, 연세대, 1992 참조.
3) 여기에서 이념이란 실천적인 면을, 가치란 보다 내면적이고 정신적인 면을 강조하는 의미로 사용한 것이다.

술의 이면인 작품의 바탕에는 유교적 이념의 지향을 가로막는 가난한 현실에 대한 인식과, 그러한 현실 인식 속에서도 여전히 추구되고 있는 유자로서의 이념적 지향이 두 대립적 요소로서 갈등의 정서를 형성하고 있다. 화자의 진술을 통하여 거침없이 드러나는 가난한 현실에 대한 인식과 궁극적으로 유교적 이념을 지향하는 작가 의식 곧, 현실 인식과 이념적 지향 사이의 이러한 대립적 관계는 작품의 정서적 바탕에 존재하는 갈등의 심층적 구조로 이해된다. 이러한 대립적 갈등의 정서는 주로 가난한 현실에 대한 핍진한 묘사와 그러한 가난 속에서의 강호 자연에 대한 인식과 태도에서 보다 구체적으로 드러난다.

이 글은 이러한 관점에서 <누항사>에 나타난 가난한 현실에 대한 핍진한 묘사와 강호 자연에 대한 인식과 태도를 통하여 현실과 이념의 대립으로 형성된 갈등의 표출 양상을 살피고자 하는 것을 주된 과제로 삼는다. 동시에 <누항사>의 언어적 진술에 나타난 이러한 갈등표출의 양상을 보다 미시적인 관점에서 접근하여 <누항사>라는 하나의 완결된 작품이 노계의 다른 작품들과는 변별되는 개별적 특성의 일면을 드러낼 수 있도록 하겠다.

<누항사>에는 사대부의 이념적 지향을 표출하는 언어적 진술이 존재하며 이러한 진술은 전기 사대부 가사의 그것을 닮아있다. 그러나 이러한 진술은 그 진술의 배경적 현실과 삶이 이미 당대 사대부의 전형적인 그것이 아닌 까닭에 사대부의 이념적 지향과는 또 다른 의미망 속에서 해석되어야 함은 물론이다. 노계 박인로는 유교적 이념을 정치적 사회적 실현으로 이어가는 사대부의 삶을 동경하고 추구했지만, 寒微한 鄕班 집안 출신으로 전쟁의 와중에서 가난한 현실로 인해 사실상 그러한 삶과는 멀어진 삶을 살았던 사람이다. 이러한 노계의 삶은 <누항사>의 언어적 진술을 통해 서정적 진실을 읽어내기 위한 이 글의 논의에서 고려해야 할 중요한 배경적 사실의 하나로 기억할 필요가 있다.

2 가난한 현실의 구체적 묘사와 이념적 공허

　사대부는 유학의 이념을 현실을 통해서 실현하고자 한다. 그러므로 사대부의 현실에 대한 인식과 태도는 유교적 이념에 의해 강하게 견인되고 추동되며 관로에의 진출이라는 정치적 사회적인 행위로 구현된다. 이러한 출사를 지향하는 사대부의 행동 방식은 곧 입신양명이라는 보다 구체적이고 개인적인 소망의 구현하는 실현태이기도 한 것이다. 조선 전기 사대부의 가사에는 이러한 관로 진출에의 소망과 갈등이 작품의 지배적 정서로 자리한다.

　작가가 생을 머물다 간 시대가 지향하는 이념은 그 시대 사람들의 꿈과 소망을 이루기 위한 실천적 의식이 되기도 하지만, 그것이 그들의 꿈과 소망을 가로막는 현실적 장애에 부닥쳤을 때에는 공허한 구호로 변하기도 한다. 노계 박인로도 역시 유교적 이념을 통치의 근간으로 삼았던 조선시대를 살았던 儒者였다. 그러나 그는 또한 그러한 국가적 이념의 추구가 벽에 부닥쳤던 전란의 소용돌이를 거친 한 가난한 백성이기도 했다. 유교적 삶에 충실하고자 한 유자로서의 소망과, 전란과 가난으로 얼룩진 백성의 슬픈 그림자가 이중으로 노출되어 있는 <누항사>에 표출된 갈등의 양상은 조선 전기 사대부 가사에 나타난 그것과 차이를 보인다.

　<누항사>는 구체적인 현실을 곧바로 說盡한 작품이다. 이것은 조선 전기 사대부 가사에서 현실의 표상으로서 강호의 자연을 전면에 내세웠던 것과는 다른 것이라 할 수 있다. 조선전기 사대부 가사의 경우는 강호 자연의 흥취를 작가가 지닌 이념과 현실의 대립으로 인한 갈등의 표출로 이해할 수 있지만 <누항사>의 경우는 가난한 현실에 대한 구체적인 묘사가 곧 그러한 갈등의 표출로 이해된다. 따라서 <누항사>

에서 유자로서의 이념적 지향의 모습은 조선 전기 사대부의 그것과 달리
나타난다. <누항사>에서는 이념적 지향이 현실에 대한 인식을 강하게
견인하거나 추동하는 것이 아니라 오히려 전쟁과 가난으로 얼룩진 현
실로 말미암아 그러한 이념적 지향은 공허하게 드러난다. <누항사>에
는 <상춘곡>에서 볼 수 있는 자연 속에 묻혀 사는 은일의 생활태도
나 <사미인곡>에서 볼 수 있는 관로에의 진출을 추구하는 불우한 심
정도 찾아 볼 수 없고, 다만 안빈낙도라는 이념적 구호와는 달리 가난
의 비참한 현실 생활상에 대한 관심이 짙게 드러나 있다.[4]

> ᄀ올히 不足거든 봄이라 有餘ᄒ며,
> 주머니 뷔엿거든 甁의라 담겨시랴.
> 貧困ᄒ 人生이 天地間의 나쑨이라.
> 飢寒이 切身ᄒ다 一丹心을 이질는가.
> 奮義 忘身ᄒ야 죽어야 말녀너겨.
> 優豪 于囊의 줌줌이 모와 녀코,
> 兵戈 五載예 敢死心을 가져 이셔,
> 履尸 涉血ᄒ야 몃 百戰을 지니연고.

 이 가난은 곡식을 걷어들이는 가을이 아닌 봄이기에 더욱 극심한 것
이다. 주머니가 비었는데 당연히 마실 술이 있을 리가 없다. '빈곤한
인생이 천지간에 나쑨'이라는 진술은 곧 가난한 현실에 대한 자기 위
무로서의 '一丹心'의 표방으로 이어진다. 전쟁 오년 동안 죽기를 각오
하고, 주검을 밟고 피를 건너 몇 백 번의 싸움을 지내 온 것은, 의에
분발하여 자신을 돌보지 않은 유자로서의 도리를 지녔던 탓이다. 이는
가난에 대한 보상도 위로도 되지 못하는 전란에 대한 원망일 뿐이다.
유자로서의 이념적 자부심을 이미 상실한 '일단심'은 가난한 현실을 위
로하고 지탱하여 주는 것이긴 하지만, 이미 자신의 현실과는 거리가 먼

---

4) 정병욱, 이조후기시가의 변이과정고, 『창작과비평』, 1974.봄, p.155 참조.

공허한 것이 되고 만다. 가난한 현실에 대한 위무로서의 이러한 이념적
진술은 가난을 전란의 탓으로만 돌리고 그 이상의 반성과 비판으로 이
어지지는 않는다. 가난에 대한 인식은 후기 가사에서 보여주는 이념적
사회적 비판과 풍자와는 거리가 먼 온유한 유자로서의 태도로 이루어
진다.

> 一身이 餘暇 잇사 一家를 도라보랴.
> 一奴 長鬚는 奴主分을 이젓거든,
> 告余 春及을 어니 사이 싱각ᄒ리.
> 耕當 問奴ㄴ둘 눌ᄃ려 물룰눈고.
> 躬耕 稼穡이 니 分인 줄 알리로다.
> 莘野耕叟 壟上耕翁을 賤타 ᄒ리 업것마는
> 아므려 갈고젼둘 어니 쇼로 갈로손고.

긴 수염이 난 늙은 종은 이미 분수를 잊어 봄이 온 것을 나에게 고
하지도 않는다. 밭갈기는 응당 종에게 물어야 하나 그렇게 할 수도 없
다. 이러한 가난의 세태는 자신이 몸소 밭을 가는 것이 분수인 줄 알겠
다는, 밭을 갈려고 해도 소가 없어서 갈 수 없다는 체념과 포기를 강요
한다. 조선시대의 신분적 계층적 동요를 암시하는 이러한 가난의 세태
묘사를 통해, 사대부적 이념을 추구하는 가난한 유자의 현실적 불행을
읽을 수도 있다.

이 대목에서 놓칠 수 없는 것은 '莘野耕叟'와 '壟上耕翁'5)의 고사 속
두 늙은이에 대한 동일시이다. 가난 속에서 손수 밭을 갈지만 이러한
행위에다 고사 속의 두 재상들의 행적으로 그 의미를 채색하는 이러한
동일시에서 유자로서의 자부심을 읽을 수도 있을 것이다. 그러나 이러

---

5) 산야에서 밭갈던 늙은이는 탕왕이 세 번 불러서 벼슬길에 나가 夏와 桀을 치고
殷을 세우는데 공헌했던 재상 伊尹이다. 壟上에서 밭갈던 늙은이는 유비의 三顧草
廬로 유명한 蜀漢의 재상 諸葛亮을 말한다. 혹은 秦나라의 陳勝 또는 東漢의 龐德
公을 말하기도 한다.

한 신분적 자각은 밭갈 소가 없음에서 그 불행한 가난의 구체적 현실이 드러나고 만다. 이어지는 밭을 갈 소를 빌러가서 소 주인과 대화하는 장면에서는 가난의 세태가 보다 구체적인 현실로 드러남으로써 이러한 동일시가 결국 이념적 지향의 공허함을 반증하는 것임을 알 수 있다.

> 旱旣 太甚ᄒ야 時節이 다 느즌 제
> 西疇 놉흔 논애 잠깐 긴 녈비예
> 道上 無源水을 반만깐 디혀 두고,
> 쇼 ᄒ젹 듀마 ᄒ고 엄섬이 ᄒᄂᆞᆫ 말삼,
> 親切ᄒ오라 너긴 집의 달업슨 黃昏의
> 허위허위 다라가셔 구디 다ᄃᆞᆫ 門 밧긔
> 어득히 혼자 서셔 큰 기춤 아함이를
> 良久토록 ᄒ온 後에

이미 가뭄이 심해 시기가 늦었는데 잠깐 지나가는 비로 인해 길 위에 흐르는 근원 없는 물에 그나마 의지하고 있던 딱한 처지이다. 소를 한번 주마 한 탐탁지 않은 그 말을 친절하다고 여길 수밖에 없었다. 달 없는 저물 녘에 허둥지둥 달려가 굳게 닫힌 문밖에서, 그것도 멀찌기 서서 큰 기침 소리를 오래도록 하고 있다. 앞에서 밭을 가는 일에 고사를 들먹이며 훌륭한 재상의 모습을 덧씌운 이념적 채색으로 유자로서의 자부심을 내세워 보기도 했지만, 그것은 결국 이러한 궁핍하고 안타까운 현실에서 여지없이 무너지고 만다. 소 주인을 마주하기도 전에 굳게 닫힌 문 앞에서 머뭇거리는 화자는, 이미 그 결과를 예견하고 있었는지도 모른다. 그는 사대부가 아닌 가난한 백성의 현실을 그대로 겪고 있다.

> 어화 긔 뉘신고   [소 주인]
> 염치업산 니옵노라.   [화자]

初更도 거읜디 긔 엇지 와 겨신고   [소 주인]
年年에 이러ᄒ기 苟且호 줄 알건마는
쇼 없신 窮家애 혜염 만하 왓삽노라.   [화자]
공ᄒ니나 갑시나 주엄즉도 ᄒ다마는
다만 어제 밤의 거넨 집 져 사람이
목 불근 수기稚를 玉脂泣게 ᄭ어니고,
간 이근 三亥酒를 醉토록 勸ᄒ거든,
이러한 은혜를 어이 아니 갑홀넌고.
來日로 주마 ᄒ고 큰 言約 ᄒ야거든,
失約이 未便ᄒ니 사설이 어려왜라.   [소 주인]
實爲 그러ᄒ면 혈마 어이홀고.
헌 먼덕 수기 스고 측업슨 집신에
설피설피 물너오니 風採 저근 形容애
긔 즈칠 ᄲᅮᆫ이로다.6)

<누항사>의 가난한 현실에 대한 묘사는 위와 같은 대화체를 통해 그 박정한 세태를 적나라하게 드러냄으로써 절정을 이룬다.7) 소 주인이 소 빌려 주기를 거절하는 핑계는, 소를 빌고자 한 또 한 사람인 건넛집 사람에게서 바로 어젯밤 구슬 같은 기름이 흐르는 구운 수꿩과 금방 익은 삼해주를 대접받고 이미 선약을 했기 때문이라는 것이다. 전란으로 인한 궁핍한 농가의 현실에 이러한 음식과 술이 있을 리 만무하다. 주인의 이 말은 실은 소를 빌 생각일랑 아예 꿈도 꾸지 말라는 뜻일 뿐 다른 것이 아닐 것이다.

이러한 거절의 미학은 표면적인 완곡함이 오히려 부탁한 사람의 처지와 심정을 더욱 비참하게 만드는 효과를 지닌다. 박정한 세태는 여기에서 그 절정을 보여준다. 주인이 결코 빌려 주지도 않을 소를 '공것이나 값으로 치나 줄만도 하지만'이라고 운을 띄우지나 않았더라면, 그리

---

6) 위는 소 주인과 화자의 대화 부분을 구별하여 다시 제시한 것이다.
7) 이 주인과 화자와의 대화는 현실 생활의 구체적 재현으로서, 가사의 서사화라는 변화의 근거로서 <누항사>의 문학적 성취의 한 국면으로 주목받고 있는 대목이다.

고 화자가 소 빌려주기를 거절하는 주인의 핑계를 애써 그럴 수도 있
을 것이라고 여기지만 않았어도, 소를 빌러 간 화자의 처지가 그렇게
비참해 보이지는 않을 것이다. 극심한 궁핍은, 완곡한 핑계 속에 거절
의 의사를 굳이 감추지 않고 있는 주인의 박정하고도 냉정한 태도를
애써 외면하며, 주인이 말을 ‘사실이 그러하면 설마 어찌하리’라고 인
정할 수밖에 없는 굴욕적인 무기력과 나약함까지도 요구한다.

　소 주인 앞에서의 이러한 화자 태도는 이제, 앞에서 ‘긴 수염 난 늙
은 종이 분수를 잊어 봄을 고하지도 않는다’, ‘밭갈기는 응당 종에게
물어야 하나 그렇게 할 수도 없다’고 한탄하면서, 전쟁과 가난이 가져
온 시대적 불행 중에도 자신의 신분을 잊지 않고 있었던 것이 그래도
조금은 괜찮은 위안이었음을 간파할 수 있게 한다. 가난 앞에서, 박정
한 소 주인 앞에서 그는 이미 양반으로서의 신분적 자각과 내면적인 위
안의 돌파구를 송두리째 상실해 버린다. 유자로서의 자부심과 이념적
지향은 그 흔적조차 찾아 볼 수 없다.

> 無狀혼 이 몸애 무슨 志趣 이스리마눈,
> 두세 이렁 밧논를 다 무겨 더뎌 두고,
> 이시면 粥이오 업시면 굴물망졍
> 남의 집 남의 거슨 전혀 부러 말렷노라.
> 니 貧賤 슬히 너겨 손을 혜다 물너 가며,
> 남의 富貴 불리 너겨 손을 치다 나아 오랴.
> 人間 어닉 일이 命 밧긔 삼겨시리.

　첫 행의 “無狀혼 이 몸애 무슨 志趣 이스리마눈”에서 이러한 이념
지향의 공허감은 단적으로 드러난다. 아무런 지취 없는 가난 속의 무상
한 처지는 일반 백성의 그것과 차이가 없다. 농사일을 던져두고, ‘있으
면 죽이요 없으면 굶을 망정 남의 집 것은 전혀 부러워하지 않으리라’
고 다짐을 한다. 유자로서의 체면을 내세우는 듯한 이러한 다짐은 그러

나 가난이 병이 되어 그것을 운명으로 받아들이는 체념 속에서 그 목
청을 가라앉힌다. 나의 빈천을 멀리 해도 그 빈천은 멀어지지 않고, 남
의 부귀를 부러워해도 그 부귀는 다가오지 않는다. 그 빈천과 부귀는
'인간의 命'에서 벗어날 수 없다. 이는 일반 백성이 겪는 바와 다름없
는 궁핍한 현실 세태를 뼈저리게 체험한 결과에서 오는 체념이다.

3 강호 자연에 대한 인식과 태도

　앞서 살핀 바와 같이 <누항사>의 가난한 현실은 화자가 지향했던
사대부적 삶을 불가능하게 했고 유자로서의 이념 추구도 또한 공허한
것으로 만들고 말았다. 가난한 생활 속에서도 이념적 질서의 붕괴가 가
져온 주종간의 신분적 동요를 안타까워하며 그래도 유자로서의 꿋꿋함
을 애써 지키고자 했던 화자는, 밭을 갈기 위해 소를 빌러 갔다가 주인
에게 거절당하고 오는 대목에 이르러 그 박절하고 각박한 세태를 굴욕
적으로 감수하는 나약하고 비참한 백성의 면모를 보이기도 했다. <누
항사>에서 보이는 강호 인식도 이러한 구체적 현실 상황 속에서 이해
되어야 한다.
　노계의 강호 인식은 그의 시조 작품을 통해 더욱 구체적으로 드러난
다. 노계의 시조에는 강호와 세속적 삶[정치현실]을 단절적으로 보는
사고구조[이분법적 세계상]와 세속적 영달과 현실 정치에 대한 거부 또
는 비판의식[세속에의 대립 의식], 그리고 일상의 구체적 생활 체험으
로부터 거리를 둔 관조적 태도[탈생활적 관조성] 등은 보이지 않고, 자
연 현상의 구체성보다는 그 전체상과 전범성, 상징성을 중시하는 태도

[전범적 자연관]가 나타나며 강호 생활의 심미적 화려함과 흥취·逸樂의 절제[감흥의 절제]가 두드러진다.8) 더욱이 노계의 시조는 술과 醉樂에 관한 표현이 한 작품에도 나타나 있지 않고9) 탈생활적 관조성의 약화로 인해 전원 생활의 구체성이 새로운 시적 관심사로 대두되고 있으며 또 이러한 관심은 감흥·일락의 적극적 표출과 동반되지 않음으로써 다른 작가의 시조와는 구별되는 특징을 지니고 있다.10)

다시 말하면 노계의 시조는 그보다 앞선 시기 사대부 강호시조의 전형으로서의 전범적 자연관이 나타나고 있지만 이것은 술과 취락이 아닌 전원의 구체적 생활 체험으로부터 나온 것으로 흥취·일락이 절제되어 표출되며, 그러한 가운데 강호와 정치 현실을 구분하거나 세속적인 영달과 현실 정치에 대한 거부나 비판의식은 존재하지 않는다는 말이다.11) <누항사>에 나타난 강호 인식의 모습은 이러한 노계의 시조 작품에서의 그것과 비교해 보면 더욱 시사하는 바가 클 것이다.

<누항사>의 강호는 가난한 현실의 체험이 이루어지는 공간이다. 그러나 이는 불행한 현실로부터 벗어나고자 하는 도피의 공간이거나 사대부의 선험적인 이상세계가 아니라 그러한 가난한 현실에 함몰된 공간이다. 때로는 사대부적 삶을 표방하기도 하는 <누항사>의 강호한정은, 그러나 사대부의 전형적 강호 인식과는 매우 다르다. 이러한 강호 인식과 그것이 지니는 의미에 대한 관심은 <누항사>의 가난한 현실을 다시 곱씹어보게 하는 이유가 된다.

---

8) 김흥규, 16·17세기 강호시조의 변모와 전가시조의 형성, 『어문논집』 35, 고대
   국어국문학연구회, 1996, pp.219~220쪽 참조.
9) 김흥규, 위의 글, pp.219~220 참조.
10) 김흥규, 위의 글, p.228.
11) 시조는 자아와 세계의 합일을 추구하는 서정의 장르로 가사의 제한적인 서정과
    는 차이가 있지만 <누항사>의 서정의 국면에 주목하는 이 논의에서 그 제한적
    서정의 이면에 숨어 있는 문학적 진실을 탐구함에 있어서 노계의 시조에 대한
    이러한 견해는 좋은 지침이 된다.

> 어리고 迂闊홀산 이너 우히 더니 업다.
> 吉凶 禍福을 하날긔 부쳐 두고,
> 陋巷 깁푼 곳의 草幕을 지어 두고,
> 風朝 雨夕에 석은 딥히 셥히 되야,
> 셔흡 밥 닷 흡 粥에 烟氣도 하도 할샤.
> 설데인 熟冷애 뷘 비 쇡일 뿐이로다

　자신이 어리석고 못났다고 토로하는 것은 사대부적 겸양을 내세운 자신감에서 나온 말이 아니다. 그것은 이어지는 누항, 초막, 연기 등으로 구성되는 강호의 그림이 사대부적 강호의 그것과 확연하게 구별되기 때문이다. 썩은 짚을 땔감으로 서흡의 밥, 닷흡의 죽밖에 안되는 끼니를 준비하는데 연기만 많이 피어오를 뿐이다. 이 가난한 생활은 설데운 숭늉으로 그나마 빈 배를 채우고자 하는 것에서 그 참담함이 더욱 배가된다.

　<누항사>의 강호 인식은, 자신을 '어리고 迂闊'하다 생각하고 '吉凶과 禍福'을 하늘에 맡기는 것처럼 가난에 대한 운명적인 인식과 함께 하는 것으로, 여기에서 사대부의 이른바 '賞自然'[12]의 의미를 발견할 수 있는 여지는 이미 없다. 눈앞에 보이는 강호 경물의 그 개별적 형상은 사대부적인 '상자연'의 소재와 방불한 것이지만, <누항사>의 강호 인식은 이러한 경물들에 대해 이념적 채색이 없는 구체적인 현실 그대로의 모습을 직시하는 진솔함과 함께 한다.

> 蝸室에 드러간돌 잠이 와사 누어시랴.
> 北窓을 비겨 안자 시비룰 기다리니,
> 無情호 戴勝은 이너 恨을 도우ᄂ다.
> 終朝 惆悵ᄒ며 먼 들흘 바라보니
> 즐기ᄂ 農歌도 興 업서 들리ᄂ다.
> 世情 모론 한숨은 그칠 줄을 모르ᄂ다.

---

12) 최진원, 『국문학과 자연』, 성균관대 출판부, pp.44~55 참조.

유자의 田家는 蝸室의 작고 초라한 모습으로 묘사되었다. 북창에 기대어 새벽을 기다리는 유자의 정서는 이미 현실의 가난과 함께 찌들었다. 뻐꾸기 소리와 들판의 풍경도 그리고 농부들의 노래 소리조차도 이미 흥취의 세계와는 담을 쌓은 지 오래다. <누항사>의 자연물은, 사대부들의 전형적인 강호가사에서 보여주는 것처럼 이념의 지향에 의해 추동되는 것이 아니라, 가난한 현실의 반영으로서 힘없이 정지해 있는 것이다. 단지 눈앞에 보이는 구체적 현실로서의 강호 자연은 그 고요한 적막 속에 메마른 한숨만이 흐를 뿐이다.

> 아ᅀᅵ온 져 소뷔는 볏보님도 됴홀세고.
> 가시 엉건 묵은 밧도 容易케 갈련마는,
> 虛堂半壁에 슬듸업시 걸려고야.
> 春耕도 거의거다 후리쳐 더뎌 두쟈.

소와 쟁기, 가시 엉긴 묵은 밭, 春耕 등 강호 생활의 소재들은 그러한 정지된 자연물로 존재한다. 안개 낀 밭이랑을 소를 몰고 쟁기질하는 한가하고 그윽한 풍취를 지닌 그런 전원의 춘경이 아니다. 위는 가난한 현실과 그로 인한 박정한 세태에 소를 빌지 못하고 돌아와서 밭갈기를 포기하는 대목이다. 가시 엉킨 묵은 밭도 쉽게 갈 수 있는 볏보임이 좋은 쟁기가 있지만 소가 없어 봄 밭갈이를 때를 놓치고 말았다. 그러므로 궁핍한 현실 속에서 이 강호의 소재들은 靜中動이나 動中靜의 자연미를 간직한 그런 경물의 모습이 아닌 것이다. <누항사>의 강호는 가난한 빈집의 벽 가운데 꿈쩍도 않고 걸린 쟁기의 모습으로 내팽개쳐져 있다. <누항사>에서 가난의 실상을 구체적으로 그리고 있는 이러한 자연의 경물들은 사대부적 강호한정을 표출하지는 못한다.

> 江湖 호 꿈을 꾸언지도 오리러니,
> 口服이 爲累ㅎ야 어지버 이져쩌다.

瞻彼 淇燠혼디 綠竹도 하도 할샤.
有斐 君子들아 낙디 ᄒ나 빌려스라.
蘆花 깁픈 곳애 明月淸風 벗이 되야,
님지업슨 風月江山애 절로절로 늘그리라.
無心혼 白鷗야 오라 ᄒ며 말라 ᄒ랴.
다토리 업슬슨 다문 인가 너기로라.

그러나 가난한 생활 속에서도 儒者는 사대부적 강호의 정취를 애써 떠올리고자 한다. 다시금 찾아든 강호의 자연에서 『詩經』의 한 구절을 떠올리며 '有斐 君子들'에게 낚싯대 하나를 빌고자 하는 뜻은, '임자없는 풍월강산에 절로절로 늙으리라'는 것이다. '무심한 백구'와 함께 강호의 자연을 노닐고자 하는 것이다. 이는 '자연 현상의 구체성보다는 그 전체상과 전범성, 상징성을 중시하는 태도[전범적 자연관]를 표방하는 것'[13]이라 할 수 있다. 이러한 전범적 자연관은 구체적 생활 체험과는 거리를 둔 관조적 태도와 조화를 이룸으로써 사대부의 전형적인 강호한 정을 드러낼 수 있을 터이다. 이와 달리 <누항사>의 이러한 전범적 자연관은 구체적 전원 생활로서 가난한 현실의 체험을 반영하는 작품 전체의 문맥과는 매우 모순된 진술로 다가온다. 이러한 정황은 이 부분의 강호한정의 진술이 지나치게 추상적이며 관습적인 것임을 말해 주는 것으로, 전형적인 사대부의 시가에서 흔히 나타나는 그런 자연의 흥취를 불러내지 못하는 원인이 된다.

이것은 궁극적으로 강호의 자연에 대한 인식이 현실과 이념의 대립으로 인한 갈등 속에서 이루어지고 있기 때문이기는 하지만, 그러나 이러한 강호한정은 전기 사대부의 전형적인 그것과 동일한 의미망 속에 있지 않다. 유유자적 안빈낙도의 사대부적 정서를 표방하고는 있지만, 거기에서 <상춘곡>이나 <성산별곡>에서 보이는 출사를 지향하는 갈

---

13) 김흥규, 앞의 글, pp.219~220쪽.

등의 흔적은 찾아볼 수 없으며, <면앙정가>에서의 塵世의 宦路를 벗어난 순수한 자연흥취의 절정과도 거리가 먼 것이다. 이 강호한정은 사대부적 삶을 지향했으나 자신의 "적극적 의지와 가치의식에 의한 선택이 아니라 어쩔 수 없는 상황적 조건"[14]하에서 그것을 이룰 수 없었던 강호한정인 셈이다. 사대부의 강호한정을 그리기는 했지만, 정치적 사회적 이념의 추구와 절연된 처지에 놓여 있었기에 그것은 전기 사대부의 전형적인 그것과는 다른 면모를 보이는 것이다. 그러므로 <누항사>에서 사대부의 전범적 자연관을 표방하는 이러한 강호한정은 진술의 표면적 의미와는 달리 "口服이 爲累ᄒ야 어지버 이져쩌다"에서 토로한 것처럼 오히려 일반 백성들이 겪는 가난한 현실의 어두운 빛깔을 노출시키는 것이 되고 만다. 이것은 가난한 현실 속에서도 유자로서의 태도를 애써 추스리고자 하는 일시적인 위안으로써 가능할 뿐, 여기에는 사대부적 삶을 누릴 수 없는 체념 섞인 유자의 공허한 목소리가 담겨 있다.

> 貧而 無怨을 어렵다 ᄒ건마는,
> 니 生涯 이러호디 설온 뜻은 업노왜라.
> 簞食 瓢飮을 이도 足히 너기로라.
> 平生 혼 뜻이 溫飽에는 업노왜라.
> 太平 天下애 忠孝를 일을 삼아
> 和兄弟 信朋友 외다ᄒ리 뉘 이시리.
> 그 밧긔 남은 일이야 삼긴 디로 살렷노라.

그러나 유자는 가난하지만 원망은 하지 않는다. 단사표음의 가난한 생활도 족하며, 따뜻한 옷과 배부른 음식은 평생의 뜻이 아니다. 오직 충효를 일삼고 형제간에 화목하고 벗끼리 신의있게 사귀는 일에만 힘쓰겠다는 다짐이다. 자신의 빈곤한 처지에 대한 결론으로서의 이 진술은 이미 앞서 나온 "어리고 迂闊홀산 이닉 우희 더닉 업다", "貧困혼

---

14) 김흥규, 앞의 글, p.233.

人生이 天地間의 나뿐이라", "無狀호 이 몸애 무슨 志趣 이스리마는" 등과 같은, 사대부가 아닌 백성과 다름없는 비참한 처지에 대한 철저한 자기 인식 끝에 나온 것이다. 그러므로 이것은 寒微한 처지에 놓인 士族이 자신의 존재를 안빈낙도와 歸田園이라는 전거로써 버티어 보고자 하는 위안의 수사학으로부터 나온 것15)이라 할 수도 있다.

위에서 나타나는 추상적 관념적 강호 자연은 사대부적 삶의 지향이 좌절된 이념적 공허감을 반증하는 것이기는 하다. 그러나 이러한 정서적 국면에는 전기 강호시가에서 보이는 강호와 세속적 삶[정치 현실]을 단절적으로 보는 사고 구조와 세속적 영달과 현실 정치에 대한 거부 또는 비판의식이 들어있지 않다16)는 점에 주목할 필요가 있다. 이러한 진술은 이념적 공허감을 반영하는 것이긴 하지만, 궁핍한 처지에 대한 철저한 자기 인식이 전제되어 있는 까닭에 가난한 현실에 대하여 세상을 비판하는 것17)은 아니다. '貧而無怨이 어렵다 하지만' '서러운 뜻은 없노라'와 같이 유자로서 그가 속한 세계에 대한 긍정적인 인식을 드러내고 있다.

여기에는 그가 추구했던 그러한 사대부적 삶이 아닐지라도 충효와 和兄弟, 그리고 信朋友의 도리에 충실할 것을 다짐하는 온유한 유자의 태도가 드러난다. 이러한 태도는 <누항사>의 강호 인식이 타인을 향한 교훈이 아닌 자신에 대한 다짐으로 이어지고 있음을 말해 준다. 즉, <누항사>의 강호 인식은 유교적 이상세계를 지향하고 그것을 실현하고자 하는 사대부의 집단적인 이념으로서의 교훈으로 드러나는 것이 아니라, 가난한 현실의 삶을 영위하는 백성이라는 개인의 슬픈 陳情과

---

15) 김흥규, 앞의 글, p.233.
16) 김흥규, 위의 글, pp.219~221.
17) <누항사>에서 가난을 나타내는 언어의 각박함이 현실에 대한 박인로의 강한 비판을 반영하고 있다고 본 견해(김용철, 누항사의 자영농 형상과 17세기 자영농 시가의 성립, 『한국가사문학연구』, 태학사, 1995, p.276 참조)는 박인로의 관직 생활과 남인의 몰락 등의 작가의 전기적 사실에 지나치게 의지한 때문으로 보인다.

個我로서의 온유한 유자의 윤리적 다짐으로 표출된다. 이것은 이념적 당위가 무너지고 있는 시대적 현실에 대한 개인적 갈등의 표출로서 우리의 공감을 자아내는 서정의 교훈을 지니고 있다.

4 온유한 유자의 서정적 진실과 중세적 가치 지향

노계의 가사들은 대체로 중세적 가치를 지향하는 유교적 이념의 산물로 인식되기도 하지만, 그 중에서 <누항사>의 문학사적 위상은 대개 현실의 구체적인 재현과 가사의 서사화의 초기 단계로서 16세기에서 17세기로의 전환기의 작품이라는 점에서 중요하게 인식되고 있다. 앞서 언급했듯이 이러한 <누항사>의 문학적 성취는 일반적으로 구체적인 현실의 묘사에서 찾아진다. <누항사>에는 그 구체적인 현실의 묘사가 이념과 현실의 대립으로 인한 갈등의 표출로서 이루어지는 가운데 가난이 가져온 생활의 궁핍함에 집중된다. 이는 자연의 경물에 대한 묘사에서, 그리고 하나의 사건(소를 빌러 갔다가 거절당한 것)을 통해서 단편적이기는 하지만 서사적 양식으로 나타나기까지 한다. 이러한 점은 작품에서 가사문학사에서 그 장르적 성격 변화의 단서를 포착하는 요소로, <누항사>가 이루어낸 뛰어난 문학적 성취로 인식되고 있다.

그러나 <누항사>는 구체적 현실 묘사를 통해 보여주는 장르적 변화만큼 이념적 지향에 있어서는 그렇게 뚜렷한 변화의 징후를 드러내고 있지는 않다. <누항사>는 시대적 이념의 추구가 가난한 현실로 인해 좌절되어 공허하게 드러날 뿐, 가난한 현실 속에서도 그 이념적 지향은 온건한 유자의 그것으로 그 본질적인 태도를 유지하고 있는 것으로 드러난다. 이는 <누항사>의 이념적 지향이 탈중세적인 것이 아니

라 여전히 중세적 가치관의 범주 내에 있음을 말해 주는 것이다.18)

중세적 가치관은 <누항사>의 정서적 지향의 바탕에서 그 존재를 부인할 수 없다. <누항사>의 정서는 이념과 현실의 대립에서 형성되는 것이지만, 유교적 이념의 추구를 관로에의 진출을 통해 사회적 실현으로 이어가는 것이 불가능해진 가운데서도, 여전히 유자로서 지니는 중세적 가치관 속에서 보다 개인적인 삶의 윤리에 충실하고자 하는 방향으로 조화롭게 수습하고자 하는 것이다. 이 중세적 가치는 지난날의 삶을 이끌어 왔으며, 그리고 여전히 앞으로의 삶을 지탱해 갈 당대적이며 당위적인 가치로 인식되고 있다. 가난한 현실과 그로 인한 좌절, 체념 속에 공허하게 드러나는 유교적 이념의 지향, 그럼에도 불구하고 온건한 유자로서 그 이념적 본질을 견지하는 것, 이것이 <누항사>의 정서적 토대를 이루는 바탕이요 자아와 세계의 합일을 추구하는 서정적 진실이라고 할 수 있다. 중세적 가치가 허물어지고 있던 전란 후의 시대적 상황 속에서도 <누항사>의 정서적 지향은 그 바탕에 중세적 가치 지향과 개인으로서의 삶의 태도가 서로 대립되지 않고 조화로운 모습으로 동반되어, 온유한 유자로서의 당대적 가치를 지향하는 가운데 서정적 진실이 부각되고 있는 것이다.

이러한 <누항사>의 서정적 진실은 가난한 현실에 대한 구체적 묘사에서 비롯되는 것임을 두말할 필요가 없다. 시대적 전환기의 장르성의 변화를 보여줌으로써 문학사적으로 뚜렷한 위상을 보여주는 <누항

---

18) 이 말은 중세의 해체가 시작되는 단서를 <누항사>에서 발견하고자 하는 많은 논의들의 견해와 배치되는 것이 아니다. 작품 내적인 정서적 지향이 중세적 가치를 견지하고 있다는 것은 그것이 중세의 해체가 아니라는 말과는 다른 차원에서의 이해가 필요하다. <누항사>는 작품의 진술상 현실에 대한 보다 구체적인 관심과 서사적인 진술의 단초를 보인다는 면에서 당연히 그러한 평가를 받을 수 있다. 그러나 그 내면적인 세계에서는 중세적 가치의 지향이 전쟁이 야기한 사회적 신분적 혼란으로 인해, 또한 궁핍한 생활로 인해, 이전의 사대부 가사들에서 보이는 집단적 이념의 추구가 아닌 개인적 윤리의 추구로 드러난다는 점에 주목할 필요가 있다.

사>의 문학적 성취는 가난한 현실에 대한 구체적 묘사에서 찾아지며, 동시에 그러한 작품의 진술과 표현의 방식은 <누항사>의 서정적 진실을 보다 뚜렷하게 부각시키는 효과적인 통로가 되기도 한다. <누항사>에서 산견되는 사대부적 이념 지향의 편린은 현실과 괴리된 관념의 산물로서, 그것은 전란과 가난 그리고 계층적 한계에서 오는 작가의 현실적 불우함이 사대부적 이념 실현의 통로를 가로막고 있기 때문이기도 하지만, 역설적으로 이러한 <누항사>의 이념적 진술은 노계의 인간적 면모를 가감없이 그대로 표출해 주는 것이 되기도 하는 것이다.

　노계는 노래를 잘하는 가객이기도 했다.[19] 가객의 의식 구조와 사고 체계는 지배계급의 그것과 피지배계급의 그것이 공존하고 있는 까닭에, 지배계급의 이념과 통치 방식을 긍정적으로 수용하고 지배계층을 항상 의식함으로써 그에 의뢰하고 동화하려 하기도 하고, 피지배계층의 가치관에 의하여 지배계층의 그것을 부정하거나 그에 저항하기도 한 양면성을 지닌 것으로 보기도 한다.[20]

　<태평사>의 경우는 지배층이 추구하는 이념적 지향과 동일한 선상에 위치한다. 이 작품은 治者의 위치에서 병사들의 사기를 북돋우며 위로하는 작품이다. 생사를 다투는 전쟁을 치르는 병사들을 위로하기 위한 이 노래는 시절의 태평함을 강조한다. <태평사>는 治者로서의 사회적 신분 윤리에 견인된 것이다. 따라서 공적인 목적을 위한 창작동기를 지니고 있으며 태평함에 대한 강조는 이념적 무게를 실은 雅頌的 찬양의 의도를 함유한다. 참혹한 전란의 시대에 찬란한 옛 문화를 기리고 개선가를 부르며 태평성대를 외치는 이 환희의 노래는 작가의 온전한 개인적 정서의 표백으로 보기는 어렵다. 시절의 태평함은 그것을 갈구하는 병사들의 소망에 부응하는 것이며, 위급한 전쟁의 현실 속에서

---

19) "仁老善歌 遂令作莎堤曲", 『漢陰文稿』, 附 卷二. 정상균, 박인로 시가 연구, 『이웅호박사 회갑기념논문집』, 한샘, 1987, p.758에서 재인용.
20) 정병욱, 앞의 글, pp.149~150.

병사들의 심적인 동요를 막고 위로하기 위한 것이다. 그러므로 이러한 <태평사>의 진술은 전쟁의 승리를 위하여 병사들의 심기를 가라앉히고 위무하는 전략적인 언술로 이념에 대한 적극적 지향이 강하게 드러날 수밖에 없었을 것이다.

그러나 가객이었던 동시에 온유한 유자이기도 했던 노계의 <누항사>는, <태평사>와 같이 지배층의 이념적 지향에 추동되지도 않고 그 반대로 지배층의 이념에 대해 부정적이고 저항적인 가치관을 지니지도 않음으로써 양면을 동시에 배격한다. <누항사>는 유자로의 이념적 추구가 사회적 정치적 범주에서 이루어지지 않고 개인적인 생활 윤리에 대한 다짐으로 나타나고 있다. 오히려 가난한 백성의 처지와 다름없는 상황에서 그러나 그러한 가난에 대한 책임을 지배층을 향한 이념적 사회적 추궁으로 이어가지 않는다. 이는 <누항사>가 가난한 현실 속에서 대사회적 혹은 對他的인 덕목이 아닌 對我的인 유자로서의 개인적인 修身의 가치에 보다 충실함으로써 인간적 진실을 추구하고 있는 때문으로 이해된다.

이러한 <누항사>에 표출된 노계의 인간적인 면모와 체취는 그의 우리말 노래에 대한 견해를 보여주는 다음의 글에서 잘 드러난다.

> 시는 뜻을 말한 것이고 노래는 말을 길게 하는 것인데 사람의 착한 마음을 감발하게 하는 데는 노래가 으뜸이니 二南 또한 노래이다.[21]

위에서 노래[歌]란 漢詩에 대응되는 우리말 노래를 말하는 것이다.[22] 노계의 우리말 노래에 대한 이와 같은 견해는 『書經』의 '시는 뜻을 말하고 노래는 말을 길게 하는 것'이라는 '詩'와 '歌'에 대한 정의를 수

---

21) '詩言志歌永言而感發人之善心歌爲最二南亦歌也.' 김문기 역주, 『국역 노계집』, 역락, 1999, p.103.
22) "'歌'의 경우도 우리말이 아닌 한문을 가사로 갖는 노래도 있었지만, 박인로의 문집에는 그러한 노래 가사는 찾아볼 수 없기 때문이다." 정상균, 앞의 글, p.753.

용한 것23)이다. 유교적 덕치주의는 사람의 행위를 규제하여 다스리는 것이 아니라 마음을 계발시켜 올바른 본연의 성정을 되찾는 것이다.24) 여기에서 착한 마음[善心]이란, 가르침과 깨우침이라는 타자를 향한 이념적 훈육의 범주가 아니라, 자기 수양의 인간적 발로에 의한 것이라 할 수 있다. 그러므로 '詩'가 아닌 '歌'로서 <누항사>가 지닌 선심이란 유교적 이념의 구현으로서의 그것이 아니다. 이는 현실과 괴리된 이념 지향 속의 갈등과 좌절, 그로 인한 관념적 이념의 공허감 등 궁핍하고 결핍된 인간 정서를 가감없이 그대로 드러내 주는, 우리말 노래가 지니는 문학적 효용으로서의 선심으로 이해된다.

이는 이른바 西浦가 말한 '眞贋'25)의 가치에 다름이 아니다. <누항사>는 세속적 삶의 현실을 구체적으로 묘사함으로써 그 고통을 구체적이고 진솔하게 드러낸 작품이다. <누항사>에 등장하는 농부의 생활은 시대적 사회적 변화의 흐름 속에 있는 조선시대 향촌 생활의 궁핍한 현실을 구체적으로 드러내는 것이기는 하지만, 이는 곧 노계의 인간적인 솔직함을 드러내는 계기를 제공하고 있기도 하며, 이러한 인간적 면모는 중세적 가치를 집단적 이념이 아닌 개인적인 윤리의 범주에서나마 충실하게 지향하고자 하는 것으로 드러나 있다.

<누항사>에는 노계의 다른 가사들과는 달리 시대적 현실의 변화 속에서 유교적 이념의 지향은 공허하게 드러나지만 그러한 가운데 유자로서 당대적 가치, 중세적 가치를 지향하고자 애쓰는 윤리적 태도가 배어 있다. 이 작품을 통해 우리는 거대한 중세적 이념의 도그마 속에서 좌절하고 고뇌하면서도 그러한 이념을 개인적인 윤리에 입각한 삶을 통해 견지하고자 했던 한 溫柔한 儒者의 초상을 발견할 수가 있다.

---

23) 정상균, 위의 글, p.752.
24) 김학주 역저, 『시경』, 명문당, 1988, p.20.
25) "今我國詩文 捨其言而學他國之言 設令十分相似 只是鸚鵡之人言 而閭巷間 樵童汲婦 咿啞而相和者 雖曰鄙俚 若論眞贋 則固不可與學士大夫所謂詩賦者 同一而論", 金萬重, 西浦漫筆 下, 『西浦集』, 통문관, 1971.

蘆溪歌辭에 나타난 戰爭과 江湖의 형상화 방식

1 머리말

17세기는 가사문학의 전환기로 인식된다. 조선전기에 강호 자연의 경물을 매개로 서정적 형상화에 주력했던 가사 문학은, 이 시기에 들어 차츰 현실에 대한 관심이 증대되면서 그 현실의 구체적 事象을 작품에 옮겨와 서술하기 시작했다. 16세기 말, 17세기 전반에 지어진 蘆溪 朴仁老의 가사 작품은 현실의 구체적 실상과 그에 대한 충일한 관심이 작품에 보다 직접적으로 반영되면서 전기의 사대부가사와는 다른 방식으로 삶의 현실과 정서를 형상화하고 있다.[1] 이는 노계에게 그가 몸소 겪은 전쟁의 실상과 그로 인한 시대적 삶의 변화가 더욱 절실한 관심사로 다가왔기 때문이라 할 수 있다.

가사 작품을 통해서 형상화된 노계의 삶은 戰爭과 江湖라는 두 가지의 略號를 지닌다. 곧, 그의 작품들은 전쟁의 현실을 그려내면서 그에 대한 회포를 담아낸 것과, 사대부적 삶을 지향하는 儒者의 강호의식을 표출한 것의 두 가지로 크게 대별된다. 전자는 武人으로서 겪은 전쟁의 현실을 바탕으로 그것을 직접적 경험의 사실로 보고하거나 그에 대한

---

1) "박인로의 경우는 (……) 생활에 대한 관심이 훨씬 짙었음을 볼 수 있는 바, 이러한 태도는 후기 가사에 접근하고 있음을 보여주고 있다." 정병욱, 『한국고전시가론』, 증보판, 신구문화사, 1994, p.248.

감회를 드러내고 전쟁 후의 변화된 삶의 모습을 다루기도 한다. 여기에
서 전쟁의 현실은 태평성대에 대한 소망과 기대, 늙으신 부모를 향한
'終孝'의 심정, 그리고 忠信의 도리를 다하고자 하는 신하의 다짐 등
儒家의 이념적 태도를 이끌어 내는 계기가 된다. 후자는 강호 자연을
배경으로 安分自足하는 생활을 다룬 것으로 사대부적 삶의 이상세계를
형상화한 것이다. 임진왜란이란 전란을 전후하여 그 정치적 사회적 변
화 속에 살았던 노계는, 사대부적 삶의 추구에 있어서 신분적 한계를
안고 있었던 한미한 양반이었기에 강호의 자연을 바라보는 그의 정서
적 지향도 전형적인 사대부의 그것과는 다른 모습으로 나타난다.[2]

노계의 가사 작품은 전기가사에 비해 당대의 현실을 보다 구체적으
로 작품 속으로 옮겨 놓고 있으며 작품에 따라 그 대상으로서의 현실
에 대한 인식과 작가가 지향하는 삶이 다양하게 형상화되어 있다. 곧,
그의 가사 작품에 형상화된 戰爭과 江湖는 작가의 현존하는 삶의 구체
적 실상에 따라 각기 다른 모습을 띠고 있다. 노계의 가사작품에 나타
나는 이러한 국면은 그의 작품들이 삶의 노정과 밀착되어 그 노정상의
개별적이고도 구체적인 時空을 보다 직접적으로 반영하고 있기 때문이
며, 이와 같은 개별적이고 구체적 현실 事象에의 밀착은 곧, 전기에서
후기로 이행하는 가사문학의 뚜렷한 변모의 징후로서 간주해도 좋을
것이다.

이 글은 이와 같은 점에 주목하여 노계의 가사 작품에 대한 논의를
다음의 두 가지 범주에서 전개하고자 한다. 먼저, 전쟁의 현실을 다룬
작품들을 대상으로 전쟁의 현실이 작품에 반영된 방식과 그에 대응하
여 형성된 작가의 삶의 지향과 정서를 살피고, 다음으로 강호의 자연을

---

2) "박인로의 안빈낙도 지향은 사대부의 위치를 유지할 만한 경제 기반과 학문적 깊
   이를 지닌 채 정신적 평온·안정의 상태를 구가한 致仕閑人 혹은 在地 士大夫의
   입장과는 그 출발부터 상이하다고 할 수 있다." 우응순, 박인로의 안빈낙도 의식
   과 자연, 『한국학보』 41집, 일지사, 1985. p.49.

노래한 작품들을 중심으로 작품에 나타난 강호의 의미와 현실 인식의 상호 관련 하에 작가의 삶의 정서가 형상화된 방식을 탐구하는 것이 그것이다. 이러한 논의는, 좁게는 노계의 가사 작품들이 개별적으로 이루어 낸 문학적 성취에 주목하여 작품이 지니는 문학적 형상화의 개별성과 그 다양한 특성을 드러내기 위한 것이기도 하지만, 17세기의 가사문학에 나타난 변모의 양상을, 그러한 변모의 始點에 서 있는 노계라는 한 작가의 작품을 통해 구체적으로 드러내기 위한 보다 넓은 관점 하에서 이루어지는 것이다.3)

2 전쟁의 현실과 정서적 지향

노계의 가사 작품들에서 전쟁에 대한 진술들은 크게 보면 모두 치국안민이라는 사대부의 본분에서, 聖恩을 받드는 신하의 도리에서, 그리고 태평성대에 대한 백성의 소망을 통해 儒家의 이념적 바탕을 마련하고 있기는 하다. 그러나 미시적으로 보면 이 작품들은 전쟁의 구체적 현실과 그에 대한 정서적 지향이 작품에 따라 다르게 나타난다. 노계라는 한 작가의 작품이면서도 작품에 따라 다르게 나타나는 이러한 국면들은 <太平詞>와 <船上歎> 그리고 <陋巷詞> 등 세 작품을 대비해 보면 뚜렷이 드러난다.

---

3) 노계의 가사들에 대한 기존의 논의들은 대개 작가의 생애와 신분, 현실인식, 시대적 상황에 주목하여 이들 작품의 전체성 혹은 공통적 특질과 시대적 의미 등을 드러내고자 하는 연구의 경향을 보인다. 이 글은 이러한 논의들에 힘입어 노계가사의 개별 작품을 단위로 이루어지는 언어적 진술의 문학적 형상화의 개별성 및 다양성의 고찰에 논의의 무게를 둔다.

(1) 전쟁에 대한 즉각적 반응과 집단적 정서의 형상화

현실 세계의 구체적 事象은 문학 작품을 통해 때로는 우의적으로 표현된다. 전기 가사에는 이러한 경향이 짙게 배여 있는데, 이를테면 강호가사에서 삶의 현실은 작품의 표면에 직접 서술되지 않고 강호 자연의 객관상관물을 통하여 간접적으로 매개된다. 그러나 노계의 가사들 중 전쟁의 현실을 다룬 작품은 현실과 그에 대한 인식 그 자체를 직접적으로 진술한다. 이 작품들은 현실의 事象과 긴밀한 관련 하에 그것을 작품의 진술에 직접 반영함으로써 그 현실에 대한 즉각적인 반응을 표출하고 보다 구체적인 인식을 드러내고 있다. 이러한 점은 <태평사>를 통해, 작품의 창작이 현실의 구체적인 시기와 사건을 직접적인 계기로 하여 이루어지고 그것이 작품에 그대로 옮겨져 있다는 점에서 단적으로 드러난다.

> 무술년(1598) 늦겨울에 釜山에 주둔했던 왜적이 밤을 타 도망하였는데, 이 때 公이 左兵使 成允文의 幕下에서 돕고 있었다. 兵使가 이 소식을 듣고 군사를 거느리고 부산으로 달려가서 10여 일을 머문 후에 本營으로 돌아왔는데, 다음날 公으로 하여금 이 노래를 짓게 했다.[4]

위는 노계의 첫 가사 작품인 <태평사>의 창작 계기를 구체적 전하고 있는 기록이다. <태평사>의 창작은 위에서처럼 左兵使 成允文의 지시에 의해 이루어지고 있으며, 하나의 구체적인 현실의 사건과 직접적인 관련 하에 그 즉각적 반응으로서 작품에 그러한 현실의 事象이 구체적으로 언급된다.

---

4) 戊戌季冬 釜山屯敵乘夜奔潰 時公佐左兵使成允文幕 兵使聞卽率軍馳到釜山 留十餘日後還到本營 明日使之作此歌. 『蘆溪先生文集』 卷三 歌, 太平詞.

　　聖天子 神武ㅎ샤 一怒를 크게 내야
　　平壤 群兇을 一劒下의 다 버히고
　　風驅 南下ㅎ야 海口에 더져두고
　　窮寇을 勿迫ㅎ야 몃몃희를 디내연고
　　江左 一帶예 孤雲갓흔 우리 몸이
　　偶然 時來예 武侯龍을 幸혀 만나
　　五德이 볼근 아래 獵狗 몸이 되야쩌가
　　英雄 仁勇을 喉舌에 섯겨시니
　　災方이 稍安ㅎ고 士馬 精强 ㅎ야쩌니

　중국 明나라 神宗의 도움으로 평양에서 왜적을 패퇴시켜 남쪽으로
내몰았다는 것, '武侯龍'으로 일컬어진 당시 左兵使 成允文의 '五德[智
信仁勇嚴]'에 대한 칭송, 그리고 명의 사신인 沈惟敬이 외교로서 왜군을
說服시킨 사실을 말하고 있는 '喉舌' 등은 구체적 전황에 대한 보고로,
앞에서 언급한 바 있는 <태평사> 창작의 구체적 배경 사실이 작품에
직접적으로 반영되고 있음을 말해주는 것이 된다.
　이어지는 대목에서 이러한 창작의 배경이 되는 현실에 대한 즉각적
반응으로서의 형상화는 눈앞의 事象에 대한 보다 구체적인 묘사와 함
께 이루어진다.

　　皇朝 一夕에 大風이 다시 이니
　　龍갓흔 將帥와 구름갓흔 勇士들이
　　旌旗蔽空ㅎ야 萬里예 이어시니
　　兵聲이 大振ㅎ야 山岳을 씌엿는듯
　　兵房 御營大將은 先鋒을 引導ㅎ야
　　賊陣에 突擊ㅎ니
　　疾風 大雨에 霹靂이 즈치는듯
　　淸正 小竪頭도 掌中에 잇것마는
　　天雨 爲崇ㅎ야 士卒이 疲困커늘
　　져근듯 解圍ㅎ야 士氣을 쉬우더가
　　賊徒ㅣ 犇潰ㅎ니 못다 잡아 말녀졔고

　용 같은 장수와 구름 같은 용사들이 날리는 깃발이 하늘을 가릴 듯 萬里에 이었고 병사들의 큰 외침은 산악을 떠 던지는 듯하며 어영대장이 선봉을 인도하여 바람과 큰비에 벼락을 쏟는 듯이 몰아치며 적진으로 돌격하는 모습 등은, 전투의 구체적 상황 묘사를 동반한 서사적 전개이다. 이러한 서사적 전개는 다소 진부한 표현에 얽힌 것이기는 하지만, 직접 전쟁에 뛰어든 武人이 자신의 눈으로 실제 전투상황을 구체적으로 묘사한 것이라는 점에서 작품의 형상화가 현실에 대한 즉각적 반응으로서 이루어지고 있음이 발견된다.

揚弓 擧失ᄒ고 凱歌를 아뢰오니
爭唱 歡聲이 碧空애 얼ᄒᄂ다
三尺 霜刀을 興氣 계워 둘러메고
仰面 長嘯ᄒ야 춤을 추려 이려셔니
天寶 龍光이 斗牛間의 소이ᄂ다
手之舞之 足之蹈之 절노절노 즐거오니
歌七德 舞七德을 그칠 줄 모ᄅ로다
人間 樂事ㅣ 이ᄀᄒ니 ᄯᅩ 인ᄂ가

　좌병사 성윤문의 부탁에 의해 이루어진 <태평사>의 작품 창작의 계기는 위에서 더욱 구체적으로 구현되고 있다. 활과 화살을 높이 들고 凱歌를 부르는 것으로부터 시작되는 전승의 기쁨에 대한 진술이 그것이다. 전란의 와중에서 노래를 잘 하는 가객인 노계를 시켜 이 노래를 창작케 한 것은 다름이 아니라 군사들을 위무하고 그들의 사기를 앙양하여 전쟁을 승리로 이끌기 목적에서였을 터이다. 다투어 부르는 환희의 노래가 푸른 하늘에 울려 퍼지고 '석자나 되는 서릿발 같이 예리한 칼'을 둘러메고 휘파람 불며 춤추는 용감무쌍한 병사들의 흥겨움에는 이러한 정서를 조성하고자 하는 작가의 의도가 배여 있음을 간과할 수 없다.

그러므로 '하늘의 보배인 훌륭한 칼날 빛이 견우와 북두의 사이에 쏘이는 듯하다'는 것도 병사들의 임전 태세를 북돋우는 軍歌로서의 효능을 지닌 것이며, '手之舞之 足之蹈之'하고 '歌七德 舞七德'이 그치지 않는 '人間 樂事'를 강조하며 태평성대를 칭송하는 것도, 단지 흥겨운 정서를 표출함에 그치는 것이 아니라 보다 의도된 진술로 이해된다. 생명의 위급을 다투는 전장에서의 이러한 흥겨움의 표출은 실은 개인적 정서의 발현이라기보다, <태평사> 창작의 時空的 배경과 이에 따른 가요의 효능, 곧 군사들의 집단적 정서의 고양을 염두에 둔 것이며 작가의 의도적인 진술이다.

> 뭇노라 이 날이 어니 적고
> 羲皇 盛時를 다시 본가 너기로라
> 天無淫雨ᄒ니 白日이 더욱 볼다
> 白日이 볼그니 萬方애 비최노다
> (……)
> 子遺生靈들아 聖恩인줄 아ᄂ손다
> 聖恩이 기픈 아리 五倫을 발켜스라
> 敎訓 生聚ㅣ라 절로 아니 닐어가랴

전승의 기쁨은 눈앞의 구체적 현실로서 존재하지만, 그렇다고 지금의 이 전란의 시기는 태평성대가 아님은 자명하다. 그러므로 궂은비 내리지 않고 白日이 더욱 밝은 이 '羲皇盛時'는 현존하는 것이 아니라, 화자를 포함한 군사들의 집단적 소망과 신념의 표출로서 작가의 작품 창작 의도를 노출시키는 것이 된다. 이러한 의도는 '子遺生靈'에게 '聖恩'을 강조하고 '五倫'을 주장하는 것, 그리고 群生을 가르쳐 다스리고자 함에서도 드러난다. 이 역시 궁극적으로 전쟁의 승리를 위해 싸움에 임하는 병사들의 사기 앙양과 이념적 무장을 위한 의도에서 나온 것이다.

이상에서 살핀 것처럼 <태평사>는 그 창작의 계기가 되는 전쟁의

현실이 작품에 직접적으로 반영되는 가운데 개인적 정서가 아니라 전
쟁의 승리를 위해 의도된 집단적 정서를 형상화해 내고 있다. 현실의
구체적인 사건이나 인물과의 교유가 작품 창작의 동기가 된 예는 노계
의 다른 작품들에서도 보이지만, <태평사>는 이러한 창작의 배경이
작품의 진술에 직접적이고 구체적으로 반영되어 보다 공식적이고 집단
적인 전언의 의도를 띠고 작품에 형상화된다는 점에서 다른 작품들과
구별된다.

(2) 전쟁에 대한 개인적 정서의 형상화

앞에서 언급했듯이 <태평사>는 노계의 상관인 左兵使 成允文의 지
시에 의해 전쟁의 현실에 대한 즉각적 반응으로서 창작되었으며, 그런
까닭에 작품에 진술된 정서는 전쟁의 수행을 위한 병사의 위무와 사기
의 앙양이라는 집단적 이념을 구현하고자 하는 의도를 지닌 것이었다.
그러기에 <태평사>에서 노래하는 전승의 기쁨과 환희, 태평성대 등은
구체적 현실의 반영으로서의 작품의 정서적 본질을 드러내는 것이라기
보다는 이념적 의도로서 채색된 구호로서의 雅頌的 성격이 짙다.
　<선상탄>은 <태평사>(1598)보다 늦은 시기인 선조 38년(1605)에 7
년 간의 전쟁이 끝나고 노계가 統舟師로 부산을 방어하기 위해 부임했
을 때 지은 작품으로,5) <태평사>와 같이 전쟁의 현실을 형상화한 작
품이긴 하지만, 전쟁을 바라보는 시각과 그 정서적 지향이 <태평사>
와는 다르게 나타난다. 그러한 차이는 다음과 같은 두 작품의 서두를
대비해 보면 구체적으로 드러난다.

---

5) 時國家尙憂南陲　選公統舟師赴防釜山　公臨船作此曲.『蘆溪先生文集』卷三　歌, 船上歎.

　　나라히 偏小ᄒ야 海東애 ᄇ려셔도
　　箕子 遺風이 古今 업시 淳厚ᄒ야
　　二百年 來예 禮義을 崇尙ᄒ니
　　衣冠 文物이 漢唐宋이 되야쪄니
　　島夷 百萬이 一朝에 衝突ᄒ야
　　億兆 驚魂이 칼 빗츨 조차 나니　　　　　　　　　　<태평사>

　　늘고 病든 몸을 舟師로 보니실시
　　乙巳 三夏애 鎭東營 ᄂ려오니
　　關防 重地예 病이 깁다 안자실랴
　　一長劒 비기 츠고 兵船에 구테 올나
　　勵氣 瞋目ᄒ야 對馬島을 구어보니
　　ᄇ람 조친 黃雲은 遠近에 사혀 잇고
　　아득ᄒ 滄波ᄂ 긴 하놀과 ᄒ 빗칠쇠　　　　　　　<선상탄>

　　<태평사>의 서두는 '箕子의 遺風을 받은 조선이 개국 이래로 禮儀를 숭상하여 衣冠과 文物이 중국의 漢唐宋과 비길만 하다'는, 나라의 풍속과 문물에 대한 자부심으로 시작된다. 이러한 자부심은 이어지는 진술에서 '島夷 百萬'의 '百萬'과 '億兆 驚魂'의 '億兆'라는 어휘가 갖는 육중하고도 엄숙한 목소리와 함께, 뒤이어 전개될 진술이 보다 공식적이고 공개적인 발화의 성격을 지니게 될 것임을 암시하고 있다. <태평사>는 절도사 成允文의 부탁에 따라 지어짐으로써, 전쟁에 대한 작가의 진술이 집단을 향한 보다 공개적이고 공식적인 의도를 띠게 되는데, 작품에 나타난 전승의 기쁨이나 환희 등의 정서는 바로 그러한 의도 하에서 집단적 이념과 정서를 구현하는 방식으로 형상화된 것이다. 여기에는 전쟁의 현실에 대한 개인의 구체적 정서를 반영할 여지가 남아 있지 않다.

　　그러나 <선상탄>의 경우는 이것과는 사뭇 다르다. <선상탄>은 전쟁의 현실을 개인 스스로의 시선으로 바라보는 까닭에, 그것은 기쁨이

나 환희가 아닌 원망과 한탄, 비애의 정서가 지배적이다. 위의 서두에서 말하고 있는, 남쪽의 바닷가 鎭東營으로 내려온 舟師로서 '國防 重地'에 임하는 '늙고 病든 몸'은 자신을 낮추어 드러내는 겸손이 아니며, '病이 깁다 안자실랴'의 '病'도 어디까지나 말 그대로 노계 개인의 신체적 상황을 가리키는 것이다. 이 '病'은 이 노래의 本詞 後尾 부분의 "慨慨 계운 壯氣는 老當益壯 ᄒ다마는/ 됴고마는 이 몸이 病中에 드러시니/ 雪憤 伸冤이 어려올듯 ᄒ건마는"6)에도 구체적으로 지적되고 있다.

病中임에도 불구하고 한 자루의 긴 칼을 차고 兵船에 올라 눈을 부릅뜨고 왜의 땅을 굽어보는 武人으로서의 豪氣어린 정서는, 遠近에 싸여 있는 黃雲, 높은 하늘과 한 빛으로 멀리 굽이치는 아득한 푸른 滄波로 형상화되고 있다. 이러한 정서는 전쟁의 현실을 개인의 시선으로 바라봄에서 나온 것이라 할 수 있다. 이어지는 대목에서는 전쟁의 현실에 대한 감회를, 자신이 병든 몸을 실을 수밖에 없는 배[船]에 대한 원망과 한탄으로 펼쳐낸다.

> 船上에 徘徊ᄒ며 古今을 思憶ᄒ고
> 어리 미친 懷抱애 軒轅氏를 애ᄃ노라
> 大洋이 茫茫ᄒ야 天地에 둘려시니
> 진실로 빈 아니면 風波萬里 밧긔
> 어닌 四夷 엿볼넌고. 무슴 일 ᄒ려 ᄒ야
> 빈 못기를 비롯ᄒ고. 萬世 千秋에 ᄀ 업슨
> 큰 弊되야, 普天之下애 萬民怨 길우ᄂ다

船上을 거닐며 옛일을 생각하고 중국 전설시대에 배와 수레를 창조한 임금인 軒轅氏를 원망하고 있다. 부질없이 내뱉는 이 '어리석고 미

---

6) 전쟁에 휩싸인 나라 사정에 대한 분한 마음을 이기지 못하는 '장한 기개는 늙어갈수록 더욱 장하지만, 조그마한 이 몸이 病中에 들어 있어 분함을 씻고 원통함을 펴기는 어려울 듯하다'는 말이다.

친 懷抱'는 전쟁에 시달린 병사의 한탄이다. '茫茫한 大洋이 天地에 둘려 있는데 배가 없었으면 風波萬里 밖의 어느 오랑캐들이 엿볼 것인가'와, 또 '무슨 일을 하려고 배를 처음 만들어서 천만 년 후세에 큰 폐를 끼쳐 만백성의 원망을 길렀는가'라는 배라는 사물에 대한 원망과 한탄은, 사실은 배가 아닌 전쟁의 현실을 두고 한 것이다. 하지만, 병든 몸인데도 불구하고 전쟁을 수행하기 위해 배를 탈 수밖에 없었던 그이기에 전쟁의 현실에 대한 깊은 심회는 배를 향한 원망과 한탄을 통해 더욱 구체적으로 표출되고 있는 셈이다.

어즈버 씌ᄃᆞ라니 秦始皇의 타시로다
ᄇᆡ 비록 잇다 ᄒᆞ나 倭를 아니 삼기던들
日本 對馬島로 ᄇᆡᆫᄇᆡ 절로 나올넌가
뉘 말을 미더 듯고 童男 童女를
그ᄃᆡ도록 드려다가
海中 모든 셤에 難當賊을 기쳐 두고
痛憤ᄒᆞᆫ 羞辱이 華夏애 다 밋나다
長生不死藥을 얼ᄆᆡ나 어더ᄂᆡ여
萬里長城 놉히 사고 몃 萬年을 사도썬고
놈ᄃᆡ로 죽어가니 유익ᄒᆞᆫ 줄 모ᄅᆞ로다
어즈버 ᄉᆡᆼ각ᄒᆞ니 徐市等이 已甚ᄒᆞ다
人臣이 되야셔 亡命도 ᄒᆞᄂᆞᆫ것가
神仙을 못보거든 수이나 도라오면
舟師 이 시럼은 전혀 업게 삼길럿다

이번에는 그 원망이 진시황에게로 향한다. 먼 옛날 軒轅氏가 비록 전쟁의 근원인 배라는 것을 만들어 놓았다 하더라도, 진시황이 長生不死의 약을 구하기 위해 童男童女를 대마도로 보내지 않았던들 '倭가 생기지도 않았고 일본 대마도로 빈 배가 절로 나올' 까닭이 없다. 이 倭로 인한 전란의 해가 중국에까지 미친 것도 결국 진시황의 탓이라는 말이다. '長生不死의 약을 얼마나 얻어서 만리장성을 높이 쌓아 몇 만

년을 살았는가, 진시황도 역시 남처럼 죽어가니 유익한 줄 모르겠다.'
고 하며 진시황의 부질없는 행동을 탓하는 것도, 전란에 지친 병사가
내뱉는 부질없는 원망이요 한탄이다. 진시황의 명을 받아 長生不死의
약을 찾으러 떠났던 徐市의 무리에게까지 늘어놓는 애꿎은 푸념은 결
국, 전쟁에 대한 개인적인 원망과 한탄의 정서를 더욱 강조하여 드러내
는 것이 된다.

이와 같이 <선상탄>에서 부질없는 원망과 한탄으로 이루어지는, 전
쟁의 현실에 지친 병사의 회포는 집단적인 것이 아닌 개인적인 정서이
다. 그러나 작품의 정서는 이러한 원망과 한탄으로 마감되지 않는다.

> 두어라 旣往不咎라 일너 무엇 ㅎ로소니
> 쇽절업슨 是非를 후리쳐 더뎌 두쟈
> 潛思 覺悟ㅎ니 내 뜻도 固執고야
> 黃帝 作舟車는 왼 줄도 모르로다
> 張翰 江東애 秋風을 만나신들
> 扁舟 곳 아니타면 天淸 海闊ㅎ다
> 어니 興이 졀로 나며 三公도 아니 밧골
> 第一江山애 浮萍 굿흔 漁夫 生涯을
> 一葉舟 아니면 어듸 부쳐 둔힐는고

'이미 지난 허물을 말하여 무엇하겠느냐, 속절없는 是非를 접어두자'
고 하는 것에서 지금까지의 부질없는 푸념의 정서는 그 방향이 전환된
다. 곰곰 생각하며 자신의 그러한 생각들이 고집스러운 것임을 인정한
다. 그리고 앞에서 원망과 한탄의 대상이었던 軒轅氏의 '作舟車'의 사
실에 대해 '그른 일인 줄도 모르겠다'고 하며 그에 대한 부정적 평가를
접는다. 높은 벼슬의 명예를 버리고 江東으로 떠나갔던 張翰의 고사를
떠올리는 것은, 그의 은둔의 삶을 기리기 위한 것이 아니라 배의 유익
함을 말하기 위한 것이다. '扁舟'가 없었으면 하늘이 맑고 바다가 넓다

하더라도 그 즐거운 흥을 누리지 못했을 것이고, '三公'의 벼슬과도 바꾸지 않을 어부의 생애를 누리지도 못했을 것이다. 이로써 부질없는 원망과 한탄을 늘어놓았던 그 '어리석고 미친 회포'는 마감되고 병사로서 본연의 모습을 되찾는 국면으로 접어든다. 현실의 事象에 얽힌 마음의 갈등을 긍정적으로 해소하고자 하는 한 儒者의 모습이 兵船 위에 서 있다.

> 時時로 멀이 드러 北辰을 브라보며
> 傷時 老淚룰 天一方의 디이ᄂ다
> 吾東方 文物이 漢唐宋애 디랴마ᄂ
> 國運이 不幸ᄒ야 海醜 兇謀애
> 萬古羞을 안고 이셔
> 白分에 ᄒ 가지도 못시셔 ᄇ려거든
> 이 몸이 無狀ᄒ돌 臣者ㅣ 되야 이셔다가
> 窮達이 길이 달라 몬 뫼웁고 늘거신돌
> 憂國 丹心이야 어늬 刻애 이즐넌고

北辰을 바라보며 시절을 슬퍼하는 늙은이의 눈물은 임금을 생각함에서이다. 중국에 뒤지지 않는 文物을 지닌 이 나라가 왜구의 모략으로 萬古의 치욕을 씻어버리지 못하고 있음을 상기하는 것은, 어쩔 수 없는 현실에 대한 뼈저린 자각이다. 또한 窮達의 길이 달라 임금을 모시지 못하고 늙어가는 자신의 無狀함을 책하는 것에서, 전란에 시든 병사가 한 임금의 신하로서 憂國丹心으로 자신을 추스리고자 하는 충심 어린 정서가 드러난다.

> 飛船에 둘러드러 先鋒을 거치면
> 九十月 霜風에 우린돌 못홀 것가
> 蠢彼 島夷들아 수이 乞降 ᄒ야ᄉ라
> 降者 不殺이니 너를 구티 殲滅ᄒ랴

> 吾王 聖聽이 欲竝生 호시니라
> 太平 天下애 堯舜 君民 되야이셔
> 日月 光華는 朝復朝 호얏거든
> 戰船 토던 우리 몸도 漁舟에 唱晚호고
> 秋月 春風에 놉히 베고 누어 이셔
> 聖代 海不揚波롤 다시 보려 호노라

위는 <선상탄>의 結詞 부분이다. 倭船에 달려들어 先鋒을 물리치고
자 하는 기개는 '꿈틀거리는 저 섬 오랑캐'에게 항복을 빌라는 외침으
로 펼쳐진다. 항복하는 자는 죽이지 않고 함께 살겠다는 '우리 왕의 聖
德'을 내세우는 것은 군주에 대한 이념적 忠信의 발로만은 아니다. 이
러한 진술은, 서두에서 '늙고 병든 몸'이라는 개인의 신체적 어려움을
언급했던 것, 그리고 그러한 병든 몸을 이끌고 전장에 뛰어들 수밖에
없게 한 배라는 존재에 대한 부질없는 원망과 푸념을 늘어놓았던 것
등, 지금껏 전개되었던 개인적 정서의 표출 위에서 그 의미와 성격이
이해된다.

堯舜의 太平天下를 끌어와 임금의 日月光華의 덕을 드높이는 것도
마찬가지로 집단적인 이념의 차원이 아니라 개인적 정서의 차원에서
이루어지는 소망이요 기대이다. 작품의 결말에서, 戰船이 아닌 漁舟를
타고 늦도록 노래하면서 가을달 봄바람에 베개를 높이 베고 누워 감상
하는 '海不揚波' 곧, 바다에 물결이 일지 않는 고요함에 대한 묘사는,
태평성대에 대한 소망과 기대가 한 개인의 정서적 지향 속에서 형상화
된 것이라고 할 수 있다. 이러한 정서적 국면은 "聖恩이 기픈 아러 五
倫을 발켜스라/ …… / 佑我邦國호샤 萬歲無疆 눌리소서/ 唐虞天地에
三代日月 비최소서/ 於萬 斯年에 兵革을 그치소서/ 耕田 鑿井에 擊壤歌
를 불니소서/ 우리도 聖主을 뫼옵고 同樂太平 호오리라"와 같이 집단
적 이념과 정서의 표출로 끝맺는 <태평사>의 경우와는 매우 대조적
인 것이다.

(3) 전후의 현실과 좌절된 사대부적 삶의 지향

<누항사>에서 제시되고 있는 가난과 궁핍의 현실은 전쟁이 가져다 준 것이다. 그런 면에서 <누항사>는 앞의 <태평사>, <선상탄>과 함께 공통적으로 전쟁이 작품의 정서적 본질을 형성하는 중요한 모티프가 되는 작품이라 할 수 있다. 그러나 <누항사>에 나타난 전쟁의 현실과 그에 대한 정서적 지향은 앞의 두 작품과는 다른 차원에서의 이해가 필요하다.[7] <누항사>는 전쟁 혹은 戰場이라는 바로 그 시공에서 벗어나 있다. <태평사>와 <선상탄>이 전쟁의 현실을 포괄적인 대상으로 인식하고 그 거대한 시대적 사건의 총체적 상황과 의미에 주목하고 있는 것에 비해, <누항사>는 그것을 보다 개별적이고 구체적인 사실로서 주목하고 있다. 그러므로 <누항사>는 전쟁으로 빚어진 현실의 事象을 그리되 그러한 현실 속의 개인적 삶에 대하여 보다 세밀하고도 주의 깊은 시선을 갖는다.

<누항사>는 전쟁으로 인한 가난과 궁핍을 보다 사실적으로 묘사함으로써[8] 한 개인의 사대부적 삶의 지향과 피폐한 삶의 현실 사이의 괴리를 보다 뚜렷이 드러내고 있는데, 여기에는 이러한 시대적 현실과 더불어 한미한 양반의 어려운 처지가 부각됨으로써 신분적 질서의 붕괴라는 사회적 변모의 모습이 동반되고 있기도 하다.

가난과 궁핍으로 점철된 이 작품에서 삶의 현실은 한 인간의 불우한 생애를 부각시키는 가운데 그려지기 시작한다.

어리고 迂闊홀산 이닉 우히 더니 업다

---

7) (누항사는) '조선전기의 문학에서 흔히 볼 수 있는 상투적인 기법과는 달리 훨씬 현실성을 띠고 있음을 본다. 뜻과 현실의 괴리 속에서 그러한 궁핍한 생활의 원인을 전란의 결과라고 믿고 있다.' 정병욱, 앞의 책, p.249.

8) <누항사>의 사실적 묘사에 관한 논의로는 김유경, 누항사에 나타난 사실주의의 양상, 『연세어문학』 24집, 연세대, 1992 참조.

吉凶 禍福을 하날긔 부쳐 두고
陋巷 깁푼 곳의 草幕을 지어 두고
風朝 雨夕에 석은 딥히 셥히 되야
셔홉 밥 닷 홉 粥에 烟氣도 하도 할샤
설데인 熟冷애 뷘 비 쇡일 뿐이로다
生涯 이러ᄒ다 丈夫 뜻을 옴길넌가
安貧 一念을 젹을망정 품고 이셔
隨宜로 살려 ᄒ니 날로조차 齟齬ᄒ다

　위는 <누항사>의 서두이다. '一身의 길흉과 화복을 하늘에 맡겨두'는 운명적 인식은 '어리석고 못한 것이 내 몸보다 더한 이가 없다'라는 자신의 처지에 대한 근본적인 자각에서 출발된 것이다. 그리고 '陋巷의 草幕', '서홉의 밥과 닷 홉의 죽', '덜 데운 숭늉' 등 가난과 궁핍의 구체적 物像들은, 이러한 자신의 처지에 대한 운명적인 인식으로 말미암아 전란으로 인한 시대적 불우함을 더욱 강조하는 것이 된다. 그러나, 가난과 궁핍 속에서도 '丈夫의 뜻'을 버리지 않고 있으며, 安分에 대한 일념이 날이 갈수록 어긋나고 있기는 하나 儒者로서의 사대부적 삶의 지향은 여전히 존재한다.

饑寒이 切身ᄒ다 一丹心을 이질논가
奮義 忘身ᄒ야 죽어야 말녀너겨
優豪 于囊의 줌줌이 모와 녀코
兵戈 五載예 敢死心을 가져 이셔
履尸 涉血ᄒ야 몃 百戰을 지니연고

　굶주림과 헐벗음으로 인해 몸이 끊어질지라도 '一丹心'을 표방하고 나서는 것은, 가난한 현실을 위로하며 그나마 자신의 사대부적 삶을 지탱하고자 하는 안간힘이다. 이는 전쟁에 대한 회포로 연결되어 곧, 가난과 전쟁은 삶의 현실을 구성하는 두 개의 중심 축으로 서로 긴밀하게 연결된 채 작품의 정서를 형성해 나간다. '義에 분발하여 죽음을 각오하고', '오 년 동안의 전쟁'에 뛰어들어 '주검을 밟고 피를 건너 몇 百戰을 치루어 낸' 전쟁담도, 그것이 '一丹心'으로 사대부적 삶을 지향하고자 하는 의식을 발로이긴 하지만, 궁극적으로는 가난한 생활에 대한 자기 보상의 차원에서 이루어지고 있는 셈이다.

> 一奴 長鬚는 奴主分을 이젓거든
> 告余 春及을 어니 사이 싱각ᄒ리
> 耕當 問奴인돌 눌드려 물롤는고
> 躬耕 稼穡이 니 分인 줄 알리로다.
> 莘野耕叟 壟上耕翁을 賤타 ᄒ리 업것마는
> 아ᄆ려 갈고젼돌 어니 쇼로 갈로손고

　이제 가난한 현실은 신분적 질서의 붕괴 곧, 늙은 종이 주인과 종 사이의 분수를 잊는 지경에까지 이르렀다. 이는 자신의 처지에 대한 새로운 인식의 계기가 된다. 밭갈기를 물을 종이 없어 몸소 밭을 갈고 씨를 뿌려 거두어야만 하는[躬耕稼穡] 상황을 '나의 분수'로 알고 감내하고자 하는 것이 그것이다. 이는 '허세를 벗어 던진 현실의 본질적인 문제에 대한 정당한 인식'[9]이긴 하지만. 여기에는 밭갈기를 물을 종이 없는 가난한 현실 속에서, 寒微한 양반으로서 그러한 시대적 변화를 감내할 수밖에 없다는 무기력함이 배여 있다. 전쟁이 지나간 뒤 가난과 궁핍의 삶에 동반된 신분적 질서의 붕괴 속에서 사대부적 삶을 지향하는 한 개인의 소망도 그러한 거대한 시대적 변화의 흐름 앞에 초라하게 무너지기 시작한다.

　손수 밭을 갈 수밖에 없는 자신의 처지를 名宰相이었던 '莘野耕叟'의 伊尹과 '壟上耕翁'의 諸葛亮을 끌어와 동일시하는 것에는, 미약하나마 여전히 사대부적 삶의 지향이 남아있긴 하다. 그러나 그것은 자신만

---

9) 김유경, 앞의 글, pp.12∼13 참조.

의 작은 위안일 뿐 소가 없어 밭을 갈 수도 없다는 궁핍한 생활에 대
한 토로로 인해 그 진술의 공허함이 금방 드러나고 있다.

旱旣 太甚ᄒ야 時節이 다 느즌 졔
西疇 놉흔 논애 잠깐 긴 녈비예
道上 無源水을 반만깐 디혀 두고
쇼 호격 듀마 ᄒ고 엄섬이 ᄒᄂᆫ 말삼
親切호라 너긴 집의 달업슨 黃昏의
허위허위 다라가셔 구디 다ᄃᆞᆫ 門 밧긔
어득히 혼자 서셔 큰 기춤 아함이를
良久토록 ᄒ온 後에
어화 긔 뉘신고 염치업산 니옵노라
初更도 거읜디 긔 엇지 와 겨신고
年年에 이러ᄒ기 苟且ᄒᆞᆫ 줄 알건마ᄂᆞᆫ
쇼 없슨 窮家애 혜염 만하 왓삽노라

심한 가뭄으로 시절을 놓치고 잠깐 내린 비에 길 위에 흐르는 농사
를 짓기에 터무니없이 모자라는 작은 물줄기를 끌어 대놓고, 그나마도
이 때에 밭갈이를 해야겠기에 이웃집에 소를 빌러 갔다. 탐탁지도 않은
소 주인의 말을 친절로 받아들이고 달 없는 저물 녘에 굳게 닫힌 소
주인 집의 대문 앞으로 '허위허위' 내닫는 행색에서, 전쟁으로 인한 농
가의 가난과 궁핍이, 한미한 한 양반의 마음속에 공허하긴 하지만 작은
위안으로서 남아 있던 사대부적 삶에의 소망을 좌절시키고 마는 거대
한 장벽임이 암시된다. 소 주인집의 문밖에서 큰 기침소리를 내뱉는 허
울만 남은 자존심조차, 해마다 구차한 줄 알면서도 염치없이 '소 없는
窮家의 헤아림 많은' 처지를 안타깝게 호소하는 대목에서 여지없이 무
너지고 있다.

　<누항사>에는 이처럼 전쟁이 끝난 후 그로 인한 가난과 궁핍, 신분
적 질서의 붕괴, 그리고 한 개인의 사대부적 삶의 좌절로 이어지는 낱

낱의 과정이 구체적으로 전개되고 있다. 여기에는 전쟁의 현실이 한 개인의 피폐한 삶을 중심으로 형상화됨으로써, 전쟁의 포괄적이고 총체적인 의미에 주목했던 <태평사>·<선상탄>의 경우와 뚜렷한 차이를 보이고 있다.

3 강호 인식과 사대부적 삶의 지향

강호 자연의 경물은 유자가 지향하는 이상세계이면서 동시에 삶의 현실을 투영하는 것이기도 하다. 작품 속에서 지향되는 이상세계는 때로는 삶의 현실과 괴리된 것으로 드러나기도 하고, 그것과 긴밀하게 호응을 이루기도 한다. 그러므로 강호 자연이 형상화된 모습은 이상세계와 삶의 현실 사이에 놓인 거리를 살피는 잣대가 된다. 노계의 가사들이 보여주고 있는 강호의 모습과 의미는 언뜻 보기에는 거의 대동소이한 것으로 보이기도 하는데 鄕班이라는 노계의 사회적 신분적 처지에 주목할 때 그 유사성은 더욱 두드러진다.

그러나 앞에서 살폈듯이, 노계의 가사들 중 전쟁의 事象을 그려낸 작품들이 그 현실과 정서의 형상화에 있어서 각기 다른 면모를 드러내고 있듯이, 사대부적 삶의 지향으로서 강호를 노래한 작품들도 각기 서로 다른 현실 인식과 정서적 지향이 보이기도 한다. 이러한 국면은 개별 작품에 노정된, 강호 자연 속에 지향된 사대부의 이상세계와 삶의 현실 사이에 놓인 거리를 비교해 보면 보다 뚜렷이 드러난다.

여기서는 <莎堤曲>과 <蘆溪歌>를 중심으로 이러한 양상을 살피기로 한다. 전자는 노계가 51세 때 漢陰 李德馨과 交遊하는 가운데 그를 대신하여 지은 작품이며, 후자는 노계의 작품 가운데 시기적으로 가장 늦은 76세의 노년기 작품이다. 이들 작품에 나타난 강호는 두 작품 사이에 놓여 있는 그 시간적인 거리만큼이나 다른 현실과 사대부적 삶의 지향을 형상화하고 있다.

(1) 현실을 떠난 관념적 이상세계로서의 강호

<莎堤曲>은 한음 이덕형이 은퇴하여 그의 江亭이 있는 莎堤에서 지낼 때, 노계가 賓客으로 함께 노닐며 그를 대신해 지은 것이다.10)

> 어리고 拙훈 몸애 榮寵이 已極호니
> 鞠躬 盡瘁호야 죽어야 말녀 너겨
> 夙夜 匪懈호야 밤을 닛고 思度호둘
> 관솔의 현 불로 日月明을 도올눈가
> 尸位 伴食을 몃 힌나 지내연고

위는 <사제곡>의 서두로서 한음의 致仕 사실과 그 후의 심정을 단편적으로 드러내고 있는 부분이다. 어리석고 못난 몸이 임금으로부터 받은 영화와 은총은 지극한 것이지만 이미 더할 수 없는 것[已極]이다. 군주의 은혜를 드높임으로써 忠信을 드러내고자 하는 것에서, 또 죽음을 각오하고 밤낮으로 생각하며 미약한 관솔불의 처지로 日月같은 임금의 밝음을 돕지 못함에 대한 안타까움에서, 강호에 묻혀 유유자적하는 致仕客이면서도 의식은 여전히 宦路를 지향하고 있는 전형적인 사대부의 모습이 엿보이기도 한다.

<사제곡>은 한음의 강호 생활을 노래하는 가운데 노계 자신의 사

---

10) 莎堤地名 在龍津江東距五里許 卽漢陰李相公江亭所在處也 公代相公作此曲. 『蘆溪先生文集』 卷三 歌, 莎堤曲.

대부적 삶의 지향을 투영하고 있다. 따라서 이 작품의 문학적 진실은 진술의 표면이 아닌 그 이면 곧, 한음이 아닌 노계의 목소리에 귀를 기울일 때 드러나게 된다. 위에서 致仕者는 아니지만 불우한 시대 현실 속에서 만족한 벼슬살이를 누리지 못했던 노계의 생애를 암시받을 수도 있다. 그러나 한음을 대신하여 지은 <사제곡>의 강호 자연을 통해서 노계는 자신의 현실인식과 정서를 직접적으로 진술하지는 못한다. 그런 까닭에 이 작품에서 사대부적 삶의 지향으로서의 강호의 이상세계는 보다 관습적이고 관용적인 표현으로 형상화되고 있다. 이러한 강호의 이상세계는 그것이 삶의 현실과 거리가 먼 곳에 위치하고 있음을 의미한다.

> 白沙 汀畔의 落霞을 빗기 쯰고
> 三三 五五히 섯기 노논 뎌 白鷗야
> 너드려 말 뭇쟈 놀니디 마라스라
> 이 名區 勝地을 어디라 드러썬다
> 碧波ㅣ 洋洋ᄒ니 渭水 伊川 아닌 게오
> 層巒이 올올ᄒ니 富春 箕山 아닌 게오
> 林深 路黑ᄒ니 晦翁 雲谷 아닌 게오
> 泉甘 土肥ᄒ니 李愿 盤谷 아닌 게오
> 徘徊 思憶ᄒ디 아모던 줄 내 몰내라

'白沙 汀畔'의 '落霞' 속에 삼삼오오 노니는 흰 갈매기의 心像은 사대부들의 가사 작품에서 흔히 보이는 관습적인 것으로, 현실 정서의 매개라기보다 이상세계에 대한 관념적 인식을 드러내는 것이다. 이상세계에 대한 이러한 관념적 지향은, 이어지는 대목에서 자연의 景物이 역시 관습적인 표현의 틀 안에서 고사 속의 인물과 연계되어 언급됨으로써 한층 강화되고 있다.

'푸른 물결'을 통해 '渭水'의 姜太公과 '伊川'의 程頤을, '층층이 높은 산'을 통해 '富春山'의 嚴光과 '箕山'의 巢父·許由를, '숲이 깊음과 길이 검은 것'을 통해 '雲谷'의 晦翁[朱子]을, '샘물이 달고 땅이 기름진 것'을 통해 '盤谷'의 李愿을 연결시키는 등의 관습적이고도 단편적인 소재의 과다한 나열이 그것이다. 이 고사 속의 인물들은 '전통적으로 인식된 隱逸한 山林處士의 處世를 나타내는 儒家的 의미의 우의성'[11]을 띤 것이지만, 한음의 致仕 생활을 채색하기 위한 것일 뿐 현실의 처지를 감안할 때 노계 자신과는 매우 거리가 먼 존재들이다. 이와 같은 관습적이고도 단편적인 소재의 과다한 나열은 그가 지향하고 있는 이상세계가 현실이 아닌 관념 속에 존재하고 있는 탓이다.[12]

崖芝 汀蘭은 淸香이 郁郁ㅎ야
遠近에 이어 있고
南澗 東溪예 落花ㅣ ㄱ둑 줌겨거늘
荊棘을 헤혀 드러 草屋 數間 지어 두고
鶴髮을 뫼시고 終孝를 ㅎ려 너겨
爰居 爰處ㅎ니 此江山之 임재로다
三公不換 此江山을 오눌ㅅ 아라고야

현실을 떠난 관념적 지향으로서의 이상세계는 위에서 언급된 '崖芝'·'汀蘭'과 '南澗 東溪'의 '落花'를 통해서도 발견된다. 이 芝蘭과 落花는, 뒤이어 草屋 數間을 지어 鶴髮의 늙은 어버이를 모시고자 하는 '終孝'와 그 의미의 연결이 쉽지 않다. 꽃이라는 자연의 景物은 그에 대한 진술 함께 언급되는 '孝'라는 현실 속 삶의 덕목과 아무런 관련이 없이 놓여져 있다. 또한 이러한 '효'의 표방은, 그것보다 '이 강산의 주인'으로서 三政丞의 높은 벼슬살이를 멀리하는 강호 속의 즐거움에 진술의 무게가 쏠리게 됨으로써 그 의미가 皮相的인 것으로 퇴색된

---

11) 김기탁, 노계 박인로의 문학사상, 『영남어문학』 15집, 1988, p.17.
12) <선상탄>의 경우 고사 속의 인물에 얽힌 이야기가 보다 구체적으로 인용됨으로써, 전쟁의 현실을 효과적으로 드러내고 있다.

다. 이러한 자연의 景物은 눈앞의 풍경을 있는 그대로 객관적으로 그려지고 있는 듯하지만, 삶의 현실이 피상적으로 진술되고 있는 것과 마찬가지로 관념적 지향 속의 景物일 뿐이다.

> 어즈러온 鷗鷺와 數업슨 麋鹿을
> 내 혼자 거ᄂᆞ려 六畜을 삼아거든
> 갑업슨 淸風明月은 절노 己物 되야시니
> 눔과 다ᄅᆞᆫ 富貴는 이 ᄒᆞᆫ 몸애 ᄀᆞ자쏘야
> 이 富貴 가지고 져 富貴 부를소냐
> 부를 줄 모ᄅᆞ거든 사괼 줄 알리ᄂᆞᆫ가
> 紅塵도 머러 가니 世事을 듯볼소냐

어지럽게 노는 '鷗鷺'와 수없이 많은 '麋鹿'을 가축으로 삼고 강호 자연의 淸風明月 속에서 누리는 隱者의 富貴를 世俗의 富貴와 대비하고 있음도, 앞에서와 마찬가지로 현실의 삶과는 거리가 먼 관념적 지향 속의 피상적 진술로 이해된다. 강호 자연 속의 富貴를 가지고 세속의 富貴를 부러워하지 않겠다는 다짐에서 致仕한 강호의 사대부로서 宦路를 바라보는 한음의 시선이 뚜렷이 느껴진다. 그런데 '紅塵도 멀어가니 세사를 듣고 보지 않겠다'는 것은 한음으로서는 致仕의 삶을 의미하지만, 한미한 향반으로서 出仕의 길이 여의치 않았던 노계였음을 상기할 때 이는 역설적으로 들린다. 그러기에 '紅塵'은 내가 멀리 하는 것이 아니라 나에게서 '멀어 가는' 것인지도 모른다.

<사제곡>은 이처럼 사대부가 지향하는 이상세계로서의 강호 자연의 勝景에 대한 즐거움을 표방하고 있기는 하지만, 그에 대한 관념적 지향 속에서 작가인 노계의 삶의 현실과 정서는 그것과 거리가 먼 것임이 시사된다. <사제곡>에 형상화된, 현실과 절연된 관념적 이상세계로서의 강호는 노계의 사대부적 삶의 지향이 그만큼 여의치 않음을 반증하는 것이다.

(2) 현실과 조응하는 이상세계로서의 강호

사대부적 삶의 지향으로서 강호 자연에 대한 인식이 보다 관습적이고 관용적인 어구와 표현으로 이루어지는 것은 노계의 가사 작품에 나타나는 일반적인 경향의 하나이다. 그러나 이러한 관습적이고 관용적인 강호 자연의 형상화가 <노계가>에서는 앞에서 살핀 <사제곡>의 경우와는 다른 양식을 보인다. <사제곡>에서는 강호 자연의 경물이 현실과 괴리된 관념 속에서 형상화되고 있는데 반해 <노계가>에서는 그것이 현실의 삶을 바탕으로 형상화된다. 곧, 사대부적 삶이 지향하는 이상세계는 현실의 삶과 절연된 것이 아니라 그것과 보다 가까운 곳에서 현실의 삶을 바탕으로 그려지고 있는데, 이는 老年期에 접어든 작가가 자신의 생애를 차분한 시선으로 돌아보는 가운데 자연의 경물에 스스로의 삶을 투영하여 형상화해 내고 있기 때문이다.

> 白首에 訪水尋山 太晩흔 줄 알건마는
> 平生 素志를 볩고야 말라 너겨
> 赤鼠 三春에 春服을 새로 닙고
> 竹杖 芒鞋로 蘆溪 깁흔 골익
> 힝혀 마참 차즈오니 第一 江山이
> 임지 업시 브려느다 古往 今來예
> 幽人 處士들이 만히도 잇것마는
> 天慳 地秘흐야 느를 주랴 남겨쩟다

위의 서두에서는 강호 자연과의 만남이 '訪水尋山이 때가 늦었다'는 老年에 대한 인식을 바탕으로 시작된다. 노년기의 강호 자연과의 만남은 인생 현실의 질곡을 벗어난 보다 자유로운 세계로의 진입을 의미한다. '평생의 품은 뜻'이 지향하는 것은, 紅塵의 번거로운 세계를 떠나 강호의 자연에 묻혀 산수를 감상하는 가운데 여유로운 삶을 누리고자

하는 사대부적 삶이다. 이러한 가운데 '봄옷을 새로 입고 죽장망혜를
짚고 찾은 蘆溪의 깊은 골'은 지나온 어제의 삶을 돌아보고 그에 대한
심회를 풀 수 있는 대화의 대상으로 존재한다. 이러한 강호 자연은 '幽
人 處士'들이 많지만 '하늘과 땅이 그를 위해 아끼고 숨겨 놓았던 第一
江山'으로서 오직 자신만의 공간이요 휴식처가 된다.

> 躑躅 良久타가 夕陽이 거읜 적의
> 陟彼 高岡ᄒ야 四隅로 도라보니
> 玄武 朱雀과 左右 龍虎도
> 그린 듯시 ᄀ잣고야.
> 山脈 밋친 아러 藏風 向陽ᄒ 더
> 靑蘿룰 허혀 드러 數椽 蝸屋을
> 背山 臨流ᄒ야 五柳邊에 디어 두고
> 斷崖 千尺이 가던 龍이 머무는 둧
> 江頭에 둘렷거눌 草草亭 ᄒ두 間을
> 구름 찐 긴 솔 아러 바휘 디켜 여러니니
> 千態 萬狀이 아마도 奇異코야
> 峰巒은 秀麗ᄒ야 富春山이 되야 잇고
> 流水는 盤回ᄒ야 七里灘이 되야거든
> 十里 明沙는 三月 눈이 되엿는다

　해지기를 기다려 시작되는 探勝의 길은 주변의 경물에 대한 구체적
묘사를 통해 그 여유로움이 묻어난다. 언덕에 올라 사방의 '玄武朱雀과
左右龍虎를 그린 듯이 갖춘' 山形水勢을 따라, '背山臨流'의 '五柳邊'에
작은 집을 짓고, '가던 龍이 머무는 듯'한 깎아지른 듯한 높은 낭떠러
지가 바라다 보이는 곳, 구름을 띤 긴 소나무 아래에 바위를 기대어 한
두 間의 亭子를 지은 것은, 그러한 여유로운 삶을 영위하고자 하는 평
생의 품었던 뜻을 실현하기 위함이다. 그러한 강호의 자연 속에 묻힌
隱者요 處士로서의 사대부적 삶의 지향은, 이곳에서 바라보는 千態萬
狀의 아름다운 山水 곧, 눈앞의 수려한 산봉우리와 굽이돌아 흐르는 물

이 嚴子陵의 '富春山'과 '七里灘'13)에 비견되는 가운데 그 구체적인 의미가 드러나고 있다.

> 이 湖山 形勝은 견줄 더 뇌야 업니
> 巢許도 아닌 몸애 어니 節義 알리마는
> 偶然 時來예 이 名區 임지 되여
> 靑山 流水와 明月 淸風도
> 말 업시 절로 절로
> 어즈러온 鷗鷺와 數 업슨 麋鹿도
> 갑 업시 절로 절로
> 沮溺 가던 묵은 밧과 嚴子陵의 釣臺도
> 갑 업시 절로 절로
> 山中 百物이 다 절로 己物되니
> 子陵이 둘이오 沮溺이 서히로다
> 어즈버 이 몸이 아마도 怪異코야
> 入山 當年에 隱君子 되얏는가
> 千古 芳名을 이 혼 몸애 傳토고야
> 人間의 이 일홈이 人力으로 일월소냐
> 山川이 靈異ᄒ야 도아닌가 너기로라

이러한 隱者로서의 삶의 여유는 그가 마땅히 누려야만 하는 것이 아니라 노년에 이르러 자연스럽게 찾아온 것으로 진술되고 있다.14) 그가 名區의 임자가 될 수 있었는가를 말하기 위해 '절로절로' 그렇게 되었다는 것을 유난히 강조한다.15) 자신의 눈 앞의 펼쳐진 '湖山 形勝'은 견줄 데가 없지만, 자신은 '巢許도 아닌 몸'으로 그 '節義'를 자신의 것으로 선뜻 가져오지 못한다. 그는 隱者들인 巢父, 許由와 마찬가지로

---

13) 富春山은 중국 後漢의 隱士인 嚴子陵이 숨어 살던 곳이고, 七里灘은 富春山에 있는 여울로 그가 낚시질하던 곳이다.

14) 강호 자연 속의 이러한 은일의 삶은, 전기 사대부의 강호가사에서 出仕를 지향하는 의식의 바탕 위에서 宦路에의 진출에 대한 갈등을 그에 대한 無慾의 표방으로 자랑스럽게 내세움으로써 해소하고 있는 것과는 뚜렷하게 구별된다.

15) 김용철, 박인로 강호가사의 강호구성과 화자, 『조선중기 시가와 자연』, 태학사, p.110.

강호 자연 속의 삶을 즐기면서도 속세의 名利를 마다한 그들의 절개와 의리 앞에 고개 숙이는 것이다. '名區의 임자'가 된 것은 '우연히 때가 와서' 그렇게 된 것이고 '靑山流水와 明月淸風'도 말 업시 절로절로' 이루어진 것이다. '절로절로'라는 관용적 어구를 빌기는 하였지만 여기에는 '절로절로' 나타나는 강호 자연의 理致에 대한 겸손한 태도와 자신이 누리고 있는 勝景의 풍성함에 대한 고마움이 묻어나고 있다.

"어즈러온 鷗鷺와 數 업슨 麋鹿"라는 구절은 <사제곡>에서도 보인다.16) <사제곡>에서는 鷗鷺와 麋鹿을 가축으로 삼고 淸風明月 속에서 누리는 隱者의 富貴에 대한 자랑이 豪氣에 찬 피상적인 목소리로 진술됨으로써, 강호 자연의 이상세계가 현실의 삶과 거리가 먼 관념적인 것임을 드러낸다. 그러나 여기에서 鷗鷺와 麋鹿은 피상적인 자랑이 아니라 '우연히 때가 와서' '절로절로' 누리게 된 그러한 삶에 대한 고마움과 겸손의 대상이다. '沮溺이 갈던 묵은 밭'과 '嚴子陵의 釣臺' 등 모든 '山中 百物'이 '己物' 곧 나의 것이 되고, 나를 포함하여 '子陵이 둘이요 沮溺이 셋'이라는 진술들도 이러한 의미의 연장선상에 있다. '入山 當年에 隱君子'가 된 것이 '怪異'한 일임도, 강호의 삶이 주는 즐거움이 자신의 처지로서는 당위가 아닌 우연임을 자각하고 있기 때문이며, "千古 芳名을 이 혼 몸애 傳"하게 됨이 人力으로 이루어진 것이 아니라 "山川이 靈異ᄒ야 도아닌" 것으로 여기는 것도 바로 그 때문이다.17)

---

16) 이 외에도 동일한 구절이 여러 작품에 보이는 것은 노계가사의 한 특징이다. 이는 노계의 善歌者로서의 작품 창작의 한 면모를 드러내는 것이기도 하지만, 고사 속 인물의 잦은 인용과 함께 그 관습적인 면이 관념의 지향으로 이해되기도 한다. 최상은, 노계가사의 작품구조와 현실인식, 『반교어문연구』 1집, 반교어문연구회, 1988, pp.194~198 참조. 그러나 이러한 관습적인 표현이 작품에 따라 현실의 삶과 긴밀하게 관련되기도 한다는 점을 감안할 때, 그것은 모두 관념적 지향으로만 이해되지 않는다.

17) '巢許'나 '沮溺', '嚴子陵'과 같은 隱者의 나열은 노계가 자신이 이들 인물들과 동궤의 인물들임을 보여주기 위한 것으로, 강호의 내부에 걸맞게 존재하는 그의

이러한 진술에서 出仕의 길이 여의치 못했던 지금까지의 삶에 대한
노계의 진솔한 심회와 성실한 자각이 시사된다. <노계가>의 강호 자연에
대한 인식은 비록 관습적이고 관용적인 어구로 표출되고 있지만, 그것은
삶의 현실과 괴리된 것이 아니라 그것과 조응하는 가운데, 강호의 여유
로운 삶에 대한 고마움과 기꺼움으로 이루어지는 것이라고 할 수 있다.

　이처럼 강호 자연에 대한 인식이 구체적인 삶의 현실과 함께하고 있
는 정황은 다음에서 더욱 두드러진다.

無盡혼 江山과 許多혼 閑田은
分給子孫 ᄒ려이와 明月 淸風은
논ᄒ 듀기 어려올식 才與 不才예
養志ᄒᄂ 아돌 ᄒ아 太白 淵明 證筆에
永永別給 ᄒ렷로다 내의 이 말이
迂闊혼 듯 ᄒ것마ᄂ 爲子孫計ᄂ
다만 인가 너기로라 또 어린 이 몸은
仁者도 아니오 智者도 아니로되
山水에 癖이 이러 늘글ᄉ록 더욱 ᄒ니
져 貴혼 三公과 이 江山을 밧골소냐
어리 미친 이 말을 우으리도 ᄒ렷마ᄂ
아므리 우어도 나ᄂ 됴히 너기노라

　'無盡혼 江山과 許多혼 閑田'은 자손에게 나누어 줄 수 있지만 '明
月淸風'의 강호 자연은 나누어주기가 어려우므로, 이를 '養志하는 아들
하나'에게 '永永別給'하려는 '爲子孫計'를 말하고 있다. 비록 물질적인
재산이 아니라 형체없는 자연의 경물을 나누어주고자 하는 것이지만,
이는 노년기에 갖게 된 현실의 보다 구체적이고 실질적인 삶에 대한
자연스런 관심을 반영하는 것이라 할 수 있다. 자연의 경물을 관념적으

모습을 형상화한 것이기는 하다.(김용철, 앞의 글, p.111 참조.) 그러나 강호 자연
이 당위가 아닌 우연으로서 그에게 다가온 것임을 인식하고 그러한 은자의 생활
을 고마움과 겸손함으로 받아들이고 있음에 주목할 필요가 있다.

로 바라보지 않고 그것에 현실의 삶을 연결시키는 것에서, 사대부적 삶이 지향하는 이상세계가 현실의 삶으로부터 멀리 떨어져 있는 것이 아니라, 그에 대한 관심과 더불어 보다 가까운 곳에 존재하고 있음이 드러난다.

자신의 이러한 '爲子孫計'에 대해 스스로가 '迂闊흔 닷' 하다고 하며 강호의 삶 속에서 세속의 눈을 염려하고 있음도 마찬가지이다. 또한 山水를 사랑하는 '癖'과 강호 자연 속의 삶을 '三公'의 벼슬과 바꾸지 않겠다는 다짐도, '어리석은 이 몸이 仁者나 聖者도 아니'라는 식의 현실의 처지에 대한 자각과 함께 하는 것이며, '어리석고 미친 이 말을 비웃을 사람들이 많으리라'는 세속에의 염려 속에 나오는 것이다. 세속의 사람들이 아무리 웃더라도 괘념하지 않겠다는 것은 그만큼 세속의 현실을 의식하고 있음을 반증하는 것이다.[18]

<blockquote>
이 힘이 뉘 힘고
聖恩이 아니신가 江湖애 믈너신들
憂君 一念이야 어닉 刻애 이즐는고.
時時로 머리 드러 北辰을 브라보고
눔 모르는 눈물을 天一方의 디이느다
一生애 품은 뜻을 비옵느다 하느님아
山平 海竭토록 우리 聖主 萬歲소셔
熙皥 世界에 三代日月 빗취소셔
於 千萬年에 兵革을 쉬우소셔
耕田 鑿井에 擊壤歌를 불리소셔
이 몸은 이 江山 風月에 늘글 주를 모르로라
</blockquote>

위의 結詞 부분에서는 강호 자연 속의 삶이 태평성대의 그것임을 말

하고 있다. 그러한 태평성대는 聖君의 힘으로 이루어진 것이다. '江湖에서 北辰을 바라보고 남모르는 눈물'을 흘리며 憂君의 一念을 드러내고, 君主의 만수무강을 빌며 德化를 칭송하고 있다. 이 역시 <노계가>의 전편을 통해서 강호 자연 속의 삶에 대한 인식이 현실의 삶에 대한 관심과 함께 이루어지고 있는 것과 같은 맥락에서 이해된다. 이어지는 "於千萬年에 兵革을 쉬우소서"라는 진술에 노계가 지난날 겪었던 전란의 현실에 대한 감회가 투영되고 있기 때문이다. 그러므로 '耕田鑿井'의 삶과 '擊壤歌'로 대변되는 여유롭고 평화로운 사대부의 이상세계는, 관념적 인식 속의 강호가 아닌 삶의 현실과 보다 가까운 강호 속에 있다. 강호는 삶의 현실과 대립된 추상적 공간이 아니라 그 현실의 연장으로서 존재하는 또 하나의 구체적 공간으로서 존재한다.

이처럼 노년기의 작품인 <노계가>에 그려진 강호 자연의 이상세계는 불우한 시대를 배경으로 현실의 삶과 절연된 채 관념적으로 형성되었던 <사제곡>의 그것과 다른 모습을 띠고 있다. 그것은 현실과 절연된 결코 닿을 수 없는 높은 곳이 아니라, 보다 낮은 곳으로 임하여 현실과 조우하는 가운데 형성된 것으로, 자신의 생애를 돌아보는 노숙하고도 부드러운 시선 속에서 삶의 현실과 긴밀하게 호응하며 거리를 좁히고 있다. 노계가 꿈꾸었던 儒家의 드높은 이상세계는 <노계가>의 강호 자연 속에서 구체적인 현실 공간으로 고도를 낮추어, 그리고 관념적인 외침이 아니라 보다 작은 목소리로 형상화되었다.

4 맺는말

蘆溪 朴仁老의 가사 작품은 戰爭과 江湖라는 두 가지의 略號를 지닌

다. 노계의 가사들은 작품에 따라 현실에 대한 인식과 작가가 지향하는 삶이 다양하게 형상화되고 있는데, 전쟁이라는 구체적 현실이나 강호 자연의 경물이 형상화될 때, 그것들은 작가의 현존하는 삶의 노정에 밀착되어 그 노정상의 개별적이고도 구체적인 時空을 보다 직접적으로 반영하고 있다. 이 글은 전쟁의 현실을 다룬 작품들을 통해 전쟁의 현실이 작품에 반영된 방식과 그에 대응하여 형성된 정서적 지향을 살피고, 강호 자연을 노래한 작품을 중심으로, 작품에 나타난 강호 자연의 의미와 현실 인식의 상호 관련하에 작가의 삶이 형상화된 방식을 탐구하고자 하였다. 이는 개별 작품이 이루어 낸 문학적 성취에 주목하는 가운데 그 작품들이 지닌 문학적 형상화의 개별성과 다양성을 드러내는 한편, 이를 통하여 17세기 가사문학에 나타난 변모의 양상을, 그러한 변모의 始點에 서있는 노계의 작품을 통해 구체적으로 드러내기 위한 목적을 지닌 것이었다.

· 전쟁의 현실을 형상화한 작품으로 <태평사>, <선상탄>, <누항사> 등을 다루었다. <태평사>는 左兵使 成允文의 부탁에 의해 지어진 것으로, 이러한 창작의 계기가 작품의 진술상에 구체적으로 옮겨져 전쟁의 현실에 대한 즉각적 반응으로서 작품의 정서를 형상화한다. 전승의 기쁨과 환희, 태평성대에 대한 칭송 등의 진술은, 개인의 현실과 그에 대한 정서를 드러내는 것이 아니라 전쟁의 승리를 위한 병사들의 위무와 그들의 사기 앙양을 염두에 둔 집단적 이념과 정서를 형상화한 것이다. 이에 비해 <선상탄>은 보다 개인적인 차원에서 전쟁에 대한 원망과 한탄의 정서를 형상화하고 있다. 서두에서 늙고 병든 몸에 대한 개인적인 어려움을 토로했던 것으로부터 시작하여 그러한 병든 몸을 이끌고 전장에 뛰어들 수밖에 없게 한 배라는 존재에 대한 개인의 부질없는 원망과 푸념들이 그것이다. 그러므로 結詞를 장식하는 太平聖代와 군주의 德化에 대한 칭송 등도 집단적인 이념의 차원이 아니라 개인적인 정서의 차원에서 이루어지는 소망이요 기대로 이해된다. <태평

사>와 <선상탄>이 전쟁 혹은 전장의 時空에서 전쟁이라는 시대적 사건이 갖는 총체적이고 포괄적 의미에 주목하고 있는데 비해, <누항사>는 전쟁의 시공을 떠나 전쟁으로 인한 현실의 변화를 보다 세밀하고 주의 깊은 시선으로 바라보면서, 그 구체적이고 개별적인 事象을 사실적으로 묘사하는 가운데 한 개인의 사대부적 삶의 지향과 현실 사이의 괴리를 드러내고 있다. 여기에는 전란으로 야기된 가난과 궁핍, 그로 인한 신분적 질서의 붕괴, 사대부적 삶의 좌절로 이어지는 낱낱의 과정이 한미한 양반의 개인적 삶의 피폐함 속에 형상화된다.

강호 자연 속에서 사대부적 삶의 지향을 노래한 것으로 <사제곡>과 <노계가>를 대비했다. <사제곡>은 노계가 51세 때 漢陰 李德馨과 교유하는 가운데 그를 대신해 지은 것이고, <노계가>는 노년기인 76세 때 자신의 생애를 돌아보는 가운데 지은 것으로, 이들 작품에 나타난 강호 자연은 두 작품 사이에 놓여 있는 그 시간적인 거리만큼이나 다른 삶의 현실과 사대부적 삶의 지향을 형상화하고 있다. <사제곡>은 漢陰의 강호 생활을 통하여 노계 자신의 사대부적 삶의 지향을 간접적으로 드러내고 있는데, 작품의 진술 속에서 강호 자연의 경물은 눈앞의 풍경을 있는 그대로 객관적으로 묘사하는 듯하지만, 그것이 관습적이고 단편적인 소재의 나열을 통해 관념적으로 제시됨으로써 사대부가 지향하는 이상세계는 삶의 현실과 절연된 모습으로 형상화된다. 이러한 강호 자연에 대한 관념적 인식은 작가의 사대부적 삶의 지향이 그만큼 여의치 않음을 반증하는 것이다. 이와 달리 <노계가>에는 강호 자연에 대한 인식이 비록 관습적이고 관용적인 어구로 표출되었지만 현실과 괴리된 것은 아니었다. <노계가>의 강호 자연은 노계에게 당위가 아닌 우연으로 다가온 것으로 인식되고 있는 까닭에 그것에 대한 고마움과 겸손함이 드러난다. <노계가>에서 강호 자연의 이상세계를 추구하는 사대부적 삶의 지향은 현실의 삶과 밀착된 가운데 보다 구체적인 현실 공간 속으로 고도를 낮추어 형상화되고 있는데, 이는 노계의 의식 속에

지난날의 생애에 대하여 살아온 그 세월만큼의 老熟한 의식과 현실을
부드럽게 바라보는 드넓은 시야가 형성되었기 때문에 가능했던 것으로
이해된다. 요컨대 <사제곡>에서 작가인 노계의 사대부적 삶에 대한 지
향이 관념적으로 드러나고 있는 데 비해, <노계가>에는 그것이 현실의
삶과 밀접하게 조응하는 가운데 형상화되고 있다.

참 고 문 헌

1. 자료

『世宗實錄』

『後漢書』

『論語』, 명문당, 1987.

『시경』, 명문당, 1988.

權近, 『陽村集』, 韓國文集叢刊7, 民族文化推進會, 1990.

金萬重, 『西浦集』, 通文館, 1971.

金天澤, 『靑丘永言』, 時調資料叢書1, 韓國時調學會, 1987.

丁克仁, 『不憂軒集』, 韓國文集叢刊9, 民族文化推進會, 1988.

徐居正, 『四佳集』Ⅱ, 韓國文集叢刊11, 民族文化推進會, 1988.

宋純, 『俛仰集』, 韓國文集叢刊26, 民族文化推進會, 1988.

沈守慶, 『遣閑雜錄』, 國譯 大東野乘 Ⅲ, 第 13卷, 民族文化推進會, 1984.

李珥, 『栗谷全書』Ⅰ, 韓國文集叢刊44, 民族文化推進會, 1989.

李滉, 『退溪集』Ⅰ·Ⅱ, 韓國文集叢刊29·30, 民族文化推進會, 1989.

鄭撤, 『松江集』, 韓國文集叢刊46, 民族文化推進會, 1989.

許筠, 『許筠全書』, 李離和編, 影印本, 亞細亞文化社, 1980.

洪萬宗, 『洪萬宗 全集(上下)』, 太學社, 1980.

경인문화사편, 『중국인명대사전』, 1974.

김문기 역주, 『국역 노계집』, 역락, 1999.

김성배 외, 『주해가사문학전집』, 집문당, 1977 중판.

임기중, 『역대가사문학전집』1~10, 동서문화원, 1994.

임기중, 『역주해설 조선조의 가사』, 성문각, 1989 중판.

최강현 역주, 『가사』Ⅰ, 한국고전문학전집3, 고대민족문화연구소, 1993.

2. 저서

고정옥, 우리어문학회 편,『국문학개론』, 일성당서점, 1949.

권인호,『조선중기 사림파의 사회정치사상』, 한길사, 1995.

금장태,『유교와 한국사상』, 성균관대출판부, 1980.

김갑기,『송강 정철 연구』, 이우출판사, 1985.

김대행,『시가시학연구』, 이대출판부, 1991.

김대행,『시조유형론』, 이대출판부, 1986.

김동욱,『한국가요의 연구(續)』, 선명문화사 1975.

김욱동,『대화적 상상력－바흐찐의 문학이론』, 문학과 지성사, 1988.

김준오,『가면의 해석학』, 이우출판사, 1985.

김준오,『시론』, 삼지사, 1991.

김충렬,『고려유학사』, 고대출판부, 1984.

김학성,『한국고전시가의 연구』, 원광대출판국, 1980.

김학성,『국문학의 탐구』, 성대출판부, 1985.

김흥규,『한국문학의 이해』, 민음사, 1986.

목정균,『조선전기 제도 언론연구』, 민족문화연구총서 13, 고대 민족문화
        연구소, 1985.

박성의,『한국가요문학론과 사』, 집문당, 1989(중판).

서수생,『한국시가연구』, 형설출판사, 1970.

성기옥,『한국시가의 율격이론』, 새문사, 1986.

열상고전연구회편,『한국의 서발』, 바른글방, 1992.

이경식,『조선전기토지제도연구』, 일조각, 1995.

이기백,『한국사신론, 1986.

이능우,『입문을 위한 국문학 개론』, 이문당, 1954.

이민홍,『조선중기 시가의 이념과 미의식』, 성대출판부, 1993.

이병기·백철,『국문학전사』, 신구문화사, 1957.

이병주,『고전의 산책』, 민족문화문고간행회, 1985.

이상보,『한국가사문학의 연구』, 형설출판사, 1974.

이상보,『17세기 가사전집』, 교학연구사, 1987.

이성무,『조선초기양반연구』, 일지사, 1995.

이종건, 『면앙정 송순 연구』, 개문사, 1990.

이종찬, 『한국의 선시(고려편)』, 이우출판사, 1985.

임기중, 『고전시가의 실증적 연구』, 동국대출판부, 1992.

임형택, 『한국문학사의 시각』, 창작과비평사, 1984.

장덕순, 『국문학통론』, 신구문화사, 1960.

정두희, 『조선초기 정치지배세력연구』, 일조각, 1983.

정병욱, 『한국고전시가론』, 증보판, 신구문화사, 1994.

정재호, 『한국가사문학론』, 집문당, 1984.

조규익, 『가곡창사의 국문학적 본질』, 집문당, 1994.

조동일, 『한국시가의 역사의식』, 문예출판사, 1993,

조동일, 『한국문학통사 2』, 지식산업사, 1983.

조윤제, 『한국문학사』, 동국문화사, 1963.

조윤제, 『한국시가의 연구』, 을유문화사, 1948.

진동혁, 『시조의 이론과 실제』, 청소년연맹, 1982.

최강현, 『가사문학론』, 새문사, 1986.

최강현, 『기행문학연구』, 일지사, 1982.

최진원, 『국문학과 자연』, 성대출판부, 1977.

한국사연구회편, 『한국사연구입문』, 지식산업사, 1987.

한영우, 『조선전기 사회사상연구』, 지식산업사, 1989.

허세욱, 『중국고대문학사』, 법문사, 1987.

劉若愚, 『中國詩學』, 이장우 역, 명문당, 1994.

劉勰, 『文心雕龍』, 최신호 역, 현암사, 1990.

朱光潛, 『詩論』, 정상홍 역, 동문선, 1994.

Arnold. Hauser, 『예술의 사회학』, 최성만·이병진 역, 한길사, 1987.

Antony. Easthope, 『시와 담론』, 박인기 역, 지식산업사. 1994.

Tzvetan. Todorov, 『구조시학』, 곽광수 역, 문학과 지성사. 1992.

Tzvetan. Todorov, 『산문의 시학』, 신동욱 역, 문예출판사, 1992.

Roman. Jakobson, 『문학속의 언어학』, 신문수편역, 문학과지성사, 1989.

3. 논문

김광조, 조선전기 가사의 장르적 성격 연구, 서울대 석사학위논문, 1987.

김기탁, 노계가사의 현실인식 - 누항사를 중심하여, 『영남어문학』 7집, 1980.

김기탁, 노계가의 이해, 『영남어문학』 13, 1986.

김기탁, 서경가사연구, 영남대 박사학위논문, 1987.

김기탁, 노계 박인로의 문학사상, 『영남어문학』 15집, 1988.

김동욱, 미발표 고전 면앙정가(七十九旬) 『문학춘추』 3호, 문학춘추사, 1964. 6.

김명준, 성산별곡 연구, 『한국가사문학연구』, 상산정재호박사화갑기념논총, 태학사, 1995.

김병국, 가면 혹은 진실-송강가사 관동별곡 평설, 『국어교육』 18-20합병호, 국어교육연구회, 1972.

김병국, 장르론적 관심과 가사의 문학성, 『현상과 인식』, 1977 겨울, 한국인문사회과학원.

김성룡, 누항사와 강호의 의미, 『한국고전시가작품론』 2, 집문당, 1992.

김시업, 북천가연구, 『성대문학』 19집, 성대국어국문학회, 1976. 4.

김열규, 한국시가의 서정의 몇 국면, 『동양학』 2. 단대동양학연구소, 1972.

김영만, 조우인의 가사집 '이재영언', 『어문학』 10집, 한국어문학회, 1963.

김영수, <충신연주지사>고, 『연민이가원선생 七秩송수기념론총』, 1987.

김용철, 기행가사 연구의 현행과 과제, 『한국가사문학연구』, 상산정재호박사화갑기념논총, 태학사, 1996.

김용철, 누항사의 자영농 형상과 17세기 자영농 시가의 성립, 『한국가사문학연구』, 태학사, 1995.

김용철, 박인로 강호가사의 강호구성과 화자, 『조선중기 시가와 자연』, 태학사, 2002.

김유경, 누항사에 나타난 사실주의의 양상, 『연세어문학』 24집, 연세대, 1992.

김정주, 만분가연구, 『한남어문학』, 17, 18집, 한남대, 1992.

김종덕, 이조당쟁에 관한 사회학적 일연구, 『한국학보』 24, 일지사, 1981

가을.

김주곤, 유배가사에 나타난 충절의식 양상, 『영남어문학』 16집, 영남어문
　　　학회, 1989.

김진영, <사미인곡>의 작품세계, 『한국고전시가작품론2』, 백영정병욱선
　　　생10주기추모논문집간행위, 집문당, 1992.

김태영, 성리학, 한국사연구회편, 『한국사연구입문』 2판, 지식산업사,
　　　1987.

김학성, 가사의 실현화 과정과 근대적 지향, 『국문학의 탐구』, 성대출판
　　　부, 1987.

김학성, 가사의 장르 성격 재론, 『국문학의 탐구』, 성대출판부, 1987.

김현행, 면앙정 송순과 송강 정철의 관계에 대하여, 『성대문학』 14,
　　　1968.

김흥규, 16 · 17세기 강호시조의 변모와 전가시조의 형성, 『어문논집』 35,
　　　고대국어국문학연구회, 1996.

김흥규, 강호자연과 정치현실, 『세계의 문학』 통권19호, 1981 봄, 민음사.

김흥규, 어부사시가에서의 '흥'의 성격, 『한국고전시가작품론2』, 백영정병
　　　욱선생10주기추모논문집, 집문당, 1992.

박병완, 상춘곡의 분석적 연구 – 문학공간의 함의를 중심으로, 『한국고전
　　　시가작품론2』. 집문당, 1992.

박삼찬, 가사의 미적 요소와 그 기능 연구, 영남대 박사학위논문, 1994.

박삼찬, 누항사의 제작의도, 『영남어문학』 15집, 1988.

박삼찬, 조선전기 가사의 연구 – 사대부가사를 중심으로, 영남대 석사학위
　　　논문, 1984.

박일용, 만분가의 형상화 형태 – 연군적 정서와 발분적 정서의 교합 양상,
　　　『한국고전시가 작품론2』, 집문당, 1992.

백인자, 조선전기가사의 서정성 연구, 이화여대 석사학위논문, 1992.

서승옥, 어부가 서문과 발문에 나타난 시가관, 『이화어문론집』 제 8집,
　　　이대한국어문학연구소, 1986.

서준섭, 조선조 자연시가의 구조적 성격, 『백영정병욱선생환갑기념논총
　　　2』. 신구문화사, 1983.

성기옥, 한국시가의 율격체계 연구,『국문학 연구』48집, 서울대국문학연구회, 1980.

성호경, 16세기 국어시가의 연구, 서울대 박사학위논문, 1986.

성호경, 가사의 '편구' 현상에 대한 시론,『인문연구』제9집, 영남대 인문과학연구소, 1987.

안병태, 송강문학에 나타난 자연관,『동악어문론집』제6집, 동악어문학회, 1969.

우응순, 박인로의 안빈낙도 의식과 자연,『한국학보』41집, 일지사, 1985.

유연석, 가사문학의 역사적 연구, 조선대 박사학위논문, 1989.

유우선, 가사문학의 작가별 및 내용별 분류고,『고대어문론집』11, 1968. 12.

유해춘, 16·7세기 사대부가사 연구, 경북대 석사학위논문, 1985.

윤덕진, 강호가사연구, 연세대 박사학위논문, 1988.

이가원, 만분가 연구,『동방학지』6집, 1963.

이경선, 가사와 부의 비교연구,『중국학보』제6집, 한국중국학회, 1967.3.

이동영, 가사의 장르규정,『어문학』46, 한국언어문학회, 1985.

이동환, 퇴계 시세계의 한 국면,『퇴계학보』제25집, 퇴계학연구원, 1980.

이문규, 속미인곡 소고『한국고전시가작품론2』, 집문당, 1992.

이민홍, 사림파문학연구,『성대문학』제19집, 성대국문과, 1976,4.

이병기, 관서별곡·관동별곡·관동속별곡의 형태적 고찰,『국어문학』제17집, 전북대, 1975.

이상보, 조선조 사대부의 詩情(서정별곡 평가),『문학사상』33, 1975.6.

이상익, 서경과 서정의 조화-면앙정가의 구성과 표현,『한국고전시가작품론2』, 집문당, 1992.

이승남, 유배가사의 사회적 의미와 문학적 해석, 동국대 석사학위논문, 1990.

이우성, 고려말 이조초의 어부가,『성대논문집』, 제9집, 1964.

이재수, 면앙정 송순-그의 문학 시고,『사상계』, 1959.8.

이종국, 송강의 국문시가연구 전북대 박사학위논문. 1990.

이종묵, 관동별곡을 읽는 재미,『한국고전시가작품론2』, 집문당, 1992.

이태극, 가사 개념의 재고와 쟝르고,『국어국문학』27, 1964.

이태문, 조선조 기행가사의 갈래론적 접근－존재 양상과 대응 태도를 중심으로, 『동양고전연구』 3, 1994.

이태진, 집권 관료체제의 성립, 『한국사 연구입문』, 한국사 연구회편, 지식산업사, 1987.

임기중, 향가의 주술성, 『향가문학연구』, 화경고전문학연구회편, 일지사, 1993.

임기중, 화청과 가사문학, 『고전시가의 실증적 연구』, 동국대 출판부, 1992.

임주탁, 강호가사의 내면세계와 역사적 전개과정, 『공군사관학교논문집』 31집, 1992. 5.

임형택, 16세기 광・나지역의 사림층과 송순의 시세계, 『고전시가의 이념과 표상』, 임하최진원박사 정년기념논총 간행위원회, 1991.

장덕순, 유배가사시고, 『국문학통론』, 신구문화사, 1961.

전일환, 조선전기의 가사문학 연구－연원과 형성을 중심으로, 전북대 박사학위논문, 1987.

정대림, 관동별곡에 나타난 송강의 자연관, 『한국고전문학비평의 이해』, 태학사, 1991.

정대림, 성산별곡과 사대부의 삶, 『한국고전시가작품론2』, 집문당, 1992.

정병욱, 이조후기시가의 변이과정고, 『창작과비평』, 1974.봄.

정상균, 박인로 시가 연구, 『열므나 이응호박사 회갑기념논문집』, 한샘, 1987.

정익섭, 유배문학 소고－가사작품을 중심으로, 『무애 양주동박사화탄기념론문집』, 동국대, 1960.

정익섭, 이서의 낙지가 고찰(초), 『국어국문학』 24호, 1961.

정재호, 가집 서・발에 관한 소고－청구영언, 해동가요를 중심으로－, 『고대어문론집』 12, 1970.

정재호, 강호가사소고, 『한국가사문학론』, 집문당, 1984.(『어문론집』, 제17집, 고려대, 1976.)

정재호, 속미인곡의 내용 분석, 『한국가사문학론』, 집문당, 1984.(국어국문학 79・80합병호, 국어국문학회, 1979)

조규익, 조선조 장가 가맥의 일단, 『한국가사문학연구』, 상산정재호박사화갑기념논총, 태학사, 1995.

조동일, 가사의 장르규정, 『어문학』 21집, 한국어문학회, 1969.

조동일, 산수시의 경치·흥취·이치, 『한국시가의 역사의식』, 문예출판사, 1993.(『국어국문학』 98호, 국어국문학회, 1987.12.)

조세형, 송강가사의 대화전개방식 연구, 서울대 석사학위논문, 1990.

주종연, 가사의 장르고, 『교양과정부 논문집』 3집, 서울대, 1971.

주종연, 가사의 장르고2, 『국어국문학』 62-63, 국어국문학회, 1973.

진동혁, 어부의 생활을 읊은 시조와 가사고 『수도여사대 논문집』 5, 1971.

진동혁, 이조시조와 가사에 끼친 이백의 영향, 『수도여사대 교지』 4, 1971.

최강현, 기행가사의 연구사고, 『홍대논총』 10, 홍익대, 1978.

최강현, 상춘곡의 지은이에 관하여 다시 논함, 『학산조종업박사화갑기념논총』, 태학사, 1990.

최강현, 한국기행문학 소고, 『월암 박성의박사 환력기념논총』, 1977.

최규수, 적강 모티프 유배가사 작품에 나타난 표현방식의 특수성과 시적 효과, 『이화어문논집』 13, 이화여대 한국어문학연구소, 1994.

최상은, 노계가사의 작품구조와 현실인식, 『반교어문연구』 1집, 반교어문연구회, 1988.

최상은, 면앙정 송순의 미의식, 『고전시가의 이념과 표상』, 임하 최진원박사 정년기념논총간 행위원회, 1991.

최상은, 연군가사의 짜임과 미의식, 『반교어문연구』 4, 1994.4.

최상은, 조선전기 사대부가사의 미의식, 성균관대 박사학위논문, 1992.

최상은, 노계가사의 창작기반과 문학적 지향, 『한국시가연구』 11집, 한국시가학회, 2002.2.

최오규, 유배가사에 나타난 의미표상의 심층구조 분석, 『국제어문』 1, 국제대, 1979.

최원식, 가사의 소설화 과정과 봉건주의의 해체, 『창작과비평』, 1977.겨울.

최진원, 강호가도의 연구, 『성대논문집』 8, 1963.

하성래, 상춘곡의 문체 소고,―그 구조적 분석을 중심으로, 『한국언어문학』 제12집, 한국언어문학회, 1974.

찾·아·보·기

동일성 21, 64, 65

ㄹ

류개념 165, 170

ㅁ

만분가(萬憤歌) 34, 89, 90, 94, 95, 129, 130, 132, 137, 138, 140, 222
면앙정가(俛仰亭歌) 34, 117, 119, 137, 144, 147, 193, 221, 222, 241
俛仰亭賦 182, 193
명분(名分) 44, 47, 49, 50, 51, 53, 64, 84, 111, 112, 113, 114, 218, 221
明哲保身 63
모국어 199
모순구조(矛盾構造) 76, 78, 219, 220
모티프 24, 26, 31, 37, 102, 119, 120, 131, 135, 149, 154, 218, 221, 263
夢中仙緣 102, 148
묘사 87, 160, 161, 178, 180, 194, 228, 229, 230, 232, 234, 239, 243, 244, 245, 247, 253, 254, 264, 273, 280
武陵 62, 115, 121, 153, 154
戊午士禍 40
門蔭 44
문필적 160, 162
문학적 형상화 14, 23, 35, 36, 59, 183, 217, 218, 251, 279
물아일체(物我一體) 25, 112, 113, 114, 136
物外閑情 144, 145
美人別曲 34

ㅂ

박성의 22, 162, 210
反規範的 119
反社會的 119, 120
方外 69, 139
伯夷 47, 48
변격가사 161
병행구조(竝行構造) 77, 111, 219, 221
보상 134, 135, 152, 200, 231, 265
보조적 인물 207, 208, 209, 224
逢萌 50
賦 137, 160, 180, 181, 182, 183, 193

ㅅ

사대부적 서정 62
士林文學 54
士林之禍 40
사림파(士林派) 40, 41, 44, 54
사미인곡(思美人曲) 34, 103, 104, 107, 108, 109, 137, 140, 141, 162, 171, 178, 199, 203, 220, 221, 231
4·4조 184
4음보 37, 166, 184, 185, 186, 187, 188, 189, 190, 191, 223
사제곡(莎堤曲) 267, 268, 269, 271, 272, 275, 278, 280, 281
寫盡 177, 178, 180, 182

■ 저자약력

이승남(李丞南)

경남 남해 출생
동국대학교 국문과 졸업
동대학원 석·박사과정 졸업
문학박사
동덕여대, 강원대, 대전대 강사와 동국대 한국문학연구소
　전임연구원 역임.
현재 동국대 강사

<저서>

『경기체가 연구』(태학사, 1997, 공저)
『고전시가의 작품세계와 형상화』(역락, 2003)외 논문 다수

사대부가사의 갈등표출 연구

인　쇄　2003년　11월　20일
발　행　2003년　11월　25일
저　자　이 승 남
펴낸이　이 대 현
편　집　박 윤 정
펴낸곳　도서출판 역락 / 서울 성동구 성수2가 3동 301-80
　　　　(주)지시코별관 3층(우 133-835)
TEL　대표·영업 3409-2058　편집부 3409-2060　FAX 3409-2059
E-MAIL　youkrack@hanmail.net / yk3888@kornet.net
등　록　1999년 4월 19일 제2-2803호
ISBN　89-5556-251-9-93810

정가　15,000원

* 잘못된 책은 교환해 드립니다.